Diogenes Taschenbuch 24641

de
te
be

AF217455

STEVEN PRICE, geboren 1976 in Victoria, British Columbia, ist ein kanadischer Lyriker und Autor. Seine Veröffentlichungen wurden mehrfach ausgezeichnet. Bisher erschienen zwei Romane von ihm bei Diogenes. Er ist Dozent für Poesie und Literatur und lebt mit seiner Familie in Victoria.

Steven Price
Der letzte Prinz

ROMAN

Aus dem Englischen von
Malte Krutzsch

Diogenes

Titel der 2019 bei Farrar, Straus & Giroux, New York,
erschienenen Originalausgabe: ›Lampedusa‹
Copyright © 2019 by Steven Price
Die deutsche Erstausgabe erschien 2020 im Diogenes Verlag
Covermotiv: Leopard engraving
© Matthew Corrigan/Alamy Stock Photo
Design: Ami Smithson, Picador Art Department
We acknowledge the support of the
Canada Council for the Arts

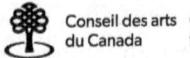

Conseil des arts   Canada Council
du Canada   for the Arts

Veröffentlicht als Diogenes Taschenbuch, 2022
Alle deutschen Rechte vorbehalten
Copyright © 2020
Diogenes Verlag AG Zürich
www.diogenes.ch
30/22/44/1
ISBN 978 3 257 24641 4

*Für Lorna Crozier
und in Erinnerung an Patrick Lane*

Und im Schlaf weitet sich der Schlaf
wie ein zweiter unerträglicher Körper.
Valerio Magrelli

Annäherung an das Monster
Januar 1955

In seiner kleineren Bibliothek verwahrte er einen gebrochenen weißen Stein, wie ein Stück Koralle, den ein Zuckerhändler am Naturhafen von Lampedusa aufgelesen hatte. Nachmittags hielt er diesen Stein ins Sonnenlicht und ließ seine kantige, schwere Wahrheit auf sich wirken. Er war der Fürst dieser Insel, doch wie alle ihre Fürsten hatte er nie ihre Küste gesehen, nie einen Fuß auf sie gesetzt. Besuchern sagte er ironisch: Das ist eine Feuerinsel am Rand der Welt; wer könnte da leben? Er fügte nicht hinzu: In der Verbitterung einer großen Familie lebt man immer. Er präsentierte nicht den Stein und sagte: Das ist etwas Totes, und doch wird es mich überleben. Er war der Letzte seines Geschlechts, nach ihm kam nur noch Auslöschung.

Als er ein Junge war, hatte seine Gouvernante ihm erzählt, der Sand Siziliens stamme aus der Sahara, und das hatte er sein Leben lang weitergegeben, wenngleich er nicht wusste, ob es stimmte. Er stellte sich vor, wie der Sand in rot schimmernden Hitzeschleiern übers Meer geweht wurde, nordwärts getragen vom heißen Wind des Schirokko, der über die Insel Lampedusa hinwegstrich. Jeden Morgen nach dem Aufstehen ging er seine Terrasse an der Via Butera entlang, und seine Schritte, die sich im über Nacht herangewehten Sand abzeichneten, führten zu der niedrigen Steinmauer über dem Foro Italico, wo sie wie Geisterspuren endeten, denn dort blieb er stehen und schaute hinaus in den beginnenden Tag, weg von Sizilien und dem

Meer des Südens dahinter und der fernen Feuerinsel seiner Ahnen.

Er mochte Palermo nicht mit seinen staubigen Pflastersteinstraßen, seinen Trümmern vom letzten Krieg. Obwohl ihm klar war, dass er hier in seiner Geburtsstadt sterben würde, empfand er keine Liebe zu ihr, sondern eine bittere Verlassenheit. Es gab größere Leidenschaften als die Liebe. Liebe war belanglos, kurzlebig, absurd menschlich. Er hatte England geliebt, Paris geliebt, schicksalsergeben seine Leidenszeit in österreichischer Gefangenschaft während des Weltkriegs geliebt, war per Eisenbahn und Kutsche nordwärts nach Lettland gereist und hatte die vorüberrollenden dunklen nordischen Waldweiten geliebt. Und doch war er immer wieder hierher zurückgekehrt, in eine ungeliebte Stadt, zu seiner Mutter, der Fürstinwitwe, als sie noch lebte, zu den historischen Straßen mit dem Namen seiner Familie, als sie tot war. Schon als Kind im Palazzo seines Vaters hatte er die tiefgelegene Stadt als teuflisch und glühend heiß empfunden. Ihr Staub wallte vom Meer herauf, während die Fähren aus Neapel mit den hitzebetäubten Menschen an Bord sich träge heranschoben. Das allein hatte sich nicht geändert. Jetzt, wo er alt war und in der Mitte eines neuen Jahrhunderts in einem heruntergekommenen Palazzo am Meeresrand lebte, beobachtete er von seinem Standort hoch über dem Hafen die sich leerenden weißen Decks, als suchte er jemanden, den er verloren hatte.

Noch in Pantoffeln und Morgenmantel stand er da, wischte Sandkörner von der Mauerkrone und rieb zerstreut die Finger aneinander, um so vielleicht das Unglück der Nacht zu vertreiben und in den Tag hineinzufinden.

Seit die Amerikaner über die Insel gefegt waren, wohnte er mit seiner Frau Alessandra in der einen Hälfte eines Palazzos im mittelalterlichen Viertel von Palermo, in der engen Via Butera, hinter verglasten Fenstern mit Blick aufs Meer. Fragte man ihn danach, antwortete er, es sei zwar sein Haus, aber nicht sein Zuhause. Sein wahres Zuhause stand mehrere Straßen entfernt hinter dicken Mauern in einem Haufen geborstenen Steins und windverwitterter Baureste, das Werk einer über den Atlantik beförderten Bombe, deren einziger Zweck darin lag, die Welt, wie sie einmal war, auszuradieren. Diese Bombe fiel im April 1943, und im selben Monat wurde das Anwesen seiner Frau in Stomersee im hohen Norden Lettlands von den Russen überrannt. Beide waren auf einen Schlag heimatlos und verwaist. Jetzt durchwanderte er die Straßen seiner Stadt als ein anderer Mensch, einer, den der Verlust des Gewesenen nicht befreite, sondern belastete. Denn er war auf einem Mahagonitisch in dem verlorengegangenen Palazzo in der Via di Lampedusa geboren worden und hatte seine ganze Kindheit hindurch bis ins Erwachsenenalter und auch noch zehn Jahre nach seiner Heirat allein in einem kleinen Bett dort im Zimmer seiner Geburt geschlafen, und er wusste nicht, was aus ihm werden sollte ohne Zugang zu diesem Raum.

Daran dachte er jetzt oft, wenn er allein im Frühlicht aufstand, sich eine Decke um die Schultern schlang und leise am Schlafzimmer seiner Frau vorbeiging. Seine Mutter war nach dem Waffenstillstand todkrank in diesen Palazzo zurückgekehrt und hatte ihr letztes Lebensjahr in den Trümmern verbracht. Seine Frau fühlte sich der alten Welt von Palermo nicht derart verbunden. Wenn Alessandra Wolff einen Raum betrat, schloss sich eine Tür und sperrte das Licht aus. Sie war Linguistin, Leserin von Literatur, die einzige Psychoanalytikerin Italiens und arbeitete bis spätabends mit den Patienten in ihrer Bibliothek, und er liebte sie wegen ihres Verstandes und ihrer geteilten Einsamkeit. Sie war die Tochter der Sängerin Alice Barbi, der letzten Muse des Komponisten Brahms, und als ihre Mutter sich wiederverheiratete, wurde sie die Stieftochter seines Onkels Pietro in London. Als sie sich kennenlernten, erinnerte er sich, hatte er kein Wort herausgebracht. Sagen Sie Licy zu mir, Cousin, verlangte sie gleich. Ihm gefielen ihr schwarzes Haar, ihre noch schwärzeren Augen und ihre breiten, starken Schultern, in denen die Kraft einer Bühnensopranistin lag. Schon als er sie vor dreißig Jahren in London zum ersten Mal zu Gesicht bekam und sie noch mit ihrem ersten Mann verheiratet war, hatte er sie für attraktiv und distanziert gehalten. Dass so viel Zeit vergangen war, verblüffte ihn. Er sah in ihr noch dieselbe Frau wie damals, älter als er, weltgewandter, eine Frau, die ihm auf der Straße immer ein paar Schritte vorausging und über ihre Schulter hinweg mit ihm redete, ohne sich umzudrehen, und deren strenge Anmut mit Arroganz verwechselt werden konnte. Dabei war so viel Zärtlichkeit in ihr. Und weil sie intelligent und nicht von klassischer Schönheit war, hatten ihre Ansichten es Männern oft unmöglich gemacht, ihre Gesellschaft zu ertragen, und das gefiel ihm auch an ihr.

An einem Morgen Ende Januar wurde er wegen der Ergebnisse eines Lungenfunktionstests zu seinem Arzt bestellt. Er war mit Schmerzen aufgewacht, hatte sein Bettzeug zerknüllt und war, als er die weichen weißen Füße auf den Boden schwang, über ein ihm neues Schwindelgefühl erschrocken, eine Kurzatmigkeit, als hätte sein Körper nun ernsthaft beschlossen, ihn im Stich zu lassen.

Diese Empfindung hatte sich gelegt, doch als er frühstücken gehen wollte, packten ihn an der Biegung der hohen Marmortreppe wieder die Schmerzen, und er krallte sich mit weißen Fingerknöcheln an das Geländer, die Porträts seiner Ahnen im Halbdunkel über sich, und zerrte keuchend am Knoten seiner Krawatte. War es nur Einbildung? Er legte zwei Finger ans Herz und atmete. Tatsächlich spürte er seit neuestem eine innere Unruhe, die er so nicht kannte. Beim Abendessen gestern hatte er seiner Frau nichts von dem Arzttermin gesagt, sondern nur still gelächelt und Licy gefragt, wann er so alt geworden sei.

Bäume sind alt, hatte sie ungerührt erwidert. Fürsten kommen in die Jahre.

Aber irgendetwas stimmte nicht mit ihm. An dem kleinen Tisch in der Diele rückte er seinen Hut zurecht und musterte nachdenklich das Gesicht im Spiegel. In seiner Brust stieg ein Schmerz auf und legte sich wieder.

Au, dachte er.

Und wehmütig strich er die Fältchen an seinen Augen glatt.

Er hatte die mittleren Jahre hinter sich gelassen, wie andere aus einem Zimmer gehen, einfach so, als könnte er jederzeit wieder zurück. Er war neunundfünfzig. Seit dem Waffenstillstand 1918 hatte er jede wache Stunde seines Lebens geraucht. Seine Augenfältchen verdankten sich einer Traurigkeit, einer Scheu, die schon aus seinen Kindheitsfotos sprach. Damals war er sich in Gesellschaft Erwachsener dumm vorgekommen, und das Gefühl kannte er nach wie vor. Mit seiner leisen Art und seiner Ironie hatte man ihn zeitlebens für einen guten Zuhörer gehalten, obwohl er das Spiel des Lichts immer schon interessanter fand als ihm anvertraute Misslichkeiten. Er liebte die Einsamkeit und gutes Essen und war seit seiner Rückkehr aus England in den 1930er-Jahren dick geworden, von Palermos Zuckergebäck dann noch dicker. Da er Autos nicht mochte, lief er am Stock durch sein Viertel, schwerfällig, vornübergebeugt, im schmerzenden Körper eines zwanzig Jahre älteren Mannes, immer ein oder zwei Bücher unter den Arm geklemmt. Er trug einen feschen kleinen Schnurrbart wie schon in seiner Jugend, das geölte Haar glatt nach hinten gekämmt, und stieg jeden Morgen in einen feinen blauen Anzug, der längst aus der Mode gekommen war. Seit über einem halben Jahrhundert las er unersättlich auf Italienisch, Französisch und Englisch. Il Mostro nannten ihn seine Cousins, weil er die Bücher so verschlang. Das Monster.

Er traf pünktlich um zehn in der Praxis ein, und Dr. Coniglio empfing ihn sofort. Etwas merkwürdig Steifes am Benehmen des Arztes beunruhigte ihn, so dass er sich auf schlechte Neuigkeiten gefasst machte. Er kannte Coniglio seit Jahren. Sie waren im gleichen Alter. Ein großer, eleganter Mann mit kräftigen Schultern, sauberem, gestärktem Kragen und unweigerlich hochgekrempelten Ärmeln. Er mochte ihn, die Herzlichkeit seiner Ansprache, die Klarheit seiner Züge, wie Sonnenschein auf dem Gehweg. Coniglio hatte auch seine Mutter am Ende ihres Lebens behandelt, als sie in den zerstörten Mauern des Palazzo Lampedusa im

Sterben lag, hatte eigens dafür die lange Fahrt von Capo d'Orlando nach Palermo auf sich genommen. Bis zum Krieg war er der Hausarzt seiner Cousins, der Piccolos, gewesen, die er daheim in ihrer Villa Vina betreute, und erst in den letzten fünf Jahren hatte er die Praxis in Palermo eröffnet. Jetzt, wo er die neuen Praxisräume sah, fiel ihm ein, wie seine Mutter Coniglio immer angeschaut hatte, so kühl abschätzend aus zusammengekniffenen Augen. Auch sie hatte ihn als feinen Gentleman betrachtet. Auch sie hatte ihn nicht gern neben ihrem Sohn stehen sehen.

Er hielt sich zwar nicht für schüchtern, doch ergriff ihn eine gewisse Scheu in Gegenwart solcher Männer – Männer, die ihn seines Standes wegen achteten, Männer, die es von sich aus zu etwas gebracht hatten, Männer, die wussten, was sie wollten, Männer von Welt. Ihre gewinnende Art machte ihn verlegen, ihr Selbstvertrauen verunsicherte ihn. Er merkte, wie er ins Stocken geriet, vorsichtig wurde, zauderte, bis der Moment für einen sich doch immer anbietenden Konterspruch oder trockenen Witz verpasst war. Stattdessen senkte er die schweren Lider, lächelte matt und sah sein Gegenüber hilflos an.

Erst als ihn der Arzt bat, Platz zu nehmen, knöpfte er seinen Wintermantel auf und setzte sich. Er nahm den Hut ab, legte die zusammengefalteten Handschuhe hinein und klemmte den Gehstock zwischen seine Knie. Vorsichtig stellte er die halbgeöffnete Ledertasche neben sich, aus der die in Papierförmchen steckenden glasierten kleinen Kuchen von seinem Frühstück bei Massimo hervorschauten und der Rücken des für später eingepackten Buches, *Die Pickwickier*, ihn anglänzte. Schon griff er nach den Zigaretten in seinem Jackett, fing jedoch den Blick des Arztes auf und hielt inne.

Nein?

Ach, Don Giuseppe – Coniglio lächelte mitleidig –, nicht alles Erfreuliche im Leben ist verboten. Manches aber schon, sollte es jedenfalls sein. Sie sehen müde aus, mein Freund.

Giuseppe zog die leere Hand zurück und schlug die Beine übereinander, wobei das purpurrote Knopfpolster des Sessels knarrte. Der Arzt hatte sich auf die Schreibtischkante gehockt, ein Bein angewinkelt und die Hände locker auf dem Oberschenkel verschränkt, jene Hände, die andere Menschen drehten und wendeten, ihnen die Haut aufschnitten und die Geheimnisse ihres Körpers aufzudecken suchten. Ruhig schaute er dem Arzt ins Gesicht.

Und, sagte er.

Es ist, was ich befürchtet habe. Der Arzt sprach jetzt leise und überlegt. Ein Emphysem. Es lässt sich vielleicht aufhalten, aber nicht heilen. Tut mir leid.

Giuseppe lächelte leicht. Er wusste nicht, was er dazu sagen sollte.

Der Lungenfunktionstest ist allerdings nicht immer schlüssig. Wir könnten Sie noch einmal untersuchen.

Würden Sie das empfehlen?

Coniglio sah ihn ein paar Sekunden ernst an. Nein, sagte er schließlich sanft. Sind Sie allein hier? Ich hatte gehofft, die Fürstin würde Sie begleiten.

Er schüttelte ruhig den Kopf.

Sie sollten nicht alleine sein, sagte der Arzt. Er stand auf, setzte sich hinter seinen Schreibtisch, nahm einen Füllfederhalter aus der Schublade und schraubte ihn auf. Ich verschreibe Ihnen etwas gegen die Schmerzen. Aber Sie wissen, dass die einzige richtige Medizin für Sie der Verzicht aufs Rauchen ist.

Der Wintermorgen hing grau und diffus in den Gardinen. Giuseppe schloss die Augen, öffnete sie.

Und wendet das die Krankheit zum Guten?, fragte er.

Sie ist chronisch, Don Giuseppe; da gibt es keine Wendung zum Guten. Sie schreitet in jedem Fall fort. Doch sie ist beherrschbar. Sie müssen Ihre Lebensweise ändern. Regelmäßig Sport treiben. Spazieren gehen. Weniger essen. Sorgen und Stress vermeiden, wo Sie können.

Eine andere Therapie gibt es nicht?

Hm. Versuchen wir es erst mal damit.

Aber die Krankheit bringt mich um?, hakte er nach.

Coniglio musterte ihn still von seinem Platz hinterm Schreibtisch aus. Da könnte Sie so einiges vorher umbringen.

Giuseppe lächelte unwillkürlich.

Das hier gebe ich Ihnen gegen die Schmerzen und damit Sie besser schlafen können. Der Arzt schrieb ein paar Minuten an dem Rezept. Dann schnürte er eine rote Mappe auf, nahm zwei maschinengeschriebene Seiten heraus, las sie durch und legte sie wieder zurück. Wir werden alt, Don Giuseppe, sagte er mit einem kleinen Stirnrunzeln. Er hob den Kopf. Darauf läuft es hinaus. Wir merken es vielleicht nicht, aber so ist es.

Ja.

Unser Körper lässt es uns nicht vergessen.

Allerdings.

Coniglio schwieg und legte die Fingerspitzen vor sich aneinander. Offenbar wusste er nicht recht, was er als Nächstes sagen sollte. Zu Giuseppes Überraschung wechselte er dann das Thema und begann, beiläufig von seiner Frau zu sprechen. Sie war Französin und dafür bekannt, dass sie ihn schlecht behandelte. Er sagte: Jeanette ist wieder nach Marseille gegangen. Ihre Schwester ist krank. Sie möchte bei ihrer Familie sein. Sie hat mir geschrieben, ich solle bitte zu ihr kommen. Und bleiben.

Oh.

Sie und die Fürstin haben doch lange getrennt gelebt, nicht wahr?

Ja. In den 30er Jahren.

Ich erinnere mich, dass Ihre Mutter davon sprach. Fürstin Alessandra war in Lettland?

Giuseppe nickte. Was seine Mutter dazu gesagt haben könnte, stellte er sich lieber nicht vor.

Coniglio klopfte vor Nervosität mit dem Füllhalter an seinen Ehering, klick, klack. Sein Gesicht indes war ruhig, sein Haar glatt, sein korallfarbenes Hemd knitterfrei und makellos. Ja, sagte er, bei Ihnen hat das Arrangement funktioniert. Das ist die Welt von heute, Coniglio, sage ich mir. Sei stark. Es gibt Telefon und Flugzeuge.

Giuseppe klärte den Mann nicht auf. Seine Frau Licy war immer gegangen, wohin sie wollte, wie sie wollte. Nach Sizilien war sie erst geflohen, als die Sowjets sich ihrem Anwesen in Lettland näherten und im Vormarsch die großen Höfe niederbrannten. Er bildete sich nicht ein, sie hätte sich seinen Wünschen gefügt.

Jeanette meint, für einen Arzt gibt es in jeder Stadt Arbeit. Sogar für sizilianische Ärzte, meint sie. Da wird etwas Wahres dran sein.

Was werden Sie tun?

Coniglio sah vage lächelnd aus dem Fenster. Ich werde mir den schlimmstmöglichen Ausgang vorstellen und mich für das glimpflichere Ende entscheiden, sagte er. Aber meine Patienten, um die würde ich mich sorgen, Don Giuseppe. Ich müsste ja vielen Lebewohl sagen.

Es ist immer besser, der zu sein, der geht, als der, der zurückgelassen wird, erwiderte Giuseppe nach einem Augenblick.

Ja. Und manche Reisen dulden keinen Aufschub.

Giuseppe neigte den Kopf.

Coniglio fasste sich an den Nasenrücken, eine Geste, aus der Kummer und plötzliche Ratlosigkeit sprachen. Er nahm die Brille ab und kniff die wasserblauen Augen halb zu. Die starke Gefühlsbewegung des Mannes kam für Giuseppe überraschend und machte ihn verlegen. Wissen Sie, sagte der Arzt, seit Jahren fällt mir, wenn ich vor einer schwierigen Entscheidung stehe, etwas ein, das Ihre Mutter mir mal gesagt hat. Nehmen Sie immer den leichteren Weg, Dr. Coniglio, sagte sie. Und doch habe ich das nie getan. Was ist nur los mit mir?

Coniglio sah ihm kurz ins Gesicht, und es war, als hätte im kalten Sonnenlicht zwischen ihnen eine Münze geblinkt. Ihre Mutter war eine starke Persönlichkeit, fuhr er fort. Sie hatte feste Überzeugungen. Ich weiß noch, wie oft sie mit mir über Mussolini geredet hat.

Zum Ende hin war sie ziemlich verwirrt.

Sie hat über seine Gamaschen geschimpft. Andauernd

Gamaschen, sagte sie. Coniglio schmunzelte bei der Erinnerung daran und schüttelte den Kopf. Ich weiß noch, wie sie eines Morgens meine Hand hielt und sagte, Mussolini hätte nichts geändert, und doch sei durch ihn alles anders geworden.

Sie dachte an ihr Haus, sagte Giuseppe leise.

Ein wunderschöner Palazzo, stimmte der Arzt bei. Den hätten die Amerikaner nicht so zerbomben müssen.

Mir war nicht klar, dass Sie das wussten, Doktor.

Coniglio sah ihn verwundert an. Ich habe Ihre Mutter dort besucht. Mehrmals.

Da war er wohl kaum noch schön.

Nun ja.

Vor seiner Zerstörung war es ein prächtiges Haus.

Der Arzt sah ihm in die Augen, nickte. Und auch danach noch, Don Giuseppe. Als Kind bin ich jeden Sonntagmorgen daran vorbeigelaufen. Mein Vater hatte eine Fischbude in der Vucciria. Es war nicht der schnellste Weg. Ich hatte es aber nicht immer so eilig, zu ihm zu kommen.

Er sagte das ohne Scham oder Verlegenheit wegen seiner niedrigen Herkunft, und Giuseppe konnte nur zerstreut nicken. All das schien ihm plötzlich von größter Belanglosigkeit. Seine Mutter hatte diesem Arzt zuletzt misstraut, hatte gehustet und das Gesicht verzogen und ihn ihren guten Doktor Mafioso genannt. Er wollte etwas sagen, schloss dann aber wieder den Mund. Glotz nicht wie ein Fisch, hatte seine Mutter ihn immer ermahnt. Abrupt stand er auf.

Verzeihen Sie mir, sagte er.

Coniglio erhob sich halb hinter seinem Schreibtisch. Aber natürlich.

Ich habe vergessen, wie spät es ist.

Gewiss doch. Man wird, da bin ich sicher, bald wieder voneinander hören, Don Giuseppe. Empfehlen Sie mich bitte Don Casimiro und Don Lucio. Und natürlich der Fürstin.

Auf einmal klang ihm aus der altmodischen Sprechweise des Arztes die Syntax eines englischen Romans entgegen, als wäre es eine laut übersetzte Passage von Meredith oder Eliot, und er warf ihm unter schweren Lidern hervor einen Blick zu. Wie kaum ein anderer hatte dieser Mann den Verfall der Liebe seiner kranken Mutter zu ihm miterlebt, die zunehmenden Spannungen mitbekommen, die Bitterkeit, die leisen Verwünschungen, die verhüllten Beleidigungen. Daran zu denken gab Giuseppe einen Stich, denn es hatte aus ihm einen verletzlichen Narren gemacht. Aber schon verschwand das Gefühl, und er wollte nur noch raus aus dem kleinen Sprechzimmer mit seinem Geruch nach Erfrischungstüchern, Lackfarbe und Kampfer, Gerüche, die er immer mit dem eigenen Tod verband.

Und so setzte Giuseppe Tomasi, der letzte Fürst von Lampedusa, sorgsam seinen Hut auf, schob die Finger in die Ziegenlederhandschuhe seines toten Vaters und ergriff seinen Gehstock und die abgewetzte Ledertasche. An der Tür hielt er inne.

Wie lange habe ich noch, Doktor?

Coniglios Hände waren adrett auf dem Schreibtisch gefaltet, und als er den Kopf schräg legte, fiel das Licht auf die Brille, so dass man die Augen nicht mehr sah. Das hängt von Ihnen ab, erwiderte er schließlich. Beten wir, dass es noch viele Jahre sind.

In dem Fall, sagte Giuseppe mit einem letzten ironischen Lächeln, hängt es überhaupt nicht von mir ab.

Der Arzt lächelte ebenfalls, doch das Lächeln hatte etwas Trauriges, und Giuseppe drehte sich um und ging. Das Milchglas an der Tür zur Straße klirrte leise, als er sie schloss, und er schlurfte auf seinen Stock gestützt hinaus an die kalte, klare Luft, als wäre es noch derselbe Morgen wie zuvor und er noch derselbe Mensch.

Draußen im Straßenlärm blieb er verdutzt stehen beim Anblick der staubigen Autos und Motorroller, die sich in einem Wust aus Abgasen, Bremslichtern und Geschrei durch den Fußgängerverkehr schoben. Das plötzliche, klare Bewusstsein vom eigenen Tod erfüllte ihn. Er dachte an Licy, die nichtsahnend noch in der Via Butera hinter zugezogenen Vorhängen schlief, und obwohl er wusste, dass Coniglio recht hatte und er zu ihr gehen und es ihr sagen musste, tat er es nicht. Eine Art Langsamkeit schien von ihm Besitz ergriffen zu haben: Er wollte nirgendwohin, an nichts denken, nur bleiben, wo er war, während die Passanten ihn umkurvten, die Lambrettafahrer pöbelnd hinterm Lenker standen und die Straßenhändler an den Tischen ihre Ware anpriesen. Hinter ihm erhob sich schemenhaft, wie im Traum die Arztpraxis. Licy schlafen zu lassen war nur freundlich, sagte er sich. Er würde am Abend mit ihr sprechen.

Bloß ist für dich jetzt immer Abend. Dieser Gedanke kam ihm ungebeten, und er senkte das Kinn auf die Brust und zog schmerzend scharf die Luft ein. Ja. Er würde vor seiner Frau sterben. Darauf lief seine Unterhaltung mit Coniglio letztlich hinaus – die Gewissheit, dass sie noch auf der Welt sein würde, wenn er nicht mehr da war. Einen Moment lang stimmte es ihn bitter, als Erster sterben zu müssen, dann stützte er sich auf den Gehstock, dass der dicke Wintermantel über seinen Hüften spannte, und schämte sich für den Gedanken.

Sie hatten keine Kinder. Was würde Licy von ihm bleiben? Sein Besitz war geschrumpft, bis er sich nicht mehr zu den Reichen von Palermo zählen konnte. Zeigte er sich jetzt im Bellini Club, schien ihm das nur noch Seitenblicke und Getuschel einzubringen. Die großen Paläste waren verkauft oder in Schutt und Asche gelegt. Seine Mutter war die letzte einflussreiche Lampedusa gewesen, die letzte wahre Lampedusa, und sie hatte Licy von Anfang an abgelehnt.

Giuseppe hob das Gesicht in die kalte Luft. Seine Mutter. Coniglio lag ganz richtig, sie hatte an Mussolini geglaubt. Wie viele andere. Er sah sie noch auf der Terrasse der Casa Lampedusa stehen und aus der im Wind knatternden Zeitung vom Marsch des Diktators auf Rom vorlesen, hörte noch die scharfe, kalte Freude in ihrer Stimme. Als geborene Cutò war sie in ihrer Jugend eine Schönheit und im Alter eine Achtung gebietende Aristokratin gewesen. Hinter ihrem unerschütterlichen Selbstvertrauen, ihrer Geistesgegenwart, ihrer Intelligenz verbarg sich eine Traurigkeit, die er auch bei sich selbst wahrnahm. Sie hatte vier Schwestern gehabt, von denen drei in rascher Folge gestorben waren und deren Tod seine Mutter dann zeitlebens verfolgt hatte. Ihre Schwester Lina war 1908 beim Erdbeben von Messina unter den Trümmern verhungert, drei Jahre später wurde ihre Lieblingsschwester Giulia in einem schäbigen

Hotel in Rom von einem Liebhaber umgebracht, und der öffentliche Skandal, der daraus erwuchs, führte zum Selbstmord ihrer jüngsten Schwester. Maria war abseits der Familie beerdigt worden, und Giuseppe erinnerte sich an die kalte, leere Kirche, die Abwesenheit des Vaters, die ungnädigen Gebete des Priesters, wie Taubengeraschel in dem halbdunklen Gewölbe. An diese Jahre dachte er, an die blauen Laudanumfläschchen seiner Mutter, das ziellose Reisen durch Europa, an sein eigenes Jahr in Neapel und das zumindest für ihn veränderte Palermo, das sie bei ihrer Rückkehr vorfanden, eine Stadt der abweisenden Gesichter, eine Stadt der zugezogenen Vorhänge und versperrten Türen; nur die dunkle, ledergebundene Stille der Bibliothek seines Stadtpalasts war geblieben. Ja, sie hatte an Mussolini geglaubt, doch als seine Regierung 1940 den Krieg erklärte und von einem Reich in Afrika phantasierte, hatte sie angewidert die Zeitung zusammengeknüllt und die kleine Faschistennadel vom Revers genommen.

Was er aber in Erinnerung behalten wollte, war das zarte, glatte Weiß ihres Halses und ihrer Arme. Die weiten Schwünge ihres linken Arms, wenn sie abends vor dem Spiegel ihr Haar kämmte und die goldene Haarbürste bei jedem Strich zischte. Sie hatte einen langen, schlanken Hals, eine sehr schmale Taille und trug nach Art der Belle Époque tief ausgeschnittene Kleider zum hochgesteckten Haar. Er entsann sich an die Spaziergänge mit seiner Gouvernante Anna in den Grünanlagen von Santa Margherita di Belice, seine Mutter und Tante Giulia gut zwanzig Schritte vor ihnen, das Gleiten und Schweben ihrer hellen Röcke über dem weißen Kies unterm lodernden Himmel. Den Klang ihres Lachens, wie ein Silberlöffel auf Kristallglas. Er liebte sie wegen der großen, starken, überwältigenden Zuneigung, die sie einforderte und bekam, ein von allen, die sie kannten, und gerade auch von ihm geliebtes und gefürchtetes Wesen.

Vor allem eine Erinnerung stellte sich ein, wenn er an sie dachte. Er musste vier Jahre alt gewesen sein. Er und seine Mutter waren zu Gast bei den mächtigen und wohlhabenden Florios auf der Insel Favignana. Später sollte er Gerüchte über seine Mutter und den Patriarchen Don Ignazio hören. Eines frühen Sonntagmorgens hatte seine Sieneser Gouvernante die Vorhänge aufgerissen, ihn aus dem Bett gezerrt, ihn gekämmt, ihm mit einem rauhen Tuch Gesicht und Hals geschrubbt und ihn in seine besten Kleider gezwängt. Dann war sie mit ihm nach draußen gegangen und hatte ihn die Ufertreppe entlang zur großen Terrasse gegenüber dem Hafen geführt. Er erinnerte sich an das Wehen und Wogen orangefarbener Vorhänge, die den Wind abhalten sollten, an das im Schatten der weißen Klippen veränderte Licht, das Zusammenspiel von Sonnenschein und schwarzem Wasser. Auf einem vom Balkon geholten Plüschstuhl saß, den Gesichtsschleier zurückgeschlagen, mit erschrocken blinzelnden blauen Augen eine uralte Französin in einem windumflatterten, pechschwarzen Witwenkleid. Jahre später sollte er erfahren, dass sie die frühere Kaiserin Eugénie war, die Frau von Napoleon III., ebenfalls zu Gast bei den Florios, wenn auch schon bereit, auf ihrer Jacht davonzufahren. Er kniete sich vor sie hin, spürte die rauhe Berührung ihrer trockenen Lippen auf seiner Stirn, und dann legte sie ihm eine Hand, so leicht und papieren wie ein welkes Blatt, auf den Kopf und sagte: *Quel joli petit.* Er erinnerte sich, wie er unsicher zu seiner Mutter hinübergeschaut hatte, er erinnerte sich an die mächtige, struppige Gestalt des Mannes, der neben ihr saß, den locker auf der Lehne ihres Stuhls ruhenden Arm, sein kräftiges weißes Gebiss, wenn er lächelte. Das war Ignazio Florio, ihr Gastgeber, Adelsherr und Magnat. Dann erhob sich der Mann schwungvoll, klatschte in die ungeheuren Hände, und Klein Giuseppe war entlassen.

Ungefähr so behielt er das für immer im Herzen: ein Angstgefühl, winddurchwehter Sonnenschein, der Eindruck, den Sinn des Erlebten nicht ganz zu erfassen, während um ihn herum große Ereignisse abliefen und er wie benommen im honiggelben Licht Siziliens kniete, ein Kind.

Als er langsam durch die Altstadt zur Buchhandlung Flaccovio ging, wollte er nichts als sich ungestört dort in den Gängen verlieren, Coniglio und seine Diagnose und die aufkeimende Krankheit in seiner Lunge vergessen, sei es auch nur für ein Stündchen. Er wanderte durch die engen Straßen, vorbei an winterfest eingemummten Händlern, die ihre Stände aufbauten, an den mit Kisten beladenen, qualmenden Fiats, deren in der halboffenen Tür stehende Fahrer sich freie Bahn zu schaffen versuchten, den scheuklappengeschützt dahinkriechenden Karrenpferden, vorbei an den Kopftuch tragenden Frauen, die verschlafen auf ihre Balkons traten, um Eimer mit Papiergeld für die Vespa fahrenden Händler hinunterzulassen und Frühstücksbrot und Fisch heraufzuziehen. Das Winterlicht war matt und schattenlos. Aus einem Radio plärrte Rock'n'Roll. Er spürte eine unerklärliche Fremdheit in der Brust, eine Leichtigkeit, als hätte er Palermo mit seinem ganzen brodelnden Leben noch nie gesehen. Doch eine schöne Stadt, dachte er, trotz allem.

Als er um die Ecke bog und die Via Ruggero Settimo überquerte, erblickte er die Jungs, aber zum Ausweichen war es zu spät.

Sie warteten in der Kälte auf ihn. Schlaff und träge in ihrer Jugend, lehnten sie an den verzogenen Schaufensterscheiben der Buchhandlung, schwangen die Arme und klatschten in die Hände: Gioacchino und Orlando, seine studentischen Freunde – respektlos grinsten sie ihn im Näherkommen an.

Er und Licy hatten sie zwei Jahre zuvor im Salon eines Antiquariats kennengelernt, und in der Woche darauf waren die Jungs wiedergekommen und hatten sie erneut amüsiert. Giuseppe hatte ihr Humor gefallen, ihre spaßhaften, streitlustigen, markanten Sprüche, das beifällige Nicken seiner Frau, als sie ihre Gesichter gemustert hatte. Zu seiner eigenen Überraschung hatte er sie dann irgendwie in die Via Butera eingeladen, um über Stendhal, Shakespeare und Chaucer zu diskutieren, und im vergangenen Frühjahr schließlich hatte er auf einmal Notizen für Tischgespräche zur englischen Literatur vorbereitet, und aus diesen Gesprächen war so etwas wie eine zwanglose Vortragsreihe entstanden. Giuseppe hatte bereits über tausend Seiten vorbereitet. Die Jungs waren abwechselnd elegant und dekadent, wie er es sich in ihrem Alter nicht mal hätte vorstellen können. Und wenngleich Literatur, Musik und Film sie zunächst in Giuseppes Bannkreis gezogen hatten, zählte für ihn da noch etwas anderes, etwas unglaublich Modernes, das er um sich haben wollte. Alessandra hatte das noch vor ihm begriffen: Sie gehörten zu einer Welt, die ihn bereits hinter sich gelassen hatte, einer Welt, in der für Menschen wie ihn kein Platz mehr war.

Von seinem morgendlichen Termin bei Coniglio hatte er beiden nichts gesagt, und darüber war er plötzlich froh. Der Größere stieß sich mit dem Fuß ab, richtete sich auf, nahm die Arme auseinander und winkte. Das war Gioacchino, gerade mal zwanzig, unzähmbar, spottlustig, der Sohn eines entfernten Verwandten. Trotz der Kälte hatte er die Jackenärmel über den langen glatten Fingern bis zu den Ellbogen hochgeschoben, sein schmaler Schlips saß schief wie bei einem jungen Mailänder Fotografen. Giuseppe sah ihn im hellen Licht der Straße an, als möchte er ihn am Stück verschlingen mit seinem Elan, seiner Unverbildetheit. Denn Gioacchino war ihm und Licy sehr lieb geworden, und auf einmal war er dem Jungen dankbar dafür, dass er an diesem Morgen einfach nur da war.

Onkel!, rief Gio unnötig laut. Er schwenkte beide Arme. Eine mit Einkäufen beladene Frau hob erschrocken den Kopf und lief schnell vorbei.

Wir dachten, du wärst vielleicht hier, sagte der andere Junge und kam herüber, um neben Giuseppe herzugehen. Seine Stimme war kratzig, wie von Wein aufgeraut. Wir sind am Mazzara vorbei, aber da warst du nicht.

Also sind wir einfach dem Staub nach, grinste Gio. Hier landet alles, was alt ist, hab ich Orlando erklärt.

Francesco Orlando rückte seine schwere Schultertasche zurecht und zuckte die Achseln.

Da trat Gioacchino vor, stibitzte ein Küchlein aus Giuseppes Ledertasche und schlug die Zähne hinein. Du bist wie ein englischer Arzt, Onkel, sagte er mit vollem Mund. Alles, was du brauchst, hast du im Täschchen.

Gio, mahnte ihn Giuseppe. Es reicht.

Doch er war nicht wirklich böse. Er war nicht der Onkel des Jungen, ließ sich aber gern so anreden. Bei aller Respektlosigkeit konnte Gio in seinen Augen nichts verkehrt machen. Für ihn lag die Schuld bei der modernen Welt, die ihrer Jugend so wenig Ernst mitgab.

Dein Cousin war da, sagte Orlando jetzt. Im Mazzara. Wir haben ihm gesagt, wir würden dich für ihn suchen.

Casimiro ist in Palermo?

Casimiro nicht. Lucio.

Giuseppe räusperte sich, knöpfte seinen Mantel auf, kramte nach einer Zigarette. Mit Verspätung fiel ihm Coniglio und seine ärztliche Ermahnung ein, doch da ihn die Jungs beobachteten, steckte er sich die Zigarette an und inhalierte tief. Er musterte Francesco Orlando: untersetzt, die Brille schräg im Gesicht, breiter, runder Schädel und Narben auf der Stirn, ein Literaturstudent mit Hochschullehrerambitionen. Der Junge ließ sich gerade einen dünnen schwarzen Schnurrbart wachsen und fuhr dauernd mit dem Finger darüber, als wollte er sich vergewissern, dass er noch da war. Am Kragen seines dicken Mantels stand eine Ecke hoch, und ein Knopf war ab.

Gio leckte sich die Finger und zerknüllte das Papierförmchen. Sag Orlando, er soll mit mir zum Jachthafen gehen, Onkel, verlangte er. Orlando hört auf dich.

Weil er Respekt hat.

Gioacchino blickte lächelnd auf. Dazu sagte er nichts.

Was ist denn am Jachthafen?

Da wird gepokert. Wenn wir uns beeilen, können wir noch einsteigen. Bist du etwa in Spiellaune, Onkel?

Das graue Licht verschwand. Ein ausrangierter Militärlaster vom letzten Krieg ratterte in einer Wolke von Abgasen vorbei, und Giuseppe kniff die Augen zusammen, nahm die Zigarette runter und hielt sich ein Taschentuch vor den Mund. Aus Angst vor einem Hustenanfall antwortete er nicht, doch die jungen Männer nahmen keine Notiz davon.

Ich muss lernen, wandte Orlando gerade ein. Ich kann nicht mitpokern.

Zum Lernen ist noch jede Menge Zeit. Sag ihm das, Onkel. Wir sind jung. Wir sollten lernen, wie es auf der Welt zugeht. Hat Stendhal nicht so was gesagt?

Wohl kaum.

Nein?

Nein.

Gio lächelte mit kälteroten Backen. Na gut. Normalerweise lese ich einen Autor, bevor ich ihn falsch zitiere. Was hast du, Onkel? Warum guckst du so?

Giuseppe blinzelte und blinzelte. Er trank den Anblick der Jungs mit einer Verzweiflung in sich hinein, die ihn beschämte. Orlando hatte etwas Grobschlächtiges an sich, das stets seine Herkunft aus der Mittelschicht verriet, daran war nichts zu ändern. Er war zu konzentriert, zu verbissen. Gio dagegen war ganz Anmut und Geschmeidigkeit, wie ein Windhund, zerzaustes Haar, traurige Augen, scharfe Zähne. Er dachte an Licy in der Via Butera, stellte sich vor, wie sie ohne ihn zu unterbrechen steif dasitzen würde, wenn er ihr von Coniglios Diagnose erzählte.

Du nimmst immer den leichteren Weg, Gioitto, sagte er schließlich, jedoch ohne Rüge. Er sah durch das beschlagene Fenster der Buchhandlung. Kommst du nicht mit rein?

Gio lachte. Ach, Onkel. Genau in diesem Augenblick fällt irgendwo eine Gräfin in Ohnmacht und muss gerettet werden. Wenn du's dir anders überlegst, findest du mich im Alfonso. Ich bin der, der mit den Stapeln amerikanischer Dollars neben sich am Ofen sitzt.

Als er ging, schüttelte Francesco Orlando den Kopf. Gioacchino nimmt nichts ernst, sagte er. Er will nichts lernen, er weiß nicht, wie es ist, leere Taschen zu haben. Er meint, die Welt würde auf ihn warten.

Und das tut sie auch, sagte Giuseppe. Durch leere Taschen wurde noch nie etwas Großes erreicht, Orlando.

Der Junge stutzte über seinen Ton.

Warum bist du noch hier, Orlando?

So leid es mir tut, Don Giuseppe –

Ja?

Ich kann heute Abend nicht zum Vortrag kommen. Ich muss lernen. Morgen früh habe ich eine Prüfung.

Giuseppe runzelte die Stirn. Er hatte vergessen, dass ihr Wochentreffen auf diesen Abend verlegt worden war. Sein Termin bei Coniglio hatte das aus seinem Gedächtnis verjagt, und jetzt wurde ihm klar, dass er den Abend brauchte, um mit Licy über die Diagnose zu reden. Er hätte ohnehin absagen müssen. Um aber seine Verlegenheit zu überspielen, sagte er schroff: Du musst selber wissen, was dir wichtiger ist, Orlando.

Der Junge wurde rot. Du hast dich schon vorbereitet. Verzeih mir.

Hm.

Es ist nicht so, dass ich deinen Unterricht nicht zu schätzen wüsste, Don Giuseppe. Wirklich nicht.

Mit einem Mal bedauerte Giuseppe seine barschen Worte. Er tätschelte den Ärmel des Jungen. Geh, sagte er, klemm dich hinter deine Bücher, denk nicht mehr an die Vorträge. Wir machen nächste Woche weiter.

Noch einen Vortrag verpasse ich nicht. Versprochen.

Schon gut.

Danke, Don Giuseppe.

Geh.

Orlando zögerte und ging.

Giuseppe, jetzt allein, blieb im kalten Schatten der Buchhandlungsschaufenster stehen und sah zu, wie die dunklen Schemen des Verkehrs vorbeiwogten. Er hatte zwar keine Gesellschaft haben wollen, doch jetzt, wo die Jungs fort waren, kam er sich eigenartig exponiert vor, so als wäre sein Mantel aufgeknöpft, als wären seine Privatangelegenheiten für jeden einsehbar. Er neigte den Kopf, wie um sich über etwas klarzuwerden, dann warf er die Zigarette auf den Boden, zertrat sie mit der Schuhspitze und schickte sich an, in Richtung Mazzara und Lucio die Straße zu überqueren. Er stellte den Mantelkragen auf. Einerseits hatte er keine Lust auf die Gesellschaft seines Cousins, andererseits war Lucio mit seiner Zurückhaltung und trockenen Selbstverliebtheit gar nicht unbedingt als Gesellschaft anzusehen. Statt jedoch die Via Ruggero Settimo zu überqueren, machte Giuseppe etwas Seltsames, etwas, das er, seit er dieses Viertel kannte, noch nicht getan hatte: Er bog in die Via Cerda ab, und nach etwa anderthalb Kilometern tauchte er nach links in ein Gewirr schmaler Sträßchen ein. Sofort verschwanden der Lärm und die dicke Luft der Stadt. Pfützen standen in der Gasse, in den Hauseingängen lagen Zeitungen und Abfall. Zu beiden Seiten erhoben sich hier Balkone, und er reckte den Hals und blickte zu dem weißen Streifen Himmel hinauf. Wie trügerisch die Welt war. Er sah Eisenkäfige auf den Balkonen hängen, leer in der Kälte, und über etlichen Geländern lagen bunte Teppiche, gelb, rot, wie zum Trocknen rausgehängt. War dies das wahre Palermo? Er kam an einem Knubbel jackenloser Schuljungen mit angeklatschten Haaren und heraushängenden Hemdschößen vorbei, die einen Fußball gegen eine Tür droschen, wobei sich jeder hohle Treffer anhörte, als würde ein Sarg zugenagelt. Er ging weiter.

Wassergefleckte Wände, rostige Angeln an den Fenstern zur Straße. Vorbei an einem zerbombten Mietshaus mit bröckelndem Stuck, durch den Türrahmen sah man die zusammengestürzten Trümmer. Die Gebäude links und rechts davon waren unangetastet. Die Gasse mündete in einen schmalen Platz, und an der Eingangstreppe der ärmlichen Kirche dort blieb er stehen. Durch die geschnitzte Tür hörte er leises Gebetsrauschen. Auf der anderen Seite des Platzes saß ein alter Mann auf einer Bank, den grauen Kopf gebeugt, den Hut auf seinem Knie, und Giuseppe wechselte Gehstock und Schultertasche nach links, erklomm die Treppe und hielt sich dabei am Geländer fest. Als er über die Schwelle trat und blinzelnd im jähen Halbdunkel stand, dachte er bei sich, er sei am Beginn seines Niedergangs angelangt.

Es war warm in der Kirche. Er blieb stehen und lauschte

dem leisen Stimmengemurmel. Gestalten knieten im Dunkel der Bänke, und er hörte das eindringliche Wogen des Ave-Maria heraus. Was hatte ihn hergeführt? Er zählte nicht zu den Gläubigen und hatte seit dreißig Jahren keinem Gottesdienst beigewohnt. Langsam passten sich seine Augen an. Der Schrecken der Kreuzigung über dem Altar, das schmerz- und kummerverzerrte Gesicht des hässlichen Holzjesus. Ihn bedrückte, wie wenig von ihm bleiben würde, wenn er erst tot war. Wie wenig er hinterlassen würde. Er glaubte nicht an ein Leben jenseits des Grabes, und wenn er zu seiner Mutter betete, wusste er, dass es nur Worte waren, mehr nicht. Sie war nirgends. Er betrachtete die gebeugten Rücken der frommen Beter, und seine Gedanken wandten sich dem Vortrag zu, den er Orlando an diesem Abend hatte halten wollen. Er hätte um Rousseau gekreist, um Proust und Stendhal, den er mehr als alle anderen bewunderte. Hatte Stendhal an die Ewigkeit geglaubt? Er hatte geschrieben, jeder Mensch, wie unbedeutend auch immer, sollte eine Chronik seiner Zeit auf dieser Erde hinterlassen, einen Nachweis seiner gesammelten Erinnerungen und Erfahrungen. Das sei die einzige Ewigkeit. Er, Giuseppe Tomasi di Lampedusa, hatte nichts hervorgebracht. Alles, was er gekannt hatte, die großen Häuser seiner Jugend, seine Erinnerungen, seine Ängste, das flüchtige Blühen der Bäume im Londoner St. James's Park im Frühling, all das würde mit ihm verschwinden; dann gäbe es keinen Giuseppe mehr, keinen Jungen in kurzen Hosen, der einen Reifen vor sich hertrieb, keinen dicken alten Melancholiker, der nachdenklich das geschnitzte Leiden eines Christus betrachtete, keine Spur seines Daseins auf Erden. Dass er ein solches Bedauern darüber empfand, erstaunte ihn. Ganz gleich, wie man sein Leben zubrachte, für jeden ging die Zeit einmal zu Ende. Gioitto und Orlando würden das nicht verstehen. Sie waren ja noch so jung. Er, Giuseppe, dachte mit plötzlicher Bitterkeit, dass er nicht nur er selbst war, sondern alles, woran er sich erinnerte, alles, was er getan und gelernt hatte. All das würde mit ihm ausgelöscht werden.

Er fand es seltsam, dass Lucio gekommen war.

Das Café Mazzara befand sich im Erdgeschoss eines tristen modernen Gebäudes abseits der Via Ruggiero Settimo, gar nicht weit von Flaccovio, und drinnen blieb Giuseppe an der Tür stehen, knöpfte seinen Mantel auf und schaute in das Halbdunkel. Das Café gefiel ihm wegen seiner Abgeschiedenheit und weil er hier meist unbehelligt an seinen Abendvorträgen arbeiten konnte. Er erspähte seinen Cousin an einem Ecktisch, schreibend über ein kleines Notizbuch gebeugt. Mehrere braun verschnürte Pakete stapelten sich neben ihm. Langsam trat Giuseppe näher.

Lucio, sagte er und setzte seine Ledertasche mit einem unerwarteten Rums ab. Der Tisch wackelte, der Löffel klapperte in der Tasse.

Lucio hielt einen Finger hoch, schrieb zu Ende, hob den Kopf.

Das Monster erscheint also, sagte er, und es klang, als hätte sein Cousin ihn erwartet. Wie ein Bohemien aus Paris kaute er an einem Zahnstocher. Ich warte hier schon mindestens zwei Stunden, Giuseppe. Aber ich sehe, du hast gespeist. Damit schlug er ein Bein über das andere, zog *Die*

Pickwickier unter dem Förmchengebäck hervor und warf einen Blick auf den Buchrücken.

Was schreibst du?, fragte Giuseppe. Kein Gedicht, hoffe ich.

Kein Gedicht, erklärte Lucio großartig. Nein.

Aber Giuseppe hatte nur gescherzt und schwieg, als er sich hinsetzte, verlegen, weil sein Cousin das nicht gemerkt hatte. Als der Kellner kam, bestellte er einen schwarzen Kaffee und einen Teller mit süßem Gebäck. Lucio hatte sich immer schon zu ernst genommen. Obwohl sein Cousin mühelos Persisch, Sanskrit und Altgriechisch lesen konnte und wenngleich er in Mathematik, Astronomie und Musikkomposition brillierte, kam er Giuseppe noch wie ein Kind vor, leicht verletzbar und daher auf seine Weise gefährlich. Dass er ein gefeierter Dichter war, spielte keine Rolle. Als er und Lucio und Casimiro noch Jungen waren, hatte immer Lucio bestimmt, was sie spielten, was für Kriegsschiffe sie aus Zahnstochern zusammenbauten und wer bei ihren Picknicks in den Bergen wo saß. Er hatte sich kaum geändert. Während Giuseppe den großen zerbombten Häusern im alten Palermo ähnlich geworden war: in Schutt und Asche gelegt von der Geschichte, ein peinliches Memento, das man am besten zudeckte und links liegen ließ. Bei dem Gedanken lächelte er traurig. Aber jetzt musste er so weitermachen wie immer, um nicht diejenigen zu enttäuschen, die darauf bauten, dass er so blieb, wie er war: unwandelbar, standhaft, gütig.

Kein Gedicht, sagte Lucio nochmals mit einem wohlbedachten Schulterzucken. Ich halte nur Eindrücke fest.

Eindrücke, wiederholte Giuseppe.

Mhm. *Notizen* für ein Gedicht vielleicht. Ein Dichterleben ist ja nichts anderes. Lucio drehte den Löffel in seinem Kaffee und klopfte ihn zweimal am Tassenrand ab. Er sagte: Durchsehen kommt später, Cousin. Jetzt schreibe ich einfach. Schlussendlich haben wir alle für unsere Worte einzustehen, oder?

Schlussendlich ja, sagte Giuseppe leise.

Er wusste, dass die Welt für Lucio nicht etwas Sinnenhaftes war, etwas, das ihn mit starken Düften und schillernder Schönheit überwältigte. Sein Cousin hielt sich strikt an die Oberfläche und traute dem eigenen Herzen nicht, so dass seine Lyrik äußerste Anstrengung und Konzentration erforderte. Da er jedoch im vorigen Sommer einen Preis aus den Händen des Dichters Montale empfangen hatte, sollte seine privat veröffentliche Gedichtsammlung später im Jahr von Mondadori in Mailand nachgedruckt werden, und Giuseppe nahm an, dass seine Grenzen letztlich keine Rolle spielten. Er zog die Brauen hoch, als der Kellner das Tablett mit Gebäck und dem Kaffee brachte, und rieb sich die behäbigen Hände.

Lucio trug eine schmale rosa Krawatte zum grauen Jackett, und als er den Hut abnahm, fielen ihm die Haare unordentlich in die Stirn. Er war ein kränklicher Junge gewesen und zu einem schmalschultrigen Mann mit großem Kopf herangewachsen. Giuseppe fielen wieder die kleinen Augen, die lange Nase, die hochsitzenden Augenbrauen auf – als wäre der Mann immerzu über die Traurigkeit der Welt erstaunt. Lucios Bruder Casimiro hingegen hatte die Ausstrahlung eines Gentleman. Die Piccolos wohnten im Osten, in Capo d'Orlando, und hatten im Krieg nicht ihre

Villa über dem Meer verloren. Er liebte sie trotz ihrer Eigenheiten wie Brüder. Sie glaubten nicht nur an Geister und die Gemeinschaft mit den Toten, sondern zelebrierten ihren Glauben mit künstlerischer Leidenschaft, indem sie bei Kerzenlicht zu privaten Séancen in vorhangverhüllten Räumen spazierten und ihre Spiegel mit Bettlaken verhängten, um die Toten herbeizurufen. All das bewunderte Giuseppe, weil es so herrlich albern war. Er führte ihre grandiose Unschuld auf ihre Isoliertheit zurück; wie sonst hätten Lucio und Casimiro und sogar ihre einsiedlerische Schwester Agata Giovanna glauben können, sie würden nach dem Tod weiter in ihrer schönen Villa am Meer leben, zwischen Bussarden und Liebesblumen in den Zitrushainen wandeln, und ihre Diener und Dienstleute würden mit ihnen sterben, um sich ihrer auch im nächsten Leben noch anzunehmen?

Die Zeit schritt voran, das Tablett leerte sich, Giuseppe bekam Kaffee nachgeschenkt. Die Sprechstunde bei Coniglio verlor sich wie ein Traum.

Dich in Palermo zu sehen überrascht mich immer wieder, Cousin, sagte er.

Tja. Im Osten wird's mir einsam, dann sehne ich mich nach der Stadt.

Tust du nicht.

Lucio lächelte. Casimiro braucht Farbe. Wo sind denn deine jungen Freunde? Gioacchino wollte mit dir wiederkommen. Der Junge ist irgendwie unberechenbar, hm?

Wir Tomasi verstehen uns mit Fanatikern aller Art, Lucio. Besonders den blutsverwandten. Bleibst du zum Abendessen?

Lucio zog ironisch die Brauen hoch. Kocht Licy?

Sie wird darauf bestehen. Sie wird ihren Phobikern und Neurotikern absagen und darauf bestehen.

Dann tut's mir leid, dass ich nicht kann, sagte Lucio schnell. Ich muss noch heute Nachmittag nach Capo d'Orlando zurück. Sonst fragt sich Casimiro, wo seine Farben bleiben.

Und wenn Licy nicht kochen würde?

Du stammst aus einer Familie von Asketen und Mystikern, sagte Lucio ironisch. Wir Piccolos werden von unseren Gelüsten beherrscht. Was gibt's da zu schmunzeln? Ich bin jünger als du, ich brauche Nahrung.

Die Steine sind jünger als ich.

Er sah, wie Lucio innehielt und ihn mit sanfter werdendem Blick musterte. Stille stellte sich ein.

Plötzlich unbehaglich und ohne es zu wollen, sagte Giuseppe: Dr. Coniglio bat mich, ihn dir zu empfehlen. Ich soll dir sagen, dass es ihm gutgeht. Seine Frau ist wieder in Marseille.

Coniglio?

Ja.

Wann warst du denn bei Coniglio?

Giuseppe rührte in plötzlicher Sorge seinen Kaffee um. Ihm wurde klar, dass Licy, da er ihr nichts von dem Termin gesagt hatte, sofort misstrauisch sein würde, wenn er jetzt darauf zu sprechen kam; sie würde etwas ganz Falsches denken und ihm seine Beschwichtigungen nicht abnehmen. Sie würde einbezogen werden wollen. Er hob den Kopf und sah in Lucios Gesicht das Mitgefühl und die dunkle Freude an einem entstehenden Gerücht und wünschte, er hätte nichts gesagt.

Ich war heute Morgen bei ihm, sagte er widerstrebend. Nur kurz. Im Vorbeigehn quasi.

Ist irgendwas?

Was soll denn sein?

Lucio schaute ihn an. Du siehst nicht gut aus, Cousin.

Danke.

Ist wirklich nichts?

Giuseppe schüttelte den Kopf. Er ließ den Blick über die besetzten Tische hinweg zum Messinghandlauf des Tresens schweifen. Die Zeit war eine Abfolge von Räumen, die sich auftaten wie die guten Stuben seiner Kindheit, ein Nacheinander von Lichtstrahlen und Staub und Stille. Das war es, was anscheinend kein Roman zum Ausdruck bringen konnte. Manchmal kam es ihm vor, als hätte ihn die Welt selbst dann nicht haben wollen, wenn er sie gewollt hätte. Das versuchte er, Lucio zu erklären, bekam es aber nicht richtig hin. Er blickte finster in die Stille, betrachtete seinen Kaffeelöffel und fragte schließlich seinen Cousin, ob er je darüber nachgedacht hatte, was nach seinem Tod von ihm blieb.

Im Diesseits, meinst du?

Ja.

Nein. Darüber denke ich nicht nach.

Giuseppe betrachtete die kleinen schwarzen Augen seines Cousins und kam zu dem Schluss, dass es ein Glück sein müsse, so unbekümmert zu sein. Das gibt einem der Glaube, dachte er.

Darüber denke ich nicht nach, sagte Lucio noch einmal. Die Poesie bleibt.

Er griff in die Tasche neben sich, nahm einen schmalen

Band heraus und hielt ihn behutsam in den langen, dünnen Fingern.

Du hast deine Gedichte dabei, sagte Giuseppe.

Lucio ging darüber hinweg. Unsere Erinnerungen sind ungewöhnlich, Cousin. Wir stammen aus einer Welt, die es nicht mehr gibt. Was wird aus dieser Welt, wenn ich sie nicht mehr schreibe, nicht mehr von ihr schreibe? Er schwenkte lässig die Hand und zuckte die Achseln. Eine ganze Lebensweise wird mit uns dahingehen. Signor Montale meinte mal zu mir, ich hätte ein Sizilien bewahrt, das schon am Verschwinden sei.

Lucios Worte hatten etwas Komponiertes, Theatralisches, so dass sich Giuseppe fragte, ob sie einstudiert waren, doch er sagte nichts. Die Welt würde in der Tat kaum merken, was ihr verlorenging. Es schmerzte ihn, an den langen Niedergang der Fürsten von Lampedusa zu denken, an diesen Verlust, daran, wie leicht eine Ahnenreihe von historischer Schönheit sich abwürgen ließ. Anhand von Artefakten wäre ihre Herkunft nicht nachzuzeichnen, denn Sinn entstand nur durch die Augenblicke und Einsichten lebendigen Gedächtnisses, und niemand mehr würde diese Geschichten erzählen, niemand mehr diese Erinnerungen belegen können. Alles würde einfach aufhören.

Giuseppe fuhr sich mit dem Finger über die Oberlippe, um den Kaffee aus seinem Schnurrbart zu streichen. Ich dachte immer, ich würde mal einen Roman schreiben, sagte er zerstreut.

Ja. Deinen sizilianischen Ulysses.

Er war überrascht, dass sein Cousin das noch wusste.

Ich weiß noch, erläuterte Lucio, dass du uns aus England

davon geschrieben hast. Was natürlich zwanzig Jahre her ist. Vierundzwanzig Stunden aus dem Leben deines Urgroßvaters, des Astronomen, nicht wahr, während Garibaldis Landung in Marsala. Lucio schlug mit undurchdringlicher Miene die Beine übereinander. Ich hätte ja seine Ehrung durch die Sorbonne für den geeigneteren Stoff gehalten. Was hatte dein Urgroßvater mit den Rothemden zu tun?

Offenbar nicht genug, sagte Giuseppe.

Du denkst ja wohl nicht daran, ihn jetzt noch zu schreiben?

Giuseppe lächelte. Ich bin alt, Lucio. Unglaublich alt.

Sein Cousin schien sich zu entspannen. Unsinn. Du lebst ewig, Cousin, solange du kein Buch schreibst. Ich kann dir versichern, damit wird man nicht froh. Das Verlagswesen ist grausam.

Und kopfschüttelnd blätterte er mit spitzen Fingern in den Versen seiner Sammlung.

Im Dunkel des Spätnachmittags nahm er am Mazzara einen Bus und stapfte dann langsam heim zur Via Butera, gegen den Wind, eine korpulente, ärmliche, würdevolle Gestalt, die dicke Ledertasche in der einen Hand, das Gesicht ruhig und gefasst, die Augen von den ihm Entgegenkommenden abgewandt. Er dachte an den Tag, seine Krankheit, an Licy, die sich zu Hause sicher auf die Patienten des Abends vorbereitete. Gegen Ende des Nachmittags, als sich Lucio verabschiedet hatte, war eine schwere Melancholie über ihn gekommen, so dass er nur mit Unterbrechungen lesen konnte, weil seine Gedanken abschweiften und nicht zur Ruhe kamen. Die breiten Alleen Palermos waren in winterlicher Düsterkeit versunken. Er schloss die Haustür auf, betrat den unbeleuchteten Flur, ging hinauf in das langgezogene Wohnzimmer und küsste seine Frau auf den Kopf, die gerade eine Fallstudie über Depression im Kindesalter las, und sie hielt mit dem offenen Buch auf ihrem Schoß inne, drehte sich um und hob das Gesicht. Ein Netz aus Fältchen um ihre Augen, das stille, dunkle, unergründliche Lächeln ihrer Lippen, das sorgfältig aus der Stirn gekämmte, graugesträhnte schwarze Haar. Sie hielt eine operettenlange Zigarettenspitze in der Hand, und jetzt rauchte sie und sah Giuseppe an, der merkte, wie er rot wurde, als hätte er etwas angestellt.

Du kommst ja früh nach Hause, sagte sie sanft. Mein erster Patient ist noch nicht da.

Giuseppe schenkte sich ein Glas Wasser aus der Karaffe auf dem Couchtisch ein und setzte ein trocken komisches Lächeln auf. Der Mann, der Angst vor Bienen hat?

Signor Mireau. Der Geiger. Aggressiver Narzisst, Psychoneurose schon im Kindesalter.

Ah ja.

Sie sah zu, wie er sich in den Sessel setzte. Was machst du für ein Gesicht?, fragte sie.

Ach was. Ich mach kein Gesicht.

Hm.

Ich war heute bei Dr. Coniglio.

Licy lächelte. Nicht aus Not, hoffe ich.

Giuseppe breitete resigniert die Hände aus. Leider doch.

Zögernd klappte Licy das Buch zu, mit den Fingerknöcheln als Lesezeichen. Warst du nicht erst vorigen Monat bei ihm?

Ja.

Du gehst da ziemlich oft hin. Was hat er dir gesagt? Wie ernst ist es?

Todernst, fürchte ich. Anscheinend geht's mit mir zu Ende.

Licy lachte. Und mir sagt Coniglio, ich werde bestimmt hundert. Versteht er eigentlich was von seinem Fach?

Giuseppe lächelte sie ruhig an. Vielleicht ist er überhaupt kein Arzt.

Während er das sagte, strich er die Falten in seiner Hose glatt, schlug die Beine übereinander und nahm eine Zigarette aus dem kleinen silbernen Etui in der Tasche seines Jacketts. Er zündete sie nicht an. Er wusste, dass jetzt der Augenblick gekommen war, ihr von seinem Emphysem zu erzählen, doch aus irgendeinem Grund tat er es nicht, und dann war der Augenblick vorüber.

Er dachte nur daran, wie sehr ihm das vertraute Gespräch, die zwanglose Unterhaltung gefiel. Das würde sich ändern. Alles würde sich zwischen ihnen ändern, wenn er es ihr sagte. Der angenehme Alltag ihres Zusammenlebens, dass sie beieinandersaßen und rauchten, das Gesicht vom eigenen Tod abgewandt, als wären sie noch zwanzig Jahre jünger, all das würde sich ändern. Und er merkte, dass er darauf nicht vorbereitet war, nicht darauf eingestellt, als Mann mit einer Krankheit zu leben, ein Mann, der den eigenen Tod in der Tasche trug.

Ich habe über Kinder nachgedacht, sagte er leise.

Das Licht fiel auf die Perlen am Hals seiner Frau, als sie sich vorbeugte und ihre Zigarette am Aschenbecher abklopfte. Über Kinder, sagte sie. Wieso?

Er zuckte die Achseln. Weil sie Trost bringen, sagte er. Weil sie die Zukunft sind.

Du meinst jetzt aber nicht eigene Kinder?

Er lächelte sie trocken an und schwieg.

Ich glaube, über das Alter sind wir hinaus, Giuseppe.

Ach so, sagte er und senkte die Stimme. Aber versuchen können wir's doch immer noch.

Statt darüber zu lachen, drehte sie den Kopf weg, stieß eine lange Rauchwolke aus und wandte sich ihm wieder zu. Ihr Gesicht war plötzlich ernst. Was hätten wir mit einem Kind angefangen?, fragte sie leise. Wärst du zu uns nach Riga gezogen? Hätte deine Mutter das zugelassen?

Er runzelte die Stirn. Ich dachte, du hast eins gewollt.

Das spielt keine Rolle. Es ist nicht passiert.

Nein.

Dafür haben wir jetzt Gioacchino und Mirella. Sie kommen und gehen, wie es ihnen beliebt, sie leihen sich unsere Bücher, sie essen bei uns.

Es ist nicht dasselbe.

Doch er sah, dass sich Alessandra gegen das Bedauern in seiner Stimme wehrte, und dafür war er plötzlich dankbar. Zu den Eigenschaften, die er am meisten an ihr liebte, zählten eine ausgeprägte baltische Standhaftigkeit und ein Gespür für seine Stimmungen, und er wusste, sie würde ihn nicht tiefer rutschen lassen.

Ich weiß nicht, was in deinem Kopf vorgeht, sagte sie jetzt betont ruhig. Aber es gefällt mir nicht.

Ich brauche jemanden, mit dem ich reden kann, sagte er.

Ja. Einen Profi.

Aber wen?

Wenn man das nur wüsste.

Er pflückte einen Tabakkrümel von seinen Lippen. Lucio war heute im Mazzara, sagte er.

Lucio.

Mich hat's auch gewundert.

Und? Kommt er heute Abend zu uns?

Ach na ja. Ich habe ihm gesagt, dass du zu Abend kochst.

Licy lachte. Du bist ein Schlitzohr, mein Lieber.

In dem Moment klingelte es an der Haustür, und Giuseppe drückte seine Zigarette aus und stand auf, und Licy erhob sich ebenfalls und strich ihr blaues Kleid glatt.

Dein Narzisst ist da, sagte Giuseppe leise.

Mein anderer, meinte sie trocken und winkte ihn mit den Fingern fort.

Er ging hinten hinaus zur historischen Bibliothek, schloss die Tür, stellte sich mit dem Rücken dagegen und holte erst einmal Luft, während sein Lächeln langsam verschwand. Plötzlich war er müde und von sich enttäuscht, weil er nichts von dem Emphysem gesagt hatte. Jetzt würde es nur noch unangenehmer werden. Er lockerte seinen Schlips, zog sein Jackett aus, hängte es über einen Stuhl und war froh, dass Orlando heute Abend nicht zum Unterricht kam. Beten wir, hatte Coniglio gesagt. Beten, dachte er jetzt müde. *Nunc et in hora mortis nostrae. Amen.* Ungebeten stellte sich bei ihm ein Bild ein. Die Steinkirche auf dem schmalen Platz, wo er am Morgen vorbeigekommen war, und er musste daran denken, dass diese Kirche dort schon seit so vielen hundert Jahren stand, dass man an ebendiesem Morgen vor fünfundneunzig Jahren dort das gleiche wohlig wallende Stimmengemurmel hatte hören können, schon bevor Italien Italien wurde, bevor Garibaldis Siegeszug begann und vor dem Niedergang der Lampedusas.

Er setzte sich hin, schlug sein Notizheft auf und schraubte die Kappe seines blauen Kugelschreibers ab. Nahm die Lesebrille aus der Hemdtasche, klappte sie auseinander und setzte sie auf. Bei dem Gespräch mit Lucio am Morgen war ihm etwas in den Sinn gekommen, lebhaft, wie eine Erinnerung, bloß war es keine Erinnerung. Das hatte er noch nie erlebt. Es war ein Mann – selbstbewusst, schweigsam, mächtig, ein für unverhoffte Schönheit empfänglicher Mann, den die eigene Sinnlichkeit überwältigen konnte. Er sah den Mann am Nachmittag von Garibaldis Landung vor sich, fernab der Hitze und des Gewehrgeklappers, vielmehr eingetaucht in die Ruhe und Düsterkeit eines Familiengebets. Er hatte sich seinen Urgroßvater immer als einen Mann vorgestellt, der es nicht ertragen konnte, alt zu werden, und für den Sterben die Auslöschung bedeutete, doch er hatte sich nicht klargemacht, dass Sinnlichkeit und Untergang untrennbar miteinander verbunden waren und dass ein Leben im Bann der Vergangenheit auch eine Art Auslöschung war. Bei dem barschen, würdevollen, selbstherrlichen Mann, den er vor sich sah und der sein Urgroßvater war und doch auch wieder nicht, hatte er jetzt den Eindruck, gerade die Leidenschaft für das Leben sei die Ursache seines Niedergangs.

Es überraschte ihn, wie leicht die Sätze kamen, einer nach dem anderen, als er erst einmal anfing, und er schrieb wie unter Bauchschmerzen aus Angst, er könnte den Faden verlieren, oder die Sätze würden sich im Kreis drehen. Er hatte noch nie mit der zur Kunst gehörenden, rigorosen Einbildungskraft geschrieben und immer vorausgesetzt, vom Künstler sei da eine leitende Intelligenz gefordert, doch hier kam die Geschichte fast von selbst, als wüsste sie, wo es langging, als schriebe er sie und würde gleichzeitig von ihr geschrieben. Sein Fürst und Astronom stand makellos am Rand der sonnenbeschienenen Terrasse mit Blick auf die sich wandelnde Welt und begriff, dass das scheinbar Vergehende bereits vergangen war. Staub und Hitze in einem schenkelhohen Wirbelsturm im goldenen Licht.

Als er innehielt und der Füllhalter drei Zentimeter über dem Papier schwebte, tat ihm die Hand weh. Überrascht sah er, dass er mehrere Seiten geschrieben hatte. Er stand auf und trat ans Fenster, in dem sich eine zerzauste, dicke alte Gestalt mit über den Handgelenken hochgerollten Ärmeln spiegelte, und er ging im Kopf den nächsten Satz durch, fand die richtige Formulierung, kehrte an den Schreibtisch zurück und las noch einmal durch, was er geschrieben hatte. Er strich das Wort *trällernd* durch und schrieb es wieder hin. Er hörte Licy im Flur nach ihrem schwarzen Spaniel rufen, das Kratzen seiner Klauen auf dem Hartholz, die in den Angeln quietschende Terrassentür wie ferne Laute aus einem Traum. Das Abenddunkel war silbrig und still. Er arbeitete mit nüchterner Klarheit; ein Teil von ihm fiel weg, wich einer Konzentration, die er seit seiner Jugend nicht erlebt hatte, etwas Fließendem, stark und kalt, das ihn umschloss, und wenn die Wörter langsamer wurden, ließ er sich Zeit und wartete, bis sie wieder in Gang kamen und seine Hand sich wieder regte, bewusst und stetig, glatt auf dem glatten Papier, die Fingerspitzen entflammt in der furiosen späten Stunde.

Palma di Montechiaro

September 1955

Er arbeitete den windigen Frühling hindurch bis in den Sommer an der langen ersten Skizze des Romans, wagte kaum dabei zu atmen, hatte Angst vor der täglichen Arbeit, weil er befürchtete, es ginge nicht weiter. Die so fremde Erfahrung beunruhigte ihn, verblüffte ihn, gab sie ihm doch das verwirrende Gefühl, schwach und zugleich sehr lebendig zu sein. Er hatte daran gedacht, einen Roman in der Art von Joyce zu schreiben, einen Bericht über vierundzwanzig Stunden im Leben seines Astronomie betreibenden Urgroßvaters während der Landung von Garibaldis Truppen im Mai 1860. Sein Fürst, Don Fabrizio, sollte mit Unbehagen das Ende seiner Welt und seines Standes und die Herankunft des neuen Italiens beobachten. Ein Neffe, Tancredi, gutaussehend, charmant, unbeständig, würde seine Chance erkennen und sich auf die Seite der Rothemden schlagen. Anfangs hatte er gedacht, die Spannung des Romans ergäbe sich aus dem Widerstreit dieser beiden, doch als er sich dann ans Schreiben machte, schrieb er stattdessen mit der Liebe und perplexen Bewunderung, die er selbst für Gio und Orlando empfand. Schon im April ging Giuseppe auf, dass da kein Roman über einen simplen Konflikt entstand, dass die Geschichte etwas anderes brauchte. Sie flackerte sich ständig verändernd durch einen Nebel aus Raum und Zeit wie die frühen Lichtspiele, die er als Kind im Liebhabertheater von Santa Margherita gesehen hatte. Ende Mai war er mit den ersten vierundzwanzig Stunden fertig, war seinem Fürsten vom Morgengebet in der Familienkapelle durch den Tag im Stadtpalast gefolgt, hatte Tancredi fortgehen sehen, um sich Garibaldi anzuschließen, war dem alternden Fürsten zu einem Rendezvous nach Palermo gefolgt und bereits beim nächsten Morgengebet angelangt, um dann erkennen zu müssen, dass, was er sich fünfundzwanzig Jahre lang als ganzen Roman vorgestellt hatte, in Wirklichkeit nur der Anfang war. Als er das begriff, wusste er nicht, wie er weitermachen sollte. Irgendetwas fehlte. Er bearbeitete und revidierte sein einziges Kapitel. Als der unvermindert heiße Juli zu Ende ging, war das Kapitel von einer Ganzheit, einer Geschlossenheit, die er nicht erwartet hatte. Manchmal ging er abends vor dem Schlafengehen noch in seine kleine Bibliothek und las beim Schein der Schreibtischlampe die Seiten durch, als hätte ein anderer sie geschrieben. Er erzählte niemandem von seinem Roman außer seiner Frau, wenngleich er ihr nicht daraus vorlas und nur abfällig darüber sprach, ihn sein »Geschreibsel« nannte und nur ironisch den Kopf über seinen Unverstand schüttelte. Die Tage wurden länger, die Hitze drückender, im roten Staub des Hochsommers ging er zu Fuß zum Mazzara, setzte sich mit seinem Notizheft hin, schrieb stundenlang und sah sich dabei so, wie ihn andere sehen mochten – als einen älteren Herrn, der vielleicht einen Brief an einen fernen Freund schrieb. Er merkte, wie seine Laune sich trübte, und stand manchmal morgens angewidert von der schlechten Qualität der Arbeit auf, nur um sich dann beim Lesen des am Abend Geschriebenen zu wundern, sich gerügt zu sehen von einer ungeahnten Schönheit in den Sätzen.

Mit den Wochen fühlte er eine zweite Blüte in sich aufsteigen. Anders konnte er es nicht beschreiben. Er wusste nicht, ob es mit seiner Diagnose zusammenhing, mit dem Roman, den er schreiben wollte, oder eine natürliche Folge seines Alters war. Doch die Welt schien ihm heller, intensiver und lebendiger zu sein, als er sie in Erinnerung hatte. Farben pulsierten und schimmerten, der Geruch von alltäglichen Dingen wie nassem Pflaster, Ziegeln im Sonnenschein oder unreifen Pfirsichen erschien ihm vielschichtig und von verwirrender Komplexität. Mit offenem Mund betrachtete er das Silberband des Leitungswassers in der Spüle, lauschte er dem Klirren und Klappern des Porzellans. Manchmal sah er morgens auf dem Weg zum Mazzara einen alten Mann an der Ecke eine Schale mit dicken Nudeln in Öl essen und blieb verblüfft über den Geruch stehen. Wie oft schon war er blind an dem Mann vorbeigegangen? Als im Frühling die Grünanlagen erblühten, saß er stundenlang auf den Bänken und erinnerte sich mit geschlossenen Augen an die riesigen nassen Blumen seiner Kindheit. Mit Gioacchino und Mirella fiel ihm abends das Lächeln leichter, und er merkte, dass er sich zum Abschluss eines Schreibtags nach ihrer Gesellschaft sehnte. Licy hatte er noch immer nichts von dem Emphysem gesagt; er fand es zunehmend schwieriger, das Thema anzuschneiden. Anfangs war es nur um den richtigen Moment gegangen, mit den Wochen kam dann die Angst vor ihrem Zorn hinzu, weil er es ihr verschwiegen hatte, und je mehr Zeit verging, desto schwieriger wurde die Beichte. In seinem Kopf lief beides – die in Schönheit explodierende Welt um ihn herum und sein Schweigen gegenüber Licy – zusammen und verflocht sich miteinander, als würde durch die Scham über das Schweigen die Schönheit noch erhöht. Wenn Giuseppe jetzt in den schon hellen frühen Morgenstunden erwachte, bevor die Sonne den Palazzo briet, erstickte er seinen Husten gleich mit dem Ärmel. Und er sagte auch nichts von seinen Schwierigkeiten beim Treppensteigen oder davon, dass er manchmal auf halber Treppe ins Wanken geriet und das Gleichgewicht verlor. Wenn er mit Licy an sonnendurchtränkten Abenden über den Gehsteig zum Konditor ging, achtete er auf ruhigen Atem und feste Schritte, fand Gründe, vor Schaufenstern und an Straßenecken stehen zu bleiben, und verschnaufte dabei.

So wurde aus der lediglich zurückgehaltenen, beunruhigenden Neuigkeit vom Anfang nach und nach etwas Unheimlicheres, bis sich sein Emphysem fast selbständig zu einem echten, schmerzhaften Geheimnis entwickelt hatte.

Seine Vortragsabende mit Gioacchino und Orlando und manchmal auch Gioacchinos Verlobter Mirella gingen die ganze Zeit weiter. Seine jungen Freunde trafen immer pünktlich um halb sechs ein, die Herren mit schwarzer Krawatte, Mirella mit hochgestecktem hellbraunen Haar, und er erwartete sie in der historischen Bibliothek mit einer zum Atmen geöffneten Flasche Wein auf dem Schreibtisch, während von anderswo im Palazzo ein leises Brummen von Licys Therapiesitzung herüberklang. Er sprach über die Geschichte der englischen Literatur, erörterte Chaucer und Shakespeare, aber auch Sir Walter Scott, die Kavalierdichter und Dickens und Meredith. Er trat ans Fenster, rauchte, wandte sich seinen jungen Gästen zu und erzählte weiter.

Er sprach über vergessene Autoren und ihre Figuren, als ob sie in gewisser Weise noch lebten, als wären sie geradezu präsent in den verschlossenen Hallen des Palazzos. Ursprünglich war es darum gegangen, den jungen Leuten eine Ergänzung zu ihrem Studium anzubieten, eine Ergänzung, die anderswo auf der Insel nicht zu bekommen war, doch das hatte sich für Giuseppe bald geändert, bis jeder Vortrag für ihn zur Gelegenheit wurde, sich noch einmal in vertraute Bücher einzuleben, unerwartete Vergleiche aufkommen zu lassen, empfänglich zu werden für die Strömung, der die Literatur seiner berühmten und geliebten englischen Autoren folgte.

Er erklärte seinen jungen Freunden, Tennysons Zeichensetzung sei die beste der englischen Sprache, zum Teil, weil er die Zeichen so setzte, als hätte die Sprache Angst davor. Wenn ihr die Sätze von Edward Gibbon verstehen wollt, müsst ihr Montaignes Sätze auf Französisch kennen. Er bestand darauf, dass unter den Engländern nur Donne und Eliot echte religiöse Dichter seien, wenn auch beide seiner Ansicht nach keine Christen. Einmal, als das Sonnenlicht in den Gardinen schwand, bekannte er, er gäbe zehn Jahre seines Lebens für die Ehre, Sir John Falstaff in Natur kennenzulernen, und sobald das ausgesprochen war, begriff er, dass es stimmte. Darüber wurde er traurig. Ich beneide euch, sagte er den Jungs und wandte sich ab. Ihr habt noch so viel zu lesen.

Eines Abends im Spätsommer sprach er über Graham Greene und Religion und darüber, wie Greene in seinen stärksten Romanen zu den Wurzeln des Christentums zurückgekehrt sei; für ihn war Greenes Affinität zu allem Abstoßenden auf der Welt zum Teil ein Ausdruck ursprünglicher christlicher Nächstenliebe. Das Entsetzen über den unerlösten Menschen werde bei Greene durch die Gottähnlichkeit eines jeden gemildert. Andererseits räumte Giuseppe ein, dass Greenes Affinität zum Bösen manchmal ein wenig zu weit ging, als hätte er Spaß daran, als wollte er ihm im Grunde nur näherkommen.

Giuseppe hatte nicht alles dazu gesagt, was er gern gesagt hätte. Aber er hörte ein unzufriedenes Rascheln von seinen Zuhörern, drehte sich um und sah Orlando unglücklich am Zwirn seiner Hose zupfen.

Gio mit seinen hochgezogenen Brauen hatte es ebenfalls bemerkt. Er nahm den Arm von Mirellas Schultern und beugte sich vor. Orlando schmeckt das Religionsgerede nicht, meinte er trocken. Das ist der Sozialist in ihm.

Ach so, sagte Giuseppe.

Ich bin kein Sozialist, widersprach Orlando. Fahr bitte fort, Don Giuseppe.

Er hat keinen Glauben, sagte Gio.

Ärgere ihn nicht, Gio, sagte Mirella leise. Sie legte ihm die Hand auf den Arm. Er redet immer nur, rief sie zu Orlando hinüber. Stör dich nicht an ihm.

Er stört sich schon nicht. Stört dich was, Orlando? Was stört Sozialisten?

Gio –

Die stört nur mangelnder Fortschritt, sagte Orlando ernst. Mit einem Finger rückte er seine Brille zurecht. Der Fortschritt ist ihre Kirche. Eine Kirche gibt es immer. Hier in Sizilien wüssten wir nicht weiter, wenn es keine Kirche gäbe. Das hat nichts mit Glauben zu tun. Der Zweck jeder

Kirche besteht darin, die Macht in den Händen ihrer Geistlichen zu halten.

Agnello wäre entsetzt, sagte Gio.

Nein. Agnello würde zustimmen. Aber mit einer Hand auf dem Rosenkranz in seiner Tasche.

Gio lachte.

Giuseppe klopfte behutsam seine Zigarette am Aschenbecher auf der Fensterbank ab, während er zuhörte. Er erinnerte sich, dass er mit zwanzig bei der Rückkehr aus den Gefangenenlagern von Szombathely genauso dachte und mit Schrecken sah, wie klein und borniert das Land in seiner Abwesenheit geworden war. Er konnte sich aber nicht erinnern, dass jemals jemand eine solche Kritik so unverblümt geäußert hätte. Die Welt ändert sich. Er dachte an den großgewachsenen Francesco Agnello, den neben Gioacchino und Orlando Dritten im Bund der drei jungen Männer, die Giuseppe mittlerweile als seine Studenten ansah. Agnello war für den Sommer aus Palermo in die Villa seiner Familie bei Agrigent geflüchtet. Seines Zeichens Baron, stämmig, gut gepolstert, war er ein paar Jahre älter als Gio und Orlando, und persönlich behandelten ihn die Jungs mit der Ehrerbietung, die einem älteren Bruder gebührt.

Während die Jungs redeten, beobachtete Giuseppe Mirella, die schweigend rauchte. Graham Greene war ganz vergessen. Sie trug ein rotes Kleid mit tiefem Rückenausschnitt und enger Taille, das sich über den Hüften in bauschigem Tüll weitete, und ihr hellbraunes Haar war zu Locken gelegt und aus dem Nacken hochdrapiert, so dass sie für Giuseppe wie das neue Jahrhundert selbst aussah. In seiner Jugend waren Mädchen nicht so selbstbewusst gewesen, sich nicht so im Klaren darüber, dass das Leben noch vor ihnen lag. Etwas rührte sich in ihm, eine Art Verlangen nach Jugend, nach der Verheißung einer Zukunft.

Wieder hatte sich das Gespräch verlagert.

Der Wind weht von Norden, sagte Orlando gerade. Überall verlassen die Arbeiter das Land. Ganze Dörfer ziehen nach Genua, nach Mailand.

Sie nehmen sogar die Kühe mit, frotzelte Gio.

Orlando beachtete ihn nicht. Sizilien leert sich. Der Süden stirbt.

Ich finde das eine Schande, sagte Mirella.

Giuseppe drückte seine Zigarette im Aschenbecher auf der Fensterbank aus. Er spürte einen jähen Schmerz in der Brust und streckte Halt suchend die Hand aus, und die jungen Leute verstummten.

Der Schmerz verging.

Er wandte verlegen den Blick ab, und um seine Verlegenheit zu verbergen, fing er an zu reden. Der Süden stirbt seit Jahrhunderten, sagte er. Er verschränkte die Hände im Kreuz, spürte den warmen Sonnenschein auf seinem Gesicht, den Augenlidern. Zu Zeiten meines Großvaters, sagte er, sind die Leute aus den Dörfern nach Palermo und Messina gegangen. Zu Zeiten meines Vaters sind sie nach Amerika gegangen. Jetzt gehen sie in den Norden. Was ist daran anders?

Gio stand katzengeschmeidig auf, tappte zum Schreibtisch hinüber und machte eine zweite Flasche Wein auf. Seine Freundlichkeit hatte für Giuseppe etwas Verschlagenes. Sie kam nicht ungefiltert.

Zu viel hat sich zu schnell geändert, sagte Orlando. Italien ist nicht mehr so, wie es war, Don Giuseppe. Sizilien kann nicht Schritt halten.

Italien schon, meinte Gio vom Schreibtisch aus. Aber Sizilien nicht. Sizilien wird sich nie grundlegend ändern. Hier in Palermo leben wir immer noch in einer Monarchie.

Ach, einen König gibt's nicht noch mal, widersprach Mirella. Hier nicht.

Da hast du recht, sagte Orlando. Und doch hat Sizilien immer seinen König. Nicht ein einziger Kreis hat gegen die Monarchie gestimmt.

Palermo schon, sagte Giuseppe sanft.

Orlando beugte sich vor, das Licht der Abendsonne fing sich in seiner Brille. Aber Palermo ist nicht Sizilien, Don Giuseppe.

Giuseppe zündete sich eine neue Zigarette an.

Gio war mit dem geöffneten Wein in beiden Händen zum Sofa zurückgekehrt und stellte ihn jetzt so auf den Couchtisch, dass Mirella und Orlando das Etikett sehen konnten. Die Republik ist also eine Lüge, sagte er freundlich, und hinter geschlossenen Türen macht Sizilien so weiter wie immer. Na und? Das Referendum war vor zehn Jahren. Es ist vorbei. Ihr habt nicht mitgestimmt, ich hab nicht mitgestimmt.

Und ich hab auch nicht mitgestimmt, sagte Mirella betont.

Gio gestikulierte ironisch zur Decke hoch. Wohl wahr. Wir alle sind Produkte der neuen Republik. Einer Republik, in der wir frei über den wunderbaren Einfluss der Kirche diskutieren dürfen, über die auf unserem Dachboden eingesperrten Faschisten und darüber, was unsere stimm-berechtigten Frauen als Nächstes von sich geben.

Was findest du daran lustig?, fragte Mirella. Sie saß mit dem Glas in der Hand ganz still.

Gio fing etwas in ihrem Tonfall auf und schwieg. Es ist nicht lustig, sagte er plötzlich ernst.

Warum sollten Frauen nicht wahlberechtigt sein?, fragte sie.

Sie sollen ja, sagte Gio. Mich freut, dass sie es sind. Dass du es bist.

Hm.

Giuseppe sah einen Ausdruck des Entzückens über Orlandos Gesicht huschen. Ihm ging auf, dass Mirella etwas mit Licy gemein hatte. Der junge Gio begriff nicht, dass er Mirella mit ihrer Stärke und ihrem Eigensinn Spielraum würde geben müssen, und er hätte ihm das gern gesagt, wusste aber, dass es wichtig war, den Mund zu halten, da man so etwas nicht vom Hörensagen lernte. Gio war gerade mal einundzwanzig; in vieler Hinsicht war Mirella, obwohl noch jünger an Jahren, die Ältere von beiden.

Gios Wangen hatten sich leicht gerötet, und an der zögerlichen Art und Weise, wie er sich ihr halb zuwandte, merkte Giuseppe, dass er wusste, sie war verstimmt und dass sie ihre Unterhaltung nachher, wenn sie allein waren, fortsetzen würden.

Orlando wartete belustigt, ob noch was kam, und als das nicht der Fall war, meinte er fast widerwillig: Es ist nicht alles vorbei, Gio. Nicht wirklich. Die Faschisten sind noch an der Macht. Sie bekleiden nach wie vor verantwortliche Stellungen. Glaubst du, nur weil wir eine Republik sind, hat sich irgendwas geändert? Azzariti sitzt am Verfassungsgericht. Manca ebenso.

Manca war ein Faschist?, fragte Mirella.

Ist, berichtigte Orlando. Er ist einer. So was zieht man nicht wie ein Hemd an oder aus.

Darüber schmunzelte Gio, doch Giuseppe sah an dem Schmunzeln, dass er immer noch an Mirella dachte und ihre Stimmung zu erfassen versuchte.

Azzariti saß im Tribunal zum Schutz der Rasse, fuhr Orlando fort. Manca auch. Die haben darüber entschieden, wer Arier war und wer den Nazis ausgeliefert wurde.

Giuseppe räusperte sich. Ihm schien es geradezu geschmacklos, weiter vom Krieg zu reden. Er fühlte sich auf einmal sehr müde. Tja, und was soll man da machen?, fragte er. Wer bliebe denn übrig, wenn wir alle verfolgen würden, die mit den Nazis kollaboriert haben?

Du, sagte Orlando.

Giuseppe quittierte das mit einem trockenen Nicken. Ich habe nur nicht kollaboriert, weil ich gar nichts gemacht habe. Das ist kein Mut. Um ein Volk von Lampedusas wäre es schlecht bestellt.

Der Meinung bin ich nicht, sagte Mirella. Sie schenkte ihm ein süßes Lächeln.

Diese Leute waren keine Kollaborateure, Don Giuseppe, sagte Orlando. Sie waren an der Macht. Und sind immer noch an der Macht.

Gio sah nach, wie viel noch in der Flasche war, und schenkte Orlando ein zweites Glas Wein ein. Bald sind sie aber sowieso alle tot, sagte er. Sie gehören der Vergangenheit an, Orlando.

Wie wir alle, dachte Giuseppe bei sich, während die Abendsonne rot in den Gardinen strahlte, und fragte sich im selben Moment auch schon, ob das stimmte.

Als sie am nächsten Abend mit Licys schwarzem Spaniel Crab zur Konditorei gingen, versuchte er, das Gefühl der Belanglosigkeit zu erklären, das ihn jedes Mal überkam, wenn seine jungen Freunde von Politik anfingen. Gitarrenmusik erklang in den Straßen, die sinkende Sonne erhellte den von Lastwagen und langsam fahrenden Karren aufgewirbelten roten Staub. Er sprach selbstkritisch, belustigt über die eigene Torheit. Es komme ihm vor, sagte er, als beschrieben sie eine Insel, von der er mal gelesen hatte, einen längst verschwundenen Ort aus lang vergangener Zeit, wie ein Land aus dem neunzehnten Jahrhundert, das es nicht mehr gab.

Ach, Giuseppe, erwiderte seine Frau. Nicht sie leben in der Vergangenheit.

Aus ihren Worten klang ein so unerwartetes Bedauern, dass Giuseppe schwieg und überlegte, was sie damit sagen wollte. Manchmal, wenn sie ihn anschaute, meinte er, ihr anzusehen, dass sie über sein Emphysem schon Bescheid wusste, und fühlte sich halbwegs erleichtert, weil er glaubte, es nicht direkt ansprechen zu müssen, doch dann stieß ihn eine Frage oder eine Bemerkung von ihr auf die Wahrheit, nämlich, dass sie es nicht wusste, es nicht einmal ahnte, und ihn packte wieder das schlechte Gewissen. Wenn er sie beobachtete, versuchte er sich jetzt oft vorzustellen, wie sie ohne ihn lebte, allein die staubigen Trottoirs von Palermo entlangging oder auf der Terrasse in der Via Butera ihre

Fallberichte schrieb und niemand da war, der sie unterbrach oder mit einer Karaffe Wasser und zwei Gläsern zu ihr kam, niemand, der ihr gute Nacht sagte, niemand, der ihre Hand in seine nahm und ihr sagte, komm rein, es wird bald dunkel.

Er hatte ihr einen Brief geschrieben. Einen Brief über die Diagnose und sein Zögern, mit ihr darüber zu sprechen. Er würde nicht gesund werden, musste aber auch nicht unbedingt kränker werden. Das hatte ihm Coniglio ja gesagt. Aber er hatte den Brief frustriert zerrissen. So wollte er das nicht sagen. Er merkte, wie ihm das Atmen schwerer wurde, und wenn er jetzt rauchte, spürte er ein Stechen in der Lunge, im Rücken. Manchmal, wenn er im Bett lag und nicht einschlafen konnte, kam er zu dem Schluss, es Licy sofort sagen zu müssen, aber wenn er morgens dann aufwachte, schien es ihm doch wieder nicht der richtige Augenblick; wie leicht könnte sie falsche Schlüsse daraus ziehen.

Jetzt kniete sich Licy hin und nahm Crab auf die Arme, so dass seine Pfoten über ihren Unterarm herabhingen, und Giuseppe folgte ihr langsam, als sie durch den Verkehr über die Straße ging.

Signor Aridon hat heute Nachmittag angerufen, sagte sie, als er auf der anderen Straßenseite ankam. Das ist jetzt schon das zweite Mal, dass er dich nicht erreicht hat. Du musst ihn zurückrufen.

Giuseppe nickte schwer atmend. Ihre Augen waren ernst und sehr schön, dachte er.

Er möchte die Kontobücher mit dir durchgehen. Giuseppe? Hörst du?

Ja.

Sie warf ihm einen neugierigen Blick zu und griff mit der behandschuhten Hand an ihren Hut, als wäre sie plötzlich verlegen. Aridon sagt, es gibt Probleme mit den Pachten, Giuseppe. Er möchte einen Eintreiber holen, der seiner Ansicht nach effizienter arbeitet, einen Mann aus Messina. Um die Güter steht es anscheinend ziemlich schlecht. Einige müssten vielleicht verkauft werden, meint er.

Giuseppe lächelte trocken. Das meint er seit dreißig Jahren, meine Liebe.

Es stimmt also nicht?

Und ob. Es stimmt seit dreißig Jahren.

Er war immer noch außer Atem und blieb jetzt stehen, um ganz langsam eine Zigarette hervorzuholen und sie anzuzünden. Licy sah ihm dabei zu und nahm ihre Handtasche an die Hüfte. Die Tasche war aus weichem schwarzen Leder, passend zu Handschuhen, Hut und den Paspeln ihrer Jackentaschen, und nicht zum ersten Mal dachte er, wie sonderbar und kompliziert doch die Regeln waren, nach denen Frauen sich kleideten.

Der Konditor war nur zwei Gebäude entfernt, doch Licy trödelte, als wollte sie vorher noch etwas besprechen. Du weißt, dass man mich in Rom erwartet, sagte sie jetzt.

Ja. Deine Psychoanalyse.

Sie lächelte ein wenig über seinen Tonfall, doch er begriff, dass sie ihm etwas mitzuteilen wünschte, etwas, das keinen Aufschub duldete. Orlando will nach Syrakus, sagte sie, Mirella ist mit ihrer Familie schon in Neapel. Was machst du, wenn ich wieder weg bin? Wen besuchst du?

Gio ist ja hier.

Ich hab dich neuerdings nicht mehr an deinem Buch schreiben sehn.

Ach so.

Du hast es aufgegeben.

Meine *Histoire sans nom,* sagte Giuseppe großartig, mit Ironie. Nein. Aber anscheinend möchte sie nicht geschrieben werden.

Unsinn, sagte sie. Sie drückte ihm die Leine in die Hand, zog ihre Handschuhe aus, nahm sie in die Hand mit ihrer Tasche und ließ sich die Leine zurückgeben, während sie sprach. Das Schreiben hat etwas Wehmut aus deinem Unbewussten hochkommen lassen, fuhr sie fort, und die muss erst aufgelöst werden, mein Lieber. Deshalb weißt du nicht weiter. Es stand zu erwarten.

Dann muss ich tiefer in mich hineingehen, sagte Giuseppe.

Das bringt nicht so viel, erwiderte Licy prompt. Ich habe nachgedacht. Der Lampedusa-Besitz in Palma, die Burg da. In welchem Zustand ist die?

Er zertrat die Zigarette unterm Schuh. Das ist eine Ruine, glaub ich. Ich kenne sie nicht. Warum fragst du?

Ich hab gehört, Schloss Ventino bei Enna wird zu Wohnungen umgebaut. Die Käufer kommen aus Mailand, aus Genua.

Ich könnte Palma di Montechiaro nicht verkaufen, sagte er ruhig. Ich könnte nicht, Licy.

Nicht alles. Aber einen Teil vielleicht.

Er schüttelte den Kopf, ihm wurde plötzlich schwer ums Herz. Ich glaube, da steht nur noch Gemäuer, meine Liebe.

Damit legte er ihr eine Hand ins Kreuz, neigte ein wenig den Kopf, und sie ließ sich in die Konditorei führen. Der Inhaber begrüßte sie ehrerbietig, und in einem langen Glaskasten mit Eis unter den Tabletts ging das Licht an, so dass sämtliche Küchlein und Törtchen und Cremerollen glitzerten.

Sie sprachen erst wieder, als sie mit ihren kleinen Tassen Kaffee und ihren Tellern voll Pistazien-Marzipan-Pralinen am Fenster Platz genommen hatten. Zwei Damen auf der anderen Seite nickten förmlich, und Licy senkte das Kinn, Giuseppe tippte an seinen Hut.

Ich bin in zwei Wochen in Rom, sagte Licy leise, damit es sonst niemand hörte. Meiner Meinung nach musst du nach Palma. Nimm Gio mit, der hat ja nichts zu tun. Er begleitet dich sicher gern. Seht euch die Burg in Montechiaro an. Laut Signor Aridon muss etwas passieren. Wenn du keine Entscheidung triffst, tun es die Gläubiger und die Gerichte.

Giuseppe legte den Teelöffel auf seinem Teller ab. Er hob nicht den Kopf.

Außerdem bin ich der Meinung, sagte sie mit Bestimmtheit, dass eine Reise nach Palma dir über deine Wehmut hinweghilft. Du kommst ja mit deinem Roman nicht weiter. Das liegt daran, dass dich das, was du im Leben verloren hast, immer noch überwältigt.

Was ich verloren habe, murmelte er.

Er wollte ihr sagen, dass er nicht überwältigt war; dass er nur deshalb nicht mehr an seinem Roman geschrieben hatte, weil er noch nicht wusste, wie es weiterging. Er hob das Gesicht, sagte aber nichts.

Fahr, sagte Licy ernst. Sie legte die Fingerspitzen auf seinen Handrücken. Tritt vor den Stammsitz deiner Familie. Und dann, mein Lieber, komm wieder zu mir.

In den Tagen darauf nahm seine Abneigung gegen den Plan nur noch zu.

Er war es zwar nicht gewohnt, sich den Anweisungen seiner Frau zu widersetzen, doch diesmal tat er es. Du wirst dich weigern, sagte er sich. Schon die Fahrt dahin käme vielleicht einem stillschweigenden Einverständnis mit dem Verkauf der Stammburg in Montechiaro gleich. Er redete sich ein, Dr. Coniglio wäre wegen des empfindlichen Zustands seiner Lunge dagegen. Er sah zu, wie Licy vom Ballsaal aus in Rom anrief und ihre Unterbringung regelte, wie sie auf einer Récamiere ihre Kleider für die Reise auswählte, und er dachte an die langen, stillen Tage während ihres Romaufenthalts und daran, wie lieb ihm die Stille war und wie lästig die Unannehmlichkeiten des Reisens.

Eine Woche vor ihrer Abreise nach Rom legte Licy dann zwischen den Patienten eine Pause ein und sagte ihm, während er sich einen Kräutertee zum Einschlafen machte, ihr sei eine Veränderung an ihm aufgefallen, eine neue Unzufriedenheit. Sie sagte das ruhig und sanft. Auf ihren Vorschlag hin hatte er im Sommer die Arbeit an seinem Roman unterbrochen, um Eindrücke aus seiner frühen Kindheit schriftlich festzuhalten. Das war nicht einfacher gewesen als der Roman und genauso unvollendet geblieben. Wenn sein Erinnerungsprojekt, sein Versuch, die verlorenen Häuser wiederzugewinnen, ihn nicht zurück in seinen Roman geführt hatte, so fragte Licy jetzt, warum stemmte er sich dann gegen die von ihr vorgeschlagene Reise nach Palma?

Schaden kann dir so eine Reise nicht, sagte sie. Durchbrüche ergeben sich meiner Erfahrung nach oft in einer neuen Umgebung.

Darauf antwortete er nicht. Tatsächlich waren ihm ganz ähnliche Gedanken gekommen. In der Woche zuvor hatte er seine Erinnerungen durchgelesen, die vielen Seiten über das geliebte Haus seiner Mutter in Santa Margherita di Belice. Etwas hatte sich in ihm gerührt, eine Entdeckung, und er hatte gemerkt, wie seine Gedanken zu dem auf Eis gelegten Roman zurückkehrten. Licy gestand er es nicht ein, aber was gefehlt hatte, begriff er jetzt, war ein Ort der Stille und Schönheit für seinen Fürsten, ein Ort, der im Laufe des Romans unwiederbringlich verlorenging, so wie eine Kindheit verlorengeht.

Was fehlte, war eine Reise zu einem großen Besitz. Und so machte er sich mit Gioacchino am 3. September per Eisenbahn quer durch Sizilien auf den Weg zum uralten Stammsitz der Lampedusas in Palma.

Die Einzelheiten wie die Reiseroute selbst kamen von seiner Frau. Sie würden bis Agrigent fahren und sich dort mit dem jungen Francesco Agnello treffen, der sie für die Nacht zu seiner Villa auf dem Land in Siciliana bringen würde. Giuseppe war seit seiner Kindheit nicht mehr mit der Bahn über die Insel gefahren, und er staunte, wie viel und doch wie wenig sich geändert hatte. Der Zug war immer noch langsam und schwankte und ratterte in der drückenden Gluthitze geräuschvoll auf den alten Schienen. Doch die Fenster ließen sich quietschend aufstemmen, und die Sitze waren zwar an den Nähten aufgeplatzt, aber nicht mehr so hart. Er war dankbar für den Privatwagen und den dunkelhäutigen Jungen mit den Kuhaugen, der mit einem Tablett voller Erfrischungen um den Hals alle halbe Stunde durch den Gang gestolpert kam. Jedes Mal, wenn der Junge bei ihnen anklopfte und seine hohe Stimme erklingen ließ, knöpfte Giuseppe umständlich die Kragenknöpfe seines Hemdes zu und zwängte sich in sein Leinenjackett, bevor er Gio zunickte. Der junge Mann fand das absurd und foppte ihn ein wenig, indem er am eigenen Hemd mehrere Knöpfe öffnete und seine Haare verwuschelte, bevor er den Jungen hereinrief, der dann standhaft zu Boden blickte, statt den halbangezogenen, komischen jungen Mann und seinen steifen, verschwitzten älteren Begleiter anzusehen.

Als Giuseppe ein Junge war, hatte seine Mutter in der glühenden Julihitze den Haushalt alljährlich von Palermo nach Santa Margherita di Belice verlegt. Pflichtbewusst stand er dann um drei Uhr früh auf Drängen seiner Gouvernante auf, ließ sich anziehen und stolperte zum Hof hinunter, wo die geschlossenen Landauer warteten. Er erinnerte sich an das leise Schnauben der Pferde in der warmen Luft, den Duft der Nachtblüher. Er und seine Eltern und Anna stiegen in das schaukelnde Gefährt, den zweiten Landauer nahm das Personal, und verschlafen fuhr man durch die grauen, verlassenen Straßen zum Bahnhof in Lolli und dem schäbigen Überlandzug nach Trapani. Von diesen Fahrten hatte er Gioacchino nicht erzählt. Er sah zu, wie sich der junge Mann erstaunt über die Welt, wie sie war, mit dem Fingerknöchel über die feuchte Oberlippe fuhr. Die Züge hatten damals, in den ersten Jahren des neuen Jahrhunderts, keine Gänge gehabt, und er erinnerte sich, wie der Schaffner mit seinen Handschuhen und seiner betroddelten

Uniform außen an den Abteilen entlanggeklettert war und die Hand zum Fenster hereingestreckt hatte. Er erinnerte sich an die im Sand neben der Brandung verlaufenden Geleise und das langsame Sichaufheizen der Eisenkästen, in denen sie schwitzend gefangen lagen. Er hatte diese Reisen geliebt, die träge Glückseligkeit im Gesicht seiner Mutter, ihre geschlossenen Augen und das Wedeln des Fächers in ihrer Hand.

Damals waren sie an der Westküste entlanggefahren, doch hier liefen die Geleise nach Süden, landeinwärts, in das weite, öde Hügelland des wahren Siziliens und darüber hinweg. Sie verlangsamten wegen Herden zottiger, fliegenumwölkter Schafe, hörten die trägen Rufe der Hirten, die sie von den Schienen scheuchten, und beobachteten die dunkel gekleideten Männer mit den umgehängten Flinten, die beinahe im Schritttempo neben dem Zug herliefen und mit ihren schwarzen Augen böse zu ihnen hereinschauten. Diese Männer waren alt. Doch das mulmige Gefühl verging, und als sie langsam um die nächste Felszunge bogen, überwältigte sie der strahlend blaue Himmel.

Eine traurige Schönheit ging von den Hügeln, den steinigen Schluchten aus, und wenn dann plötzlich alles voll gelbem Weizen war oder dichtstehende Olivenbäume einen Bergrücken entlangtaumelten, brachte das Giuseppe aus der Fassung. In der Ferne waren Myrten- und Ginstergestrüpp und wilder Thymian zu sehen. Sie fuhren an Bergdörfern mit leeren Straßen unter der hohen Sonne vorbei, und er musste an Orlandos Worte von der sich leerenden Insel denken, auf der ganze Dörfer nach Norden zogen.

Während der Zug langsam landeinwärts ratterte, verfiel

Gio in ein lustloses Schweigen. Schließlich aber – Giuseppe hatte es geahnt – fing er an, von Mirella zu reden.

Sie hat sich die Haare abgeschnitten, sagte er unglücklich. Ganz ab, Onkel, jetzt hat sie einen amerikanischen Bubikopf. Hast du so etwas schon gesehen? Sehr modisch und flott schaut sie aus.

M-hm, sagte er. Hab ich noch nicht gesehen.

Weil sie allein im Abteil waren, erwiderte Giuseppe unwillkürlich den fragenden Blick des Jungen, obwohl er sich eigentlich lieber abgewandt hätte. Er merkte, dass ein Ausdruck wie Mitgefühl in sein Gesicht trat, und wunderte sich kurz über die eigene Feigheit.

Sie behauptet, es sei wegen des heißen Wetters, redete Gio weiter. Viele Mädchen würden sich die Haare abschneiden, ob mir das bei den Cafébesuchen mit Orlando nicht aufgefallen sei? Es stimmt. Aber sie trägt jetzt auch kürzere Röcke, und vor zwei Wochen hab ich sie mit einem neuen Armband gesehen. Ich fragte sie, wo sie das her hat, und sie tat so, als sei es nicht der Rede wert, als wüsste sie's nicht mehr. Aber Mirella ist nicht wie andere Mädchen, sie vergisst nichts. Sie hat's von ihrem Kommilitonen aus dem Geschichtskurs, diesem Amerikaner. Da bin ich mir sicher.

Giuseppe wischte sich mit dem Taschentuch über den Mund und hütete sich, etwas zu sagen.

Voriges Wochenende hab ich bei ihr angerufen, und ihre Mutter sagte, sie sei im Kino, erzählte Gio. Aber da war sie nicht. Und ich? Ich war nur so mit Freunden unterwegs. Ein harmloser Abend. Wo war sie?

Giuseppe dachte daran, ihm zu sagen, Mirella Radice habe ein gütiges und treues Herz, aber er wusste genug von der Liebe, um einzusehen, wie töricht das wäre. Das Herz ist weder gütig noch treu.

Ich glaub, sie ist mir böse, Onkel. Ich glaub, sie fühlt sich vernachlässigt. Meinst du, das kann sein? Gio warf ihm einen Blick zu, und er sah im schmalen Gesicht des Jungen, in den weichen Lippen und den feuchten dunklen Augen die Züge eines Unschuldigen. Manchmal kommt es mir vor, als ob sie mich ärgern will, Onkel, und dann ärgere ich mich, und sie ärgert sich, dass ich mich ärgere. Wir sind wie ein altes Ehepaar. Offenbar entging ihm Giuseppes trockenes Schmunzeln an der Stelle, und er sprach ohne Verlegenheit weiter: Ich muss mit ihr reden, ich muss ihr sagen, dass ich nicht dulde, dass sie sich mit diesem Amerikaner trifft. Ja. Da bin ich hart.

In Agrigent traten sie inmitten weißer Dampfwolken in das Getöse des Zentralbahnhofs hinaus, und Giuseppe wartete, bis Gio einen Gepäckträger erwischte, dann liefen sie, begleitet vom Quietschen der kleinen Gepäckwagenräder, zu dritt durch das kühle Gebäude. Draußen lud der Träger ihre Koffer ab, tippte sich an die Mütze und ließ sie in der Hitze stehen. Blinzelnd strichen sie mit flacher Hand die Falten aus ihrer Reisekleidung. Auf der offenen Piazza sah man staubige Autos langsam wenden, doch das von Francesco war nicht dabei. Gio verzog das Gesicht und kniff die Augen zusammen, als suchte er das Meer.

Das hier, sagte er. Dafür hätte Mirella kein Verständnis. Dass wir eine Reise in deine Vergangenheit unternehmen.

Giuseppe wusste nicht, ob das stimmte. Er hatte Mirella in den letzten beiden Jahren zu einem einfühlsamen, verständigen Menschen heranwachsen sehen.

Die Piazza hatte sich geleert. Die Uhren standen still. Giuseppe sah einen Pferdekarren langsam wie ein Schatten des Todes an den weißgetünchten Wänden einer Kirche entlangfahren.

In Agrigent war der Dramatiker Luigi Pirandello geboren und auch, unter antiker Sonne, der griechische Philosoph Empedokles. Empedokles ist vielleicht genau auf diesem Stück Erde gewandelt, dachte er, zwischen den Tempeln spaziert, die jetzt oberhalb der Stadt in Trümmern lagen. Er war zu einem Verschwundenen auf einer Insel der Verschwundenen geworden, war zum Krater des Ätna hinaufgeklettert und hatte sich hineingestürzt in der Hoffnung, dass seine Anhänger glaubten, er sei lebend daraus emporgestiegen, um bei den Göttern zu wohnen. Im Sprung hatte sich eine Sandale von seinem Fuß gelöst und war von seinen Anhängern auf halber Höhe im Krater gefunden worden; daran hatten sie erkannt, dass er umgekommen war.

Was kümmert's mich, wenn sie einen andern will?, sagte Gio gerade. Soll er sie haben.

Giuseppe legte seinen Hut auf dem schweren Koffer ab, schritt ohne Eile die ganze Betonwand entlang und beschirmte die Augen vor der späten Sonne.

Ich lass mich nicht zum Narren halten, sagte Gio leise.

Giuseppe betrachtete die umliegenden Gebäude mit ihren geschlossenen braunen Fensterläden in den unheimlichen, stillen Straßen. Er dachte an seinen Roman, daran, wie boshaft der junge Tancredi solches Gerede kommentieren würde. Er sah den Jungen an.

Gib acht, dass sich dein Herz nicht verhärtet, Gioitto, sagte er sanft.

Mein Herz ist wie Honig, gab Gio zurück.

Aber er kratzte sich dabei unglücklich an den gelben Fingerknöcheln.

Als Giuseppe Tomasi vierzehn Monate zuvor seinen Cousin zum Kursaal von San Pellegrino Terme in der Lombardei begleitet hatte, war das eine ganz andere Reise gewesen. Diesen Juliausflug in den Norden hatten sie unternommen, weil Lucio eine Ehrung durch den Dichter Montale empfangen sollte: eine öffentliche Einführung in seine Lyrik und einen Publikationsvertrag vom renommierten Verlagshaus Mondadori in Mailand. Sie waren mit der Bahn gereist, begleitet von Lucios Diener Paolo in der dritten Klasse, und Lucio hatte in seinem Erste-Klasse-Abteil einfach nicht stillsitzen können. Nördlich von Rom hatten sie überall Fabriken und dicht befahrene Straßen und Heere von Arbeitern gesehen, die aus den Barackensiedlungen kamen. In Mailand stiegen sie um nach Bergamo, und in Bergamo mussten sie einen Tag auf die Verbindung nach San Pellegrino warten. Außerhalb von Bergamo, in Scanzorosciate, sahen sie die Anhydridfabrik von FTALITAL mit ihren die Sonne verdunkelnden grünen Wolken, und eine feine gelbe Ascheschicht legte sich auf ihre Haare und Hemdsärmel. In Bergamo selbst standen sie vor den Toren des Aluminiumwerks Agnelli und sahen sich mit einem Taschentuch vor dem Mund den schmutzig rotbraunen Rauch an, der aus den riesigen Schornsteinen quoll. Giuseppe war, als hätten sie eine sonderbare Traumlandschaft betreten, ein Italien der Macht und des Wohlstands. Die kommende Welt.

Er atmete auf, als sie weiter in die Lombardei fuhren.

In San Pellegrino Terme hatten sie nebeneinanderliegende Zimmer im Grand Hotel gebucht, wo sie zu ihrer Überraschung keine Romanciers oder Lyriker vorfanden, sondern offenbar nur aus Rom angereiste Journalisten. Sie waren nicht zu früh dran; es war der Tag der Preisverleihung. Dann ging dem verlegenen Giuseppe ein Licht auf.

Die Zimmer sind zu teuer, Cousin, sagte er, als sie langsam die gewundene Treppe hinaufstiegen. Die Schriftsteller schlafen hier nicht.

Die Schriftsteller schlafen überhaupt nicht, meinte Lucio mit einem hohen, nervösen Lachen. Von den Gewohnheiten der Schriftsteller hab ich schon gehört.

Sie aßen in dem Restaurant mit Blick auf den Brembo, und Giuseppe sah sich dabei die Stromschnellen in dem breiten Gewässer an, doch beide Cousins sagten nicht viel. Der Wein aus einer Traube des kalten Nordens war ausgezeichnet und seltsam. Als sie in ihre Zimmer zurückkehrten, zogen sie sich für den Abend um, und Giuseppe stellte fest, dass er, obwohl es draußen brutal heiß war, zwar seinen guten Kamelhaarmantel, aber nur seinen zweitbesten Anzug, die leicht fadenscheinigen Nadelstreifen, eingepackt hatte. Aus Verlegenheit knöpfte er daher den Mantel trotz der Hitze bis unters Kinn zu. Als die beiden Cousins zusammen mit dem einen Schirm tragenden Paolo hinaus auf den Boulevard am Fluss kamen, folgten sie der Wegbeschreibung des Hotelportiers und gelangten an den öffentlichen Bädern vorbei zu dem Saal, in dem die literarische Ehrung stattfinden sollte. Sie ließen sich Zeit, ein sonderbares Trio mit sizilianischen Manieren unter einem tiefblauen Himmel, dazu der laute, leuchtende, mineralgrüne Fluss.

Die Preisverleihung hatte ohne sie angefangen. Sie wurden durch das stille Foyer zu ihren Plätzen geleitet, und Giuseppe setzte sich neben einen Mann mit getönter Brille, damit Lucio am Gang Platz nehmen konnte. Auf dem Podium hielt jemand eine trockene Rede, und es dauerte einen Moment, bis Giuseppe den Erzähler Bassani erkannte. Giuseppe grüßte leise seinen Sitznachbarn. Später sollte er erfahren, dass es sich um den Romancier und Journalisten Enzo Bettiza handelte. Bettiza guckte nur böse, schirmte die Augen mit der Hand ab und drehte sich weg. Giuseppe spreizte die Knie unter seinem immer noch hochgeschlossenen Kamelhaarmantel, stellte den Gehstock dazwischen, verschränkte die Finger auf dem Knauf und lächelte verlegen vor sich hin. Sicher saßen viele bedeutende Romanautoren und Lyriker dieses seltsamen neuen Nachkriegsitaliens hier im Saal. Er als lebenslanger Leser und Bücherverschlinger sah sich mit Staunen in ihrer Mitte. Er hatte zwar schon Schriftsteller kennengelernt, sich etwa in London ausgiebig mit Pirandello unterhalten, hatte sich aber nie in Beziehung zur Vielzahl lebender italienischer Schriftsteller gesehen. Es kam ihm unwahrscheinlich und auch nicht ganz richtig vor, dass hier sein Cousin Lucio gefeiert und geehrt werden sollte. Lucio hatte jahrzehntelang Musik studiert und erlesene Klavierkonzerte gegeben, an seinen Gedichten aber eher zum Zeitvertreib gearbeitet, als wollte er Giuseppe daran erinnern, dass er nicht der Einzige aus der Verwandtschaft war, der in der Sprache lebte.

Jetzt war Bassani unter viel Applaus abgetreten, und in langsamer Folge erhob sich eine Reihe von Lyrikern und Romanciers mittleren Alters, um ihre wachen, kämpferischen jungen Schützlinge vorzustellen. Giuseppes Gedanken schweiften ab, er schloss die Augen und unterdrückte dann und wann ein Gähnen. Schließlich sah er eine junge Frau im grünen Kleid einen fülligen, dunkelhaarigen Mann zum Podium geleiten. Das war Montale, der Dichter. Giuseppe spürte, wie sein Cousin neben ihm erstarrte, und tätschelte ihm wohlwollend ironisch die Hand.

Sie hatten gehofft, den großen Dichter vor diesem Moment kennenzulernen und sprechen zu können, doch ihre späte Ankunft und der strenge Zeitplan der Veranstaltung verwehrten ihnen das. Der Dichter erzählte jetzt mit derbem ligurischen Zungenschlag von einem jungen Kollegen, dessen Verse ihm mit unzureichend frankierter Post zugegangen waren. Ein Lächeln. Er habe den Differenzbetrag zahlen müssen, erzählte er, und dann aus Pflichtgefühl gegenüber den aus eigener Tasche bezahlten Lira angefangen, die Gedichte zu lesen.

Sie können sich denken, meine Damen und Herren, sagte Montale, dass ich viele Postsendungen von aufstrebenden Dichtern bekomme. Die meisten dieser Gedichte sind ernst, tiefempfunden, doch ohne echten Wert. Im vorliegenden Fall lag den Gedichten ein ungewöhnlicher Brief bei, der sie als Chronik einer untergehenden Lebensweise darstellte, der aristokratischen Welt eines Palermos, das es nicht mehr gibt. Begreiflicherweise habe ich nach einer solchen Einführung nicht allzu viel erwartet und am allerwenigsten, dass in den Gedichten wirklich Poesie steckt.

Perlendes Gelächter im Saal.

Giuseppe verlagerte sein Gewicht, merkte, wie er rot wurde. Er hatte den Brief selbst geschrieben.

Der junge Dichter, mit dem ich Sie heute bekannt machen möchte, fuhr Montale fort, ist einer, dessen Zeilen die Kraft und Musikalität wahrer lyrischer Begabung auszeichnet.

Seine Verse sind reich an Bildern, dicht in der Sprache, in ihrem Sinn jedoch ohne Mühe zu verstehen. Das mag daran liegen, dass der junge Autor Musik und europäische Philosophie studiert. Ich hatte noch nicht das Vergnügen, den jungen Lucio Piccolo kennenzulernen, aber wenn er heute hier ist, hoffe ich, er gesellt sich jetzt zu mir und trägt Ihnen einige seiner beeindruckenden Gedichte vor.

Der Saal füllte sich mit Applaus, helle Gesichter drehten sich suchend in den Sitzreihen. Lucio erhob sich schüchtern von seinem Platz und wirkte, als er durch den Gang schlurfte, unglaublich würdevoll und betagt auf Giuseppe in einem so jungen Publikum. Ihm fiel auf, dass der Schwung Gedichte unterm Arm seines Cousins zitterte und dass Montale große Augen machte, ehe er geschmeidig vortrat, Lucio bei der Hand nahm und ihn zum Blitzlichtgewitter hindrehte.

Sie haben uns ganz schön schockiert, Don Lucio, sagte Montale hinterher lächelnd. Ich dachte, Sie seien ein junger Dichter, dabei sind Sie versierter als ich. *Sie* hätten *mich* vorstellen sollen.

Versiert, flüsterte Giuseppe seinem Cousin ins Ohr, ist ein Euphemismus.

Lucio beachtete ihn nicht und errötete über das Kompliment. Sie standen im überfüllten Bankettsaal des Grand Hotels.

Mir gefiel besonders das Gedicht über die Sonnenuhr, sagte das Mädchen im grünen Kleid. Sie schloss die Augen und zitierte: *Nimm Wasser, das Unentschlüsselbare: Von ihm berührt, wankt das Universum.*

Lucio lächelte und betrachtete das Weinglas in seinen Händen. Danke, sagte er.

Giuseppe musterte das Mädchen von der Seite. Er wusste nicht, ob sie Montales Gast, seine Tochter oder seine Geliebte war oder selbst Schriftstellerin. Ihr eigenartiger Akzent fiel ihm auf, die hellbraunen Strähnen in ihrem Haar, die goldenen Augen. Sie schaute nicht mal in seine Richtung. Das Gespräch hatte sich jetzt verlagert, Montale ließ sich über ein Problem in der zeitgenössischen englischen Dichtung aus, und als sich eine Lücke auftat, sah Giuseppe, wie sein weltfremder Cousin eine Bemerkung über Yeats einzuwerfen wagte. Jahrelang habe er mit dem Iren Briefe gewechselt. Er halte es für möglich, dass sich die kraftvolle Eigenart seiner Gedichte seinem Glauben an Geister verdankte. Es ist das zwischen den Zeilen liegende Unsichtbare, sagte Lucio jetzt, das die Illusion von Sinn und Zweck in seinen Gedichten fördert. Zumindest kommt es mir so vor.

Montale trank einen Schluck Wein und nickte. Ich hätte es nicht gedacht, sagte er. Dennoch trifft es zu, dass das, woran wir glauben, uns beeinflusst und unsere Hand führt. 1923 war ich in Rapallo, um Pound kennenzulernen, und Yeats war auch dort, aber leider konnten wir uns nicht verstehen. Das Problem hatten Sie nicht?

Lucio neigte den Kopf. Ich habe ihn nicht kennengelernt, nicht persönlich, sagte er.

Das finde ich schade.

Wir haben uns auf Englisch geschrieben.

Ach so.

Wir haben uns fast bis zum Monat seines Todes geschrieben, sagte Lucio bedauernd. Er hielt inne und zuckte verlegen die Achseln, als hätte er zu viel geredet. Darf ich Ihnen meinen Cousin vorstellen, Professore, Giuseppe Tomasi, Fürst von Lampedusa. Lucios Blick ging kurz zu Giuseppe hinüber, der auf seinen Stock gestützt dastand. Giuseppe hat einen Essay über Yeats' Lyrik geschrieben, der 1926 erschien. Vielleicht sind Sie mal darauf gestoßen?

Montales hellblaue Augen betrachteten Giuseppe, und er merkte, wie er ein wenig rot wurde. Sie sind Kritiker, Exzellenz?

Giuseppe lächelte scheu. Aber nein, murmelte er. Nur ein Leser, der Zeit zu viel hat.

Das ist nicht zu verachten, sagte Montale höflich. Solche Leser wünschen wir uns alle.

Mein guter Cousin ist mein erster Leser, sagte Lucio. Es gibt nichts, was er nicht gelesen hat.

Giuseppe verneigte sich dankend.

Bitte entschuldigen Sie mich, sagte er.

Und damit drehte er sich um und schlurfte mit betont entschlossener Miene, als würde er woanders gebraucht, schwerfällig zur Treppe. Stimmt, dachte er bei sich, als er auf dem Absatz stehen blieb und sich am Geländer festhielt, er hatte vor all den Jahren wirklich einen Artikel über die irische Renaissance verfasst, in dem es vorwiegend um Yeats ging, zu einer Zeit, als der Dichter in Italien noch kaum bekannt war. Damals hatte er gedacht, er könnte vielleicht als Schriftsteller Fuß fassen. Wie jung er gewesen war. Gerade mal dreißig, unterwegs in den Großstädten Europas, noch bemüht, seine Richtung zu finden in jenen wirren Jahren nach dem Krieg. Er hatte den Artikel wenig optimistisch einem alten Freund in Genua geschickt, dessen Vater eine Literaturzeitschrift herausgab, und sich gesagt, es sei ohne Bedeutung. Nur ein Zeitvertreib. Und doch erinnerte er sich ganz genau an die Angst und Nervosität, mit der er auf Antwort gewartet und monatelang nichts gehört hatte. Diese Zeitschrift, *Le Opere e i Giorni*, hatte frühe Arbeiten von Montale veröffentlicht, wie er wusste. Und er war so stolz gewesen, seinen Artikel gedruckt zu sehen, als er schließlich erschien. Er entsann sich nicht, warum er nicht weiter für die Zeitschrift geschrieben hatte, was ihn bewogen hatte, nichts mehr zu veröffentlichen. Seine Mutter hatte zwar etwas dagegen gehabt, aber das war nicht der Grund. Etwas in ihm war immer schon vor der heiklen Möglichkeit einer Bloßstellung zurückgescheut. Ihm fehlte Lucios fester Glaube an das eigene Genie; stattdessen hatte er sich auf die Kunst, Misserfolge zu vermeiden, spezialisiert.

Er ließ den Blick über die Gestalten im Saal schweifen, sah aber weder seinen Cousin noch Montale. Da kam ihm ein Bild aus der Vergangenheit in den Sinn – wie Lucio im Wintergarten der Villa Vina an einer Steinmauer lehnte, Giuseppes Ausgabe von *Le Opere* in den Händen hielt und im kalten Licht ein Ausdruck des Unglücks über sein Gesicht huschte.

Und jetzt fiel ihm auch ein, dass Lucio damals auf Giuseppes Drängen hin eine Gedichtfolge bei derselben Zeitschrift eingereicht hatte: Gedichte, die der Schwiegervater seines Freundes postwendend zurückschickte.

Um zwanzig nach fünf kam Francesco Agnello in einem silbernen Zwei-plus-Zwei-Coupé mit in der Sonne blitzendem Chrom auf den Marktplatz von Agrigent gerauscht, eine Sonnenbrille auf der Nase, Sportmütze auf dem Kopf, eine unangezündete amerikanische Zigarette zwischen den Zähnen. Das Coupé war eine nagelneue Giulietta Sprint, gerade fertiggestellt in den Mailänder Alfa-Romeo-Werken, und Francesco hatte es persönlich über die neugebauten Küstenschnellstraßen in den Süden gebracht, wie er ihnen stolz erzählte. Für Giuseppe sah es wie etwas aus einem Science-Fiction-Film aus.

Eine junge Frau mit strohgelben Haaren kauerte barfuß auf dem Sitz neben Francesco.

Meiner Schwester Teresa werdet ihr verzeihen, sagte er. Er verschränkte die langen Arme über der Tür und legte das Kinn aufs blanke Chrom. Sie wollte unbedingt mitkommen.

Die berühmte Schwester, sagte Gio galant.

Francesco blies die Backen auf. Berüchtigt wohl eher.

Exzellenz, sagte sie mit einem aufblitzenden Lächeln. Und das wird Gioacchino sein.

Francesco schob die Sonnenbrille tiefer auf die Nase und zog mit einem wohlwollenden Lächeln die Brauen hoch. Meine Schwester möchte beim Verstauen deines Gepäcks behilflich sein, Lanza.

Gio lief rot an.

War Francesco Stein, dann war Teresa Feuer. Giuseppe

empfand eine jähe sinnliche Trauer bei ihrem Anblick, ein Bedauern über das eigene fortgeschrittene Alter. Sie war geschmeidig, olivfarben und grünäugig wie ein Geschöpf aus den Wäldern, voller Pepp und von durchtriebener Schönheit. Zur gepunkteten Röhrenhose trug sie eine weite weiße Bluse, und ihr Lippenstift war knallrot. Giuseppe kannte solche Mädchen nur aus amerikanischen Zeitschriften.

Francesco, der leicht zu amüsierende und amüsante Brummbär, hatte ihm nichts von einer Schwester gesagt. Giuseppe hockte auf dem winzigen Vordersitz des Coupés, seinen Koffer auf den Knien, und hörte durch den Fahrtwind die Lachsalven des Mädchens hinter sich. Ihre zarten Finger gruben sich über die Sitzlehne hinweg in seine Schulter, sie beugte sich vor, rief ihm etwas zu, das er nicht verstand, und als er sich umdrehte, sah er Gios hochgezogene Augenbrauen, sein rotes Gesicht, den Blick fest auf dem Gesicht des Mädchens. Francesco fuhr schnell.

Sie war die Tochter aus der zweiten Ehe von Francescos Mutter, sieben Jahre jünger als er, und sah ihm nicht ähnlich. Sie bremsten und bogen auf eine schmale, unbefestigte Straße, und als sie am Haus anlangten, sah Giuseppe, wie Gio Francescos Sitz nach vorn drückte, sich rauszwängte und um den Wagen eilte, um Teresa den Schlag aufzuhalten. Francesco schüttelte ein wenig den Kopf, sagte aber nichts. Teresa nahm Gios Hand, und ihr Blusenausschnitt senkte sich.

Onkel, sagte Gio grinsend. Wo guckst du hin?

Francescos Mutter war einige Jahre zuvor gestorben, doch ihr zweiter Mann stand mit angelegten Armen und um den Hals hängender Brille in einem blauen Leinenanzug an der offenen Tür des Landhauses. Er hatte eine breite Stirn, ein kleines, fliehendes Kinn, und sein glatter, runder Kopf ließ ihn aussehen wie eine winterwache Schildkröte. Jetzt kam er ihnen entgegen, begrüßte ehrerbietig den Fürsten, nahm Gios Hand in seine und legte die andere wie zum Segen darauf. Er war klein, weich um die Hüfte, hatte eine lange Nase und dunkle Ringe um die Augen.

Ein Bad und ein Spaziergang zwischen den Rosen, Dahlien und Weinreben im Garten hinter dem Haus wurde ihnen angeboten, als die Sonne langsam zu den Bergen hin sank. Giuseppe bekam ein schönes, großes Zimmer über dem Hof neben der Villa. Seinen Koffer hatte man auf einen Diwan am Fenster gestellt. Durch die Lamellen der Holzläden drang das Sonnenlicht, und er betrachtete eine Weile die warmgelben Schrägstreifen auf den Gardinen. Das Bett selbst war alt und vergoldet, so dass er sich nach seiner Kindheit sehnte.

Später saß Giuseppe auf der Terrasse, trank gerade ein Glas Wasser und brütete über den verlassenen Dörfern, durch die sie tagsüber gekommen waren, da sah er Gioacchino und Teresa im Garten draußen unter den Glyzinien. Gio berührte unter dem Vorwand, Fliegen zu verscheuchen, mehr als einmal das blonde Haar des Mädchens. Giuseppe hatte über seinen Roman nachgedacht, über Tancredi, der ohne weiteres von der alten Welt seiner Geburt in das neu geformte Sizilien des Risorgimento hinüberwechselt, und jetzt ging ihm auf, was da fehlte. Tancredi musste sich von Don Fabrizios Tochter entlieben. Die Schönheit eines einfachen, ungebildeten Mädchens, eines Geschöpfs der neuen Art, würde seine Aufmerksamkeit gefangen nehmen.

Gierig würde sie sein, süchtig nach Vergnügen, eine Überlebenskünstlerin, alles, was die alte Aristokratie nicht war. Und auch Don Fabrizio würde sie begehren, und anhand dieses Begehrens würde er sich über den eigenen Verfall klarwerden.

Beim Abendessen musste Francescos Stiefvater über Giuseppes Stielaugen lachen.

Riesige dampfende Teller mit schaudernd in Scheiben geschnittenem Schwertfisch, gebackene Auberginen, Makkaroni auf Sizilianisch mit viel Peperoni, Tomaten und Schweinefleisch unter einer goldenen Kruste. Dazu noch heißes, weiches Brot. Calamari in braunem Zucker.

Plato schrieb von Agrigent, dass wir bauen, als ob wir ewig leben, und essen, als müssten wir morgen sterben.

Wenn wir davon auch nur die Hälfte essen, meinte Giuseppe trocken, könnte uns das passieren.

Nachdem sie gegessen hatten und das Geschirr abgeräumt war, entschuldigten sich Gio und Francesco, dann auch Teresa, und die beiden älteren Männer nahmen Zigarren aus einem Holzkasten und rauchten still, während der Abend in den hohen Fenstern dunkler wurde.

Francescos Stiefvater erzählte, dass er nach einer Zeitungskarriere in Messina nach Agrigent gekommen sei und die Gräfin geheiratet habe, ohne zu wissen, wie ihm geschah. Sie wollte, dass ihre zweite Ehe für Zeitungsleser interessant wird, meinte er mit einem verhaltenen Lächeln und im geübten Ton von jemandem, der den Scherz schon mal gemacht hat. Im Winter verschlug ihm die Küste hier immer noch den Atem, sagte er, und ihre rauhe Schönheit sei von jeher mehr nach seinem Geschmack gewesen als die ruhigen Sommer. Von Palma, meinte er, würde Giuseppe sicher sehr angetan sein. Lampedusa allerdings würde er von dort aus leider nicht sehen können. Auch an den klarsten Tagen nicht. Stimmt es, dass Sie noch nie auf der Insel waren, Exzellenz?

Er gab es zu.

Aha. Man sagt, sie hat ihr eigenes Monster.

Giuseppe zog lächelnd die Brauen hoch. Vielleicht eins, das in Palermo lebt?

Francescos Stiefvater sah ihn kurz überrascht an, dann erwiderte er das Lächeln. Nein. Nein, in alter Zeit sollen die arabischen Seeleute einen großen Bogen um Lampedusa gemacht haben. Kein Handelsschiff hat da jemals Zuflucht gesucht, selbst im Sturm nicht.

Erzählen Sie mir von dem Monster.

Was möchten Sie wissen?

Giuseppe hob lächelnd die leeren Hände. Alles.

Sein Gastgeber betrachtete einen Moment lang das Ende seiner Zigarre und leckte sich die Lippen. Ibn al' Assad, ein arabischer Geograph, schrieb im zehnten Jahrhundert darüber, sagte er. Al' Assad hat ihm keinen Namen gegeben. Angeblich lebte das Untier in einer Höhle unterm südlichen Teil der Insel und rührte sich nur, wenn Schiffe vor Anker gingen. Viele Fangarme und spitze Hauer bestimmt.

Giuseppe folgte dem alten Zeitungsjournalisten von der Küche in den Garten, wo ein großer Terrakottatopf auf der niedrigen Steinmauer balancierte. Darin waren die kleinen Blätter von sizilianischem Basilikum zu sehen. Er rauchte und betrachtete die Sterne, während sein Gastgeber nach

Bauernart die Wurzeln des Basilikumstrauchs zur Nacht wässerte.

Jetzt wo ich alt bin, sagte sein Gastgeber, sehe ich, dass es eine scharfe Trennlinie zwischen Jugend und Alter gibt. Und dass es kein echtes Verständnis zwischen beiden geben kann. Wohlgemerkt, ich klage nicht. Francesco ist ein guter Sohn.

Das stimmt.

Teresa verstehe ich nicht. Sie ist sehr modern. Sie hat vor, nach Mailand zu gehen und dort in einem Modehaus zu arbeiten. Anfang des Jahres hat sie eine Verlobung gelöst. An dem Jungen lag es offenbar nicht.

Giuseppe, der selbst keine Kinder hatte, schwieg vorsichtshalber.

Ich glaube, Teresa kann es weit bringen, wenn sie herausfindet, was sie eigentlich will. Sein Gastgeber hielt inne. Sie scheint Sie ziemlich gernzuhaben.

Giuseppe warf ihm einen Blick zu. Mich?

Das hat sie gesagt.

Ich habe doch kaum mit ihr gesprochen.

Offenbar dachte sein Gastgeber darüber im Dunkeln nach. Gerade das schätzt sie vielleicht, Don Giuseppe. Ich weiß es nicht. Sie ist mir ein Rätsel geworden.

Hm.

Ich sehe jetzt sie und Francesco vor mir und weiß nicht, wie sie leben, weiß nicht, was sie denken. Ging es unseren Eltern auch so? Waren wir auch so unergründlich? Sein Gastgeber lachte. Ich höre mich alt an.

Giuseppe lächelte.

Alles hier ist alt, fügte sein Gastgeber hinzu. Ich gehe in

der Landschaft auf. In Palermo, Exzellenz, ist es 1955. Aber in Agrigent gibt es kein Datum, in Palma keine Jahreszahl. Warten Sie's ab. Das ist eine Welt, die anderswo schon nicht mehr besteht.

Und die möchte ich sehen, sagte Giuseppe.

Später, als er zu seinem Zimmer ging, löste sich ein Schatten und kam auf ihn zu, und er sah, dass es die junge Teresa war. Sie trug ein altmodisches, hochgeschlossenes Nachthemd, wie etwas aus seiner eigenen Kindheit. Giuseppe wurde rot. Die Räume des Mädchens lagen nicht in diesem Teil der Villa, auch sonst war hier niemand untergebracht außer ihm, und er konnte sich nicht vorstellen, was sie in diesen Flur verschlagen hatte.

Er trat zur Seite, um sie vorbeizulassen.

Im Näherkommen hob sie ihr Gesicht. Ihre bloßen Füße waren auf den Steinplatten nicht zu hören. In der Haltung ihres Kinns, im Spiel der Schatten auf ihrer Haut lag etwas, das ihn verwirrte. In seiner langen Jugendzeit, bevor er Alessandra kennenlernte, hatte er nur Erfahrungen mit zwei Frauen gehabt, beide sehr jung, eine davon eine Prostituierte in Brüssel. Die Begegnung in dem Brüsseler Hotel hatte ihn genauso verwirrt, hatte seine angeborene Schüchternheit so verstärkt, dass er fast kein Wort herausbrachte. Jetzt war ihm nicht zum ersten Mal an diesem Abend, als sei er aus seinem Leben herausgetreten in ein älteres und fremderes Sizilien.

Exzellenz, sagte das Mädchen Teresa leise.

Er schluckte. Sie trug, wie er sah, noch ihr Make-up. Und sie sah nicht verlegen aus. In ihrem Gesicht lag vielmehr etwas wie eine Frage. Die blonden Haare fielen ihr lose auf die Schultern, und die dunklen Augen unter ihren langen Wimpern glänzten. Sie war ganz anders als Mirella, dachte er. Er erinnerte sich an das zuvor Gesagte, dass sie ihn zu mögen schien, und stellte sich auf einmal vor, was für eine fatale englische Komödie es gäbe, wenn jetzt unverhofft Teresas Vater, der gute Mann, hinzukäme. Offenbar war ein unglücklicher Ausdruck über sein Gesicht gehuscht, denn Teresa nickte nur und ging wortlos weiter den Flur entlang.

Er sah hinter ihr her. Wegen der Treppenhausbeleuchtung vor ihr zeichnete sich der Umriss ihres Körpers unter dem dünnen Nachthemd ab.

Irgendwann nach Mitternacht erwachte er mit einer Last auf der Brust, einer Beengung, so dass er nur nach Luft schnappen, aber nicht atmen konnte, und er schwang mit dem unverkennbaren Gefühl, etwas Wichtiges vergessen zu haben, die Füße aus dem Bett. Er wartete, dass der Schmerz nachließ. Plötzlich machte ihm sein Emphysem Angst, das ihm hier realer und näher erschien als zu Hause. Er musste wie von Coniglio gefordert das Rauchen aufgeben. Seine Gedanken wandten sich Licy zu, die von seiner Krankheit nichts wusste und die ohne ihn weiterleben würde, und er schüttelte im Mondlicht den Kopf, als wäre er nicht allein, als wäre sie bei ihm. In dem silbernen Licht roch er durchs offene Fenster den Jasmin und den Lavendel im Garten der Villa. Die Vergangenheit erschien ihm als ein großer, fließender Tunnel, durch den seine Blutlinie verlief, über die nichtsnutzigen Großväter und Urgroßväter hinab zu den Frommen und Heiligen des achtzehnten Jahrhunderts, den legendären Persönlichkeiten des siebzehnten, der Verleihung des Fürstentitels 1667, der Heirat des ersten Tomasi mit der Erbin von Palma, die Küste hinauf nach Neapel, nach Capua, und weiter zurück nach Siena, dann tiefer hinab in den Nebel einer nur ungefähren Zeit, nach Lepante oder Zypern oder dem Rom des Tiberius. Und er begriff sein großes Bedauern: Nach ihm würde nichts mehr kommen. Er hatte weder einen Sohn noch eine Tochter gezeugt. Er hatte sie alle enttäuscht.

Danach musste er eingeschlafen sein, denn er erwachte mit der Sonne in den Augen. Er frühstückte im Sonnenschein auf der Terrasse, arbeitete an den Notizen für seinen Roman und hielt so klar wie möglich seine Entdeckung vom Vortag fest, das Verlangen Tancredis nach einem neuen Geschöpf, Angelica würde er sie nennen, während Francescos Stiefvater auf der anderen Tischseite die Morgenzeitung las. Beide schwiegen, und die Beinah-Stille aus Umblättern und dem Kratzen der Füllfeder im Gitterschatten stimmte Giuseppe friedlich und froh. Der Kummer der Nacht verschwand. Er schob seine Angst und seinen Entschluss, Coniglios Rat zu befolgen, beiseite, zündete sich eine Zigarette an und ließ sie auf dem Rand des Aschenbechers schwelen. Er aß nur ein Brötchen mit Butter. Auf dem Tischtuch waren Fliegen. Francesco, Gio und Teresa tauchten nicht auf.

Na ja, die haben schon gegessen, sagte der Stiefvater mit einem betrübten Lächeln. Zumindest Gioacchino und Teresita. Die warten im Garten auf Sie. Francesco habe ich nicht gesehen.

Giuseppe zuckte mit den Schultern, als wollte er sagen, das Alter lasse die Jugend immer warten.

Francescos Stiefvater missverstand das Schweigen vielleicht als Aufforderung, denn er räusperte sich und fragte: Sie waren also noch nicht in Palma, Exzellenz?

Giuseppe neigte den Kopf. Ich komme nicht oft in den Süden, nein.

Ach so. Nun, der Erzpriester wird Sie mit Freuden begrüßen. Sie haben ihm Ihr Kommen doch sicher angekündigt?

Das hatte er nicht. Der Gedanke war ihm gar nicht gekommen. Jetzt fragte er sich, ob sein Erscheinen in dem Dom, dessen Schutz- und Schirmherr er von Rechts wegen noch war, große Bestürzung hervorrufen würde. Doch Francescos Stiefvater versicherte ihm, er werde in jedem Fall gut behandelt, dann nahm er die Brille ab und fügte lachend hinzu: Sie sind schließlich der *Fürst*. Sollen die ruhig etwas befangen sein.

Der Morgen wurde wolkenlos klar und blau. Die Sonne brannte aus dem Äther, als sie die Küste entlangfuhren, Gio wieder auf dem Rücksitz, Giuseppe wieder mit der Hand am Hut beim offenen Fenster. Francesco stemmte im Fahren ein Knie gegen die Fahrertür, und seine Rechte lag locker auf dem Getriebe. Teresa hatte sich trotz Gios Drängen entschuldigt und gesagt, sie könne sich einfach nicht den ganzen Tag für Palma Zeit nehmen. Blitzweiße Zähne, hinters Ohr gelegte blonde Haare, während Francesco im Hof mit einem weichen Tuch die Scheinwerfer seiner Giulietta blankwischte. Was ist denn in Palma außer Ruinen?, hatte Giuseppe sie flüstern gehört, als er an ihnen vorbeikam. Da ist alles so alt.

Lanza, hatte Francesco gerufen. Das Abenteuer wartet!

Ruinen, ja, dachte Giuseppe grüblerisch. Sie fuhren eine ganze Weile, ohne etwas zu sagen, dann tauchte urplötzlich die Burg Montechiaro auf, verschwand und kam erneut in Sicht. Im 14. Jahrhundert auf einer zerklüfteten Felszunge hoch über dem Meer errichtet, war sie 1585 durch Heirat in den Besitz der Tomasi gelangt. Francesco nahm die Hand vom Steuer, um hinzuzeigen, und der Wagen geriet kurz aufs Bankett. Dann verlangsamten sie und bogen ein, und der heiße Kies knirschte unter den Reifen. Giuseppe hatte seine 1927 in einem kleinen Londoner Laden erstandene, altmodische Kamera um den Hals hängen, und als er aus dem tiefliegenden Auto stieg, schlug ihm das harte Gehäuse gegen den Bauch.

Willkommen daheim, Onkel, grinste Gio.

Schon vom Wagen aus konnte er sehen, dass das Innere der Burg längst verfallen war. Unrettbar; das konnte man nicht stückchenweise verkaufen und in Wohnungen umwandeln, wie Licy vorgeschlagen hatte. Er ließ sein Jackett im Auto. Das Gestein war hell, und sie folgten etwas wie einem schmalen Schafspfad durch die Felsen zu dem hohen, eckigen Gemäuer. Es war jetzt heiß in der Sonne. Gio und Francesco gingen unter leisem Gelächter ein paar Schritte voraus, doch Giuseppe blieb an der unteren Mauer stehen und fasste die warmen Steine an. Er drehte sich um und blickte zu dem silbernen Coupé hinunter, dessen Beifahrertür sorglos offenstand. Dann rief ihn Francesco, und von der Sonne geblendet posierte er in Hemdsärmeln mit Gio unter einem Torbogen, während Francesco ziemlich lange für die Scharfeinstellung brauchte, bis er endlich knipste.

Ausgezeichnet, sagte Francesco, noch ein wenig hantierend. Die Rückkehr der Tomasi nennen wir das.

Wie ein Roman von Thomas Hardy, meinte Gio und lachte.

Giuseppe sah seinen jungen Gefährten lächelnd an.

Und genau in dem Moment machte Francesco ein zweites Foto.

Dann ließ Giuseppe sie den Hang erkunden und schlurfte auf der Suche nach Schatten durchs Getrümmer in die Burg.

Ohne die jungen Männer war alles ruhig. Er fand sich in einem dachlosen, zum Himmel offenen Gang zwischen engstehenden, hohen Mauern wieder, von dem eine in Stein gemeißelte Treppe zu einer flachen Terrasse führte. Er machte kehrt und wandte sich nach links in die verfallenen Räume der unteren Burg. Er war allein. Draußen konnte man das langsame Rollen der Brandung in der Tiefe hören, doch im schattigen Inneren war alles stumm, reglos, still. Er wurde melancholisch und war plötzlich froh, Francesco und Gio aus den Augen verloren zu haben. Hier hatten seine Ahnen – Heilige und Seher, Söhne und Töchter – der Welt entsagt und ihr Fleisch gegeißelt im Dienst der Größe. Dreimal waren die Tomasi in ihrer überlieferten Geschichte beinahe ausgestorben, abhängig vom Überleben eines einzigen Kindes. Giuseppe stapfte langsam weiter, setzte sich schwer auf einen Steinblock im verfallenen Torhaus. Die vierte Wand war eingestürzt, die hölzernen Deckenbalken sonnengebleicht und verstreut wie die Knochen eines merkwürdigen Tieres. Dreihundert Jahre zuvor waren aus seiner Familie die Herzoge von Palma geworden. Der zweite Herzog legte den Titel zugunsten eines Lebens in der Kirche ab; sein Bruder verwandelte den Herzogspalast in ein Benediktinerkloster und ordnete den Bau des Doms der Stadt an. Die Tochter dieses Herzogs, eine vom Teufel heimgesuchte Seherin, wurde ein Jahrhundert nach ihrem Tod für verehrungswürdig erklärt. Dass Giuseppe ihren Glauben für fehlgeleitet hielt, spielte keine Rolle. Er bewunderte, was sie erreicht hatten, die Größe ihres Verzichts. Die Welt in ihrer Eitelkeit galt ihnen nichts. Sein Vater hatte ihm diese Namen ins Gedächtnis eingebrannt, und an ihn dachte er jetzt, an seine Mutter, an die lange, unglückliche Ehe der beiden. Eine graue Eidechse züngelte unter den sonnenheißen Steinen, und Giuseppe machte sich auf den Rückweg durch die Ruinen, wobei er nach Gio Ausschau hielt. Über sich im weißen Sonnenlicht sah er das halb eingestürzte Dach, aber ein zinnenbewehrter schmaler Gang lag frei, und dort blieb er stehen und dachte, dass vielleicht auch sein Urahn hier einmal gestanden und die Leere des Himmels und der See betrachtet hatte. Er drückte eine Hand auf die warmen Steine und schloss die Augen.

Ein leichter Wind strich durch das lange Gras zwischen den Felsen tief unten. Eine Möwe schrie über dem Abgrund. Von Gio und Francesco war nichts zu sehen, und er nahm an, sie waren zurück zum Wagen gegangen. Durch ein bröckelndes Bogenfenster glitzerte das Meer. Er kniff halb die Augen zusammen und beschirmte sie mit der Hand. Irgendwo hinter dem blauen Dunst des Horizonts lag eine blaue Insel, eine Insel des Nichts.

Lampedusa.

Während dieser drei Tage in San Pellegrino Terme lernte Giuseppe den Ehrgeiz seines Cousins verstehen.

Sie zogen von Cocktailpartys zu Lunchs und spürten die Literaturschaffenden in den Dampfbädern auf, wo Lucio das Handtuch fest um die Hüfte schlang und sich mit einem scheuen Grinsen unter die anderen mischte, sein schlaffer, bleicher Torso peinlich anzusehen, die Fliegenschultern hochgezogen, die Hände und Handgelenke tief gebräunt, als hätte er Tee drübergeschüttet. Belächelten ihn die jüngeren Schriftsteller? Giuseppe sah zu, wie sein Cousin im Licht des Spätnachmittags auf Montale einredete, und wenn er es nicht mehr mitansehen konnte, wandte er sich bekümmert ab und suchte sich ein freies Fenster oder einen freien Balkon. Literatur war für ihn immer mit den eigenen Selbstzweifeln befrachtet, ein Roman stellte unweigerlich einen Vorgänger in Frage, der Glaube eines Autors kratzte an dem eines anderen. Darin lag ihre Wahrheit. Lebenslanges Lesen hatte ihm beigebracht, dass kein Wort das einzig Richtige sein konnte und dass Kunst gerade deshalb von Wert war, weil sie keine Antworten gab. Sie konnte nur immer wieder die alten Fragen stellen. Was Vergil gefürchtet hatte, hatte auch Eliot gefürchtet. Homers Sehnsucht hatte auch Eliot empfunden. Kein Buch machte irgendein anderes überflüssig. Und doch stellten die Romanciers, die er in San Pellegrino kennenlernte oder reden hörte, keine Fragen und schienen den modernen Roman für wertvoller zu halten als alles, was vorher war. Und was war vorher?, fragte er im Stillen ihre versammelten Hinterköpfe. Er wunderte sich, wie wenig ihn solche Schriftsteller beeindruckten oder einschüchterten, und fühlte einen traurigen Zorn in sich aufsteigen, wenn er an ihre Bücher dachte. Er hörte sich an, wie sie über ihre Erfolge sprachen oder sich bissig über die Erfolge anderer äußerten, doch einem Dilettanten wie ihm sah kaum jemand ins Gesicht, und niemand fragte nach seiner Meinung. Wenn abends die Sonne des Nordens hinter die Berge sank und der Fluss sich in Dunkelheit hüllte, ging irgendwo in der Nähe der schnelle, schräge Tanz des modernen Jazz los, und Lucio erschien in seinen Fusselanzügen, aus denen ein Privatdruck seiner Gedichte hervorschaute. Und doch schien er jeden Abend lebendiger, leidenschaftlicher, von seiner Sache überzeugter zu sein als zuvor. Giuseppe beobachtete die Verwandlung seines Cousins und begriff nach und nach, dass das Schreiben für Lucio kein Weg zur Erkenntnis war, sondern eine Möglichkeit, bekannt zu werden, und als ihm das aufging, ging ihm auf, dass er nichts damit zu tun haben wollte. Die Schriftsteller in San Pellegrino lechzten allesamt nicht nach der Selbstverleugnung wahrer Literatur, sondern nach der Bewunderung derer, die sie lasen. Man traf sich, gestikulierte, rauchte, man verschwand in der Nacht. Giuseppe verbarg seinen Abscheu unter seiner Schüchternheit und entschuldigte sich, und die ganze Zeit hindurch zerfraß ihm die Bitterkeit das Herz.

Vielleicht hatte sein Cousin eine solche Kritik nicht verdient, vielleicht war den modernen Schriftstellern in San Pellegrino Terme nichts vorzuwerfen. War es nur Neid gewesen? Er dachte nicht gern daran, aber den ganzen Sommer hatte er, wenn er zum Füllhalter griff, das Tintenfass aufschraubte und seine Hände betrachtete, die Haut eines alten Mannes, eines Gescheiterten gesehen. Vielleicht war

Kunst ohne die Schwächen derer, die sie erschufen, nicht möglich. Vielleicht war es gerade die Schwäche des Schreibenden, die das Schreiben menschlich und damit bewegend und damit erhaltenswert machte. Er wusste längst, dass die Welt weit größer war als alles, was er ihr jemals geben konnte, und dass sich seine tiefste Sehnsucht, nämlich etwas zu erschaffen, das ihn überlebte, ein Testament aus eigener Hand, sehr wahrscheinlich nicht erfüllen würde. Neu war für ihn die Erkenntnis, dass die Anstrengung des Versuchs die wichtigere Arbeit darstellte.

Und während die Abende in den Vorhängen seines Arbeitszimmers heller geworden waren, wollte ihm scheinen, dass die sich nicht allzu sehr von der Arbeit des Lebens selbst unterschied.

Sie verließen die Burg ohne Eile und hielten auf einer Anhöhe mit Blick auf Palma zu einem kleinen Imbiss. Francesco hatte einen Korb mit Würstchen, kalten Makkaroni und Brot eingepackt, doch Giuseppe hatte wenig Appetit, und seine Gedanken schweiften zu der verfallenen Burg zurück. Nach dem Essen wollten sie zum alten Marktplatz von Palma fahren, doch die Straßen waren so schlecht gepflastert und so eng, dass Francesco ein Stück entfernt parken musste. Aus der Stille hörten sie dann Hufe heranklappern, und ein einzelner, von einem mageren Klepper gezogener Pferdewagen kam um die Ecke. Der Fahrer, ein alter Bauer mit grauem Hut, bot ihnen an, sie mitzunehmen. Also fuhren sie in der Hitze durch die menschenleeren Straßen des alten Palma, und Giuseppe kam es vor, als wären sie endlich in die Welt seiner Großväter eingetreten.

Unterwegs zeigte sich hinter den Häusern und knarrend durchfahrenen Plätzen das blaue Meer. Giuseppe schaute von der Wagenbank aus auf den halbmondförmigen Strand und sah einen einsamen Badegast mit gelbem Hut durch die Wellen laufen, und nach einer Weile erreichten sie den Marktplatz und die weite Treppe, die von dort zum Dom hinaufführte. Der Fahrer verabschiedete sich mit einem Winken und fuhr aus dem Traum hinaus.

Obwohl der Dom in der Nachmittagsglut offen stand, staute sich die Luft dick und dunstig um den Türsturz, und als sie darunter hindurchgingen, wurde sie kühl, düster und seltsam. Giuseppe streckte die Hand aus und stützte sich einen Moment unter einem alten Fackelhalter an der Steinwand ab. Ihm war, als entwichen die Jahre ins Dunkel, und er stünde als Tomasi am Ursprungsort der Tomasi. Hier hatte sein Geschlecht sich herausgebildet. Hier war der Name Tomasi in Blut, Glaube und Leid geprägt worden. Der Dom war nach palermitanischen Maßstäben nicht groß, dennoch aber wohlproportioniert, und auf dem Weg durch den Mittelgang bewunderten sie schweigend die Handwerkskunst des Deckenstucks. In einer Einfriedung neben dem Altar sah er die Familienloge der Tomasi mit ihren einzeln kunstvoll herausgearbeiteten, uralten Sitzen. Er betrachtete den grob geschnittenen Christus am Kreuz. Der Altar war mit einem weißen Tuch bedeckt, und mitten darauf glänzte ein Silbertablett im Licht der Obergaden. Ihre Schritte hallten laut in der Stille, vom Altarraum hinaufgeworfen in die Dunkelheit. Niemand sagte etwas.

Erst nach und nach bekam Giuseppe das Gefühl, dass er beobachtet wurde. Er drehte sich um und hob den Blick zur

Empore, sah aber niemanden. Er schaute hinter sich und sah immer noch niemanden. Doch das Gefühl blieb.

Da bemerkte er im Schatten hinter der Kanzel zwei in hitzescheu zugeknöpften Anzügen steckende Männer, die ihn schweigend musterten.

Als sich ihre Blicke begegneten, traten sie auch schon vor und kamen zusammen herüber.

Es waren der Erzpriester, ein langer, dünner Mann mit weißen Haaren, Brille und untertellergroßen, abstehenden Ohren, sowie sein Begleiter, ein Notar, der zum schwarzen Anzug bedrohlich wirkende schwarze Lederhandschuhe trug. Die Augen des Notars lagen im Schatten dicker schwarzer Brauen, und sein schütteres Haupthaar war quer über die rosa Kopfhaut gekämmt.

Was kann ich für Sie tun?, fragte der Erzpriester. Der Notar neben ihm sah stumm zu.

Verzeihen Sie uns die Störung, setzte Giuseppe an.

Sie stören nicht, gab der Erzpriester schroff zurück. Sind Sie zu Besuch in Palma?

Gio stieß mit einem trockenen Lächeln zu ihnen. Das ist Giuseppe Tomasi di Lampedusa, Pater, sagte er. Er möchte sich die Patronagen der Tomasi anschauen.

Sofort waren die beiden Männer wie ausgewechselt. Der Erzpriester hob den Kopf und betrachtete mit sich rötenden Wangen Giuseppes Gesichtszüge, dann nahm er seine Brille ab und verneigte sich elegant. Herzlich willkommen, Exzellenz, sagte er. Verzeihen Sie, dass ich Sie nicht erkannt habe. Die Ähnlichkeit ist da.

Giuseppe warf Francesco einen verständnislosen Blick zu.

Mit den Porträts, ergänzte der Erzpriester angesichts seiner Verwirrung. Wollen Sie bitte mitkommen? Und er entriegelte ein kleines Scharnier an der blankgeputzten Absperrung, und ein Stück des Holzgeländers schwang nach innen. Darf ich Ihnen und Ihren Begleitern eine Erfrischung anbieten?

Hier endlich stellte der Erzpriester mit einem verlegenen Stirnrunzeln sich und seinen Begleiter vor. Der Notar hingegen sagte nichts und rührte sich nicht. Er musterte Giuseppe schweigend, mit eingekniffenen Lippen. Giuseppe machte das nichts aus, er war es gewohnt, dass man stutzte und ihn anders ansah, wenn man von seiner Stellung im Leben erfuhr. Die hatte er viele Jahre lang als natürlich und richtig empfunden, und wenngleich er ihr seit den Nachkriegsjahren und dem Tod seiner Mutter misstraute, sah er sie tief in einem sehr alten Winkel seines Herzens doch als ihm gebührend an.

Aber der Notar blieb nicht. Er entschuldigte sich mit einer Verbeugung vor Giuseppe, ein paar leisen Worten an den Erzpriester und ging, die schwarz behandschuhten Hände am Körper, durch den dunklen Gang des Doms hinaus ans Sonnenlicht.

Der Erzpriester führte sie durch den Dom, erkundigte sich höflich nach ihren Plänen und wies sie auf besondere Sehenswürdigkeiten im Umkreis einer Tagesreise hin. Der Mann hatte die Energie eines Junggebliebenen und sprach mit neapolitanischem Akzent, schien aber voll und ganz hierherzugehören. Er hob die gute Untermauerung des Doms hervor, ging ausführlich auf seine Bauweise ein und erzählte von einem Brand, der gerade im Monat von Napoleons endgültiger Niederlage ausbrach und in dem die Gemeinde damals ein Zeichen sah. Als Gio und Francesco vor einem merkwürdigen Wandbild stehen blieben, das den heiligen Ignazius beim Lesen eines geschlossenen Buches zeigte, wandte sich der Erzpriester an Giuseppe und sagte leise: Ich hoffe, Sie verzeihen meinem Begleiter. Er hatte als Junge einen schrecklichen Unfall. Deshalb trägt er die Handschuhe. Er hat in beiden Händen ein Loch, seitdem er bei einem Erdbeben verschüttet wurde. Seine Eltern kamen in den Trümmern um, seine Brüder. Ihn fand man mit ausgestreckten Armen, die Hände von zwei Eisenstäben durchbohrt, als wäre er gekreuzigt worden. Der Erzpriester sah Giuseppe ins Gesicht, um die Wirkung seiner Worte zu prüfen.

Verstehe, sagte Giuseppe mild.

Die Leute hier im Ort haben einen schlichten Glauben, Exzellenz. Sie sehen seine Wunden und möchten ihnen nahe sein, sie möchten sie berühren. Sie sehen ein Wunder.

Er aber nicht.

Für ihn ist es lediglich ein Mal seines Leidens. Er akzeptiert nicht, dass alles Leiden heilig ist.

In der Sakristei gab es Zitronensaft mit Eis für sie, und sie tranken ihn und wischten die staubigen Hände an ihren Hosen ab. Der Erzpriester kam auf die amerikanischen Filme zu sprechen, die er gesehen hatte, und bald gingen die Zitate zwischen ihm, Gio und Francesco hin und her. Giuseppe schlug die Beine übereinander und ließ den Blick zu den geölten Bücherschränken im Raum und den Porträts seiner Tomasi-Ahnen an den Wänden schweifen. Das größte Porträt über dem schwarzen Schreibtisch des Erzpriesters war das von Giulio, dem heiligen Herzog, Gründer von Palma und seinem Dom. Giuseppe betrachtete den Ahnen in seiner historischen Würde, die zornigen Augen, die aufwendige martialische Kleidung. Er war ein großer Mann gewesen, ein Mann von grimmiger Entschlossenheit, und hatte im vollen Licht eines grausamen Gottes gelebt. Dafür hatte er sein Vermögen hergegeben und sich erschöpft zurückgezogen aus der Welt. Seine Tochter Isabella, klug, unnachgiebig, gelehrt, hatte sich mit Erreichen der Mündigkeit im Konvent ihres Vaters eingeschlossen, und innerhalb von drei Generationen wurde ihre Seligsprechung beantragt. Was war er, Giuseppe Tomasi, letzter Fürst von Lampedusa, im Vergleich dazu? In ihm rührte sich kein Wahn. Mit einem Mal fühlte er sich ausgelaugt und stand auf.

Meine Herren, sagte er.

Als sie gingen, fragte der Erzpriester, ob sie das Kloster schon besucht hätten.

Giuseppe sah den alten Priester verwundert an. Bitte?

Es kann natürlich sein, dass Sie anderswo Dringendes zu erledigen haben, fuhr der Priester fort. Aber die werte Äbtissin Maria wäre sicherlich sehr enttäuscht, Sie verpasst zu haben, Exzellenz.

Das ist ein Benediktinerinnenkonvent, Pater, warf Gio ein. Da dürfen doch wohl keine Männer rein?

Der Erzpriester nahm den Blick nicht von Giuseppes Gesicht, als er antwortete: Ja, die Klausur ist streng. Aber Sie sind unser Fürst und Schirmherr, Exzellenz. Sie und Ihre beiden Herrn Begleiter haben dort Zutritt, wenn Sie es wünschen. Das galt immer schon. Für Sie und für den König von Neapel.

Den König von Neapel, sagte Francesco und sah Gio an.

Dem Erzpriester entging offenbar, dass sich Francesco über die Zugeständnisse an einen König amüsierte, den es nicht mehr gab, und wieder hatte Giuseppe das unheimliche Gefühl, in ein früheres Jahrhundert eingetreten zu sein, ein Zeitalter vor dem Lärm und Rauch des modernen. Über ihm ragte der Dom empor, hoch, dunkel und riesig. Giuseppe verneigte sich.

Dann kann ich nicht ablehnen, sagte er schlicht.

Als er an diesem Tag wieder in die glühende Nachmittagshitze der Stadt hinaustrat, dachte er, wie auch in den Wochen, die folgten, an den Notar mit seinen weichen schwarzen Handschuhen, und eine beunruhigende Stille begleitete die Erinnerung wie ein Hauch in der Luft. Der Notar hatte ihm etwas scheinbar Vergessenes ins Gedächtnis gerufen, das jetzt mit jäher Klarheit wieder vor ihm stand. Als Junge war der Notar aus der Erde geborgen worden, hatte der Erzpriester gesagt, die Rettung eines Verlorenen. *Er akzeptiert nicht, dass alles Leiden heilig ist,* hatte der Erzpriester mit Genugtuung erklärt, als verfasste er eine Predigt. Die Ansicht des Priesters, sein Wissen um Märtyrer und Gerettete beunruhigten Giuseppe nicht. Aber er hatte dem Mann nicht gesagt, dass auch er Menschen kannte, die von der Erde verschluckt worden waren, und dass von einem Plan, von Gottes lenkender Hand da nicht die Rede sein konnte, nur von Trauer.

Der erste der drei schweren Schicksalsschläge, die seine Mutter erlebte, war der Tod ihrer Schwester Lina durch das Erdbeben von Messina, und damit begann die Veränderung, die sie durchmachte. Das war im Dezember 1908. Giuseppe war gerade erst zwölf geworden. Nach Messina zog seine Mutter sich in sich selbst zurück, und die ihr eigene Wildheit wandte sich nach innen und fraß an ihr wie eine Krankheit. Tagelang lag sie bei zugezogenen Vorhängen und dennoch mit einem feuchten Tuch über dem Gesicht im grünen Salon. Sein Vater seufzte und wanderte von einem Zimmer zum andern wie jemand, der ein Ziel hat, aber schon als Junge hatte Giuseppe begriffen, dass es kein Ziel gab – die Unrast war Selbstzweck. Manchmal fand er seine Mutter morgens oben in der kleinen Bibliothek, wo sie in der Kleidung vom Abend zuvor auf die alten Lederbände starrte. Weil er noch ein Kind war und nicht verstand, was in ihr vorging, erinnerte er sich am lebhaftesten an die erstickende Angst, die ihn auf einmal nachts überkam, bis er aufschrie und seine französische Gouvernante im Nachthemd mit einer Kerze herbeieilte. Dabei hatte seine Mutter doch immer über dem Aufruhr und der Verwirrung gestanden, die ihm, dem dicken, scheuen, schweigsamen Kind, jedes Mal zusetzten, wenn sie in die Welt hinausgingen. Beatrice hieß sie, wie Dantes Engel: Beatrice Mastrogiovanni Tasca Filangeri di Cutò.

Seine ganze Kindheit hindurch hatte Giuseppe den Namen wie einen Schutzzauber hergesagt, benommen von dem Gedanken, dass sie ihn hervorgebracht hatte, dass er ein Teil von ihr war. Er sah die Anmut und Pracht einer Großkatze in ihr, wenn sie durch die sonnigen Hallen des Palazzos schritt, den langen, weißen Hals erhoben, die Haare hochgesteckt. Im Licht, das ihr Sohn auf sie richtete, war sie ein bewundertes, angebetetes Wesen. Sie ließ die kleinen Singvögel aus ihren kunstvollen Käfigen und hielt sie auf den ausgestreckten Fingern, und sie sangen für sie.

Sie war die älteste der fünf schönen und unkonventionellen Cutò-Schwestern und hatte ihre ganze Jugend hindurch Kontroversen und Klatsch auf sich gezogen, ja, sie provozierte mit ihren modischen Kleidern und französischen Ansichten und ihrer festländischen Konversation. Sie konnte bitter sarkastisch sein, dominant, stur, liebenswürdig. Ihre Tanzkarte war immer voll. Als Junge hatte er nicht verstanden, dass mächtige Männer sie begehrten und Angst vor ihr hatten und dass diese Angst ihre Faszination nährte. Seine ganze Kindheit hindurch lehnte er bei Mitternachtsbällen verschlafen am Galeriegeländer und sah zu, wie sie unten über das blanke Parkett glitt, wie die anderen Paare sich hohem Gras gleich teilten und verneigten, wenn sie vorüberkam. Gern erinnerte er sich daran, wie sie zu Beginn des Jahrhunderts im neuen Excelsior-Kino im Palazzo Rudini in den weichen roten Filzsitzen saß, wie die weiten Falten ihrer Kleider über die Sitze hinwegflossen. Und noch jetzt sah er, wenn er abends an einem hell erleuchteten Eissalon vorbeikam, in Gedanken manchmal seine Mutter, wie sie sich mit einem kleinen Eislöffel in den behandschuhten Fingern lachend aus einer Kutsche beugte.

Doch all das hörte mit dem Tod ihrer Schwester Lina auf. Eine Wachsamkeit bemächtigte sich ihrer, eine gewisse Traurigkeit, so dass auch, wenn sie lachte oder mit irgendeinem Fürsten tanzte, in ihrem Innersten Stille herrschte, als wäre das eine Kraft, aber er wusste, es war keine. Die Trauer über den Tod ihrer Schwester rahmte ihre Augen wie Kajal, umdunkelte ihre Lippen und verblasste nicht.

An dem grauen Wintermorgen, als die Kunde von der Tragödie Palermo erreichte, war er zur gewohnten Zeit nach unten gegangen und hatte gesehen, dass die Uhr im Flur stehengeblieben war. Sein Onkel Ferdinando, der jüngere Bruder seines Vaters, saß im Frühstückszimmer und hatte Ausschnitte aus der Stadtzeitung sorgfältig um sich herum verteilt. In Messina habe es in der Nacht ein Erdbeben gegeben, erklärte sein Onkel.

Deine Tante, dein Onkel und dein kleiner Cousin, sagte Ferdinando. Wir haben noch nichts gehört.

Den ganzen Tag drückte er sich an den Fenstern herum und beobachtete den Winterregen, doch seine Mutter und seinen Vater sah er nicht. Seine Mutter sei bei den Florios in der Villa, um zu hören, ob es Neuigkeiten gab, sagte man ihm, sein Vater sei auf dem Postamt. Das Haus lag düster und kalt im Nachmittagsschatten, und die Dienstboten hatten vergessen, die Lampen anzuzünden. Siebenundsiebzigtausend Menschen waren bei dem Beben gestorben. Die großen Kirchen hielten Totenwachen ab, die Stadtzeitungen interviewten Politiker, Professoren, Überlebende. Erst elf Tage später erreichte die Nachricht vom Tod seiner Tante Palermo. Bis dahin war seine verzweifelte Tante Teresa aus Capo d'Orlando gekommen und wieder zurückgefahren, und seine Tante Giulia hatte zweimal aus Rom angerufen, ob es etwas Neues gab.

Lina war unter den Trümmern ihrer herrlichen Villa gestorben, an der Seite ihres Mannes. Die Wände und das Dach der Villa waren nach innen eingestürzt, als schlösse sich eine Faust. Ihre Leichen wurden unversehrt, unverletzt geborgen; sie waren also durch den Einsturz nicht erdrückt worden, sondern wohl in den Tagen darauf langsam verhungert.

Giuseppes Mutter fing an zu zittern, als sein Vater mit ihr in sein Arbeitszimmer ging und es ihr mitteilte. Sie hatte verlangt, sämtliche Einzelheiten zu erfahren. Dann war sie mit weißem Gesicht zielstrebig zu einem Sessel in der Ecke gegangen, hatte sich hineingesetzt, die Augen geschlossen und losgeschrien.

Die ganze Woche fiel kalter Regen. Sie sagte nichts, sah Giuseppe nicht an, fasste ihn nicht an. Mal ging er zu der matt vor den regengepeitschten Fenstern Sitzenden hin, mal sah er nur von der Tür aus zu ihr hinüber, weil er Angst hatte, sie zu stören, ihr aber nahe sein wollte. Nur einmal in den ganzen Tagen blickte sie auf und sah ihn. Da huschte etwas über ihr Gesicht, ein Ausdruck des Erkennens, und sie hob die Arme, und er ging zu ihr mit einem Gefühl, als würde ihm verziehen, als hätte er etwas angestellt, und er merkte, dass sie anfing zu weinen, und weinte auch.

Das war der Tag, an dem es bei ihnen an der Tür klopfte und die Gouvernante einen dunkeläugigen Jungen in den Salon führte, der Giuseppe bekannt vorkam. Wasser tropfte von seinem Ölmantel, seine Haare waren verfilzt und nass, mit einem kleinen Koffer zu Füßen stand er da, und Giuseppe und seine Mutter und sein Vater starrten ihn an. Im Haus war es ganz still. Sein Vater stand auf. Giuseppe schaute seine Mutter an und sah, dass sie in ihrem schwarzen Kleid ganz steif geworden war, dass sie einen feindseligen Ausdruck im Gesicht hatte und sich mit weiß verschränkten Fingern den Mund zuhielt. Dann erhob sie sich von ihrem Platz und verließ das Zimmer.

Das tropfnasse Etwas war sein sechs Jahre alter Cousin Filippo.

Linas Sohn.

Er war damals erst zwölf, erinnerte er sich Jahre später, ein behütetes Kind, scheu. Da er sich aber die Zerstörung des eigenen Zuhauses nicht vorstellen konnte, fragte er sich, was Filippo Cianciafara getan hatte, um so gestraft zu werden. Seine Mutter sah den kleinen Cousin nicht an, sagte kein Wort zu ihm und blieb zornig und zurückgezogen, als wäre seine Anwesenheit in ihrem Haus ein Affront. Filippo sprach, wenn überhaupt, nur leise, und sein Gesicht verriet niemals Traurigkeit. Das fanden die Erwachsenen merkwürdig. Der Schock, meinte sein Vater. Der arme Junge begreift's noch früh genug, sagte sein Onkel. Giuseppe hörte das alles und sah, wie es seiner Mutter ging, und verschloss bewusst sein Herz.

Filippo war am dritten Tag durstig, staubweiß, zitternd vor Kälte aus den Trümmern geborgen worden wie ein zum Leben erweckter Toter. So erzählte es Giuseppe seine Gouvernante beinah flüsternd mit ihrem französischen Akzent. Von da an beäugte er seinen Cousin misstrauisch. Es war, als hätte er ein Gespenst vor sich. Irgendwie begriff er aber auch, dass nichts lebendiger war als Filippos Schweigen und dass der Atem in der Lunge des Kleinen den eigentlichen Affront darstellte.

Weil seine Mutter grausam zu Filippo war, war auch er grausam. Jetzt, vierzig Jahre später, stimmte ihn der Gedanke an die Freundlichkeiten, die er schuldig geblieben war, traurig. Vater und Onkel schien die Anwesenheit seines Cousins unangenehm zu sein. Nur Anna, seine Gouvernante, empfand Mitleid mit dem Jungen, der tagsüber oft allein und still dasaß, wenn er nicht barsch ins goldene Zimmer gerufen wurde, um die Beileidsbekundungen eines Besuchers oder Verwandten entgegenzunehmen, den er mit Sicherheit nicht kannte. Anna bestand darauf, dass Giuseppe mit ihm spielte, zu ihm ging, ihn aus seiner Einsamkeit riss.

Aber er ist so klein, klagte Giuseppe.

Du doch auch, erwiderte sie.

Er redet noch nicht mal, sagte er. Er sitzt nur da. Der will gar nichts machen.

Eines Nachmittags fand er seinen Cousin oben in der Bibliothek mit einem offenen Buch auf dem Schoß vor. Er sah aus, als hätte er geweint, und als Giuseppe hereinkam, wischte sich der Junge schnell mit dem Hemdsärmel die Augen ab und blickte starr auf das Buch nieder.

Giuseppe runzelte die Stirn. Du tust ja nur, als ob du liest, sagte er.

Das ist nicht wahr, sagte Filippo.

Er nahm seinem Cousin das verkehrt herum liegende Buch ab, drehte es um und gab es ihm zurück.

Lügner, sagte er.

Ein andermal sah Anna Filippo im hochgeschlossenen Mantel mit vor Kälte roten Händen unten im Hof stehen und starr auf den Kiesbelag vor seinen Schuhen schauen. Sie öffnete das Fenster. Filippo!, rief sie. Du holst dir noch den Tod! Komm rein, Giuseppe möchte dir was zeigen.

Der Kleine sah zu ihnen hoch, als kennte er sie nicht, dann schlurfte er langsam ins Haus.

Ich will ihm doch gar nichts zeigen, sagte Giuseppe.

Anna strich mit beiden Händen über ihr Kleid und zog die sommersprossige kleine Nase kraus. Er wusste, dass sie das nur tat, wenn sie gereizt war. Nimm ihn mit ins Kinderzimmer, sagte sie. Zeig ihm deine alten Spielsachen.

Im Kinderzimmer funkelte Giuseppe seinen Cousin böse an, klappte den Deckel seiner alten Spielzeugkiste hoch und wühlte sie durch. Er suchte nur kaputte Sachen heraus. Ein weißes Pferd an einer Schnur gab er dem Jungen, einen Spielzeugsoldaten ohne Kopf.

Das ist doch kaputt, sagte Filippo.

Ja, und?

Das auch.

Du musst damit spielen. Anna hat's gesagt.

Und er verschränkte die Arme und sah zu, wie sein kleiner Cousin den kopflosen Soldaten in den Fingern drehte und dann traurig das dreibeinige Pferd über den Teppich galoppieren ließ.

Ein Monat verging. Eines Morgens kam er zum Frühstück nach unten und sah, dass Filippos Stuhl leer, sein Platz nicht gedeckt war. Die Kutsche hatte bei strömendem Regen den Hof verlassen und war nicht zurückgekehrt: Filippo war zu seinen kleinen Cousins Lucio und Casimiro nach Capo d'Orlando geschickt worden.

Schon seltsam, überlegte er jetzt, vierzig Jahre später. Er hatte Filippo so verächtlich behandelt. Und doch hatte er in dem Monat, den sein Cousin bei ihnen in Casa Lampedusa verbrachte, keine besondere Abneigung, keinen Groll gegen den Jungen gehegt. Und als er dann weggeschickt worden war, hatte Giuseppe sich nicht geschämt. Er hatte nur an die

Traurigkeit seiner Mutter gedacht; Filippo war völlig aus seinen Gedanken verschwunden, als hätte er nie bei ihnen gewohnt. Noch am Ende seiner Tage entsann er sich am lebhaftesten an die unbändige Trauer seiner Mutter, ihr schönes, ungekämmtes Haar, das wirr auf die Schultern herabhing, ihr lautes, hemmungsloses Schluchzen und wie sie zusammengekrümmt in dem großen Sessel im grünen Salon gekauert hatte, wo nie jemand hinging.

Er stieg die alte Treppe des Doms von Palma hinab und machte sich auf den Weg zum Nonnenkloster. Er befürchtete, Gio und Francesco würden es dort am nötigen Respekt fehlen lassen. Doch ein rascher Blick in ihre Gesichter zeigte ihm, dass sie beide in Gedanken waren. Gio betrachtete ohne zu sehen die breite, staubige Treppe hinunter zum Marktplatz. Francesco rückte seinen Kragen zurecht, nahm den Hut ab, strich mit der Hand durch sein schwarzes Haar. Beide schwiegen. Das genügte ihm.

Sie überquerten die Straße und gingen langsam, wobei sich Giuseppe an die Schattenlinie auf der linken Treppenseite hielt. Als sie am Kloster anlangten und die Steinstufen erklommen, deren makelloses Weiß in der Sonne glänzte, blendete sie an der Pforte wieder die jähe Dunkelheit, so dass sie stehen blieben und unsicher hineinschauten.

Sie betraten einen kleinen, kargen Vorraum. In der Mitte der Balkendecke prangte das alte Tomasi-Wappen mit dem Leoparden, an den beiden leeren Wänden standen Holzbänke. Die dritte Wand bestand aus lackiertem Holz, und neben der massiven Tür befanden sich zwei Doppelgitter zum Durchsprechen. Von dem in die Wand eingebauten kleinen Holzrad nahm Giuseppe an, dass es dem Austausch schriftlicher Nachrichten diente. Er stand noch scheu und unsicher auf seinen Stock gestützt da, als Gio vortrat, zum türnächsten Doppelgitter ging und an einer Klingelschnur zog. Irgendwo hinten bimmelte es laut, und sie warteten lange, bis schließlich ein Schemen hinter dem Sprechgitter erschien. Giuseppe konnte kein Gesicht ausmachen. Die Stimme einer alten Frau fragte näselnd: Was können wir für Sie tun, junger Mann?

Nachdem Gio erklärt hatte, um was es ging, entschuldigte sich die Nonne, und sie mussten noch länger warten. Eine Fliege war durch die offene Tür gekommen und brummte in der stillen Luft. Francesco blickte unbehaglich auf die Wände, dann beugte er sich vor und flüsterte: Die beobachten uns, Don Giuseppe. Glaub nicht, dass wir hier unbeobachtet sind.

Giuseppe schwieg. Allmählich befürchtete er, es sei unklug, unhöflich gewesen, hier unangekündigt zu erscheinen. Die Fliege sauste herab und brummte.

Bald darauf hörten sie, wie die schwere Tür aufgeschlossen wurde, und schon schwang sie auf. Eine winzige Frau – die Äbtissin, nahm er an – stand mit gefalteten Händen da und betrachtete sie ruhig. Alle drei Besucher erhoben sich. Und dann zeigte sie ihnen zu Giuseppes Verblüffung ein ausgesprochen sanftes, freudiges Lächeln.

Sie war hübsch. Damit hatte Giuseppe nicht gerechnet. Eine Nonne hübsch zu finden erschien ihm merkwürdig, aber er sah sie ganz nüchtern, und dann dachte er, dass ihre Gelassenheit und ihre Würde sie vielleicht noch mehr auszeichneten. Ihre Augen waren grün und katzenhaft und ihre Brauen so hell, dass sie unbehaart aussahen. Ihr Ordenskleid war tiefschwarz, das gestärkte Leinenbrusttuch strahlend weiß. Er fand, sie sah wie eine byzantinische Heilige aus. Auf der Oberlippe hatte sie ein kleines schwarzes Muttermal.

Giuseppe Tomasi di Lampedusa zu Ihren Diensten, sagte er leise. Es ist uns eine Ehre, hier eingelassen zu werden, Äbtissin. Wir danken Ihnen.

Sie gab ihm die Hand. Ihre Hand war klein und kühl, die Haut ungewöhnlich glatt für ihr Alter. Er hielt sie einen Moment zu lange und wurde rot.

Ich bin Maria Enrichetta Fanara, Exzellenz, sagte sie fröhlich. Und die Ehre liegt bei uns.

Er trat einen Schritt zurück. Mein junger Begleiter, Gioacchino Lanza. Und das ist Baron Francesco Agnello von Siculiana.

Sie lächelte, bot aber ihre Hand nicht noch einmal.

Kommen Sie bitte herein, sagte sie und winkte sie nach nebenan. Wir haben schon viele, viele Jahre keinen Tomasi mehr begrüßen dürfen. Seit ich hier bin, nicht.

So lange kann das ja noch nicht sein, sagte Gio.

Worauf die Äbtissin innehielt und die haarlosen Augenbrauen hochzog. Es ist nicht sehr schmeichelhaft, junger Mann, anzudeuten, ich sei jünger, als ich bin. Wir sind hier nicht eitel. Unser Alter steht für unsere Hingabe. Jugend begehren wir nicht.

Zu Giuseppes Erleichterung quittierte Gio die Rüge mit einem Nicken und sagte nur: Verzeihen Sie mir, Äbtissin Maria. Ich wollte Sie nicht kränken.

Sie lächelte bereits wieder. Die Tür fiel hinter ihnen zu,

und sie verschloss sie sorgfältig. Der Raum sah genauso aus wie der vorige, mit dem Tomasi-Wappen an der Balkendecke und den kargen geweißten Wänden, die nur ein kleines Kruzifix am Fenster schmückte. Nach links erstreckte sich ein langer, mit Steinplatten ausgelegter Flur, und um einen niedrigen Tisch herum waren mehrere Stühle angeordnet. Auf dem Tisch stand ein hochglanzpoliertes altes Silbertablett, und auf einem Teller sah er eine elegante Säule aus Mandelplätzchen mit Jasminzweigen drum herum. Ein Krug mit kaltem Wasser glitzerte. Alles sah trotz der Eile sorgfältig arrangiert aus, und Giuseppe nahm an, dass der Raum normalerweise leer stand.

Sie haben sich hoffentlich keine Umstände gemacht, Äbtissin, setzte er an.

Aber davon wollte sie nichts hören. Es ist doch selbstverständlich, dass wir das tun, Exzellenz. Bitte kosten Sie auch die Plätzchen. Die sind von unseren Novizinnen gebacken, es wäre eine Ehre für unser Haus.

Sehr lecker, sagte Gio mit halbvollem Mund.

Giuseppe kostete sie zögernd. Ein reicher Duft nach Mandeln und Zucker füllte seine Nase, und für einen Moment fand er sich in die Gärten seiner Kindheit in Santa Margherita di Belice zurückversetzt, zu den schattigen Palmen, den weißen Kieswegen, den eleganten schmiedeeisernen Stühlen und den weißen Tischtüchern mit dem Gebäck darauf. Es überwältigte ihn, und mit hinterm Rücken verschränkten Händen tat er, als betrachte er das Kruzifix an der Wand.

Schließlich wurden sie zu einem Rundgang durch das Kloster eingeladen. Durch eine stuckbekrönte Tür traten sie in einen breiten, mit Fenstern gesäumten Raum, der sicher einmal der Empfangssaal des Palasts gewesen war. Jetzt standen dort ein kunstvoll dem Parlament in Rom nachgebildeter großer Vogelkäfig, in jeder Ecke ein adretter Schreibtisch und eingetopfte Farne unter den Fenstern. Alles war Licht, der Boden ein blitzend goldenes Parkett. In der Mitte prangte das Tomasi-Wappen.

Die Äbtissin zog ein silbernes Glöckchen aus ihrem Habit und läutete es, bevor sie sie durch die nächste Tür führte.

So erfahren die Nonnen, dass sich Männer nähern, sagte sie. Einige sind streng isoliert.

Wir bereiten Ihnen hoffentlich nicht allzu viele Unannehmlichkeiten, meinte Giuseppe erneut.

Diesmal berührte sie ihn nur sanft am Arm.

Sie gingen durch einen von kleinen Zellen gesäumten Flur und blieben vor einer stehen, die der Äbtissin zufolge momentan nicht in Gebrauch war. Seit dem Krieg gebe es weniger Novizinnen, so dass der Konvent langsam, aber sicher altere. Bald sind wir nur noch eine Handvoll. Dann nur noch eine. Zum Glück werde ich nicht die Letzte sein.

Sie bewunderten die Zelle in ihrer Einfachheit, ihrer Strenge, das saubere kleine Bett mit der quer an die Wand gelehnten, gestreiften Matratze, den schmalen Kleiderschrank, dessen Tür offen stand.

Weiter ging's. Die Äbtissin läutete ihr Glöckchen und führte sie durch leere Küchenräume, hier ein Topf mit halb gewaschenen Tomaten in der Spüle, dort ein Messer neben einer halb zerteilten Avocado, wie fluchtartig verlassen alles, und die Türen am anderen Ende halb geöffnet, als kauerten die Novizinnen dahinter und schauten zu. Sie kamen durch den Speisesaal mit seinen in Dreierreihen aufgestellten Tafeltischen und durch einen zweiten Zellenflur mit geschlossenen Türen. Im Gehen sprach die Äbtissin mit Giuseppe über die Tomasi, über Giulio, der den Benediktinern Jahrhunderte zuvor seinen Palast gestiftet hatte, über Giulios Tochter, die mit siebzehn ins Kloster eingetreten war und unter Teufelsvisionen litt und den Teufel mit einer Wut bekämpfte, die ihres Glaubens würdig war. Giuseppe war mit Geschichten über Isabella Tomasi aufgewachsen, erzählt von seinem Vater mit einer Ironie, die stets verriet, wie stolz er darauf war. Sie inspiriert uns noch heute, sagte die Äbtissin. Als ich als junges Mädchen hierherkam, hatten wir eine ältere Schwester, die manchmal von Fürst Giulios Tochter träumte. Einige Novizinnen hielten sie für verrückt. Doch die damalige Äbtissin wies uns darauf hin, dass der Geist im Fleisch wie Wahn aussehen kann. Das gab uns zu denken. Sie ermahnte uns, uns mit unserem Urteil zurückzuhalten. Es steht uns nicht zu, sagte sie. Das zumindest haben die frommen Tomasi eingesehen.

Giuseppe räusperte sich. Sie ehren uns, sagte er höflich.

Die Tomasi waren wirklich etwas Besonderes, Exzellenz, sagte sie. Wie große Künstler. Ich glaube nicht, dass sie das wollten, doch sie haben ihre Eigenart mit Mut auf sich genommen. Wie soll man das nicht bewundern?

Er sah ihr ins Gesicht. Wenn sie wüssten, was aus uns geworden ist, fürchte ich, würden sie weinen, erwiderte er.

Die Äbtissin sah ihn verwundert an, hakte aber nicht nach, und er erklärte nichts, sondern wandte den Blick ab.

Und die Zelle der frommen Isabella?, fragte er. Ist sie noch erhalten?

Isabella? Sie zögerte, als wüsste sie gerade nicht, um was es ging. Ach so, Isabella. So heißt sie nur für Außenstehende, Exzellenz. Bei uns ist sie die Ehrwürdige Maria Crocifissa. Hier entlang, bitte. Kommen Sie, meine Herren. Sie glitt voran und erklärte ihnen unterwegs, dass die Zelle noch heute von Novizinnen genutzt werde; da aber die Nonne, die sie derzeit bewohnte, im Garten beim Unkrautjäten sei, würden sie niemanden stören. Auf dem Weg durch den langgezogenen Gang läutete sie das Silberglöckchen, und Giuseppe hörte das leise Klicken von weiter vorn sich schließenden Türen. Sie sahen niemanden, und doch fühlte er sich Schritt für Schritt beobachtet, aber er fand nichts dabei, es machte ihn nicht nervös.

Isabellas Zelle unterschied sich nicht von der ersten, die ihnen die Äbtissin gezeigt hatte. Eng, kahl, ein makelloses Bett auf der einen Seite, eine Holzkommode, ein geschlossener antiker Kleiderschrank. Durch das kleine Fenster sah Giuseppe hohe Wolkenfetzen in der Bläue vorbeiziehen. Als sich Francesco und Gio mit hereindrängten, wurde es entschieden zu eng.

Einen Unterschied gab es. An der Wand neben der Tür hingen eingerahmt zwei vergilbte Briefe in zweierlei krakeliger Handschrift. Giuseppe beugte sich vor und tastete nach seiner Brille. Die eine Schrift konnte er nicht lesen. Eine Art seltsames Kyrillisch. Das erste Blatt, erklärte die Äbtissin, sei ein Brief von Isabella an den Teufel, er möge von seinem gottlosen Treiben ablassen und zu ihr kommen und im Licht des wahren Glaubens wandeln.

Und das zweite?, fragte Francesco.

Das ist des Teufels Antwort, sagte sie. Niemand kann sie

lesen. Sie ist nicht in einer dem Menschen bekannten Sprache abgefasst.

Giuseppe musterte die Äbtissin und versuchte zu ergründen, wie sehr sie an solche Relikte glaubte. Sie betrachtete die drei gelassen und gab nichts preis.

Im Klostergarten, sagte sie. Im Klostergarten hat der Teufel die Ehrwürdige Maria Crocifissa überfallen. Er hat einen schweren Stein nach ihr geworfen in der Hoffnung, sie niederzustrecken. Ihre Schlichtheit und ihr Glaube stießen ihm auf. Doch der heilige Michael hielt den Stein in der Luft, und sie blieb unversehrt.

Es heißt, sie war von Jugend an mit Visionen geschlagen.

Ja.

Mein Großvater sprach oft von ihr. Nach dem, was man sich in der Familie erzählte, habe sie als Kind immer nur Nonne spielen wollen.

Ja, sie wurde in jungen Jahren von Gott berührt.

Berührt?

Gesegnet.

Gesegnet, murmelte Giuseppe. Er nahm seine Brille ab und blinzelte.

Um die Segnungen des Herrn ist man nicht zu beneiden, Exzellenz, sagte sie und nickte, als hätte sie etwas an ihm wiedererkannt. Das Leben ist schmerzhaft und einsam hier auf Erden, inmitten all der Sterblichkeit, wenn man etwas viel Größeren teilhaftig war. Es ist eine Entbehrung.

In einem Winkel der Zelle lag unter Glas eine Geißel, eine Stabpeitsche, deren sieben verknotete Riemen auch jetzt noch brutal aussahen. Francesco und Gio betrachteten sie stumm.

Wie gesagt, sagte die Äbtissin. Ein schmerzhaftes und einsames Dasein.

Die Ärmste, sagte Gio.

Solche Instrumente verwenden Sie aber doch nicht mehr?, fragte Francesco.

Nicht wie Sie denken.

Francesco zog fragend die Brauen hoch, wartete.

Das ganze Leben ist eine Geißelung des Fleisches, sagte sie einfach. Das Leben besteht darin. Unser Körper weicht nach und nach dem Geist. Wir sind nur kurze Zeit auf Erden. Jeder unterschiedlich lange. Aber das ist die Zeit, die wir haben, um zur Einsicht zu gelangen.

Ich fürchte, sagte Giuseppe schweren Herzens, manche von uns kommen gar nicht dahin.

Sie schaute ihn mit großem Mitleid an, und zu seiner Überraschung sah er darin etwas wie Liebe. Sie müssen glauben, Exzellenz, sagte sie sanft, und es hätten nur sie beide in der Zelle sein können, nur sie beide im ganzen Kloster. Alles andere wich allmählich zurück. Er hatte sein Emphysem fast vergessen, doch jetzt meldete es sich mit Macht wieder bei ihm, und er hätte sich gern hingesetzt, blieb aber stehen. Er dachte an seine Mutter und wie die Frauen an diesem alten Stammsitz sie interessiert hätten. Seine Mutter mit ihren straffen Schultern und dem anmutigen Schwanenhals, deren Lebensleidenschaft ihn als Kind erschreckt und in die Schüchternheit getrieben hatte; die so erbittert gegen den eigenen Tod gekämpft hatte und voller Hass auf die Hässlichkeit des Alterns gewesen war. Jetzt sah er sich der überraschten Schönheit der kleinen Äbtissin gegenüber und schluckte schmerzhaft. Irgendwie war sie ganz anders als er. Bei ihrem Anblick schien es ihm nachgerade möglich, ohne Angst vor dem Tod zu leben, sogar jetzt noch für eine Änderung bereit zu sein, wenn sie kommen sollte, in gleich welcher Form, und kommen würde sie.

Das Sonnenlicht drang herein, erhellte seine grauen Fingerknöchel, seine grauen Handgelenke. Er hörte sie zu viert in der Stille atmen, wie Geister.

Don Giuseppes Sorgen

TEIL I

März 1911

Er war vierzehn, noch immer ein Kind, als das schwarzgerahmte Telegramm im Palazzo eintraf. Er wusste noch, wie er in der Nachmittagssonne auf der großen Treppe stand und seinen Vater mit zitternder Stimme den Text vorlesen hörte. Seine Tante Giulia, die Lieblingsschwester seiner Mutter, war in Rom von einem Kavallerieoffizier erstochen worden. Ein Messerstich ins Rückgrat, zwei in die Kehle. Dann hatte ihr Verführer, ein Baron, im grauen Licht ruhig die Vorhänge des Hotelzimmers zugezogen, sich an den Frisiertisch gesetzt und sich mit seinem Revolver eine Kugel in den Kopf geschossen.

All das war offenbar an einem regnerischen Morgen in einem schäbigen Viertel unweit des Hauptbahnhofs von Rom geschehen. In Palermo brach Giulias Mann auf der Straße zusammen, als er davon erfuhr. Der Mörder hieß Vincenzo Paternò del Cugno, und als Giuseppe den Namen hörte, wiederholte er die finsteren Silben ein ums andre Mal, wie eine Beschwörung. Seine Tante, so hieß es, habe sich an jenem Tag mit dem Baron getroffen, um die Beziehung zu beenden.

Die Verführung begann auf einem Sommerball in Palermo zwei Jahre zuvor. Giulia, hübsch, mandeläugig, mit einem verhaltenen, traurigen Lächeln, hatte in der Saison einen namenlosen Brief mit dem Hinweis bekommen, ihr Mann habe ein Verhältnis mit einer Schauspielerin der Scarpetta-Truppe. Nach Überzeugung seiner Mutter stammte der Brief von Paternò del Cugno selbst. Giulia war mit der jungen Königin Eleana in Rom befreundet und hatte als Hofdame niemanden, den sie in Herzensangelegenheiten um Rat fragen konnte, und als sie den Baron wiedersah, blieb er mit seinen blauen Augen die halbe Nacht bei ihr sitzen, die weißen Handschuhe auf den Knien, und hörte sich als Gentleman ihren Kummer an. Das erfuhr Giuseppe, als er in den ersten Tagen danach durch den Palazzo streifte. Er fand heraus, dass die Gouvernante seine Anwesenheit vergaß, wenn er mit einem Buch still dasaß und höchstens mal beim Umblättern die Seiten raschelten, dass die Diener unbesorgt tuschelten und dass seine Eltern ihn überhaupt nicht wahrnahmen. Denn seine Mutter senkte nicht die Stimme und scherte sich nicht darum, wer sie in ihrem Schmerz hörte.

O Leichtsinn, Leichtsinn, weinte seine Mutter. Wieso hast du nicht gemerkt, was das für einer ist, Giulia? Wir wussten es. Ganz Palermo wusste es. O Giulia, Giulia.

Während Giuseppe, pummelig und blass, mit großen Augen auf der zweiten Stufe saß und Luft holte.

Seine Tante war dreiunddreißig Jahre alt, der Baron einunddreißig. Paternò del Cugnos Leidenschaft hatte sie erschreckt. Wie oft hatten sie sich getroffen? Was war in ihr Herz eingetreten und daraus verschwunden? Der Baron hatte sie durch die Badestädte des Habsburgerreiches verfolgt, sie anfangs nur um eine zweite Nacht angefleht, sie dann gebeten, für seine Spielschulden aufzukommen, dann Geld von ihr verlangt und mit Enthüllung gedroht. Ein von Natur aus gewalttätiger Mann, den schnelle Pferde und elegante Salons anzogen. Sein zunehmend unberechenbares

Verhalten verriet Giulia, dass er nicht nachgeben würde. Bei ihrer Rückkehr nach Sizilien weihte sie weinend ihre Schwester ein, und Beatrice ging noch am selben Abend zu Giuseppes Vater und bat ihn zu intervenieren, doch der Baron forderte den alternden Fürsten lediglich zum Duell heraus. Giuseppes Vater lachte wütend, als er das am Kaminfeuer erzählte. Tags darauf hatte Beatrice Ignazio Florio gebeten, sich dem Baron entgegenzustellen, doch nicht einmal sein Einfluss und sein Vermögen konnten den Baron von seinem Kurs abbringen.

Durch Verbindungen zum Außenministerium war schließlich unter der Hand eine Versetzung veranlasst worden. Man hatte den Baron einfach weggeschickt. Die von seinem neuen Posten in Neapel aus geschickten Briefe kamen unbeantwortet zurück. Seine Urlaubsgesuche wurden abgelehnt. Der Winter senkte sich herab wie eine Schande, und mit ihm wurde es still.

Zwei Monate später verließ der Baron seine Kaserne in Neapel und bestieg den Nachtexpress nach Rom. Er hatte kein Gepäck dabei, nur ein mit einem roten Band umwickeltes Bündel mit Giulias Briefen in der einen Tasche und einen geladenen Revolver in der anderen.

* * *

Ganz Sizilien, so schien es, war über den Mord empört. Das böse Ende Giulia Trigonas war das Gesprächsthema des Frühlings. Als ihr Leichnam nach Palermo überführt wurde, hielt der Zug in Bagheria, in Messina, in Cefalù und wurde an allen Bahnhöfen von weinenden Menschen-

mengen, Bürgermeistern und trauerbeflorten alten Rats-
herren empfangen, die vor dem Mikrofon die Fäuste schüt-
telten. Seine Mutter konnte nicht mit der Kutsche ausfah-
ren, ohne dass die Leute auf der Straße stehen blieben und
den Hut abnahmen. An einem Regennachmittag entdeckte
Giuseppe in einer unverschlossenen Schublade im Arbeitszimmer seines Vaters ein gezeichnetes Porträt des Barons
aus der Zeitung. Gutaussehend, schwarze Haare, schwarze
Augen, dazu eine markante Nase, grausame Augenbrauen
und ein voller, sinnlicher Mund.

Nach Giulias Ermordung veränderte sich seine Mutter.
Ein Licht war in ihr ausgegangen, wenngleich er ein Leben
lang brauchte, um das zu erkennen. Es war zwei Jahre nach
dem Tod seiner Tante Lina durch das Erdbeben von Messina, und schon dieser Verlust hatte seiner Mutter schwer
zugesetzt. Sie waren fünf Schwestern gewesen, dann, in
ungeheurer Trauer, noch vier. Jetzt waren sie immer noch
schön, auf einmal aber nur noch drei, und die Erschütte-
rung durch diesen neuen Todesfall zerriss seine Mutter, zog
ihr den Boden unter den Füßen weg, erfüllte sie mit einer
Wut, die sie nicht mehr für möglich gehalten hatte.

Zuerst tobte sie, weinte, pirschte durch die Zimmer des
Palazzos. Das ging nach und nach vorbei, da sie sich in sich
selbst zurückzog. Sie lehnte Einladungen ab, nahm keine
Visitenkarten an. Zog die Vorhänge zu und saß brütend
allein im Dunkeln. Sie wollte von niemandem gesehen werden, auch nicht von ihrer Schwester Teresa, auch nicht von
Don Florio, der Beatrice zu ihr sagte, wenn er dachte, sie
seien allein. Als dann gegen Ende des Frühlings in Palermo
die Cholera ausbrach, flüchtete sie. Sie nahm Giuseppe mit

nach Norden, in die Toskana, und später verließ sie Italien mit ihrem Sohn, ohne irgendjemandem Bescheid zu sagen, und besuchte einen Bildhauer, den sie aus ihrer Jugend kannte. Der Mann war Spanier, lebte damals aber in Südfrankreich, in einer heruntergekommenen Villa im Languedoc, an einem aalreichen Fluss mit einer Windmühle aus Bruchstein und Wiesenhängen voll gelber und blauer Blumen.

Giuseppes Vater war nicht dabei. Er schrieb auch nicht. Giuseppe wusste nicht, ob seine Eltern sich einmal geliebt hatten, aber er nahm es an.

Der Bildhauer, Ferri mit Namen, kam mit einem strohbeladenen Maultierwagen in die Stadt und holte sie am Bahnsteig ab. Er war in Hemdsärmeln, trug eine Cordweste und nuckelte an einer Pfeife wie ein Bauer.

Ferris Großvater hat unter Napoleon in Spanien gekämpft, sagte seine Mutter leise. Aber seine Mutter war eine Gräfin.

Wie soll ich ihn anreden?, fragte Giuseppe.

Sag Ferri zu ihm, antwortete sie. Wie alle anderen auch.

Ferri war ein Hüne mit dickem weißen Bart, grünen Augen und von Ziegelstaub rotgefärbten, steinschweren Pranken. Er war viel älter, als Giuseppe ihn sich vorgestellt hatte. Ach, Fürstin, sagte er, und seine Stimme grollte wie eine Ladung Steine. Endlich sind Sie doch ins Languedoc gekommen.

Ferri, antwortete sie.

Mit einem Mal überwältigt, zog er die Brauen zusammen. Dann war er bei ihr, beugte sich vor, schloss sie in die Arme und drückte sie einen unglaublichen Moment lang an sich, als wäre sie ein Kind, während Giuseppe mit seiner Tasche dastand und der Träger mit dem übrigen Gepäck verstohlen herüberschielte.

Und das wird Giuseppe sein, sagte Ferri schließlich, als er seine Mutter losließ. Was für ein hübscher Kerl. Ihr habt so viel durchgemacht.

Sie schüttelte den Kopf. Ich hätte nicht gedacht, dass du davon gehört hast.

Die ganze Welt weint um sie, sagte Ferri ernst. Dann nahm er Giuseppes Reisetasche in die große Hand und schob den Jungen zum Wagen hin. Wir reden nicht davon. Heute nicht. Hier wird gelebt. Kommen Sie, sagte er dröhnend zu dem Gepäckträger. Und zu Giuseppe: Ich zeig dir meine Sachen, und du sagst mir, ob sie was taugen oder nicht, ja?

Sie fuhren gemütlich durch die Landschaft, während die Schatten um sie herum länger wurden. Ferri sprach leise und langsam, und seine Mutter lehnte im Fahren den Kopf an seine Schulter, und Giuseppe schaute betreten weg. In einer Scheune unterhalb der Villa lief er zwischen Ferris Skulpturen umher wie zwischen merkwürdigen Eisenbäumen und betrachtete die übergroßen, verdrehten Gestalten ohne Gesicht, die knieten oder dastanden, als kämpften sie gegen starken Wind. In Stein geschnittene, kantige kleine Gesichter lagen auf dem Fußboden verstreut, und ein langer Brettertisch unter einem Fenster lag voll mit Zeichnungen und Skizzen. Morgens lief Giuseppe über den felsigen Boden und dachte an die Katharer und die Kreuzritter, die sich vor Jahrhunderten hier bekriegt hatten. Südfrankreich war neu für ihn, und er fand die Junisonne dort milder als in Sizilien. Manchmal lag er im hohen Gras und las, umschwirrt von knarrenden, surrenden Insekten. Meistens wartete er und beobachtete seine Mutter. Die Trauer über die Ermordung ihrer Schwester schien sich wie ein Schal um ihre Schultern zu legen, und sie trug ihn mit neuer Anmut in den Räumen von Ferris Villa und abends draußen auf der Terrasse. Zum ersten Mal in Giuseppes jungem Leben wirkte sie älter. Ferri selbst verschwand jeden Morgen in seinem Atelier unterhalb der Villa, arbeitete den halben Tag an seinen Skulpturen und tauchte friedlich und zerknittert, mit staubgesträhntem Bart in der Spätnachmittagshitze wieder auf.

Du bist hier glücklich, sagte seine Mutter eines Abends zu ihrem alten Freund, als sie draußen unter den Sternen saßen. Der zunehmende Mond eine schmale Sichel hoch im Westen, warme, stille Luft um sie herum.

Giuseppe hob schläfrig das Gesicht.

Ich bin mit meiner Arbeit glücklich, sagte Ferri. Eine Weile schwieg er nachdenklich. Dann sagte er: Ich verliere mich darin. Das genügt.

Mir ist nichts genug, sagte sie leise.

Das stimmt, sagte Ferri.

Giuseppe schloss die Augen auf seiner Granitbank, in der sich noch die Wärme des Tages hielt.

Ich glaube nicht, dass ich noch mal glücklich werde, sagte seine Mutter. Dann lachte sie spitz. Hör dir das an. Das ist ja lächerlich.

Nein.

Doch. Ich bin zur Witzfigur geworden.

Ferri schwieg in der Dunkelheit.

Aber deine Freundschaft hat mir gefehlt. In Palermo hab ich nicht viele Freunde.

Man bewundert dich, Beatrice.

Das ist nicht dasselbe. Du weißt es.

Du hast Teresa. Sie wird auch leiden.

Ja. Und Maria.

Wie geht's ihr?

Immer noch unverheiratet.

Ferri lachte brummend, aber nur kurz. Wir müssen leise sein. Dein Sohn schläft.

Der schläft nicht, sagte seine Mutter. Er hörte Kleider rascheln, dann spürte er sie neben sich auf der Bank, dann fuhr sie ihm mit den Fingern durchs Haar. Giuseppe hört jedes Wort von uns, sagte sie. Stimmt's, mein Schatz?

Während er die Augen zusammenkniff und sich besonders tief schlafend stellte.

An einem Julimorgen ging Ferri mit ihnen hoch in die dürren Berge im Osten hinauf, zu einem Felsvorsprung, von dem aus man seine Villa sehen konnte und auf dem sich die schwarzen Trümmer einer katharischen Festung erhoben. Sie war im vierzehnten Jahrhundert belagert und in Brand gesteckt worden, die Ketzer allesamt hingemetzelt. Geblieben waren nur umgestürzte Steinblöcke im hohen Gras und die halbe Rundmauer eines Türmchens direkt am Abhang. Er breitete eine Decke im Schatten aus und stellte einen Korb mit belegten Broten und eine Flasche Wein darauf.

In die Felswand waren mal Namen gemeißelt, sagte Ferri. Die Namen derer, die in der Festung umgekommen sind. Aber davon sieht man nichts mehr.

Nach dem Essen lagen sie faul in der brütenden Hitze und dösten, und später führte sie Ferri ein Stück weit durch das welke Gras zu einem Steinpfad über einer Schlucht. Sie kletterten weiter. Sie kamen an einem verfallenen Brunnen vorbei und erreichten eine weitere Ruine. Die Überreste mehrerer dicht beieinanderstehender Gebäude. Giuseppe sah sich die drei höchsten Mauern an, die noch standen, das verkohlte Gebälk, das langsam im Gras moderte, sah die im Sonnenlicht davonflitzenden Eidechsen.

Was war das hier?, fragte seine Mutter zwischen den weißen Blumen.

Eine Priorei, antwortete Ferri lächelnd. Sie ist vor zwanzig Jahren abgebrannt. Hier soll das Wunder geschehen sein. Andere sagen, es war Hexenwerk. Ich geh hier manchmal hin, weil es sonst keiner macht.

Es ist so still hier, sagte Giuseppe.

Sie hieß Cleo von Carcassonne, sagte Ferri. Für manche eine Heilige.

Seine Mutter schüttelte langsam den Kopf. Das Mädchen mit den Wundmalen?

Du hast also von ihr gehört.

Sie zuckte die Achseln. Im Gottesdienst wurde das damals angesprochen. Wir sollten uns – wie hieß das noch? Sie drehte die Unterarme, wie um zu zeigen, dass ihre Hände leer waren. Ach so – vor unangemessener Schwärmerei hüten.

M-hm. Die Kirche hält nichts von Heiligkeit, für die sie nicht verantwortlich ist.

Giuseppe spürte die anhaltende Wärme auf seinem Gesicht und wischte sich mit dem Ärmel über die feuchte

Stirn. Hoch oben in den Luftströmen sah er einen Falken kreisen und sich wacklig im Sonnenlicht drehen.

Sie war ein Mädchen von fünfzehn Jahren, ergänzte Ferri. Eine Postulantin. Sie konnte weder lesen noch schreiben. An Karfreitag fingen ihre Handteller und Fußsohlen an zu jucken, dann wurden sie rot. Sie wurde mit ausgestreckten Armen auf dem Gesicht liegend vorm Altar gefunden und blutete an Händen und Füßen. Auch an der Seite hatte sie eine Wunde.

War sie das selbst?, fragte Giuseppe leise.

Nein.

Das kann man doch nicht glauben, sagte seine Mutter. Wirklich nicht.

Giuseppe streifte durch den Schutt und das Gras. Hinter dem Bildhauer sah er das Tal unten und den silbernen Fluss mit seinen Bäumen, die kleine weiße Villa und die Scheune.

Ich weiß nicht, ob es darauf ankommt, sagte Ferri. Irgendwas ist hier passiert, etwas Unbestreitbares. Die unsichtbare Welt wurde konkret. Das interessiert mich.

Es steckt in deiner Kunst, sagte seine Mutter sanft.

Wie kam's zu dem Brand?, fragte Giuseppe dazwischen. Ihm gefiel nicht, wie seine Mutter den Bildhauer ansah.

Ah. Ferri trat durch die klirrenden, verkohlten Dachziegel zu ihm, kniete sich hin und wühlte mit seinen Pranken im Dreck. Drei Tage, nachdem das Mädchen gefunden wurde, sagte er, am Ostermontag, ist die Priorei bis auf die Grundmauern abgebrannt. Alle Nonnen konnten sich retten. Die Dorfbewohner behaupten, die Flammen seien grün gewesen und erloschen, sobald das Dach des Betsaals eingestürzt war. Einige meinten, die Priorin habe nicht an das Wunder geglaubt, und der Brand sei die Strafe dafür gewesen. Andere behaupteten, die ganze Priorei sei dem Zauber des Kindes verfallen gewesen, und das heilige Feuer sei zur Läuterung entsandt worden.

Vielleicht hat auch jemand im Schlaf eine Lampe umgestoßen, meinte seine Mutter.

Ferri strich sich mit den Fingerknöcheln durch den Bart und lächelte. Auch das ist möglich.

Später dachte Giuseppe bei langen Spaziergängen am Fluss und durch die dürren Felder an diesen Tag in den Bergen zurück und an die Priorei, die in den Köpfen der Lebenden sowohl gesegnet als auch verflucht war. Die Villa blieb damals oft leer. Seine Mutter sah Ferri stundenlang in der Scheune bei der Arbeit zu, und später kam sie dann im Bademantel mit lose auf die Schultern hängendem Haar zum Vorschein, und er begriff schon damals, dass sie dem Künstler Modell stand und dass er niemals dabei stören und nie ein Wort darüber verlieren durfte.

Es war ihm nicht in den Sinn gekommen, die Freundschaft seiner Mutter mit Ferri zu hinterfragen. Er war in vieler Hinsicht noch sehr jung. Sein Leben lang war er in Kutschen und Eisenbahnen von Villa zu Palazzo zu Villa gepilgert, ein schweigsames Kind mit hervorstehenden Augen und Buch auf dem Schoß, während seine Mutter ihr Haar und die Bänder um ihren Hals ordnete, und nie hatte er sich über die Herren gewundert, die sie an den Palasttoren empfingen und, die eine Hand am offenen Fenster, neben der Kutsche herliefen. Doch in diesem Sommer kam er irgendwie ins Grübeln. Er sah Ferri an der Scheunentür stehen, er sah seine Mutter im Sonnenschein zu ihm hinschweben, und er musste an seine in Rom von ihrem Liebhaber ermordete Tante denken und bekam Angst.

Ach Schätzchen, rief seine Mutter lachend, als er sie eines Abends misstrauisch anfunkelte. Sieh mich doch bitte nicht so an, so ist es nicht.

Doch er fand, sie hatte zu schnell gelacht, und das Lachen hatte ihre Augen nicht erreicht.

Als es auf den August zuging, wurde ihm bewusst, dass er wichtige Ereignisse erlebte, Ereignisse, die sich auf das künftige Leben seiner Mutter auswirken würden und damit auch auf sein eigenes. So ausdrücken können hätte er das damals noch nicht. Doch ansatzweise hatte er bereits gelernt, dass er in der Lage war, den eigenen Kummer zu missachten, und dass sein Unbehagen sich dadurch verringern ließ. Er nahm an, das hatte etwas mit seiner Schüchternheit zu tun, aber auch mit der Arroganz eines Menschen, der sich mit den eigenen Vorlieben und Abneigungen allzu wohl fühlte und keinen Grund sah, sich zu ändern. Er wusste schon lange, dass er selbst in einem überfüllten Raum jede Kontaktaufnahme unterbinden konnte, indem er das passende Gesicht aufsetzte und den Blick auf mittlere Entfernung einstellte, und er ging davon aus, dass er das auch mit seinem Kummer hinbekam. Doch den Kummer, der in seiner Mutter brannte, konnte er nicht missachten.

In der letzten Augustwoche änderte sich die Hitze, flachte ab, verlor ihren Grimm und schien vor allem aus dem Boden aufzusteigen. Eines Nachmittags kam er auf der Suche nach seiner Mutter zur Scheune und fand das hohe Tor verschlossen. Drinnen hörte er leise Stimmen. Verwirrt trat er ein paar Schritte zurück, dann ging er mit pochendem Herzen vorsichtig zum Fenster an der Seite.

Seine Mutter saß auf einer Chaiselongue, die Ferri aus der Villa nach unten gebracht hatte. Der Bildhauer selbst saß im schmutzigen Unterhemd auf einem umgedrehten kleinen Stuhl, die Riesenschultern vorgebeugt, rotglänzendes Gesicht, die Unterarme locker über der Lehne verschränkt.

Seine Mutter weinte und hielt sich ein Taschentuch vor die Nase. Ich hab sie nicht gewarnt, sagte sie nach einer Weile. Ich hätte mehr tun können.

Was denn?, fragte Ferri mit seiner tiefen Brummstimme. Du weißt doch, dass Giulia nicht auf dich gehört hätte. Sie war wie du, sie ist ihrem Herzen gefolgt.

Das war nicht ihr Herz, dem sie da gefolgt ist.

Hm.

Der Mann war wertlos, Ferri. Mein Gott. Schlimmer hätte sie's nicht treffen können.

Wohl wahr.

Unsere kleine Schwester Maria hat sie angefleht, Schluss zu machen. Der Klatsch sei schrecklich für sie, hat sie mir gesagt. Keiner würde sie mehr heiraten wollen nach dem, wie Giulia herummachte.

Ferri räusperte sich. Es war eine Liebschaft, Beatrice. Giulia war wohl kaum die erste verheiratete Schwester, die fremdgegangen ist. Selbst in Palermo.

Au.

So meine ich das nicht.

Aber du hast recht. Daran bin ich auch schuld.

Giulia ist das Opfer. Paternò del Cugno ist der Schuldige. Mehr sage ich nicht. Deine Schwester soll das nicht vergessen.

Durch die staubige Scheibe sah er, wie seine Mutter das Gesicht hob. Es sah nackt, nass, untröstlich aus. Sie blickte auf einen Punkt an der hinteren Wand.

Wir haben eine Zeitungskampagne durchgeführt, sagte sie. Wir wollten klarstellen, dass Giulia die Unschuldige war, dass der Baron sie sich als Opfer ausgesucht hat.

Und da ist auch was Wahres dran, sagte Ferri.

Ja?

Ich weiß, wie Giulia war. Ich erinnere mich.

Aber sie wollte ihn haben, Ferri. Es war unanständig. Du hast sie nicht gesehen.

Sie hatte nicht den Tod verdient.

Seine Mutter starrte wütend auf ihre Finger, zerknüllte das Taschentuch auf ihrem Schoß.

Ferri fügte mit gequälter Stimme leise hinzu: Giulia war ein Licht für die Welt, Beatrice. Und dieses Licht hätte nicht ausgelöscht werden dürfen.

Ich bin so wütend auf sie, flüsterte seine Mutter. Ich weiß nicht, wohin damit.

Schon klar.

An manchen Tagen hasse ich sie, zischte sie, und ihr Gesicht verzerrte sich plötzlich. Ich hasse sie und bin froh, dass sie tot ist.

Viele Jahre später, an einem grüblerischen Nachmittag unter blauem Herbsthimmel in den Grünanlagen außerhalb von Paris, erinnerte sich Giuseppe an jene Tage im Languedoc, an die heftige Trauer, die seine Mutter dorthin geführt hatte, und stieß in seinen Erinnerungen auf etwas, das er nicht einzuordnen wusste. Die Affäre seiner Tante Giulia nämlich hatte genau in dem Jahr begonnen, in dem ihre Schwester in den Trümmern des Hauses ihrer Kindheit in Messina verhungert war. Noch nie hatte er darüber nachgedacht, ob der Verlust sie in die Arme des Barons getrieben haben könnte. Sein Leben lang war er davon ausgegangen, sie habe seine Mutter um ihre diskreten Leidenschaften beneidet, und viele Jahre lang hatte er ihre Untreue auf diesen Neid zurückgeführt. Giulia, dachte er, wollte etwas von dem haben, das auch ihre ältere Schwester hatte. Jetzt fragte er sich, ob das zutraf. Hatten sie und der Baron sich wirklich geliebt, bevor sein Herz sich verfinsterte? Giuseppes Stock knirschte im Kies unter den kahlen Bäumen, an denen er vorbeiging. Er schlang den Schal enger um sich.

Ihm wurde auch klar, wie sehr er darauf geachtet hatte, einem ähnlichen Schicksal zu entgehen. Sein Lebtag hatte er sich gegen die Art verzehrender Leidenschaft gewehrt, nach der sich die Cutò-Schwestern gesehnt hatten und von der sie beherrscht worden waren, und jetzt fragte er sich, ob der Grund dafür in den Ereignissen jenes Frühjahrs 1911 lag. Ihm blieben die tiefen Gefühle verschlossen, die seiner Vorstellung nach das Leben der Mutter bestimmt hatten, und so verstand er auch die Mutter nicht. Er sah sie hilflos an, als stünde sie im Nebel, und sie bekam keine genauen Konturen.

Gern stellte er sich seine Mutter und ihre vier Schwestern in ihrer Kindheit in Bagheria vor. Ihr Gelächter im Garten. Das Klappern des Geschirrs und das Durcheinandergerede beim Abendessen, wenn die Mädchen aufgeregt erzählten, was sie tagsüber erlebt hatten. Sie waren gebildet und zu unabhängigem Denken erzogen, sie konnten malen und im Ballsaal Klavier spielen und in der Privatloge im Theater stundenlang stillsitzen, wenn die Wanderschauspieler auftraten. Wenn dann aber das Licht gelöscht war, so stellte er sich vor, würden sie flüstern und zueinander ins Bett steigen und die seltsamen modernen Geschichten zum Leben erwecken, die ihnen in Büchern aus fernen Welten wie Wien, Paris und London begegnet waren. Gemeinsam lernten sie, Arm in Arm zu tanzen, sich über die Liebesgedichte von Petrarca und Dante zu streiten und geschlossen die Oper zu hassen. In den Salons von Paris standen sie mit ihren französischen Gouvernanten verblüfft und bewegt vor der bizarren neuen Malerei, die die Kritiker impressionistisch nannten. Überall taten sich die Türen der Welt vor ihnen auf. Sie waren berühmt für ihre Schönheit, scharfzüngig, unterhaltsam, durchaus verliebt in die eigene Klugheit, seine Mutter die Strahlendschönste von allen. Er stellte sich gern vor, wie sie als vielleicht Elfjährige mit ihrer vier Jahre alten Schwester Giulia am Pianoforte saß, ihr lachend wie immer die Tasten zeigte und ihre zueinander geneigten Köpfe sich dabei leicht berührten. Ja. Und wie die achtjährige Lina mit ihren kräftigen Fingern übertrieben elegant die Seiten der Partitur umblätterte, als gäben sie ein Konzert, und alle Welt spitzte die Ohren, während Teresa auf der Couch die Nase aus dem Buch hob und Klein Maria, das Baby, in ihrem Korbkinderwagen nicht aufhörte zu schreien.

Am liebsten aber stellte er sich die Villa selbst vor, nachdem die Schwestern in den Garten gegangen waren, wenn nur ein Winterlicht zwischen den leeren Vorhängen hing und die hohen Zimmertüren knarrten. Dann schloss er die Augen und malte sich die Stellen aus, wo die Mädchen gerade noch gewesen waren, die Löcher in der Luft.

Ihre noch auf den Betten verstreuten Kleider und Hüte, das langsame Tropfen des Regens gegen die Fenster im oberen Flur.

Die in der Stille blitzenden langen Gänge.

Ja.

Sie blieben den Herbst über bei Ferri in der Villa im Languedoc und kehrten erst im November nach Sizilien zurück. Als sie durch Rom kamen, fanden sie einen Stapel zusammengebundener, von der Hitze gewellter, ungeöffneter Briefe vor, die einer Antwort harrten. Giuseppes Mutter schlitzte sie auf, nahm sie aus den Kuverts und las sie schweigend auf der Fahrt nach Süden, wobei ihre schönen Hände zitterten. Die Neuigkeiten waren beunruhigend. Offenbar war Vincenzo Paternò del Cugno nicht gestorben. Er hatte sich neun Monate lang in einer Privatklinik von seiner Schusswunde erholt und war schließlich für verhandlungsfähig erklärt worden. Der Prozess wegen des Mordes an Giulia Trigona sollte im neuen Jahr in Rom stattfinden, und Beatrice sollte als Zeugin einvernommen werden. Giuseppe zog die Knie auf den Samtsitz, legte den Kopf quer auf ihren Schoß, und während er die Wolken an den rüttelnden Fenstern vorbeiziehen sah, spürte er von unten durch seine Mutter hindurch das Rumpeln der Gleise. Er muckste sich nicht. Das Entsetzen seiner Mutter war wie ein Glöckchen, das in seinem Herzen schlug, und laut genug für sie beide. Er merkte, wie sie ihm übers Haar strich, wandte sich zu ihr und betrachtete sie beim Betrachten der Berge südlich von Rom, und als sie in einen Tunnel hineinrauschten und Streifen von Licht und Schatten über ihr Gesicht huschten, begriff er mit einem Mal, dass sie ihn vollkommen vergessen hatte.

Ihre Ruhe überraschte ihn. Bleich und würdevoll stieg sie schließlich am Hof in der Via Lampedusa aus der Mietkutsche und fasste sich an die Haare, als wäre sie einen Moment unsicher, dann glitt sie an dem versammelten Personal vorbei, ließ sich von ihrem Mann umarmen und ging ins Haus. Der Himmel war schwarz und kalt. Giuseppe hörte die Hunde im Zwinger heulen. Das Languedoc und Ferri mit seinem sonnengebräunten Gesicht waren sehr weit weg. Giuseppe atmete auf. Er merkte jetzt, dass er insgeheim erwartet hatte, seine Mutter würde eine Szene machen, würde gegen den Baron wettern und schreiend erklären, sie denke nicht daran, in dem Prozess zu erscheinen, und ihm wurde bewusst, dass er mit den Launen seiner Mutter nicht einverstanden war, und diese Missbilligung kam ihm wie ein Verrat vor.

Er war bereits am Ende seiner Kindheit angelangt, begriff er später, und damals endete die Zeit seines ersten Glücks.

Der Prozess in Rom war eine Quälerei. Seine Mutter musste im Gerichtssaal sitzen und mit anhören, wie die Liebesbriefe ihrer Schwester laut vorgelesen wurden. Später wurden diese Briefe in Zeitungen veröffentlicht. Paternò del Cugnos Verteidigung stellte Giulia Trigona als eine hemmungslose, charakterschwache Frau dar, jüngeres Geschwister in einer Familie, deren Töchter allesamt einer liberalen europäischen Erziehung ausgesetzt gewesen waren. Es war deutlich zu hören, wie überaus leidenschaftlich Giulia sich dem Baron einmal zugetan fühlte. Und auch die Ehe seiner Mutter kam zur Sprache; Giulia hatte sich in Anspielungen auf die Freundschaften ihrer Schwester ergangen, und darüber wurde in der sizilianischen Presse ausgiebig spekuliert.

Bedrückender waren für seine Mutter allerdings die Briefe zwischen Giulia und dem Baron nach dem Umschlagen der Beziehung. Sie hatte nicht geahnt, zu welch einer Bedrohung, welcher Gefahr Paternò del Cugno geworden war. Und sie hatte die große Angst und Verzweiflung ihrer so verschwiegenen Schwester nicht erkannt. Als diese Briefe in dem vollbesetzten Gerichtssaal vorgelesen wurden, musste sie weinen. Am nächsten Morgen war ihr Weinen in den Gerichtszeichnungen in der Zeitung zu sehen.

Gegen Ende des Prozesses ging die Anklage den Mord in seinem mutmaßlichen Ablauf durch. Man zögerte nicht, den Sex zwischen Paternò del Cugno und Giulia in krassen Einzelheiten auszumalen. Man beschwor die Angst, die sie empfunden haben musste, die Unmöglichkeit, sich ihrem wütenden Exliebhaber zu verweigern, die implizite Vergewaltigung. Man führte die Wucht und Heftigkeit des ersten Messerstoßes vor, der Giulia traf, als sie ihm den Rücken zukehrte, und wie sie sich im Sturz auf das zerwühlte Bett gedreht und ihren Hals dargeboten hatte. Wie der Baron auf sie gestiegen sein musste, um ihr die Kehle durchzuschneiden. Wie lange es wohl gedauert hatte, bis sie starb.

Seine Mutter blieb nicht bis zum Urteil in Rom. Sie

kehrte nach Palermo zurück, wo sie mit einer weiteren Tragödie konfrontiert wurde. Ihre jüngste Schwester Maria hatte sich aus Scham und Kummer über die Ermordung ihrer Schwester und die erschreckenden Details, die im Laufe des Prozesses ans Licht gekommen waren, das Leben genommen. Der Trauerfeier in einer kleinen Kirche von Bagheria wohnten nur Giuseppe und seine Eltern bei. Da es sich um Selbstmord handelte, ließ der Priester nicht zu, dass der Leichnam in geweihter Erde bestattet wurde, und diese so kleinliche Grausamkeit entsetzte Giuseppe mehr als alles andere.

In der letzten Juliwoche 1912 wurde Baron Vincenzo Paternò del Cugno des Mordes an Giulia Trigona für schuldig erklärt. Er bekam lebenslänglich, beginnend mit fünf Jahren Einzelhaft.

Es war vorbei; und doch hörte es nicht auf.

Eine Lebenszeit später gab seine Frau ihm nach der Lektüre des noch immer unvollendeten Romans sanft zu verstehen, ihr sei aufgefallen, wie differenziert er einen vielschichtigen privilegierten Menschen darzustellen wusste, der angesichts einer Tragödie in Traurigkeit und Zaudern verfiel. Das erstaunte ihn. Als er aber die Seiten noch einmal durchging, sah er, dass es stimmte. Dass seine Frau, die sich im Leben so erbittert mit seiner Mutter herumgeschlagen hatte, eine Ähnlichkeit zwischen ihr und seinem würdevollen, traurigen Fürsten erkannte, bewegte ihn tief. Er erinnerte sich an den drückend heißen Bahnhof in Palermo, als er vierzehn war, an die vielen weinenden Zuschauer und den glänzenden, blumenbestreuten Sarg seiner Tante, als er vorsichtig auf den Bahnsteig heruntergelassen wurde. Das in den Wagenfenstern flirrende Winterlicht war seltsam schön. Sein Vater und seine Mutter hatten jeder für sich dagestanden, ohne sich zu berühren, und er hatte seine Mutter von der Seite angeschaut und gedacht, dass sie in ihrer Trauer großartig aussah.

Keiner von ihnen hätte sich ihr künftiges Leben vorstellen können. Für seine Mutter, dachte er jetzt, war die lange, langsame Rückführung des Leichnams der Schwester nach Sizilien so, als erlösche in einem Fenster auf der anderen Straßenseite eine Kerzenflamme. Danach war die Dunkelheit im Innern neu und fremd, und die Räume wurden dunkler wegen des Lichts, das dort gerade noch gebrannt hatte. Doch die größere Dunkelheit, die Dunkelheit draußen, war nicht anders als vorher.

Don Giuseppes Sorgen

TEIL 2

Mai 1956

Den ganzen Winter hindurch nahmen Giuseppes Sorgen zu. Er zweifelte an den neuen Seiten, die er schrieb. Kalter Regen kam, abgelöst von leichtem Nieseln vor dem Fenster, dann schüttete es wieder, dass die Fensterläden klapperten. Er arbeitete zitternd mit einer Wolldecke über den Knien, bis sich seine Hand vor Anstrengung verkrampfte, dann vergrub er die Finger in den Achselhöhlen und schaute unglücklich hinaus in den kalten Nachmittag und auf den Hafen, während die Sätze im Kopf ungebremst weiterliefen. Er war wirklich alt; noch nie hatte er das Alter so gespürt. Er bekam keine Luft. Seine Gelenke schmerzten. Wenn er sich vorbeugte, schwappten die Speckrollen am Bauch.

Er und Alessandra stritten sich. Ihre psychiatrische Praxis wurde gegen Ende der Saison seltener beansprucht, und der durch das Ausbleiben der Klienten entstehende Überschuss an Zeit machte sie reizbar. Die Luft in den Straßen knisterte vor Kälte. Im Dezember ging die modernisierte Heizung in ihrem Palazzo kaputt, und wegen eines Bruchs im Schacht zog ihr zweiter Schornstein nicht, und als sie ihr Glück versuchten, breitete sich ein nicht wegzukriegender, stechender, rußiger Qualm in der Wohnung aus. An den grauen Vormittagen kroch ein Schatten über die Hände des lesenden Giuseppe. Wenn abends der Schatten zurückging, kniff er die Augen zusammen und seufzte. Der Weihnachtstag brachte statt Freude nur ein unglückliches, stummes

Abendessen zu zweit mit Alessandra. Ein leises Husten, ein Kratzen von Besteck auf Porzellan, ferne Weihnachtsmusik aus einem die halbe Straße entfernten Gebäude, während Giuseppe aufstand, um den Wein zu holen. Den ganzen Monat schon waren sie allein. Gio und Mirella waren in den Norden nach Neapel gefahren, Orlando nach Syrakus. Die Piccolos schauten von den Fenstern am Capo d'Orlando düster aufs winterliche Meer und schrieben nicht.

Zweimal hatte er in diesem Winter versucht, mit Alessandra über sein Emphysem zu sprechen. Das erste Mal Anfang Dezember, als sie in der Küche war.

Licy, mein Schatz, setzte er an. Ich muss dir was erzählen. Es geht um Dr. Coniglio.

Sie blickte vom Zwiebelwürfeln auf, während das Messer wie von selbst weiterhackte.

Im selben Moment klingelte irgendwo anders im Palast das Telefon, und sie wischte die Finger an der Schürze ab und band sie auf. Gleich wieder da, sagte sie kurz.

Es war eine Frau von Soroptimist International mit einer wichtigen Nachricht, und als Alessandra nicht wiederkam, sah Giuseppe unglücklich auf die halbgewürfelte Zwiebel und die Sardinendosen, dann drehte er sich um und ging.

Das zweite Mal hatte er es nach Weihnachten versucht, im Fond eines Wagens unterwegs zur Höhle der heiligen Rosalia auf dem Monte Pellegrino. Ein Meer von Schirmen bewegte sich langsam im Halbdunkel um sie herum. Doch sie waren an dem Nachmittag niemals allein, und im Beisein erst des Fahrers, während der Regen an die Fenster prasselte, und drinnen dann der Bittsteller und Touristen war es ihm unmöglich gewesen, seine Gedanken auszusprechen. Im neuen Jahr erkrankte Alessandra dann an Krupp. Tagelang lag sie zitternd im Nachthemd da, und Giuseppe blieb bei ihr, setzte ihr ein Glas Wasser an die Lippen, las ihr aus *Die Pickwickier* vor. Sie bleckte lächelnd die Zähne, sagte aber nichts. Manchmal schloss sie die Augen und schlief. Als Giuseppe selbst krank wurde, setzte sich Licy, dick in Wolldecken verpackt, geschwächt von ihrem Fieber, zu ihm und sang ihm vor wie in ihren ersten gemeinsamen Jahren. Giuseppe hörte zu, ein Fleischberg mit dünnen abstehenden Haaren und unter dem Bettzeug wabbelnden Brüsten, während das Winterlicht über die Zimmerwände glitt wie eine Geistererscheinung. Abends hörte er Alessandra in der Bibliothek, eine knisternde Schallplattenaufnahme von Mozarts Klaviersonaten, und er schloss die Augen und zitterte, aber warm wurde ihm nicht.

Im Februar gab ihr uralter Herd den Geist auf, und er rechnete bis spät in die Nacht die Zahlen in den Kontobüchern zusammen, und in der Woche darauf kaufte Licy einen neuen Gasherd. Zwei Tage später klappten sie bewusstlos zusammen, und nur das zur Lüftung einen Spaltweit geöffnete Schlafzimmerfenster bewahrte sie vor dem Tod. Doch die undichte Stelle wurde versiegelt, der neue Herd repariert, und endlich packte der Tod seine Koffer und verließ den Palazzo mit unbekanntem Ziel.

Die Monate vergingen.

Giuseppe arbeitete unentwegt an seinem Roman und näherte sich dem vermeintlichen Ende. Vier Kapitel waren es, die er jetzt überarbeitete, verdichtete, straffte. Er hatte den Dom und die Loge in Palma vom vergangenen Herbst als

Sprungbrett genutzt, um voranzukommen: Sein Roman würde dreimal fünfundzwanzig Jahre aus dem Leben der Familie Salina umfassen. Das Eingangskapitel spielte an einem einzigen Tag im Jahre 1860, während der Landung bei Marsala, und das neue zweite Kapitel in den unmittelbar darauffolgenden Monaten, inklusive einer Reise der Salinas zu ihrem Landsitz in Donnafugata. Doch im Winter begann er, einen dritten Teil zu schreiben, datiert auf 1885, der den Tod seines Fürsten erkundete. Und als er einen Schritt zurücktrat und sah, dass noch immer der Zusammenhalt fehlte, hatte er das wahre Ende des Romans auf 1910 festgesetzt, das Jahr, in dem die gealterte, unverheiratete Concetta ihre Sammlung heiliger Reliquien schätzen ließ und sich zu ihrem Verdruss sagen lassen musste, dass sie wertlos waren.

Er konnte nur darüber staunen, wie sich die Zeit in dem Roman komprimiert und wie ganz anders als geplant sich das Geschriebene entwickelt hatte. Manchmal kam es ihm gar nicht wie sein eigenes Werk, sondern wie das von jemand anderem vor.

Oft tappte er noch im Schlafanzug mit der Geschichte im Kopf ins Esszimmer, holte dann schnell Papier und Stift hervor, weil ihm ein Satz einfiel, und kehrte in die kleine Bibliothek zurück, um weiterzuschreiben. Der Text ließ ihm keine Ruhe.

Licy schaute ihm mit wachsenden Schatten unter den Augen dabei zu.

Eines Abends im März kam er dann mit den Notizheften in den zitternden Fingern zu seiner Frau, setzte sich hin und schüttelte den Kopf und lächelte. Sie war in der historischen

Bibliothek, wo sie mit einem Glas herben Weins neben sich ihre Fallberichte durchlas. Er schlug die Hefte nicht auf. Er fühlte sich leicht, durchsichtig, seltsam.

Du bist fertig, sagte sie prompt. Es war keine Frage.

Er nickte. Aussprechen konnte er es nicht.

Lies vor, sagte sie und legte die eigene Arbeit beiseite. Lies mir alles vor.

Als er damit anfing, merkte er, dass ihn die Sätze fesselten, ihn gefangen nahmen wie schon beim Schreiben. Dann und wann hielt er inne, um ein Wort zu ändern oder eine Wendung zu streichen, und während Licy wartete und dabei atmete, als ob sie schliefe, las er es leise noch einmal durch, dann fuhr er fort.

Im Lauf der Monate war er zu einer Einschätzung des Romans gelangt, die ihm jetzt, da er ihn im Zusammenhang las, merkwürdig erschien. Er entsann sich, wie Licy an jenem ersten Abend, als er ihr von dem Projekt erzählte, sein Gesicht gestreichelt und ihn für den Mut bewundert hatte, etwas Neues zu schaffen. Jetzt erstaunte ihn vielmehr die wachsende Überzeugung, dass es nichts Neues, sondern etwas sehr Altes war – dass er den Roman nicht geschaffen, sondern ihm geholfen hatte, sich selbst zu erschaffen. Nicht er, sondern das Buch hatte Anforderungen gestellt. Immer öfter hatte er Einladungen ausgeschlagen, auf Abendgesellschaften verzichtet, sich aus der Kinemathek davongemacht, ohne sich groß darum zu kümmern, wie das bei seinen Freunden ankam. In den ersten zwölf Schreibmonaten hatte er niemandem gesagt, woran er arbeitete, und es hätte zwar sein können, dass Licy es ihnen in seiner Abwesenheit gesagt hatte, doch er sah keinen Anhaltspunkt dafür. Das alles ging ihm durch den Kopf, während er das blaue Ge-krakel aus seinem Notizheft vorlas. Er hörte den Fürsten durch die Seiten spazieren, eine Gestalt von ganz eigener Würde, die sich nach geistiger Substanz im Fleisch sehnte, sie aber nicht fand, da es sie nicht gab, und er merkte, wie ihn das Geschriebene bewegte.

Als er fertig war, schaute er auf und sah, dass ihn Ales-sandra mit einer eigenartigen Härte im Blick betrachtete. Zwei Stunden lang hatte er laut gelesen. Sie hatte sich in der ganzen Zeit nicht gerührt, und jetzt saß sie schweigend da, ohne das Glas Wein noch angerührt zu haben. Plötzlich kam er sich albern vor.

Na ja, es ist kein Stendhal, sagte er mit einem betrübten Lächeln. Aber vielleicht geht es doch.

Alessandra erwiderte fast zornig: Das ist ein Meister-werk, Giuseppe. Ein Meisterwerk.

Er merkte, dass er heiser war und ihm die Brust weh tat. Und rot geworden war er auch, wegen ihres Lobs und ihrer heftigen Reaktion. Es sei aber doch komisch, meinte er leise.

Nicht komisch, widersprach sie. Eigenartig. Das ist ganz was anderes. Was machst du jetzt damit?

Hm. Na ja.

Das muss natürlich veröffentlicht werden. Du brauchst eine Reinschrift. Ein getipptes Manuskript.

So weit hab ich nicht –

Für dich ist das ja auch nichts. Wen sollen wir fragen? Gio nicht. Orlando?

Er blinzelte langsam und schüttelte den Kopf. Mirella, sagte er.

Ja, sagte Alessandra zufrieden. Ja. Mirella.

Da überkam ihn etwas ganz Seltsames, ein Glücksgefühl, wie er es nicht gewohnt war. Er wandte den Blick ab, um sich die starke Empfindung nicht anmerken zu lassen.

Ein wunderbarer Roman ist das, sagte Licy noch einmal und drehte die Ringe an ihren Fingern.

Erfreut zog er eine verknitterte Schulter hoch, denn im Innersten fand er das auch. Die Sätze waren stark, spannkräftig, und wenn er sie zu beschneiden versuchte, trotzten sie ihm. Aus Angst, wie sich das anhören würde, sprach er es nicht aus.

Was mir nicht gefällt – mir gefällt nur nicht, wie dich das alles mitgenommen hat. Ich bin froh, dass du jetzt fertig bist. Es war nicht schön, dich so hinfällig zu sehen.

Amüsiert schob er das Kinn auf den Hals, freudig sah er zu ihr hoch. Er dachte, sie scherze. Hinfällig!, sagte er. Ich könnte ein Wagenrad mit einer Hand anheben.

Ein Käserad vielleicht.

Er lächelte, putzte seine Brillengläser mit dem Schlips. Vielleicht setzt mich Dr. Coniglio auf eine strenge Hirse-und-Wasser-Diät.

Wir werden sehen.

Er schwieg und musterte ihren Gesichtsausdruck im Lampenlicht. Es war ihr Ernst, sah er.

Ich sterbe schon nicht, sagte er.

Das freut mich zu hören.

Es ist ein leichter Husten, weiter nichts.

Ein Husten, den ich die ganze Nacht höre, sagte sie. Und morgens bekommst du kaum Luft. Ich hör das doch. Ein Toter bringt keinen Satz mehr zu Ende, Giuseppe.

Braucht er ja auch nicht, wenn er tot ist.

Nein. Geh da nicht so drüber weg.

Er klappte die Notizhefte zu und hielt sie beidhändig auf den Knien. Zeig der Welt einen Mann Gottes, sagte er sanft, und die Welt zeigt ihm ein Kreuz. Wir alle müssen für unsere Leidenschaft leiden.

Sie schnaubte. Freud hatte ein Wort für solche Wahnvorstellungen.

Petrus auch.

Du gehst also zu Dr. Coniglio? Jetzt wo du fertig bist?

Sie sah gebieterisch aus, mächtig, schön, wie sie da auf dem geretteten Tomasi-Sofa saß und Crab mit schnell atmenden Rippen zusammengerollt auf ihrem Schoß lag. Sie trug einen Morgenmantel in der Farbe des Blutes, und das schwarze Haar mit dem Schock Weiß dazwischen lag ihr lose auf den Schultern. Ihr Gesicht war plötzlich von Licht erfüllt. Wenn du stirbst, sagte sie leise, ist das unser beider Tod, mein Lieber. Bedenke das.

Mit einem Mal beschämt, wandte er sich ab.

Als er sich an diesem Abend in seinem kalten Schlafzimmer auszog und in sein schmales Bett stieg, malte er sich zum ersten Mal etwas ausführlicher aus, wie sein Roman aufgenommen werden könnte. Alle Gedanken an sein Emphysem und an Licys Befürchtungen schlug er sich aus dem Kopf. Lange Zeit hatte er sich eingeredet, er schreibe nur zur Zerstreuung, zum Zeitvertreib, und auf die Veröffentlichung, die kritische Aufnahme komme es ihm nicht an. Jetzt aber drehte er das Gesicht zur Wand, schaute in das Dunkel dort und erblickte in dem rissigen Verputz die ungeheure Bewunderung der literarischen Welt. Um seinen Roman gedruckt zu sehen, könnte er sich zunächst an Lucios Verlag, Mondadori in Mailand, wenden. Sie standen für anspruchsvolle Literatur, und er dachte, wenn sie Lucios Verse bewunderten, würden sie vielleicht auch seinen Roman bewundern, so weit lag beides nicht auseinander. Ihm gefiel die Vorstellung vom unbekannten Lektor am manuskriptüberladenen Schreibtisch, der dringende Arbeit beiseiteschob, um erst einmal den von ihm eingereichten Roman fertigzulesen. Der Mann hatte ein langes, schmales Gesicht, einen empfindsamen Mund, feine Krähenfüße an den grauen Augen. Er saß da in Hemdsärmeln, die Seiten um sich herum am Boden verteilt. Dass das Nachmittagslicht schwand, hätte er nicht mitbekommen. Bei dem Gedanken musste Giuseppe lächeln. Er dachte an die Romanautoren, die er in San Pellegrino Terme kennengelernt hatte, und stellte sich zufrieden ein Wiedersehen mit ihnen vor – wie sie sich nach ihm umdrehten, wenn er hereinkam, wie sie lässig und liebenswürdig zu ihm kamen und ihm zu seinem Werk gratulierten. Er hatte ja den Neid dieser Männer erlebt, aber auch gesehen, wie schnell sie mit dabei waren, wenn etwas gefeiert wurde. Er drehte sich anders herum, und die alte Matratze erzitterte unter seinem Gewicht. Er hatte kalte Zehen. Das Fenster stand offen, die Vorhänge bauschten sich weiß und gespenstisch in der Nacht. Lächelnd würde er den Männern die Hand geben. Dass sie sich schon kannten, würde er für sich behalten. Und Lucio? Wie der es wohl fände, ihn so gefeiert zu sehen? Unten auf der Straße fuhr langsam ein großer Lastwagen vorbei. Er stand nicht auf, um das Fenster zu schließen, sondern blieb still liegen, die Finger unter den Achseln vergraben, die Augen im Träumen geöffnet.

* * *

An einem regnerischen Nachmittag im Mazzara, wo er mehrere Stunden lang gesessen und geschrieben hatte, stand er zu schnell auf, hatte ein komisches Gefühl im Kopf und fiel wieder auf seinen Stuhl. Die Schmerzen waren erschreckend. Mit fest zusammengekniffenen Augen saß er da und schnappte nach Luft. Ein Kellner eilte herbei, schob den Tisch von Giuseppes dickem Bauch weg und half ihm, seine Krawatte zu lockern. Ein junger Mann am Nebentisch rief nach einem Arzt. Ein zweiter Kellner eilte mit einem Glas Wasser hinzu. Nach und nach wurde Giuseppe wieder klar im Kopf, und er atmete leichter; dann nahm er bestürzt Hut, Mantel und Schreibzeug auf und floh.

Als er am nächsten Morgen Dr. Coniglio anrief, wurde er gebeten, einige Tage später zu einem neuen Lungenfunktionstest zu erscheinen. Diesmal kam ein anderes, größeres Gerät zum Einsatz, ein von den Amerikanern zurückgelassenes und gebraucht gekauftes 13-Liter-Spirometer. Giuseppe musste in eine Stahlröhre atmen, während seine Vitalkapazität bestimmt und sein Atemstrom gemessen wurde. Diese Untersuchung führte eine Assistentin durch; erst als Giuseppe wegen der Ergebnisse vorbeikam, sollte er Coniglio wiedersehen. Der Arzt betrat das Sprechzimmer durch eine kleine Seitentür, volles, glänzendes Haar, gestutztes Bärtchen, schlanke, athletische Figur trotz seines Alters. Er trug einen blauen Nadelstreifen-Zweireiher mit Bundfaltenhose und sah in Giuseppes Augen fünfzehn Jahre jünger aus, als sie beide waren. Er drückte Giuseppe kräftig die Hand und deutete dann auf den kleinen Untersuchungstisch in der Ecke.

Giuseppe rollte einen Ärmel hoch. Er fragte nicht, ob Coniglios Frau inzwischen aus Marseille zurück sei, weil er das für unangebracht hielt, und da der Arzt nicht von selbst darauf zu sprechen kam, schwiegen sie erst einmal. Giuseppe fühlte sich in der Gegenwart des anderen alt, schwerfällig und schlapp. Coniglio maß seinen Blutdruck, tippte ihm dann mit zwei Fingern auf den Rücken, führte das kalte Bruststück eines Stethoskops über sein Hemd. Er bat Giuseppe, sich auf eine Waage zu stellen, und schob die kleinen Gewichte auf ihrer Skala hin und her. Schließlich durfte sich Giuseppe wieder anziehen.

Dann schlug der Arzt einen ungewohnt eindringlichen Ton an, und Giuseppe war klar, dass er ihm damit den Ernst der Krankheit vermitteln wollte.

Das Ergebnis ist besorgniserregend, sagte der Arzt. Ihr Zustand hat sich verschlechtert. Vermutlich wissen Sie das schon.

Giuseppe nahm die Nachricht gefasst entgegen. Ja, das hatte er sich gedacht.

Coniglio setzte sich an seinen Schreibtisch und knipste die kleine Lampe an. Wie geht's Ihnen jetzt?

Das Atmen fällt mir schwer.

Sie haben die Zigaretten nicht aufgegeben.

Ach, Zigarren waren noch nie mein Fall.

Coniglio lachte nicht. Ich sehe, Sie haben zugenommen. Ist der Husten neu?

Giuseppe nickte.

Haben Sie den jetzt immer?

Außer wenn ich rauche.

Coniglio nahm die Brille ab, rieb sich die Augen. Das orangefarbene Licht der Schreibtischlampe spielte seltsam auf seinem Gesicht. Mir scheint, Sie nehmen die Sache nicht ernst, Don Giuseppe, sagte er.

Giuseppe merkte, wie sein Lächeln verschwand. Er sah dem anderen in die Augen und gab keine Antwort.

Was mir Sorgen macht, sagte Coniglio, ist Ihre Anfälligkeit für eine Bakterieninfektion. Sie könnten sehr leicht eine Lungenentzündung oder Bronchitis bekommen. Warum haben Sie nicht mit dem Rauchen aufgehört? Wollen Sie sterben?

Giuseppe wusste, dass von ihm keine Antwort auf diese Frage erwartet wurde. Schweigend ertrug er den Ton des Mannes, der ihm sehr missfiel, und hielt mit beiden Händen den Gehstock zwischen seinen Knien umfasst. Durchs Fenster sah er, dass es angefangen hatte zu regnen.

Meine Sorge ist, fuhr Coniglio fort, dass es zu einem exspiratorischen Atemwegskollaps kommen könnte.

Aha.

Wir müssen schauen, dass Ihre Atmung so lange wie möglich so gut wie möglich bleibt.

Ja.

Ich möchte, dass Sie sich röntgen lassen.

Darauf erlaubte sich Giuseppe ein kurzes Stirnrunzeln. Die Vorstellung, sein Inneres ablichten zu lassen, widerstrebte ihm. Als ein ungehöriger Eingriff in die Privatsphäre erschien ihm das. Er wusste, dass er für Coniglio ein angesehener Patient war und dass der Arzt bei aller Professionalität sehr genau auf seine Reaktionen achtete.

Jetzt sagte Coniglio butterweich, als hätte er von sich aus umgedacht: Vielleicht muss die Röntgenaufnahme zu diesem Zeitpunkt auch nicht sein. Wir können ebenso gut eine Medikamentenbehandlung einleiten.

Giuseppe nickte ernst.

Ich verschreibe Ihnen Theophyllin. In den USA ist die nachhaltige Wirkung dieser Tabletten bei Atemwegserkrankungen nachgewiesen worden. Man nimmt sie mit Wasser ein. Bloß dürfen sie nicht mit anderen Arzneistoffen kombiniert werden. Das ist sehr wichtig. Halten Sie die empfohlene Dosierung ein. Zu viel Theophyllin im Blut kann zu einer Vergiftung führen.

Verstehe.

Ich möchte Ihnen das ganz klar sagen, Don Giuseppe. Ein Emphysem ist unheilbar. Man kann aber den Fortgang der Krankheit aufhalten, um ein normales Leben zu ermöglichen. Es muss kein Todesurteil sein.

Solange kein Krebs daraus wird.

Coniglio lächelte schmal. So funktioniert das nicht.

Es führt nicht zu Krebs?

Lungenkrebs könnten Sie durchaus bekommen. Aber nicht davon.

Giuseppe betrachtete ein paar Sekunden lang den Knauf seines Gehstocks, dann blickte er auf und schöpfte plötzlich Hoffnung. Die Kanten des Lehnstuhls schnitten ihm hinten in die Oberschenkel, in das weiche Fleisch seiner Unterarme. Es handelt sich also nur um unangenehme Beschwerden?, fragte er.

Unangenehme Beschwerden? Nein.

Aber es bringt mich nicht um?

Es wird fortschreiten. Und mit dem Fortschreiten wird es unangenehmer. Wirklich gefährlich sind aber die Folgen, die es mit sich bringen wird, die Komplikationen. Die können tödlich sein. Sie müssen eine aktive Rolle bei der Behandlung Ihrer Krankheit übernehmen, Don Giuseppe. Zigarettenverzicht ist der erste und wichtigste Schritt. Sie müssen aber auch Ihren Stress abbauen, weniger essen und sich mehr bewegen.

Seine Hoffnung schwand wie das Licht, wenn eine Tür sich schließt.

Ich sehe, Sie sind wieder alleine gekommen. Ist die Fürstin nicht bei Ihnen?

Nein.

Coniglio schwieg, faltete die Hände auf dem Schreibtisch und rückte seine Brille zurecht. Schließlich sagte er: Wie viel weiß die Fürstin?

Ich wollte sie nicht beunruhigen.

Es steht mir natürlich nicht zu, Ihnen Rat anzubieten, Don Giuseppe.

Allerdings.

Darf ich dennoch vielleicht vorsichtig zu bedenken geben, dass Sie ihr das nicht vorenthalten können? Auf die eine oder andere Weise wird sich Ihr Leben ändern. Die Fürstin muss es erfahren.

Giuseppe runzelte die Stirn. Er wollte sagen, dass seine Angelegenheiten nur ihn selbst etwas angingen; er wollte abrupt aufstehen, Hut und Wintermantel vom Ständer bei der Tür nehmen, den Mantel über den Arm legen und ein für alle Mal klarstellen, was man sich ihm gegenüber herausnehmen durfte und was man besser unterließ. Ob sterbenskrank oder nicht, er war immer noch der Fürst von Lampedusa. Doch er blieb sitzen und schaute Coniglio nur gekränkt an.

Wenn der Arzt eine Änderung im Verhalten seines Patienten mitbekommen hatte, ließ er es sich nicht anmerken. Jetzt griff er nach einer Schublade in Kniehöhe und schloss sie auf.

Hier hätte ich eine Kleinigkeit für Sie, die ich in Rom habe drucken lassen, sagte Coniglio.

Lächelnd zeigte er seine kräftigen weißen Zähne. Er hatte eine hübsch illustrierte kleine Broschüre hervorgeholt, in der verschiedene Möglichkeiten dargelegt wurden, wie man als Betroffener mit Angehörigen über Krankheiten sprechen konnte, und jetzt begann er mit einer Sorgfalt, die Giuseppe nicht entging, daraus vorzulesen.

Letzten Endes, so sagte er sich manchmal, gibt es nur das, was getan, und das, was nicht getan wird. Das macht ein Leben aus, das ist das, was zurückbleibt. Ein Mensch wie Coniglio hatte viel getan, und diejenigen, denen er geholfen hatte, würden ihn in Erinnerung behalten. Die alten Tomasi waren in Palma unsterblich geworden, weil sie der Kirche ihre Paläste und Dome vermacht hatten. Was für Männer und Frauen sie im Leben gewesen waren, spielte keine Rolle; dass Coniglio unbescheiden, eigennützig und ehrgeizig war, spielte keine Rolle; sein Inneres würde sich genauso in der Zeit verlieren wie er selbst, doch sein Ruf würde bleiben. Giuseppe wiederum besaß keinen Ruf. Sein Leben lang hatte er Gesten vermieden, die sich einprägen oder der Erinnerung für wert hätten erachtet werden können. Als er die Arztpraxis verließ und zu dem Bus hinübereilte, in dem und vor dem sich die Leute drängten, während es in Strömen goss und der Regen so laut aufs Dach klatschte, dass man sich drinnen nur schreiend verständigen konnte, wurde ihm mit neuer Klarheit bewusst, dass er umgehend zur Via Butera fahren und Alessandra von seiner Krankheit erzählen musste, auch wenn das hieß, sie bei ihrer Arbeit zu unterbrechen.

Eine solche Geste hatte nichts Großes, nichts Erinnerungswürdiges. Die Nachricht selbst konnte einen Tag, eine Woche, einen Monat warten, und es würde wenig ändern. Aber er wusste, dass es ihm an innerem Mut fehlte und dass er sie, wenn er jetzt nicht gleich zu ihr ging, erneut verraten würde, und dann wäre die Gelegenheit vertan.

In der Via Butera schüttelte er im Halbdunkel seinen Schirm aus, hängte Hut und Mantel auf, beides tropfnass, wischte etwas zu sorgfältig seine Schuhe ab. Horchend blickte er die Treppe hoch. Von Licy war nichts zu hören. Seine Hose war nass bis unter die Knie, und er überlegte, ob er sich umziehen sollte, bevor mit ihr sprach, ließ es aber sein.

Er fand sie im Ballsaal, auf der kleinen Chaiselongue unter den Fenstern. Das Licht auf dem Marmorboden war blau, schattengesprenkelt vom Wasser, das über die Balkontür strich. Sie hielt einen Stoß Blätter in der Hand, hob das Gesicht und sah zu, wie er langsam näher kam.

Du warst im Regen. Sieh dich nur an. Du holst dir noch den Tod, Giuseppe.

Ich war bei Dr. Coniglio, antwortete er.

Etwas an seiner Erwiderung ließ sie aufhorchen, denn sie legte ihre Unterlagen beiseite, schwang ein langes Bein über das andere und streckte den blassen Arm auf der Sofalehne aus. Erzähl, sagte sie.

Wieder fiel ihm auf, wie sehr sie als Person sich dabei ausklammerte, wie selbstverständlich sie das tat. Es war eine Art Diskretion. Die wohl seit jeher zu ihr gehörte, nicht erst seit sie das Zuhören zu ihrem Beruf gemacht hatte. Als er sie so ansah, fühlte er plötzlich eine große Zärtlichkeit in sich aufsteigen und war überrascht, wie sehr es ihn drängte, ihr die Wahrheit zu sagen.

Anscheinend bin ich ziemlich krank, sagte er leise.

Sie saß still, und ihr Blick folgte ihm, als er durch den Raum zu ihr kam und sich neben sie setzte.

Du bist krank, sagte sie.

Er nickte.

Was heißt krank?, fragte sie ungeduldig.

Giuseppe nahm ihre Hand in seine und legte die andere Hand darauf, wie um ein Kleinod zu schützen, eine Muschel oder eine Blume. Das Herz hämmerte ihm in der Brust. Er spürte, wie seine Wangen heiß wurden, zwang sich aber, ihr in die Augen zu sehen, als er sagte: Ein Emphysem, ziemlich fortgeschritten. Deshalb kriege ich morgens keine Luft. Kann ich auf der Straße nicht mit dir Schritt halten. Dr. Coniglio befürchtet, es könnte zu einer Lungeninfektion führen.

Ihr Gesichtsausdruck war leer, ihr Tonfall, als sie schließlich sprach, vorsichtig. Ich weiß nicht, was das heißen soll, sagte sie langsam. Was heißt fortgeschritten?

Ratlos, was er noch sagen sollte, zog er die eine Schulter hoch.

Es kommt von der Arbeit an deinem Roman, sagte sie.

Nein.

Ich hätte es sehen müssen. Ich hab ja gesehen, dass es dir nicht gutging.

Mein Schatz –

Das kommt davon, dass du dich nicht schonst. Du schläfst nicht, du arbeitest zu viel.

Mit dem Roman hat es nichts zu tun, meine Liebe. Ich habe das schon länger.

Sie schwieg. Seit wann?

Na ja.

Warst du nicht voriges Jahr bei Dr. Coniglio?

Giuseppe räusperte sich, schaute auf die glatte, blasse Haut ihres Handgelenks.

Giuseppe, sagte sie.

Er ordnete sorgfältig seine Gesichtszüge. Als er aber aufblickte, sah er sofort, das sein Ausdruck ihn trotzdem verraten hatte.

Klar doch, murmelte sie. Du warst im Frühjahr zweimal bei ihm. Ja.

Licy.

Doch sie entzog ihm ihre Hand, stand auf, trat zwischen die Möbel und wandte sich ihm zu. Sie legte die Hände auf die Rückenlehne eines Sessels. Wie lange weißt du das schon? Das ganze Jahr etwa?

Er antwortete nicht.

Das ganze Jahr, sagte sie langsam.

Es ist schlimmer geworden, sagte er. Ich dachte erst, es

sei nichts Ernstes. Dr. Coniglio schien mir nicht so besorgt. Ich dachte –

Du hast mir nichts gesagt.

Auch er stand auf. Ich wollte dich nicht beunruhigen, sagte er. Und du warst so mit dem Soroptimistinnenverein beschäftigt –

Ich bin also schuld.

So meine ich das nicht.

Musst du sterben?

Jetzt im Moment nicht, sagte er mit einem kleinen Lächeln.

Du findest das amüsant.

Nein.

Musst du sterben?, fragte sie noch einmal.

Er wusste nicht, wie er darauf antworten sollte, ohne sie noch mehr zu provozieren. Es ist kein Krebs, sagte er.

Noch nicht. Wem hast du es sonst noch gesagt?

Niemandem. Nur dir.

Sie verarbeitete das schweigend. Als sie ihn ansah, wurde ihm klar, wie sehr er sie verletzt hatte. Er merkte ihr zwar keine Wut an, wusste aber, dass die bevorstand und dass er Licy, wenngleich sich die Wut gegen die Krankheit richten würde, durch sein Verschweigen ein leichteres Angriffsziel geboten hatte.

Du hättest es mir sagen müssen, sagte sie.

Einen langen, schmerzlichen Augenblick sah er sie bedauernd an. Sie schüttelte den Kopf, als wollte sie noch etwas sagen, schwieg dann aber. Mit Würde drehte sie sich um und eilte hinaus.

In den darauffolgenden Tagen machte sich ihr Verletztsein bemerkbar, wie er es hatte kommen sehen. Er wusste, dass sie niemandem etwas von dem Emphysem sagen würde, denn dazu war sie zu diskret; er wusste aber auch, dass sich durch die Intimität des Geschehenen Druck zwischen ihnen aufbauen würde. Es war niemand da, der diese Spannungen hätte lindern oder abfangen können. Gioacchino und Mirella besuchten sie schon am nächsten Abend, doch Licy ließ sich wegen Kopfschmerzen entschuldigen, und Giuseppe sah sich gezwungen, zu lächeln und zu lachen, als wäre alles in Ordnung. Zwei Abende später, als Orlando zeitig zum Unterricht erschien, stand Licy wortlos vom Sofa in der historischen Bibliothek auf und verschwand. Es gab keine Schuldzuweisungen, kein Geschrei, keine Szenen einer Stendhal oder Thomas Hardy würdigen Leidenschaft. Viel mehr legte sich eine dumpfe Traurigkeit über die Räume des Palazzos. An den grauen Nachmittagen blieb das Licht aus. Sie aßen getrennt. Manchmal kam Giuseppe abends in die Küche und sah, dass Licy gerade noch dort gewesen war, auf dem Tisch die Kanne mit noch dampfendem Tee, ihr Stuhl noch warm. Die Türen waren rund um die Uhr geschlossen, so dass er nur raten konnte, wo seine Frau sich aufhielt. Wenn er sie zu Gesicht bekam, dann meistens am Nachmittag, wenn ihr Tag anfing und seiner endete, und dann sah sie ihn mit einer solchen Eindringlichkeit an, dass er rot wurde und sich abwandte. Mehr als alles andere wollte er, dass diese Zeit vorbeiging, dass Alessandra ihm verzieh.

Doch ihr Zorn lenkte ihn von seiner Krankheit ab, insofern hatte er auch sein Gutes. Nachdem er jetzt eingestanden hatte, was mit ihm war, fragte er sich, ob er anfangen würde, als Kranker zu leben, oder ob die Krankheit für ihn an Bedeutung verlieren würde.

Letztlich geschah beides nicht. Die Tage vergingen wie zuvor; Licy streifte wie ein Geist durch den Palazzo; er wandte sich beschäftigungshalber wieder seinem Roman zu. Dass die Geschichte fertig war, spielte keine Rolle. Morgens besuchte er die Cafés, lief durch die Buchhandlungen, und die Sätze ließen ihm keine Ruhe. Seine Arbeit verschaffte ihm Augenblicke reiner Konzentration, in denen er Alessandra, sein Emphysem und sein Versagen als Ehemann vergessen konnte.

Er stellte fest, dass ihm jede Arbeit außerhalb des Romans lästig fiel. Orlando kam weiterhin montags und mittwochs zu ihm, um seine Ausführungen zur englischen Literatur zu hören, und Giuseppe bereitete sich pflichtbewusst darauf vor, wurde aber mit jedem Abend etwas huschiger und mürrischer und ging verstärkt auf zweitrangige Werke ein, die sich mit sterbender Aristokratie und Glaubensverlust auseinandersetzten oder allgemein dem Niedergang des Menschen nachspürten. Orlando verdrossen solche Abschweifungen. Er beklagte sich zwar nicht, wirkte aber weniger interessiert als vorher. Giuseppe beobachtete ihn aus den Augenwinkeln und versuchte, nicht an das Abtippen seines Romans, an die irgendwo im Palazzo in feindseligem Schweigen lesende Alessandra oder an die Schmerzblüte in seiner Lunge zu denken.

Ende März schließlich rief er Gioacchino an und bat ihn, am nächsten Abend mit Mirella zur Villa zu kommen, wobei er die unausgesprochene Frage in Gios Atemzügen ignorierte und lediglich sagte, er wolle gern etwas mit ihr besprechen. Von seinem Manuskript sagte er nichts. Gio und Orlando hatten ihn zwar schreiben sehen und ihn im Mazzara oft dabei unterbrochen, doch er hatte stets behauptet, er schreibe nur etwas zum Zeitvertreib, und er nahm nicht an, dass sie ahnten, wie viel ihm das inzwischen bedeutete.

Als Mirella erschien, setzte er sie vor eine uralte schwarze Schreibmaschine, die er von seinem Buchhändlerfreund Flaccovio geborgt hatte. Mirella trug ein enges schwarzes Etuikleid und ein silbernes Bolerojäckchen, hatte einige Mühe auf ihre Frisur verwandt und wusste offensichtlich nicht, warum er sie hatte kommen lassen. Sie waren in der kleineren Bibliothek, die Tür stand offen, die großen venezianischen Kronleuchter im Ballsaal waren ausgeschaltet. Licys schwarzer Spaniel hob den Kopf vom Teppich, dass die langen Ohren schwangen, reckte die feuchte Nase und ließ sie wieder sinken.

Ich hab gehört, du kannst vorzüglich tippen, begann Giuseppe. Gio und Orlando haben mir das gesagt.

Mirella errötete. Tippen?

Ihr überraschtes Gesicht gefiel ihm. Er verstand ihr Mienenspiel nicht immer gleich. Manchmal sah er sie an, und es war, als betrachte er die Meeresoberfläche, nur Lichtreflexe und weiter Glanz, mit unauslotbarem Dunkel darunter.

Nein, ehrlich, sagte sie stockend. Das stimmt nicht.

Er ging nach nebenan, holte seine vollgeschriebenen Notizhefte aus der Schreibtischschublade und kam wieder herein.

Ich wollte dich um einen Gefallen bitten, sagte er.

Gern, antwortete sie.

Sie sagte es ohne Zögern, und Giuseppe empfand eine plötzliche Zuneigung und Dankbarkeit. Er räusperte sich.

Sie aber schaute auf die Hefte. Ist das –?, fragte sie leise. Ist das etwa dein Roman, Don Giuseppe?

Hat die Fürstin davon gesprochen?

Mirella lächelte. Sie sagt, er ist wundervoll.

Seine Wangen wurden heiß. Traurig dachte er an Alessandras stummen Zorn und wandte sich unwillkürlich der offenen Tür zu, als wäre dort ihr Schatten zu sehen. Er fragte sich, wann sie miteinander gesprochen hatten und worüber sie sich sonst noch unterhalten hatten, und wünschte plötzlich, er wäre nicht an Mirella herangetreten. Sie konnte nichts dafür; nichts an dem Mädchen missfiel ihm. Mirella Radice war schlank und schmalschultrig, mit einem langen, zarten Hals und braunem Flaum im Nacken. Sie war ihm still und fügsam erschienen, als Gio vor zwei Jahren zum ersten Mal mit ihr zu ihnen gekommen war, aber schon bald hatte er das schnelle Hochziehen der Augenbraue, das leichte Kräuseln der Lippe bemerkt, wenn Gio den Mund zu voll nahm, und Gefallen an ihrer Diskretion und ihrer unaufgeregten Gesellschaft gefunden. Sie hatte die Angewohnheit, einen Raum wie von der Seite zu betrachten und sich, wenn man sprach, leicht abzuwenden, so dass es aussah, als hörte sie besonders aufmerksam zu. Ihre Stimme war tief, ihr Lachen klangvoll und sonor wie unter Wasser. Wenn sie lächelte, kam er sich alt vor, doch störte ihn das nicht, weil ihre Gefühle so unverfälscht waren. Er konnte sich nicht erinnern, wann Freude bei ihm selbst einmal ungetrübt von Verlust, von Traurigkeit gewesen war. Mirella war gebildet, aber unkultiviert, und ebendas hatten Licy und er sich vorgenommen zu ändern. Ein intensives Leben, hatte Licy ihr gesagt, als sie sich kennenlernten, ist ohne Kunst nicht möglich. Die Hauptregel lautet: Niemals in die Oper gehen, hatte Giuseppe sie streng instruiert. Er bewunderte Gio dafür, dass er klug genug gewesen war, den Feinsinn des Mädchens zu erkennen, nicht nur das Gefäß, sondern auch den Inhalt wahrzunehmen.

Jetzt schlug sie den Kartoneinband des ersten Notizhefts auf und fuhr mit dem Finger sacht über die ersten Zeilen. Er sah zu, wie sie dem unmöglichen Gekrakel seiner schlechten Handschrift nachging, und wollte auf einmal nicht mehr, dass sie den Roman zu hören bekam. Nicht aus Angst, er könnte ihr missfallen, sondern vor einem Ja-Aber.

Ein Stapel sauberes, hochwertiges weißes Papier lag neben der Schreibmaschine, und Mirella hatte bereits das erste Blatt eingespannt und brachte es in Stellung.

Das ehrt mich, Don Giuseppe, sagte sie. Wobei ich mich frage, ob Orlando nicht besser tippen kann.

Er war zu höflich, um das einzuräumen oder auf Orlandos mangelnde Sinnlichkeit zu verweisen, die seine Einbindung unmöglich machte. Und er sah ein, dass es jetzt kein Zurück mehr gab. Er ergriff das Notizheft, ging zur Mitte der Bibliothek, machte kehrt. Er blätterte zwischen den ersten Seiten hin und her.

Ich habe viel eingefügt und ausgestrichen, sagte er leise.

Ja.

Manchmal werde ich mich korrigieren.

Ja, klar.

Wenn ich zu schnell spreche, gibst du mir hoffentlich Bescheid.

Sie nickte, sagte diesmal aber nichts. Sie faltete die Hände vor sich.

Bedenk bitte, dass es nur ein Entwurf ist, sagte er. Da ist noch viel dran zu tun.

Wieder nickte sie.

Er räusperte sich. Blickte vom Heft zu dem Mädchen und wieder zum Heft, strich mit einem befeuchteten Finger über seinen dünnen Schnurrbart, nickte und begann. Die Schreibmaschine war ein erstklassiges englisches Modell, und ihre Tasten schlugen in der Stille seiner Bibliothek laut an. Beim ersten Klappern fuhr Crab aus dem Schlaf hoch und starrte Giuseppe vorwurfsvoll an, als begriffe er, dass der Krach ihm zu verdanken war. Dann trottete er verächtlich aus dem Zimmer.

Giuseppe hielt beim Lesen oft inne und bat Mirella, ihm das Diktierte aus dem getippten Manuskript noch einmal vorzulesen, und beim Zuhören klang ihm aus der fremden Stimme des Mädchens etwas Düsteres und Starkes entgegen, als hätte an der Geschichte seines mächtigen alternden Fürsten, für den die alten Gewissheiten verschwunden waren, ein anderer mitgeschrieben. Er war überrascht, wie tief ihn das berührte. Zwar hatte er den Roman vor einigen Wochen bereits Licy vorgelesen, jedoch schnell, um ihn als Ganzes an einem Stück zu präsentieren. Jetzt aber, mit Mirella, zögerte er, hielt sich mit Einzelheiten auf, änderte einen Absatz oder überdachte eine Wendung, ehe er weiterlas.

Sie hatten schon über eine Stunde gearbeitet, als er zu

husten anfing. Er setzte sich hin, trank einen Schluck Wasser, und nachdem er seinen Kragen gelockert hatte und zu Atem gekommen war, sah er, dass Mirella ihn besorgt anschaute.

Es ist nichts, Kind, sagte er verlegen.

Wir könnten aufhören. Morgen weitermachen.

Doch er schüttelte den Kopf. Er wusste, dass Licy irgendwo im Palazzo seinen Husten mitbekam. Er nahm das Notizheft in die Hand und klopfte auf den Einband. Manchmal kommt mir das vor wie ein von mir erschaffenes Wesen, sagte er. Ein Monster.

Und diskret, wie sie war, lächelte sie nicht.

Noch zwei Stunden arbeiteten sie an diesem ersten Abend. Als er endlich aufhörte, war es fast Mitternacht, und er sah, dass sich Mirella zurücklehnte, vorsichtig ihre Handflächen knetete und unwillkürlich noch einmal die letzten Sätze überflog. Sie hatte den Bolero ausgezogen, der zusammengeknüllt mit ihrer Handtasche auf einem Stuhl lag, und ihre Haare waren zerzaust, und Giuseppe dachte mit einem merkwürdigen Gefühl des Bedauerns, dass unter anderen Umständen ihr Zusammensein in diesem Raum kompromittierend sein könnte.

Was soll ich Gio sagen?, fragte sie. Er wird wissen wollen, was war.

Giuseppe lächelte trocken. Das ist ja kein Staatsgeheimnis, antwortete er. Sag ihm die Wahrheit.

Dass du einen schönen Roman geschrieben hast?

Ah. Das nicht.

Es stimmt aber, Don Giuseppe. Das Buch ist wunderbar.

Verlegen raffte er seine Notizhefte zusammen. Du hast ja noch nicht alles gehört, sagte er.

Da kam ihm unverhofft eine Erinnerung. Er entsann sich, wie er auf einem der vielen Gesellschaftsbälle im vergangenen Dezember neben Gio und Mirella gestanden hatte, während die jungen Damen in ihren weiten rosa, blauen und weißen Reifröcken vorbeidrängten und unter den Luftschlangen und Girlanden die Orchestermusik aus dem Nebenraum erklang. Er hatte Mirellas beharrliche Aufforderung zum Tanz abgelehnt. Gio lachte, dass man alle seine Zähne und kaum die Augen sah. Verzeih es ihm, Mirella. Er meint, er ist alt und sein Leben ist gelaufen.

Die Kronleuchter waren ihm zu hell, zu grell gewesen. Die stehende Luft im Saal war heiß. Seine ganze Kindheit hindurch hatte er solchen Anlässen sorgfältig von seiner Gouvernante angekleidet beigewohnt, und er erinnerte sich an die Damen in ihren wehenden Gewändern und Bändern und die Herren mit ihren Schwalbenschwänzen wie an Gestalten aus einem verlorenen Zeitalter, denn jetzt erkannte er um sich herum nichts wieder, keine Ähnlichkeit. Selbst die Blutlinien veränderten sich.

Er hatte seine Frau seit Stunden nicht gesehen und sich gefragt, ob sie nach Hause gegangen war. Mirella hatte ihn mit einem klaren, ruhigen Verständnis im Blick ihrer demütigen dunklen Augen angeschaut, ganz so wie jetzt in der kleineren Bibliothek, nach ihrem ersten Arbeitstag. Und er hatte genauso wie jetzt die Hand gehoben und sich leicht über die Augenbrauen gewischt, als wollte er sich vor dem prüfenden Blick schützen.

Er lebte seit sechzig Jahren auf dieser Welt, und seine Erinnerungen waren wie ein Garten um ihn herum gewachsen, so dass er dort jetzt umhergehen und ihre Blätter zerdrücken konnte, um den Duft einzuatmen. Seine Mutter, sein Vater, die unwirklichen Sonnenmonate seiner Kindheit, als alles Wärme, Anmut und Einsamkeit war. Die anhaltenden unglücklichen Gewissheiten nach dem Krieg, der Geruch des Meeres, als er sich nach England einschiffte.

Und der Krieg selbst. Als er Mirella das Eingangskapitel vorlas und den Fluss der in sich ausgewogenen Sätze hörte, musste er an den toten Soldaten im Garten denken, an den sein Fürst sich erinnerte, und dann an die Toten im selbsterlebten Bergkrieg. Wie jung sie gewesen waren. Und immer sein würden. 1917 war er so alt gewesen, wie Gio jetzt war. Ein verblüffender Gedanke. Dieser Krieg war für ihn als Erwachsener der erste Eindruck von der Welt außerhalb Siziliens, einer Welt, die in seinen Träumen immer da war, ein stiller Begleiter in jedem Raum, den er betrat, ein Lichtschimmer unter der Tür. Was er empfand, war keine Angst, sondern die Erinnerung an Angst und an die damals alltägliche Nähe des Todes. Jahre später sollte seine Mutter ihm erzählen, er sei schlafunfähig aus dem Krieg zurückgekehrt, sei nachts weinend aufgewacht, und sie sei zu ihm, ihrem geliebten Baby, gekommen und habe ihn an ihrer Brust gewiegt. Er selbst erinnerte sich nicht daran.

Im Mai 1917 hatte man ihn von Messina in ein Ausbildungslager für Offiziere nach Turin geschickt und im September desselben Jahres hinauf zum Isonzo, wo er erstmals an die Front kam. In Schnürstiefeln, Feldmantel und Stoffmütze mit Lederschirm, wie ein Chauffeur. Inzwischen war er Unteroffizier und rasierte sich fast, und sie fuhren mit dem Bummelzug, stiegen mit hoch geholsterten Pistolen auf die klappernden Pritschen der Militärlastwagen um, marschierten kilometerweit auf steilen, staubigen Straßen in diesem Bergland und traten zur Seite, um die Transporter vorbeizulassen. Es gab Gerüchte über einen Wochen alten Sieg der Italiener auf dem Bainsizza-Plateau, wenn auch kaum jemand daran glaubte, und dann Gerüchte, dass deutsche Truppen die österreichischen Stellungen verstärkten, doch auch dieses Gerede verstummte irgendwann. Der Himmel, entsann sich Giuseppe, war blauschwarz wie das Meer bei Palermo. Rings um ihn erhoben sich lose Felshänge, und als sie weiter hinaufstiegen, zeigten sich die ersten Berge: weiß schimmerndes, geschertes Gestein. Er erinnerte sich an einen Offizier, den ein versehentlich losgegangener Schuss aus der eigenen Pistole ein Stück vom Fuß kostete, und wie der Mann geschrien hatte. Die Sanitäter, die den Mann auf der Bahre weggetragen hatten, lachten, als sie wiederkamen. Sie hatten zu viel Tod gesehen, um noch Respekt davor zu haben. Die Schultern des jungen Giuseppe waren wund, das grobe Futter der Mütze schabte ihm die Kopfhaut auf. Im Zug hatte er angefangen, sich an den Knöcheln und Handgelenken zu kratzen, und er wusste, dass er bereits von Flöhen befallen war. Die Soldaten drangen ins Gebirge vor und stiegen bei grimmiger Hitze die letzte Etappe zu ihren Vorposten hinauf, doch Mitte des Nachmittags hatte sich ein dichter, nasser Nebel herabgesenkt, und sie waren gezwungen, auf dem schmalen Pfad anzuhalten, sich zitternd hinzukauern und zu warten, bis er sich verzog. Danach wurden ihre dicken Mäntel nicht trocken. Giuseppe zuckte die Achseln ob des feuchten Rucksacks, zog seinen Brotbeutel nach vorne und schaute den wandernden grauen Nebelranken zu. Sie saßen am Rand einer tiefen Schlucht fest. Aus Angst, ihre Stimmen würden zu den österreichischen Stellungen jenseits der Schluchten hinübergetragen, waren sie still. Nach einer Weile verzog sich der Nebel, und sie stolperten weiter. Dann kehrte wie ein Wahn die Hitze zurück. Der Pfad verengte sich auf dreißig Zentimeter zwischen zerschrammten, verschliffenen Felsenklippen. Er war noch nie so hoch oben gewesen, und die Luft war ihm zu dünn, schwer zu atmen. Gegen Abend durchquerten sie den Schauplatz einer Schlacht aus einem früheren Feldzug, der Kalkstein zersplittert und zertrümmert, die Reste von Unterständen und durch den Beschuss zerstörten Verteidigungsstellungen. Dann traf ein übler schwefliger Gestank ihren gesamten Zug, und man hustete, fluchte und hielt sich den Mund zu – das waren die verwesenden Toten, Ungarn wie Italiener, zwanzig Meter tief in die Felsenschlucht gestürzt, unmöglich zu bergen. Sie marschierten weiter.

An der Front überraschte ihn alles, die Kalksteinwände, die harten Gesichter der Soldaten seines Alters, das Pfeifen einer Scharfschützenkugel und der Zusammenbruch des Jungen neben ihm an der Felswand. Es gab kein Stroh zum Hinlegen, keine Möglichkeit, trocken zu bleiben. Er war zutiefst unglücklich, ständig in Angst. Er erinnerte sich an die nachts eintreffenden Maultierzüge mit Wasser und Munition. Den Geruch ihrer Angst und ihres Elends. Er erinnerte sich an das laute symphonische Dröhnen der Haubitzen, ihr Echo in den Bergtälern. Ganze Felshänge, die schwebten und dann unter Staubwolken in sich zusammenstürzten. Nichts war fest. Es gab keine Gräben, nur Felsblöcke, Höhlen, zertrümmertes Gestein. In den ersten Tagen wurde er abends über das Geröll geschickt, um die Fernmeldeleitungen zu reparieren, die bei den täglichen Gefechten durchtrennt oder zerschossen worden waren. Er und ein anderer Junge, Luigi, schlichen mit einer schweren Kabelrolle in einem Leinensack los und kletterten möglichst still die Alpengrate rauf und runter. Die Nächte waren kalt. Am dritten Abend erstarrten Luigi und er bei einem Rascheln im Unterholz auf einem Grat zu ihrer Linken, und gleich darauf tauchte ein blasses Gesicht mit blonden Wuschelhaaren und einer Kabelrolle über der Schulter auf. Die drei beäugten einander in der Dunkelheit. Keiner rührte sich. Dann nickte der junge Österreicher und verschmolz, ohne sich umzudrehen, langsam wieder mit der Dunkelheit. Das war die Woche der Niederlage von Karfreit. Dreißig Kilometer weiter östlich unternahm Österreich einen energischen Vorstoß in die italienischen Stellungen, und in den Tagen vor dem Angriff saßen Giuseppe und die anderen Artilleristen auf improvisierten Bänken neben ihren stummen Geschützen und fühlten den Berg unter sich erzittern, als führe ein Zug durch das Gestein. Die Gewalt der Beschießung ließ Gläser klirren und warf Kisten aus Regalen. Seine Zähne schmerzten, seine Augen schmerzten. Er konnte sich die Verwüstung und Zerstörung, die ein solches Feuer bewirkte, gar nicht vorstellen. Luigi grinste, stocherte in seinen Zähnen und brachte die anderen mit einem Witz über die Beschussfestigkeit österreichischer Mädchen zum Lachen. Schon erstaunlich, hatte sich Giuseppe gewundert, dass sie nervös, aber unversehrt hier sitzen und Sprüche klopfen konnten, während ein paar Kilometer entfernt normale junge Männer aus Ravenna, Turin und Mailand in Wolken aus Blut und Nebel explodierten. Bei seinem Aufbruch von zu Hause hatte er gedacht, der Krieg werde sich als großes Abenteuer erweisen, und dafür schämte er sich jetzt. Damals hatte er es nicht gewusst, doch bei diesem Angriff im Osten sollten dreißigtausend Männer fallen, zweihunderttausend in Gefangenschaft geraten und die italienische Front um sechzig Kilometer zurückgedrängt werden, ans Ufer des Piave.

Unmittelbar danach wurde er an einen Artillerie-Beobachtungsposten weiter unten an der Front versetzt, auf dem Hochplateau von Asiago. Der Zusammenbruch von Karfreit stand noch bevor, und sie waren auf sich gestellt. Er gehörte jetzt zu den Alpenjägern des Bataillons Edolo, die grimmig ein bosnisches Infanterie-Regiment beobachteten. Diese Männer waren älter, ruppiger, und Luigis ängstlicher Humor war nirgends in Sicht. Sie nannten Giuseppe Sizilienbaby wegen des Flaums auf seiner Oberlippe und seiner Muskellosigkeit, und sie sagten es nicht freundlich.

Man sieht's dir an, sagte eines Abends leise ein Gebirgsjäger zu ihm, ein gedrungener Mann mit den dicken Handgelenken eines Steinhauers. Du stirbst hier bald, genau wie dein Vorgänger.

Er erinnerte sich an den Bataillonspriester, einen dürren Kerl mit blutunterlaufenen Augen, der seine Bibel wie einen Ziegelstein packte und sie zur Unterstreichung seiner Rede einem Soldaten über den Kopf zog. Am ersten Nachmittag bei den Edolos hatte er gesehen, wie dieser Priester einem Mann den Karabiner abnahm, sich auf den Schutzwall stellte und wie blöd auf die irgendwo dahinter kauernden ungläubigen Muslime feuerte. Das sind keine Menschen, das ist Vieh, schrie der Priester. Tötet sie für euren Gott, meine Söhne.

Die Soldaten hatten nur die Köpfe geschüttelt. Solche Aufrufe kannten sie und würden sie noch öfter hören, und sie wussten, was davon zu halten war. Giuseppe bekam in der Artillerie das Kommando über eine der 7,5-cm-Feldkanonen von Krupp. Er beaufsichtigte das Laden, das Verriegeln des Verschlusses, die Ausrichtung der Kanone über die beiden Richträder, und wie die anderen auch hielt er sich geduckt die Ohren zu, wenn die ungeheuren Geschütze feuerten und auf ihren Rädern bei der Entladung gewaltig nach hinten rollten. Alles war Zorn, Furcht und Dumpfheit. Die Tage vergingen. Die Geschütze rollten und feuerten und rollten wieder, so endlos und mächtig wie die See.

In der dritten Novemberwoche überwanden die Bosnier die Schlucht und schwärmten durch das graue Tageslicht heran. Und obwohl Giuseppes Einheit gewusst hatte, dass der Angriff bevorstand, wurde sie überrannt. Giuseppe hatte sich hinter eine Sandsackmauer geduckt und die Offizierspistole in der zitternden Hand gehalten, und als ein Bosnier mit gesenktem Bajonett aus den Flammen und dem Dunst auftauchte, hatte er seine Waffe in den Brustkorb des Mannes entladen.

Dann hatte er flüchten wollen, doch im letzten Moment kam das schrille Pfeifen eines Grabenmörsers, und etwas hob die Erde vor ihm wie einen Teppich, der sich auseinanderbrechend wieder senkte, und Dunkelheit verschlang ihn.

Als aus dem März April wurde, ließ der Zorn seiner Frau allmählich nach, und vorwurfsvolles Schweigen trat an seine Stelle. Wenn er sie auf den Gängen des Palazzos hörte, blieb er aus Angst vor ihrem Groll manchmal mit der Hand am Griff hinter einer Tür stehen und wartete, bis sie vorbeigegangen war. Er wusste, dass es keine Angst vor ihr, sondern vor der Peinlichkeit ihres Zusammentreffens war. Mehr als alles andere wollte er, dass sie ihm verzieh. Aber Verzeihen war ihre Sache nicht. Und auch das machte ihm Angst.

Eines Nachmittags kam er gerade mit einer in Papier eingeschlagenen alten Flaubert-Ausgabe unterm Arm und der Tasche mit seinen Notizheften in der anderen Hand aus dem Mazzara, als er Orlando wiedersah. Im plötzlichen Straßenlärm fasste sich Giuseppe zögernd an den Hut.

Er war nicht auf den Jungen eingestellt. Er hatte sich gerade mit seinem Buchhalter und Gutsverwalter Signor Aridon getroffen und war an einem Ecktisch mit ihm die handgeschriebenen alten Anlagenbücher durchgegangen, ohne viel zu verstehen. Das Geld für den Unterhalt fehlte. Die mageren Pachteinnahmen aus den verstreuten Besitztümern schwanden. Er dachte, man könnte etwas verkaufen, doch sein alter Freund hatte ihm mitgeteilt, dass selbst der Verkauf des alten Stadtpalasts in der Via Lampedusa ihren Problemen kaum abhelfen würde.

Orlando schien in Gedanken zu sein. Sein Hemd war zerknittert, der Kragen schmuddelig und verdreht, er hatte Bartstoppeln im Gesicht wie ein Landarbeiter. Er sah Giuseppe erst im letzten Moment und blieb verdutzt auf dem Gehsteig stehen, während die Leute an ihm vorbeiströmten.

Orlando, sagte Giuseppe, steckte den Flaubert weg und bot ihm die Hand. Was macht dein Studium?

Er hatte den Unterricht mit dem Jungen vor zwei Wochen abgesetzt, um abends Mirella diktieren zu können. Dass Orlando darüber unglücklich war, hatte ihn nicht gekümmert. Ich kann dir nichts mehr beibringen, hatte er gesagt, obwohl ihm Orlando in Wahrheit immer streitlustiger, immer zerstreuter vorgekommen war. Der Junge erschien abends mit Flecken auf dem Anzug, abgekauten Fingernägeln, Ringen unter den Augen, er saß nicht still und brachte Giuseppe nicht mehr zum Lachen.

Er sei auf dem Weg zur Piazza San Domenico, erklärte Orlando, um etwas für seine Mutter zu erledigen. Ihr gehe es nicht gut. Giuseppe äußerte sich nicht dazu, beobachtete den Jungen jedoch mit plötzlich erwachter Neugier. Er fragte sich, welche Änderungen in Orlandos Leben vor sich gehen mochten, erkundigte sich aber nicht danach, und der Junge ging nicht näher darauf ein, sei es, um die Intensität seiner Gefühle zu verbergen oder aus Höflichkeit.

Stattdessen begann er, über Francesco Agnello und die schrecklichen Ereignisse des vergangenen Herbstes zu reden. Das tat er kühl und distanziert. Er sprach, als müsste sich Giuseppe der Leiden des Barons bewusst sein, und Giuseppe hörte verblüfft zu und schlurfte schwerfällig, um Atem ringend neben ihm her.

Agnello war offenbar im vergangenen November von mafiosen Elementen entführt und zur Lösegelderpressung mehrere Monate lang festgehalten worden. Seinen silbernen Alfa Romeo fand man am Straßenrand, alle vier Türen geöffnet, Agnellos Sportsakko zusammengelegt auf dem

Beifahrersitz, seinen Personalausweis noch in der linken Tasche.

Die Lösegeldforderung bekam sein Stiefvater zwei Tage später. Die geforderte Summe war hoch, es wurde intensiv verhandelt, und die Kidnapper hielten den armen Agnello unter schlimmen Bedingungen in den Bergen bei Agrigent gefangen. Alle paar Tage wurde er in einen neuen Stall, einen neuen Schuppen, ein neues Bauernhaus verlegt. Es müsse furchtbar gewesen sein, sagte Orlando.

Giuseppe schüttelte bestürzt den Kopf. Erst wusste er gar nicht, was er sagen sollte. Wieso hab ich nichts davon gehört?, fragte er schließlich.

Sei nicht beleidigt, Don Giuseppe. Das wusste keiner von uns. Francescos Stiefvater wollte die Polizei und die Presse heraushalten.

Klar.

Aber irgendwie verletzte es ihn doch. Wir sind eine kranke Insel, sagte er.

Du bist wütend, sagte Orlando beifällig.

Giuseppe antwortete nicht.

Das ist gut, Don Giuseppe. Wären die Leute wütender, würde das aufhören.

Wir sind eine kranke Insel, wiederholte Giuseppe. Mein Leben lang war das so. Diese Krankheit lässt sich aufhalten, aber nicht heilen.

Orlando nickte. Das sagt auch die Fürstin.

Giuseppe legte Orlando die Hand auf den Arm. Du hast das Alessandra erzählt?

Orlando schien verwirrt. Vorige Woche, auf dem Corso. Hat sie nichts davon gesagt?

Verlegen hantierte Giuseppe mit dem Buch unter seinem Arm. Ja, doch. Agnello – natürlich. Jetzt fällt's mir wieder ein.

Orlando sah ihn komisch an, sagte aber nichts mehr. Sie waren auf der Piazza San Domenico angekommen, und jetzt verschwand der junge Mann in einem kleinen, schlecht beleuchteten Laden an der Via dei Bambinai. Ein Geruch nach Ratten und Schimmel. Kleine rosa Beine, Arme, Füße und Hände hingen an einem Gestell bei der Tür wie Teile zerstückelter Babys. Es war ein Sortiment von Votivgaben, mit denen man sich bei den Schutzpatronen für eine Wunderheilung bedanken konnte, und in einer Vitrine auf der anderen Seite der Tür sah Giuseppe die flachen Silberabgüsse von Lungen und Nieren, Nasen und Hinterbacken.

Er schwieg. Noch nie hatte er so ein Geschäft betreten, und es verblüffte ihn, wie ehrerbietig der Sozialist Orlando, der bei ihren abendlichen Zusammenkünften so gegen die Religion gewettert hatte, mit der kleinen alten Dame sprach, die halb von ihrer Lederschürze gezogen auf einer Holzleiter vom Dachboden herunterkam.

Er konnte sich nicht vorstellen, welche Umstände in Orlandos Leben ihn an einen solchen Ort geführt hatten. Was ihn beeindruckte und was er nicht erwartet hätte, war Orlandos Unbefangenheit – dass er ihn einfach so mit in den Laden genommen hatte und vor seinen Augen das kleine Päckchen bezahlte, das sicher eine Votivgabe enthielt. Das sprach für einen starken Charakter, und er hatte plötzlich das Gefühl, den Jungen falsch eingeschätzt zu haben.

Draußen auf der Straße verabschiedete sich Orlando.

Hat mich gefreut, dich noch mal zu sehen, Don Giuseppe. Grüß bitte die Fürstin.

Und du, grüß deine Mutter, mein Lieber, sagte er.

Orlando neigte den Kopf, dann betrachtete er Giuseppe einen Moment lang traurig und ruhig. Giuseppe hatte das Gefühl, dass Orlando jetzt zum ersten Mal ganz präsent war, und er begriff, dass dem Jungen seine nächsten Worte sehr wichtig sein würden.

Doch er sagte nichts mehr. Der Augenblick verging. Als Orlando sich umdrehte und mit der eingewickelten Votivgabe in den Armen davonging, hatte Giuseppe den Eindruck, dass etwas zu Ende gegangen war und er den Jungen nicht wiedersehen würde.

Er und Mirella kamen unterdessen voran. Gio fuhr sie in die Via Butera, brachte sie zur Haustür und rief zu den verhangenen Fenstern hinauf, und Giuseppe zog sich vom Fenster des Empfangsraums zurück, von dem aus er ihre Ankunft beobachtet hatte. Gio kam nie mit herein, und Giuseppe war dankbar für seine Diskretion. Er hätte gern gewusst, was Mirella über den Roman sagte, wenn sie unter sich waren und Gio nach dem Manuskript fragte.

Nach dem ersten Abend äußerte sich Mirella nicht noch mal zu der Geschichte. Sie reagierte weder überrascht noch mit Missfallen. Auch dafür war er dankbar. Sie schwieg, war aufmerksam und ganz und gar präsent, wie ein Schatten an der Wand. Irgendwie begriff er, dass dies die reinsten und klarsten Arbeitsstunden waren, die er je erleben würde. Das langsam und gleichmäßig gesprochene Wort zu hören erlaubte ihm, schon beim Vorlesen zu redigieren, und wenn

Mirella dann gegangen war, schlug er die neugetippten Seiten an einer beliebigen Stelle auf und konnte nicht anders, als gleich wieder neue Änderungen vorzunehmen. Die Geschichte enthielt Wahrheiten, die ihn überraschten, die er nicht vorgesehen hatte. Manchmal war es, als hörte er den Roman mit sich selbst reden. Sein Fürst, den er sich immer als von fehlendem Glauben ausgehöhlt gedacht hatte, entpuppte sich vielmehr als Letzter der Gläubigen. Doch war der Glaube des Fürsten ein Glaube an die Tradition, an das Schicksal eines Geschlechts, und in solchen Augenblicken erkannte Giuseppe, dass er sich durch die eigene Bitterkeit hin zu dem Menschen geschrieben hatte, der er gern geworden wäre. Sein Fürst stand allein, ungerührt, brauchte niemanden, und gerade deshalb, und weil es kein wahres Überleben in der Isolation gibt, war die Stärke des Fürsten das, was ihn zerstörte.

Anfang April war die Hälfte des Romans ins Reine getippt. Vormittags las Giuseppe im Café die zuletzt geschriebenen Seiten durch und horchte auf die Musik in den Sätzen und Gedankengängen. Der Kopf wurde ihm leicht, als löste sich die Schädeldecke hinten, und er legte die weiche Hand auf den Rand des Cafétisches, packte fest zu und schloss die Augen.

Dienstags ging er manchmal die Via Roma entlang und über die Piazza San Domenica mit ihren verschnürte braune Pakete schleppenden Einkaufsbummlern zu den alten Gassen der Vucciria. Immer waren zu viele Leute da. Es lief sich weich auf den schmalen Sträßchen mit dem festgetretenen Schmant aus Müll und faulem Obst unter den Füßen. Hoch oben verdunkelte sich das Licht zwischen den Steinmauern und drang durch die Eisengeländer der Balkone voller Topfpflanzen und kreuz und quer laufender Wäscheleinen, und Giuseppe ging ohne Eile zum langsam in Fahrt kommenden Markt hinunter, wo sich auf Pritschenwagen die Melonen türmten, lange Ballen von rotem und gelbem Stoff auslagen und Reihen riesiger silberglänzender Fische mit untertellergroßen Augen auf die Schrecken der Welt starrten. Auf der Piazza Garraffello wanderte er an den seit dem Krieg verlassenen Trümmerhäusern mit ihren abrasierten Fassaden und dem noch auf die Zimmer verteilten Schutt vorbei. Halb verwilderte Hunde streiften durch die Gassen, kleine braune Schweine wühlten im Rinnstein. Zelte und quergespannte Planen sperrten den ersten Frühlingssonnenschein aus, den Geruch von gebratenem Fleisch und rohem Fisch und das stechende Aroma von Wurzelgemüse. Es gab Tische mit feilgebotenen Rundfunkgeräten aller Art, mit Taschenuhren, Krawatten und allem, was man sich vorstellen konnte. Giuseppe ging langsam, den Shakespeare in der Schultertasche, den Ausgehmantel geöffnet, mit geradem Rücken und freundlichem Gesichtsausdruck. Als Kind hatte er nicht zwischen den Marktständen herumlaufen dürfen, doch er erinnerte sich, wie es nach seiner Heimkehr aus dem Krieg dort ausgesehen hatte, die Girlanden aus Gedärm, die an Haken hängenden Kuhköpfe, schwarz von Blut und Fliegen, und wie der Rummel ihn getröstet und wieder zu sich gebracht hatte. Er besuchte den Markt, wenn der Hauptbetrieb vorbei war, und hoffte, die Fischhändler noch zu erwischen, bevor sie Feierabend machten.

Es gab damals Glück in seinem Leben, wenn er es auch selbst nicht so genannt hätte. Alessandra sprach ihn immer noch kaum an. Er war die Schuldgefühle leid. Sein Atem ging immer noch schwer, frühmorgens saß er immer noch hustend, mit schmerzgetrübten Augen zusammengekrümmt auf dem Bett. Und doch gefiel ihm die fortschreitende Arbeit, die Abendruhe mit der im Lampenschein drauflostippenden Mirella, gefielen ihm das kompakte Gewicht der Seiten in seiner Hand und der Anblick des wachsenden Stapels.

In der dritten Diktatwoche fiel ihm auf, dass das Mädchen ohne Gio zu ihnen kam. Vor über einer Woche hatte er ihn zuletzt gesehen. Giuseppe wusste nicht, was mit dem jungen Paar passiert war, und dachte daran zu fragen, doch irgendetwas hielt ihn davon ab. Er hörte Licy unten die Tür öffnen, hörte Crab, den Spaniel, bellen, und wartete einfach neben der gelben Couch mitten im Ballsaal mit seiner Brille in der Brusttasche, bis Mirella kam. Er begrüßte sie sanft und suchte in ihrem Gesicht nach Anzeichen von Kummer, bemerkte aber nichts dergleichen. Und doch sah er zwei Tage später, als er am frühen Nachmittag auf die Terrasse ging, Mirella und Licy dort am Geländer stehen und sich mit zusammengesteckten Köpfen leise unterhalten. Licy berührte die Hand des Mädchens, und beide drehten sich zur Tür um und schauten ihn an. Mirella hatte geweint.

Er räusperte sich verlegen. Der Himmel war blendend weiß, und er kniff die Augen zusammen. Seine Frau sah ihn an, als wäre er ein Fremder.

Verzeiht mir, rief er ihnen zu. Ich wollte nicht stören.

Licy schwieg, und ihre Augen lagen im Schatten. Mirella wischte sich die Augen mit der Armbeuge ab und schaute weg.

Er fragte nicht, was vorgefallen war, und sie sprachen es nicht an. Er befürchtete, sie hätten sich über seinen Gesundheitszustand unterhalten, dachte dann aber an Licys Diskretion, betrachtete sein Konterfei im Wandspiegel und schüttelte den Kopf über seine Eitelkeit. So wichtig bist du nicht, sagte er sich.

Mirella kam an diesem Abend wie üblich zum Diktat, und sie arbeiteten stetig, doch beim Abschied stellte sie sich auf die Zehenspitzen und gab ihm ein melancholisches Küsschen auf die Wange. Ihre Lippen fühlten sich wie Blütenblätter an.

* * *

Manchmal, wenn Mirella gegangen war, die neugetippten Seiten sorgfältig in einer Schublade im Arbeitszimmer verstaut waren und er sich zu Bett gelegt hatte, lag er noch wach und dachte über die verborgenen Stellen in seinem Innern nach, die Ritzen und ungefegten Winkel seines Selbst und was dort zu finden wäre. Vielleicht verdankte sich dieser Hang zum Grübeln seinem Alter, an dem er jetzt schwerer trug. Oder dem Wissen um die schrumpfenden Räume seiner Lunge. Vor allem überraschte ihn bei der Angst in seinem Innern, wie wenig sich daran geändert hatte. Angst war vermutlich die einzige Konstante in seinem Leben. Mit großer Klarheit konnte er an die Ängste seiner Kindheit zurückdenken und in ihnen die Saat des Mannes sehen, der er geworden war. Angst hatte zu seiner Schüchternheit geführt, zu seinem unersättlichen Lesehunger. Und auch dazu, dass er den Roman schrieb. Als junger

Mann bei der Artillerie hatte er Angst gehabt und ebenso in dem Gefangenenlager in Szombathely. Aus Angst hatte er zu fliehen versucht, und aus Angst hatte er die wenigen Freundschaften geknüpft, die er noch pflegte. Er spürte noch einige seiner frühesten angstbefrachteten Erinnerungen auf und fragte sich, was mit den anderen war, denen, die ihm verborgen blieben und die er niemals ans Licht bringen würde. Er wollte nicht sterben.

In den Jahren unmittelbar nach dem Krieg war ihm, als brauchte er nur die Augen zu schließen und sei wieder in dem Gefangenenlager in Ungarn, wo er 1918 das ganze Jahr festgehalten wurde. Mehrere Tage nach der Zerschlagung des Bataillons Edolo war er in einem Vernehmungslager aufgewacht. Man hatte ihn ins Freie gezerrt und zusammen mit etwa einem Dutzend anderer gefangener Italiener an eine Mauer gestellt, und Giuseppe befürchtete, sie sollten als Vergeltung für die unbewaffneten bosnischen Soldaten, die das Bataillon Wochen zuvor erschossen hatte, hingerichtet werden. Doch sie wurden nicht erschossen. Man führte sie zu einem kleinen Steingebäude mit feuchten Zellen im Untergeschoss, und dort wurden sie zur Vernehmung eingesperrt. Er hörte die anderen jungen Männer in der Kälte wimmern. Der österreichische Offizier, der Giuseppe verhörte, trug eine makellos weiße Uniform aus der Zeit des Risorgimento, mit goldenen Quasten und blauer Schärpe, und sprach ein zackiges Deutsch, auf das Giuseppe ebenso antwortete. Als Giuseppe sich bis aufs Hemd ausziehen musste, entdeckte der Offizier die eingenähten Herzogskronen an den Manschetten, und sein Verhalten änderte sich.

Der Mann in Weiß war ein sächsischer Baron aus alter Familie. Er setzte sich zu Giuseppe, bot ihm eine Zigarette an, und die beiden Männer – einer im Großvateralter, der andere immer noch fast ein Kind – rauchten zusammen und unterhielten sich über Literatur und die Pariser Museen. Giuseppe erinnerte sich an den gewichsten grauen Schnurrbart des Mannes und die vor dem Bauch gefalteten rosa Hände und wusste noch, wie ihm seine Begeisterung für Jacques-Louis David gefallen hatte. Jetzt fragte er sich, wo der Mann gestorben war, ob auf dem Schlachtfeld oder auf dem Herzogssitz in Sachsen. Inzwischen war es schon Dezember, und Winter herrschte, doch Giuseppe wurde aus der schmutzigen Zelle geholt und erhielt ein richtiges Bett, und für zwei Tage kam er nach Wien in ein Übergangslager. In Wien fuhr man ihn in einem offenen Militärwagen mit Decken auf den Knien unter knisterblauem Himmel durch die Stadt, und Bewacher und Fahrer zeigten ihm unterwegs die Sehenswürdigkeiten wie die Oper und den kunstvollen Kopfbahnhof. Giuseppe konnte nur staunen. Die Wiener sahen ihm müde und grimmig aus; an den Straßenecken kauernde Männer boten den Familienschmuck feil, andere hockten an Tischen mit feinem Porzellan, alle bliesen sich in die eiskalten Hände. Die noch immer herrliche Stadt wirkte vom Krieg erschöpft und ausgelaugt.

Die ganze Woche verbrachte er in einem umfunktionierten Hotel eingesperrt in seinem Zimmer, durfte aber den Balkon benutzen. Er saß in einem abgewetzten roten Sessel und las lustlos in einer schönen Lederausgabe von Goethes Werken. Es schien ihm unfassbar, dass irgendwo hinter dieser Stille der Krieg tobte. Als er nach seinen Angehörigen in

Sizilien fragte, hieß es, das italienische Militär sei von seiner Gefangennahme unterrichtet worden und seine Mutter werde ihm schreiben können, wenn er Ungarn erreichte. Andere Gefangene sah er nicht, und er hätte gern gewusst, warum er so höflich behandelt wurde, fragte aber nicht. Dann begann es zu schneien. Sein Leben lang sollte sich Giuseppe an das seltsame stille Weiß seines ersten Schneefalls erinnern, das Weiß in den breiten Alleen, das Leuchten, das davon auszugehen schien, als würde unter der Straße eine Lampe eingeschaltet. Am Ende der Woche wurde er mit dem Zug nach Westungarn gebracht, in das Offiziersgefangenenlager auf den hartgefrorenen Feldern um Szombathely.

In Ungarn verging die Zeit langsamer. Es war ein einziges tristes Warten, der Krieg eine vage Erinnerung. Wann hatte er zum ersten Mal an Flucht gedacht? Der Junge, der er damals war, war ihm ein Rätsel, er konnte sich da unmöglich hineinversetzen. In der Welt draußen wurden junge Männer zu Tausenden hingeschlachtet, und er selbst hatte die Qualen erfahren, die eine Kugel verursachen konnte. Das Lager war von Stacheldrahtzäunen umgeben, die Wachen drehten bei allem Respekt bewaffnet ihre Runden. Etwa fünfundzwanzig zugige Holzbaracken mit je vier Schlafplätzen bargen die Gefangenen. Es waren Italiener, Engländer, Franzosen, und zwei stille, unfreundliche Kanadier aus Quebec gab es auch. Trüber grauer Himmel, die Zeit kroch dahin. Im März kam das erste Paket seiner Mutter aus Palermo. Es enthielt zwei Bücher von Stendhal und absurderweise einen Tennisschläger, einen Abendanzug und ein Paar feine Lederschuhe. Einige Männer hatten eine Lagerzeitung auf

Französisch ins Leben gerufen, andere organisierten einen formlosen Unterricht zu verschiedenen Themen. Giuseppe verfolgte das alles mit leiser Missbilligung. Er liebte sein Land nicht besonders und verspürte auch nicht den Wunsch, der Toten zu Ehren wieder in den Krieg zu ziehen. Fluchtgedanken boten ihm schlicht eine Möglichkeit von vielen, die Zeit hinzubringen.

Als im Juni mit Wolken schwarzer Mücken der Sommer einzog und die Leute an Fieber erkrankten, bestachen Giuseppe und ein Landsmann einen Wächter mit Dosenkaffee und Zucker und erstanden österreichische Uniformen sowie Eisenbahnfahrkarten zur Schweizer Grenze. Sie entschwanden in die Nacht und überwanden die klappernden Zäune, indem sie den Stacheldraht vor sich mit einer Wolldecke abdeckten. Doch der letzte Zaun war alarmgesichert, und als sie ihn zu überklettern versuchten, sahen sie Lichter am Wachhaus, hörten barsche Stimmen, und schon wurden sie von den Soldaten ergriffen, getreten und vertrimmt. Giuseppe, der um seine Rippen fürchtete, schrie etwas auf Italienisch, und die Soldaten hörten auf. Sein Barackenwächter lachte am nächsten Morgen darüber. Man hatte sie für österreichische Deserteure gehalten.

Sie wurden nicht bestraft. Sie mussten dem bestochenen Wächter das Geld für die Fahrkarten erstatten und sonst nichts. Doch bis ans Ende seines Lebens sollte sich Giuseppe daran erinnern, wie respektvoll ihn die Mitgefangenen in den darauffolgenden Tagen beim Hofgang angeschaut hatten, so als stände er über ihnen, als hätte er allein durch den Versuch der Flucht eine gewisse Größe erlangt.

Die Monate vergingen. Die Bewachung ließ nach, immer weniger Päckchen kamen. Manchmal gab es abends gar nichts zu essen, und die Gefangenen schnürten ihre Gürtel enger, rollten die Ärmel an den Knochenarmen hoch. Eines Morgens Ende Oktober setzte Giuseppe seinen Hut auf, band seine schäbigen Schuhe und spazierte im Morgendämmer zum Lagertor hinaus und auf der unbefestigten, kargen grauen Straße weg von Szombathely. Inzwischen war der Krieg fast vorbei, auch wenn er das nicht wusste. Das Land wirkte verlassen. Doch er sprach fließend Deutsch und schlug sich in den Wochen darauf zu Fuß zum Hafen von Triest durch, wo er ein Schiff nach Griechenland fand, und im Hafen von Athen erfuhr er, dass der Krieg vorüber und die deutsche Armee zusammengebrochen war. Im früh einsetzenden Winter war das Wasser der Adria schwarz vor Kälte. Unter falschem Namen bestieg er ein britisches Schiff nach Venedig und traf dünn, abgehärmt und zerschunden im Norden Italiens ein, einer der Besiegten.

Alessandra sprach immer noch nicht mit ihm, als sich der Tag von Gios Eintritt in ihr Leben jährte. Halb im Scherz hatten sie drei Jahre zuvor angefangen, den Tag zu feiern, ganz in Schwarz zunächst wie Trauernde, dann aber entspannter mit einer Matinee in der Kinemathek und einem großen Essen in Marios Restaurant.

Giuseppe wusste nicht, wie Licy sich verhalten würde. Er hatte sich zeitig umgezogen und sah sie in einem taillenbetonten schwarzen Kleid, wie Mirella es hätte anziehen können, auf den Flur kommen. Sie trug einen Umhang über dem Arm. Er hantierte vorm Spiegel mit Hut, Stock und Mantel. Als Gio klingelte, war er überrascht, dass Licy an der Haustür innehielt und auf ihn wartete. Gio trug eine schwarzgefärbte Nelke im Knopfloch. Mirella war nicht bei ihm.

Sie ließen Gios Wagen in der Via Butera stehen und fuhren mit dem Stadtbus durch das matte, kühle Licht von Palermo. Es war ein schöner Tag, wolkenlos, der Himmel hellblau wie das Meer bei Tintoretto. Giuseppe rauchte still im Bus und sah die Straßen vorüberziehen, die Motorroller sich durch den Verkehr schlängeln. Sie stiegen einen Straßenblock vor dem Kino aus und gingen das Stück zu Fuß, mit offenem Mantel und gelockertem Kragen. Licy ging mit Gio voran, Giuseppe zockelte hinterher. Ihm gefiel, wie groß sie war, wie stattlich sie aussah mit ihren Stöckelschuhen und dem aus Rom bestellten neuen Umhang.

Ein Rossellini-Film wurde gezeigt, *Liebe ist stärker*, etwa zwei Jahre alt, doch das störte ihn nicht. Er hatte zwar auf einen amerikanischen Wildwestfilm gehofft, tröstete sich aber damit, dass es wenigstens kein Musical war. In der Gefangenschaft in Szombathely hatte er sich Abend für Abend an eine Barackenwand projizierte Western angeschaut und sein Herz an die flimmernd klare Action verloren, das Bild des abgefeuerten Revolvers, des vom Pferd stürzenden Mannes, die in sich so geschlossen erschienen.

Gio lachte und erzählte ironisch eine Klatschgeschichte über Rossellini und die Schauspielerin Ingrid Bergman, die wohl eine Affäre hatten, während Bergmans Gatte und Tochter noch in Amerika waren. Licy gab es ungern zu, aber sie fand solchen Klatsch faszinierend. Giuseppe registrierte, dass seine Frau links neben Gio Platz nahm und so die Sitzordnung festlegte, ohne die Aufmerksamkeit des

Jungen darauf zu lenken. Er zwängte sich auf den Kinositz, stand auf, zog Mantel und Schal aus, faltete beides zusammen, setzte sich wieder und legte die Sachen behutsam auf seine Knie. Da Licy leise sprach und Gio sich ihr zuwandte, ließ er seine Gedanken wandern. Er hörte die dröhnende Unterhaltung des übrigen Publikums und musterte die schweren roten Vorhänge vor der Leinwand. Sie hatten Plätze in der zweiten Reihe des obersten Rangs gefunden. Er mochte diese Minuten, bevor das Publikum verstummte, die Vorhänge sich teilten und das Leuchten des Films die Dunkelheit verwandelte. Er hörte, wie Gio etwas über Mirella sagte, und drehte den Kopf, doch gerade in dem Moment erlosch das Licht, und die Zuschauer applaudierten.

Hinterher gingen sie auf ein Glas zu Marios Restaurant, wenngleich es noch früh war. Und dort saß auch schon André, Licys erster Mann, beim Wein, und gemeinsam zogen sie zu dem großen Tisch auf der Dachterrasse um. André Pilar von Pilchau war ein angehend kahler estnischer Baron mit rundem Gesicht, der korallenrosa Anzüge und cremefarbene Hemden schätzte und viele Ringe an den Fingern trug. Im Sonnenlicht war sein Gesicht lang und gelb, und unversehens fragte sich Giuseppe, ob der Mann krank war. Ein warmer Wind kräuselte die Tischtücher um sie herum, und Licy hob die Finger an ihren Hut. André hatte einen Begleiter dabei, einen jungen französischen Dichter in Gios Alter, der seit dem Winter bei ihm wohnte. Der ältere Mann strich dem Dichter über die Hände, hielt seinen Blick fest oder beugte sich vor, um ihm sanft eine Anweisung zuzuflüstern, und Giuseppe sah, wie seine Frau das alles mit einem Ausdruck von Mitgefühl und etwas Dunklerem beobachtete.

Er selbst hatte André gemocht, seit sie sich vor vielen Jahren auf Schloss Stomersee kennengelernt hatten. Er empfand keine Bitterkeit ihm gegenüber, keine Eifersucht wegen der Zuneigung seiner Frau. Wäre er anders gelagert gewesen, meinte er manchmal abends zu ihr, hätte ich dich ihm niemals rauben können. Ich bin also stehlbares Eigentum?, fragte Licy dann lächelnd. Dabei hatte André ihr erheblichen Kummer bereitet, doch sie hatte sich damit abgefunden, dass seine Neigungen einfach zu ihm gehörten, und er hatte ihr eines Abends gestanden, dass er erst glücklich sein konnte, seit er sich als das akzeptiert hatte, was er war. Giuseppe störte sich nicht daran. Es wunderte ihn manchmal, dass er nicht immer so gedacht hatte. Seine Cousins hatten kein Verständnis. Seine Mutter hätte den einsamen Baron niemals geduldet. Licy selbst hatte in den ersten Jahren dieser Ehe, mit der sie nicht zurechtkam, einen Nervenzusammenbruch erlitten. Sie hatte sich mit Insulin behandelt und war nach Wien gereist, um sich bei Julius Böhm, einem Schüler Karl Abrahams, Rat zu holen. Dieser Böhm, so erfuhren sie später, hatte während des Krieges das Göring-Institut geleitet und persönlich Hunderte von Homosexuellen zum Tod verurteilt.

Gio redete jetzt über den Rossellini-Film und verglich dessen Ausgang in Pompeji mit seinen Erlebnissen in den alten Addaura-Höhlen am Monte Pellegrino.

Addaura, wunderte sich André. Wieso habe ich von diesen Höhlen nie gehört?

Er strahlte ein Glück und eine Zufriedenheit aus, die

Giuseppe fasziniert beobachtete und über die er gern mehr gewusst hätte.

Weil die Amerikaner sie entdeckt haben, sagte Licy. Du hörst von ihnen, wenn sie in einem Hollywoodfilm auftauchen.

Einem Kriegsfilm bestimmt.

Ah. Über einen US-Soldaten, der die gesamte 6. Armee des Deutschen Reichs besiegt.

Aber ich habe schon von diesen Höhlen gehört, sagte der französische Dichter. Davon gelesen hab ich. Die Amerikaner hatten in den Höhlen Bomben gelagert, und eine ist hochgegangen, ja? Mit hochschwingenden Armen mimte er die Explosion. Sein Augenmerk war etwas zu sehr auf Gios Lippen gerichtet. Als sie wieder reingingen, hatte es die Rückwand weggeblasen, und die Höhle ging tiefer, ja?

Da sieht man merkwürdige Sachen. Es ist wie ein Blick durch die Zeit.

Sie waren dort?

Gio lachte. So richtig öffentlichkeitstauglich ist das nicht. Die Wandgemälde dürften zum Teil zehntausend Jahre alt sein. Auf einem sieht man zwei gefesselte nackte Männer in ziemlich verfänglichen Stellungen. Gestalten mit Tierköpfen umtanzen sie.

Grässlich, sagte André lächelnd.

La dolce vita, lachte der französische Dichter.

Licy hob das Gesicht und reckte ihren langen Hals, worauf die anderen am Tisch verstummten und darauf warteten, dass sie das Wort ergriff. Giuseppe kannte diesen kleinen Trick, den sie anwandte, wenn sie etwas sagen wollte, das sie gut fand. Wir sind seit jeher für Rituale empfänglich. Mich erstaunt es immer, wenn man von der heutigen Welt redet, als würden wir uns von den Menschen, die solche Bilder geschaffen haben, irgendwie unterscheiden. Das Unterbewusstsein ist uralt. Und es ist noch in uns. Unsere Begierden haben sich nicht geändert. Wann warst du denn da oben?

Im Frühjahr. Mit Francesco.

Giuseppe legte die Beine übereinander und zündete sich eine Zigarette an. Er war sich der Stille seiner Frau bewusst, als er sich räusperte. Der Schatten eines vor den Scheinwerfern Vorübergehenden fiel auf den Tisch und verschwand. Francesco Agnello?, fragte er ernst.

Eine furchtbare Geschichte, sagte André leise in seinem steifen Italienisch. Wie geht es dem armen Jungen?

Licy stieß einen langen Seufzer aus. Wir haben ihn noch nicht gesprochen, sagte sie schließlich.

Aber gut kann's ihm nicht gehen, sagte Giuseppe. Eine solche Tortur vergisst man nicht so leicht.

Licy schwieg neben ihm.

Ich habe vorige Woche mit Orlando gesprochen, ergänzte Giuseppe. Er sagte mir, Francesco will niemanden sehen.

Gio nickte und griff nach einem Glas Wein. Mirella hat ihn vorigen Monat in der Vucciria getroffen. Er sei dünn geworden, sagt sie. Er wollte nicht mit zu ihr kommen. Sie verabredeten sich zum Essen, aber da erschien er nicht. Ich glaube, er erträgt keine Gesellschaft.

Ist ja kein Wunder.

Was ist denn passiert?, fragte der französische Dichter. Entschuldigung, aber ich komme nicht mit. Ist der Freund krank?

Er ist im September von mafiosen Elementen entführt worden, sagte Gio. Dabei zuckte er bedauernd die Achseln, als wollte er sagen, so was kommt eben vor. Francesco wurde monatelang irgendwo festgehalten, während seine Familie das Lösegeld aufzubringen versuchte. Das gelang ihr schließlich. Er wurde freigelassen.

Der Arme.

Darin war Mussolini schon gut, sagte André. Er hat solche Menschen wie Vieh gejagt.

Auch Hitler hat solche Menschen gejagt, sagte Licy scharf. Für ihn höre ich kein Lob von dir.

Nicht nur solche, murmelte Giuseppe.

Ja, sagte Licy, ohne ihn anzusehen.

Ich lobe ihn doch nicht, sagte André. Den würde ich nicht loben. Aber ich möchte, dass diesen Verbrechern Gerechtigkeit widerfährt.

Ich habe gehört, die *sind* das Rechtssystem, sagte der junge französische Dichter. Oder ein Teil davon?

Giuseppe runzelte die Stirn. Ihm missfiel die Richtung, die das Gespräch genommen hatte.

André musste sein Unbehagen gespürt oder auch selbst empfunden haben, denn er drehte sich plötzlich auf seinem Stuhl, tippte dem jungen Dichter mit zwei langen, sanften Fingern auf die Schulter, um ihn zum Schweigen zu bringen, und sagte entschlossen über seinen Kopf hinweg: Und was macht Lucio noch so?

Giuseppe fuhr mit Daumen und Zeigefinger am Stiel seines Glases entlang. Na, er schreibt seine Verse, sagte er.

Ich habe gehört, er ist ein großer Dichter.

Gio lachte. Das hören wir auch von ihm.

Gio, sagte Licy.

Aber sie musste selbst lächeln.

Irgendetwas änderte sich an diesem Abend bei Alessandra. Es war allmählich und unbemerkt gekommen, aber nachher spürte es Giuseppe an der Ungezwungenheit, mit der sie an seiner Seite zurück zur Via Butera ging, daran, wie sie mit den Händen im Muff wartete, als er das Tor aufsperrte, ihr den Vortritt ließ und ihr die Haustür aufhielt. Ihm kam der Gedanke, dass man in einer langen Ehe auf vertraute Gewohnheiten zurückgreifen konnte, die vielleicht auch den Weg zur Versöhnung ebneten. Er wusste, dass sie auch in den letzten Wochen, als sie ihm ausgewichen war, auf Anzeichen seiner Krankheit geachtet hatte und dass ihr Zorn weitgehend in ihrer Sorge begründet lag. Als er hinter sie trat und sie sich von ihm aus dem Mantel helfen ließ, war er unerhört dankbar dafür, dass sie ihm diese kleine Freundlichkeit erlaubte. Sie waren beide noch ein wenig beschwipst, und er hörte ihr zu, wie sie anfangs zögernd die Unterhaltung des Abends durchging, ohne ihn dabei anzuschauen.

Auch ihr war André glücklich vorgekommen, und sie sagte, ihn so zu sehen habe sie sehr froh gestimmt. Gio hingegen schien ihr kleinlaut zu sein, nicht ganz bei der Sache, und das sah dem Jungen nicht ähnlich. Giuseppe hatte den gleichen Eindruck gehabt und sich gefragt, ob es mit Mirellas Abwesenheit zusammenhing, aber wenn Licy etwas darüber wusste, behielt sie es für sich. Die Meeresfrüchte waren vorzüglich gewesen, der Rotbarsch hatte nach Wasser und Meer geschmeckt. Beide fanden Rossellinis Film traurig und schicksalsergeben, und das hatte ihnen sehr daran gefallen. Als die Handlung ihren Lauf nahm, hatte sich Giuseppe eine Zigarette angezündet und den Blick über die Köpfe der Zuschauer schweifen lassen. Er beobachtete sie gern in dem blauen Flimmerlicht, wie sie, während er vor sich hin rauchte, alle gleichzeitig reagierten, sich vorbeugten, um Ingrid Bergmans Verzweiflung genau mitzubekommen. Die Zahl der Zuschauer überraschte ihn, und er fragte sich, ob es ein größeres Verlangen nach ernstem Kino gab, als er angenommen hatte. Licy fand, die Kamera sei ein wenig verliebt gewesen in Ingrid Bergman.

Wo sie ihr Unglück doch so schön verkörpert hat, meinte sie.

Sie war sehr schön, stimmte er bei.

Sehr. Aber es war, glaube ich, kein Film über sie.

Er hatte sich vorgebeugt, um seine Pantoffeln anzuziehen, hielt jetzt bei ihrem Tonfall inne und wartete.

Aber Licy gab keine Begründung. Stattdessen sagte sie dann: Ich glaube, er hatte Angst vor ihrer Gegenwart. Er hatte Angst, mit ihr allein zu sein. Ich glaube, er hat sie immer nur von der anderen Zimmerseite aus gesehen.

George Sanders?

Mhm.

Sicher hat sich ganz Italien gefragt, ob es in dem Film um Rossellinis Privatleben ging.

So wird es bei deinem Roman auch sein.

Giuseppe begriff, dass sie mit ihrer freundlichen Einschätzung auf ihn zuging, und sah ihr aufmerksam ins Gesicht. Ihm war klar, dass sie von seiner Krankheit an diesem Abend nicht sprechen würde, dass es aber bei allem, was sie sagte, auch darum ging.

Meinen Roman wird nicht ganz Italien lesen, Schatz, sagte er.

Mag sein, antwortete sie. Hat er schon einen Titel? Wenn du ihn Mondadori anbieten willst, brauchst du einen Titel. Lucio braucht einen Titel.

Hm.

Sie ließ ein katzenhaftes Lächeln aufblitzen. Na los. Sag schon!

Er wird dir nicht gefallen.

Meinst du?

Ich dachte an Il Gattopardo.

Il Gattopardo.

Er gefällt dir nicht.

Sie dachte nach. Es gibt doch keine Leoparden in Sizilien.

Er räusperte sich. Jetzt nicht mehr.

Noch nie. Das wird man dir vorhalten. Dann zog sie die Brauen hoch. Aber du meinst natürlich den sterbenden Fürsten.

Hm.

Versteht man das bei Mondadori? Versteht es das Publikum?

Er zog verunsichert die Stirn in Falten.

Licy nahm ihre drahtgerahmte Brille ab, zog ihr Kleid an der Hüfte zurecht, öffnete weit die herrlichen Finger und streckte die Arme aus. Sie lächelte nicht, sondern schaute ihn mit großem Ernst an.

Komm her, mein Leopard, sagte sie sanft.

Die Liebe kehrt nach Sizilien zurück

Oktober 1956

Er hatte Licy im Sommer 1925 in London kennengelernt. Damals war sie noch mit André verheiratet, obwohl der Baron ihr bereits das Herz gebrochen hatte. An diesem ersten Abend waren sie gemeinsam, ohne sich zu berühren, von der Botschaft seines Onkels durch die Scharen arbeitender Engländer nach Whitechapel spaziert und hatten sich dabei in langsam und leise gesprochenem Französisch über Shakespeare den Menschen und Shakespeare den Künstler unterhalten und über die Kluft, die zwischen den beiden lag. Im Grunde unterhielten sie sich über die Schönheit und das Unsichtbare, doch beide hätten diese Wörter nicht in den Mund genommen, und wenn er an diesen ersten Abend zurückdachte, an das trockene, tiefe Lachen Alessandras, den klaren Blick, mit dem sie ihm ins Gesicht schaute, dann erinnerte er sich vor allem an die eigene Verlegenheit, denn schon damals wusste er, dass ihr eigentliches Thema das Verlangen war.

Es war sein erster Besuch in London. Er war aus Paris gekommen, den Blick noch benommen von den modernen Pavillons der Art Déco Expo, der Seine um die Mittagszeit, den Raffaels im Louvre. Er reiste ohne seine Mutter und war Gast der italienischen Botschaft in der Grosvenor Street. Er wohnte beim Bruder seines Vaters, Pietro Tomasi, Marchese della Torretta. Sein Vater hielt nichts von diesem Bruder, doch Giuseppe hatte ihn immer gerngehabt, vielleicht gerade wegen der Missbilligung seines Vaters. Damals war Onkel Pietro Mussolinis Botschafter in England, und obwohl er die Faschisten nicht mochte, hatte er den Posten irgendwie behalten. Pietro hatte als Diplomat in Wien gedient, in Russland während der Revolution, und in Moskau war er mit Lenin bekannt und hatte ihn bewundert. 1922 hatte Pietro die Versetzung nach London angenommen und war mit seiner frischgebackenen Ehefrau, der fünfzehn Jahre älteren Alice Barbi, einer ehemaligen Sopranistin und einstigen Muse von Johannes Brahms, dorthin gezogen. Giuseppe erinnerte sich noch an den Gesichtsausdruck seines Vaters bei Tisch an dem Abend, als der Brief mit der Hochzeitsankündigung eintraf – wie er den Brief neben seinem Stuhl hatte fallen lassen und der Hund aufgestanden war, daran geschnuppert hatte und träge wieder zum Ofen zurückgetappt war, als hätte er keinen Hunger mehr. Seine Mutter hatte keine Fragen gestellt, doch Giuseppe war zum Tischkopf gegangen, um den Brief aufzuheben, und hatte ihn still gelesen.

Da hatte er Tante Alice noch nicht gekannt; keiner hatte sie gekannt. Er war ihr nur zweimal kurz begegnet, bevor er in jenem Sommer 1925 nach London kam. Er hatte sie als blass und dünn in Erinnerung, eine schwache Flamme am Streichholzkopf, und so erkannte er die eindrucksvolle, stämmige Matriarchin nicht, die ihn empfing, eine Witwe mit zwei erwachsenen Töchtern. Klein Alice nannte seine Mutter sie spöttisch wegen ihrer sechsundsechzig Jahre. Mit ihm sprach die Tante Englisch, mit seinem Onkel Russisch. Ihr schwarzes Haar war grau gesträhnt, und sie trug es schräg am Kiefer entlang geschnitten, im modischen Flapperstil von Mädchen, die ein Viertel so alt waren wie sie. Ihr Gesicht war fleischig, die Lippen dünn, die Mundwinkel herabgezogen, doch in ihrer Sprache und ihren Gesten lag eine Vitalität, die Giuseppe vom ersten Augenblick an bewunderte. Man hatte eine Frau vor sich, die erwartete, beobachtet zu werden.

Er war unangekündigt erschienen, und an diesem ersten Abend, den Lärm des Piccadilly noch in den Ohren, hockte er im Botschaftsfoyer auf der Kante seines Schrankkoffers und musste sich von Onkel und Tante anhören, dass sie ihn nicht gebrauchen könnten. Sie müssten leider an einem Galaempfang teilnehmen, sagte der Onkel, aber Alice' Tochter würde sich seiner annehmen, mit ihr würde er sich bestens verstehen, denn sie sei auf Bücher versessen, genau wie er selbst. Sie sei ohne ihren Mann da und würde sich über die Gesellschaft freuen.

Giuseppe stellte sich ein eulenartiges Wesen vor, schüchtern und unglücklich. Er zog die Brauen hoch und rang sich ein Lächeln ab. Natürlich, gern, das heißt, na ja, stotterte er. Hm. Wenn ich ausgepackt und mich gewaschen habe und ausgeschlafen bin, vielleicht –? Aber er wusste nicht, wie er den Satz zu Ende bringen sollte, schaute seinen Onkel hilflos an und sagte: Es ist wirklich nicht nötig, dass du deine Tochter bemühst, Tante. Wirklich nicht.

Wenn du uns Bescheid gesagt hättest, setzte Onkel Pietro an. Aber er sagte es mit einem Lächeln unter dem gewichsten Schnurrbart, als machten es junge Männer eben anders.

Giuseppe sagte, er habe gehofft, niemandem zur Last zu fallen.

Ach was! Die Jugend sollte immer zur Last fallen. Das ist euer gutes Recht.

Seine bisher stille Tante drehte jetzt den Kopf hin und her und steckte sich geschickt ein Paar lange, glitzernde Ohrhänger an. Komm schon mal mit, forderte sie ihn auf. Ich zeig dir deine Zimmer. Nein, lass den Koffer hier. Pietro findet jemanden, der ihn hochbringt. Ich möchte dich mit Alessandra bekanntmachen, bevor wir gehen.

Onkel, wandte Giuseppe ein.

Doch der Onkel legte nur seine Manschettenknöpfe an und entließ ihn mit einem lässigen Winken.

Als sich klappernd die Tür des engen Aufzugs schloss, hatte der Busen der Tante seinen Arm gestreift, und bei der Berührung hatte ihn ein nicht ganz unangenehmer, heftiger Schauer durchlaufen, so dass er knallrot wurde.

Er hätte sich nicht vorstellen können, wie sein Leben sich bald ändern sollte. Am Nachmittag des zweiten Tages fuhr er mit Alessandra zur Tate, um sich die Turners anzuschauen, deren Atem ihn gesprächig machte, als entströmte den Farben eine ihn ansteckende trauervolle Musik. Bei einem Dinner am dritten Abend übertrieb es ein ehemaliger indischer Vizekönig mit der britischen Höflichkeit und bestand darauf, ihm an der Tür den Vortritt zu lassen. Dabei fing er Alessandras Blick von der anderen Seite des Tisches auf und merkte, wie er heiße Wangen bekam. In London erwarb er eine Vorliebe für Fliegen und Gamaschen und ließ sich einen kurzen Schnurrbart stehen, den er fast sein Leben lang beibehielt, ebenso wie das ungescheitelt zurückgekämmte Haar. Zu alldem ermunterte ihn Alessandra spielerisch.

An jenem ersten Abend aber hatte ihn seine Tante ohne anzuklopfen in Alessandras Suite geführt, und sie hatten sie an ihrem Schreibtisch vorgefunden, wo sie gerade ein paar Eindrücke in einem Notizbuch festhielt. Sie schrieb langsam und stetig, während Giuseppe an der Tür innehielt und die schweren Möbel im Zimmer wahrnahm, die dicken Teppiche und die zum Einfangen eines nicht vorhandenen Luftzugs weit geöffneten Fenster. Auf dem Schreibtisch ratterte ein kleiner Metallventilator in seinem Gehäuse.

Leg das weg, Licy, sagte seine Tante auf Französisch. Hier ist Pietros Neffe.

Frisch aus Palermo, erwiderte Alessandra kühl, als hätte sie ihn erwartet. Dann hob sie den Blick und schaute ihn an, und er konnte nicht anders, er glotzte. Sie hatte die schönen traurigen Augen seiner eigenen Mutter.

Giuseppe Tomasi, sagte er mit einer kleinen Verbeugung. Zu Ihren Diensten, Madame.

Sagen Sie Licy zu mir, sagte sie.

Licy, wiederholte er leise.

Sie musterte ihn von oben bis unten. Wir sind also Verwandte, Sie und ich, sagte sie.

Damit stand sie auf, groß, kräftig, in einem japanisch bedruckten weißen Kleid, mit schulterlangem schwarzen Haar. Sie hatte große Hände und streckte ihm die, wie er sah, unberingte Rechte entgegen, und als er sie ergriff, stieg etwas Leichtes wie Wasser in seiner Brust auf.

Verwandte, sagte er scheu.

Gewissermaßen, erwiderte sie.

Von der Tür her räusperte sich seine Tante. Ich lass euch jetzt allein, rief sie, und in seiner Verwirrung drehte sich Giuseppe nicht mal nach ihr um, als sie ging.

Er hatte schon einen Großteil dieses Jahrzehnts mit Reisen zugebracht, sei es auf schmiedeeisernen Balkonen in Wiener Hotels, auf den Boulevards von Paris und Berlin oder in den brechend vollen Jazzclubs von Amsterdam, um die Erinnerungen an den Krieg loszuwerden. Das Weltgeschehen interessierte ihn nicht weiter. Obwohl auch er die Besetzung Fiumes durch d'Annunzio begrüßte, fand er den Mann selbst ein wenig albern und die nationalistische Gesinnung etwas geschmacklos. Der gesellschaftlichen Zwänge von Palermo überdrüssig und angewidert von seiner körperlichen Schwäche, ging er für einige Zeit nach Genua und Turin, wo mehrere Mitgefangene aus dem Lager Szombathely jetzt lebten. In den Jahren dazwischen reiste er mit seiner Mutter nach Bologna, nach München, nach Paris, auf der Suche nach nichts Bestimmtem, aber mit allem unzufrieden. Er legte sich eine Kamera zu und fotografierte den Dom von Pistoia, das Baptisterium und die Ponte Vecchio in Florenz, die großen Brunnen von Rom. Dabei wartete er stets, bis er die Gebäude ohne Menschen ablichten konnte, das Bauwerk in seiner Einsamkeit und Alterslosigkeit, denn er suchte im Stein eine außerhalb der Zeit stehende Reinheit. Sonst aber ließ er sich treiben. Er gefiel sich als Niemand, er mochte die Unsichtbarkeit, die er in Europas Städten fand. Es waren die wilden Zwanziger, und Gin und Jazz prasselten über den Kontinent wie ein amerikanisches Feuer.

Dennoch brachte ihm das Reisen keinen Frieden; er schlief schlecht, litt unter Alpträumen und blieb Sizilien nie lange fern. Es schien, als wäre er immer gerade auf dem Sprung von Palermo oder zurück nach Palermo und zu seiner Mutter, als wäre er in vielem ein Junge geblieben, ungebunden und unselbständig, obwohl er doch auf die dreißig zuging. Jetzt mit sechzig begriff er, dass er vor dem Menschen, der er war, geflüchtet war und dass er nach den durchlebten Gefahren des Krieges dem sesshaften Leben nicht traute. Er wusste nur zu gut, dass Gegebenes ebenso gut wieder genommen werden konnte und wie schwach und anfällig der menschliche Körper war. Damals aber empfand er nur eine vage Unzufriedenheit, einen Widerwillen gegen die belanglosen Gespräche anderer und eine umso stärkere Vorliebe für die Gesellschaft von Büchern. Er war zwar nicht mehr jung, hatte aber immer noch ein Babyspeckgesicht und ein sanftes Gemüt, und nur seine großen, runden, leicht vorstehenden Augen erzählten von den Schrecken, die er an der Isonzofront erlebt hatte.

Er wünschte nach wie vor, sein Leben würde einem Roman gleichen. Für solche Träumereien war er noch jung genug. Er hatte sich nicht nur einen Sinn gewünscht, dachte er jetzt, sondern vor allem eine sich entfaltende Struktur, eine Bewegung, eine Richtung; er war über seine Anfänge hinaus und wünschte sich, dass es weiterging. Was er aus seiner Kindheit kannte, sollte entwickelt, ausgestaltet, aufs Spiel gesetzt werden. Niemand ist der Erzähler des eigenen Lebens, hatte er Licy gegenüber einmal bemerkt. Ein Leben ist ja auch kein Buch, hatte sie erwidert. Möglich, und doch wollte ihm scheinen, dass es in manchem Leben Formen, Muster, Echos gab, die sich herausarbeiten und verstehen ließen, so dass sie zu einem Erkenntnisgewinn führten. Darum ging es ihm. Das gelang nicht in einem Augenblick, sondern erst später, so wie Erzähltes in einem Roman Gestalt annimmt, indem man Möglichkeiten siebt und bestimmte Fäden auswählt.

Zu den Fäden, die ihm besonders teuer waren, zählte die merkwürdige Faszination der ältesten Tochter seiner Tante. Er hatte wenig Erfahrung mit dem weiblichen Geschlecht, aber doch genug, um schon an jenem ersten Abend in London das Unkonventionelle an Alessandra Wolffs Schönheit zu erkennen. Ihr Mienenspiel changierte wie Licht auf Wasser, so dass ihr Gesicht in ständiger Bewegung zu sein schien, kraus die edle Nase, schmal die ernsten braunen Augen. Sie bewegte sich nicht anmutig, sondern entschieden, als ergriffe sie eine Gelegenheit, als könnte sich ihr jeden Moment ein Hindernis in den Weg stellen: allzeit vorbereitet auf heftigen Widerstand irgendwelcher Anwesenden. Sie hatte in Wien bei den großen Psychoanalytikern studiert, hatte einen zaristischen Kriegshelden und Baron geheiratet. Sie war weltgewandt und geschädigt, doch irgendwie hatten ihre Verluste sie nicht verändert. Das Feuer in ihr war schon immer da gewesen, begriff er, und es provozierte und ängstigte ihn zugleich, so dass die tausend alltäglichen Transaktionen zwischen Männern und Frauen, die einander fremd sind, ihn jetzt verwirrten und verlegen machten. Im Café oder im Restaurant etwa schaute er sie an und zögerte, als hätte er Angst, ohne Erlaubnis zu sprechen, als hätte er Angst, etwas für sie zu bestellen. Oder er blieb an der Tür stehen und wusste nicht, ob er sie ihr aufhalten sollte. Und sie bestellte selbst oder zog mit Schwung die Tür auf und musterte ihn dabei mit einer Mischung aus Genugtuung und Widerwillen. Eine Frau wie sie hatte er noch nicht kennengelernt.

Ausgenommen vielleicht seine Mutter. In den Briefen nach Palermo, die er jeden Abend schrieb und jeden Morgen aufgab, war von diesem wundersamen, beängstigenden Wesen, diesem Neuen, das in sein Leben getreten war, dieser Alessandra Wolff, keine Rede.

An damals dachte er oft in diesem Oktober beim Anblick von Gio und Mirella, so unglaublich jung, heillos verliebt, als sie zu dritt ostwärts die Nordküste entlangfuhren, um die Piccolos in Capo d'Orlando zu besuchen.

Es war ein in goldenes Licht getauchter Sonntag zum Ende der Saison und Mirellas erster Besuch bei den Piccolos. Gio am Steuer, Giuseppe mit hochgestellten Knien zusammengequetscht auf dem Beifahrersitz, hinter ihm das Mädchen, die Arme ausgebreitet, den Fahrtwind im Haar. Der Himmel war tiefblau. Unter ihnen konnte er an etlichen Biegungen der neuen Straße das Meer sehen, und er blickte auf die stetig sich brechenden Wellen der Brandung hinab, eine rollende Schaumlinie, die immer schon war und immer sein würde. Im Rauschen der warmen Luft hörten sie sich nur, wenn sie schrien. Gio fuhr schnell und schaltete rauf und runter, während sie den Kurven der Steilküste folgten und mit der Sonne im Rücken abwechselnd durch Schatten und blendend weißes Licht rasten.

Hin und wieder schlug Mirella die Augen auf, beugte sich vor und ließ die Finger über Gios Nacken gleiten, worauf er sein jungenhaftes Grinsen zeigte und sie im Rückspiegel anschaute. Giuseppe sah seine jungen Gefährten gern zusammen und so verliebt. Zwischen ihnen bestand eine Zuneigung, die nicht ganz Leidenschaft und doch mehr als Leidenschaft war, etwas Freundschaftsähnliches, und genau das erinnerte ihn an sein Werben um Licy. Bloß war er nicht so jung gewesen, gestand er sich ein. Er und Licy hatten mit Ende dreißig geheiratet, als ihre Gewohnheiten bereits ausgeprägt und sie schon sie selbst waren. Schaute er sich hingegen Gio und Mirella an, sah er zwei, die erst noch lernten, wer sie sein könnten, es aneinander erprobten, sich anpassten, gemeinsam wuchsen.

Sie sahen auf ihrer Fahrt an diesem Tag keine anderen Autos, und Giuseppe wusste zwar nicht, ob das ungewöhnlich war, verspürte aber eine unwirkliche Einsamkeit im Fahren, als hätte sich die Welt zurückgezogen, als wären sie durch eine Zeitfalte gerutscht und führen nun tiefer in ein uraltes Sizilien hinein.

Alessandra hatte die acht Tage nicht mitkommen wollen. Sie hatte noch zu viel mit ihren Patienten zu arbeiten und konnte so kurzfristig leider keine Termine absagen usw. usf., wie sie Mirella erklärte. Aber die Piccolos würden die junge Frau liebevoll und gastfreundlich aufnehmen, wenn auch auf ihre ganz eigene Art, versicherte Licy. Giuseppe kam sie nicht mit solchen Ausflüchten. Sie wussten beide, dass sie die Piccolo-Villa seit Jahren mied, da sie kein Verständnis für die Künstler-Allüren seiner Verwandten hatte und ihr Faible für Feen und Okkultes schlichtweg blödsinnig fand.

Das sind Kinder, sagte sie immer. Ich meine das nicht böse.

Und er wusste, an beiden Einschätzungen war etwas Wahres, auch wenn er ihr nicht laut beigepflichtet hätte. Seine Cousins und seine Cousine, alle drei unverheiratet, lebten seit dem Tod ihrer Mutter gemeinsam in der Villa der Familie hoch über dem Ozean. Wie durch Zauberei hatte der Krieg die Villa verschont, obwohl Capo d'Orlando mit seiner Küstenstraße und seinen Schienenwegen gnadenlos zerbombt worden war. In den finstersten Monaten des Jahres 1942 waren Giuseppe und seine Mutter aus Palermo geflohen und hatten sich eine Berghütte unweit der Piccolos gemietet. Diese Hütte war eines Nachmittags, als sie unterwegs waren, von einer Bombe zerstört worden. Das war der Monat der alliierten Landung im Süden. Die inzwischen verwaisten Piccolos lebten unbeschadet weiter. Ihr Vater, der Baron von Calanovella, war Jahre zuvor mit einer Tänzerin nach San Remo durchgebrannt und vor dem Krieg gestorben. Casimiro zufolge streifte sein Geist von Trauer und Reue erfüllt durch die Gänge der Villa.

Wenn Mirella vor dem Zusammentreffen mit den Piccolos nervös war, ließ sie es sich nicht anmerken. Am Spätnachmittag fuhr Gio durch Zitrushaine und kleine Felstäler mit wilden Erdbeeren den langen Weg zur Villa hinauf und hielt mit knirschenden Reifen in der Kiesauffahrt. Hinter dem Wagen hing heller Staub in der Luft. Die drei Piccolos warteten zusammen am Geländer vor dem offenstehenden Tor ihrer verzauberten Villa, und Giuseppe versuchte, sie mit den Augen Mirellas zu sehen, drei unzeitgemäße Gestalten, unberührt, absurd privilegiert: Casimiro mit seinem farbverschmierten weiten Hemd über der Hose und seinen kniehohen englischen Galoschen, ein Schlossherr beim Gästeempfang, lang und dünn vor den weißen Wänden der Villa; ein paar Schritte entfernt die ältere Agata Giovanna mit einem Hündchen in den Armen, das graue Haar zu einem kunstvollen keltischen Muster geflochten; Lucio, makellos gekleidet in Kniebundhose und Jagdstrümpfen, kleiner als die anderen und mit einem Oberlippenbärtchen, das zuckte, während er mal lächelnd, mal stirnrunzelnd über das Geländer schaute, als wüsste er nicht recht, was von den drei Besuchern zu halten war, die da in einer Staubwolke als sonderbares Gegenbild zu ihnen selbst aufgetaucht waren.

Gio stellte den Motor ab. Warte, Schatz, sagte er zu Mirella. Steig noch nicht gleich aus.

Sie warf ihm einen neugierigen Blick zu.

Und dann ging das Bellen und Jaulen los. Alle drei blieben mit vorsichtshalber eingezogenen Armen im Auto, und Gio und Giuseppe riefen lachend die Piccolos um Hilfe, denn die mit Kratzern übersäten Jagdhunde waren los, tobten wie von Sinnen um das Fahrzeug herum und ließen sie nicht aussteigen.

Als ich letztes Mal hier war, floss Blut, sagte Gio grinsend. Und er schwang den Fuß aufs Armaturenbrett, rollte das Hosenbein hoch und zeigte ihnen die Narbe.

Giuseppe war die ganze Zeit hindurch sehr glücklich. Er hatte Lucio seinen Roman geschickt, und der hatte ihn gelobt und ihn in seinem Namen Mondadori vorgelegt. Das war fünf Monate her. Er wusste nicht, wie lange man üblicherweise auf Antwort warten musste, doch er war zuversichtlich. Er wusste, dass es ein starkes Buch war und dass ihm damit etwas Besonderes gelungen war, etwas, das er sich nicht zugetraut hatte. Er versuchte, es sich gedruckt und gebunden vorzustellen, sich vorzustellen, wie er es in der Hand hielt. Er versuchte, sich vorzustellen, wie das nach einer gewissen Zeit für ihn zu etwas ganz Normalem wurde, wie ihm das Buch als Gegenstand nicht mehr zu Herzen ging, doch das gelang ihm nicht, und dass es ihm nicht gelang, stimmte ihn umso glücklicher.

Natürlich hab ich's gelesen, sagte Casimiro später.

Das war, nachdem Giuseppe und Mirella ausgepackt und sich den Staub von Hals und Händen gewaschen hatten und im kühlen Wohnzimmer Limonade tranken, wo der Standventilator auf seinem Sockel rotierte wie eine wundersame lebende Skulptur. Gio holte seinen kleinen weißen Koffer nicht aus dem Wagen, da Agata Giovanna es ungern sah, wenn Verlobte unter demselben Dach schliefen. Er würde am Abend die zwanzig Kilometer zum nächsten Hotel fahren. Giuseppe nahm sein gewohntes Zimmer. Am Kopfende des Bettes hing ein Louis-Seize-Schaukasten mit Elfenbeinfigürchen der Heiligen Familie, der vor Jahrzehnten aus den Trümmern des Palasts seiner Mutter in Santa Margherita geborgen worden war. Bevor Giuseppe hinaus zu den anderen ging, strich er wie schon als Kind mit dem Finger über die Kapuze der Maria, und das kühle, glatte Elfenbein fühlte sich an seiner Fingerspitze wie Wasser an. Im Esszimmer hatte Agata Giovanna ein kaltes Mittagessen aufgetragen: Fettuccine mit Butter und Parmesan, ein riesiges Thunfischsteak mit Soßen, Leberpüree, schwarzen Trüffeln, Pistazien. Lucio langte schon zu. Danach empfahlen sich Giuseppe und Casimiro; jetzt wanderte er durch das Atelier seines Cousins und sah sich ein neues Bild an, ein winziges Aquarell von im Garten der Piccolos beobachteten Feen und Nachtgeschöpfen. Durchs Fenster hörte er

Mirella lachen und nach Gio rufen. Sie und Agata Giovanna besichtigten die Orchideen und Hortensien, mal in Hörweite, mal wieder nicht, während Gio sich zum Spaß zwischen den Palmen versteckte.

Im Nachmittagslicht war das abgeschottete kleine Studio kühl und schattig. Ein Tablett mit einem Glas Wasser und einer geviertelten Orange stand auf der Fensterbank. Ohne sich umzudrehen, warf Giuseppe seinem Cousin einen kurzen Blick zu und fragte trocken: Und?

Was, und?

Wie ist dein Eindruck?

Casimiro lächelte. Ich bin nur ein einfacher Farbarbeiter, Cousin. Ich bin kein Literaturkritiker.

Giuseppe schwieg und verschränkte die Hände hinterm Rücken. Es hat dir nicht gefallen.

Hm. Ich glaube schon, dass es Aufsehen erregen wird.

Aber gefallen hat's dir nicht.

Im Gegenteil, sagte sein Cousin. Ich fand es amüsant. Provokativ. Wobei mir nicht klar ist, ob ich alles verstehe. Aber Lucio sagt mir, es ist sehr gut. Dass er es seinem Verleger empfohlen hat, weißt du ja sicher.

Ich habe zwei neue Kapitel für ihn dabei.

Und die Freundin des jungen Lanza. Meine Güte, leichtes Gepäck ist das nicht, Cousin.

Giuseppe lächelte. Sie ist sehr charmant, oder?

Es scheint so.

Licy und ich mögen sie sehr.

Hm. Sie könnt ihr aber nicht auch noch adoptieren, meinte Casimiro und lachte. Das ist bestimmt verboten.

In Sizilien nicht.

Mag sein.

Adoptier du sie doch, mit Lucio.

Oh. Was würde da wohl Giovanna sagen?

Giuseppe, der nur halb im Scherz gesprochen hatte, zuckte leicht die Achseln. Sie wird Mirella auch liebgewinnen. Jeder von euch. Casimiro krempelte seine zerknitterten Ärmel herunter und sah Giuseppe plötzlich nachdenklich an. Dein Roman also. Er ist noch nicht fertig?

Giuseppe blinzelte. Doch, ja, sagte er langsam. Ich glaube schon.

Trotzdem hast du neue Seiten mitgebracht –

Giuseppe wies auf das mit Klebeband am Zeichentisch befestigte kleine Aquarell seines Cousins. Casimiro war notorisch pingelig, notorisch langsam. Ist irgendetwas jemals fertig?, fragte er.

Doch er wartete keine Antwort ab, sondern hob den Blick, ging durch das Studio zu einem kleinen Seestück in Öl, das auf der Nussbaumanrichte stand, und betrachtete es still. Casimiro folgte ihm in sicherem Abstand. Giuseppe wollte zwar eigentlich nicht das Thema wechseln, wusste aber nicht, wie er dabei bleiben sollte, und sagte zögernd: Deine Schwester sieht müde aus.

Oh.

Geht's ihr nicht gut?

Sprich leise, sagte sein Cousin. Sie hört dich sonst.

Sie hört mich schon nicht.

Sprich leise.

Mit abwehrend erhobenen Händen und gedämpfter Stimme sagte Giuseppe: Sie ist hoffentlich nicht krank.

Ach, Giovanna ist doch immer krank, sagte Casimiro.

Das hält sie in Schwung. Wir würden uns Sorgen machen, wenn es ihr jemals gutginge. Ich hab meine Malerei, Lucio seine Lyrik und Giovanna ihre Gesundheit. Das da, das kleine Seestück, das hat unsere Mutter gemalt. Lucio hat es vorigen Monat erst entdeckt, in Öltuch verpackt unterm Stroh in der Remise.

Giuseppe betrachtete es eingehend. Die Farben waren seltsam, Orange- und Rottöne, als hätte der Staub der Sahara die Sonne verdunkelt und das Meer hitzeverfärbt. Warum hat sie das denn da versteckt?, fragte er.

Doch Casimiro wusste es nicht. Sie hatte wohl Angst vor den durchziehenden Amerikanern, sagte er. Vielleicht ist es aber auch schon vor dem Krieg da deponiert worden. Ich weiß es nicht.

Ich wusste nicht mal, dass sie gemalt hat.

Es ist ein merkwürdiges Bild für sie. Anders als ihre anderen Sachen.

Vielleicht ist es gar nicht von ihr.

Casimiro lächelte. Womöglich hat sie sich einen Liebhaber genommen. Vielleicht ist es sein Werk.

Von den drei Piccolo-Verwandten stand Casimiro Giuseppe altersmäßig am nächsten. Wenn er seinen Cousin so ansah, spürte er eine gewisse Traurigkeit bei ihm, die auch seiner Distanz zu anderen zugrunde lag. In jungen Jahren hatte er in München Malerei und Bildhauerei studiert, doch seine Verlobte war dort an Tuberkulose erkrankt und gestorben, und Casimiro war als Gebrochener, durch Trauer Entfremdeter nach Capo d'Orlando zurückgekehrt, voller Angst vor lebendiger Nähe. Bot man ihm die Hand, ergriff er sie liebenswürdig, flüchtete dann aber unter dem erstbesten Vorwand, um sich die verschmutzte Hand mit Alkohol zu reinigen. Selbst zu seinen Geschwistern hielt er Abstand und beanspruchte im Wohnzimmer in selbstgewählter Quarantäne eine Ecke für sich; im Esszimmer zog er mit um die Tischbeine gelegten Füßen seinen Stuhl heran, um keine gemeinfreien Flächen zu berühren. Wenn er in der Nähe von anderen stand, hielt er sich ein Taschentuch vor die Nase, stellte sich auf die Fersen und wandte den Blick ab, als könnte man durch Anschauen krank werden.

In dem Moment kam ein kleines Geräusch von der Tür her, und als er und Casimiro sich umdrehten, standen Agata Giovanna und Mirella dort, mild umstrahlt vom Sonnenlicht, beide mit einem schlauen Lächeln.

Ich wollte schon immer wissen, worüber sich Männer in meiner Abwesenheit unterhalten, sagte Agata Giovanna gewohnt leise.

Casimiro zog eine Braue hoch. Wann wärst du jemals abwesend, Schwester?

Sie unterhalten sich über Zigarrenpreise, meinte Mirella. Ohne Ende.

Ist das wahr?

Wir unterhalten uns natürlich über euch, sagte Giuseppe. Ihr seid uns ein Rätsel.

Wir?

Die Frauen. Frauen allgemein.

Ihr beiden scheint euch ja gut zu verstehen, sagte Casimiro. Dabei ist noch keine Stunde vergangen. Hat Ihnen meine Schwester schon Ihre Geheimnisse entlockt, mein Kind? Lassen Sie sich nicht täuschen. Ihre Fragen sind nicht harmlos.

Agata Giovanna lachte. Aber der andere ist mir leider entwischt, sagte sie. Wir nehmen an, Gioacchino ist in den Garten gegangen, und die Elfen haben ihn geholt.

Oder die Gnome, sagte Mirella schmunzelnd.

Oder die Gnome. Das ist schwer zu differenzieren. Ich weiß nicht, ob wir ihn jemals zurückbekommen.

Oder wer uns für ihn untergeschoben wird, meinte Mirella.

Exakt.

Wir werden ihn gründlich vernehmen müssen, wenn er wieder auftaucht.

Heißes Wachs auf die Fingerspitzen. Nur so lässt sich sicherstellen, dass er nicht verhext ist.

Casimiro fuhr sich mit hochgezogenen Schultern beidhändig durch das schwarze Haar. Er lächelte Giuseppe an, dann ging er durch das Atelier zu Mirella. Aus anderthalb Metern Entfernung sprach er sie an und führte dabei wie zur Schmutzluftbeseitigung das Taschentuch über seine Lippen. Sie haben aber meine Bilder noch nicht gesehen, Kind, sagte er. Kommen Sie, kommen Sie rein. Wir machen eine Kavalierstour.

Sie ist verlobt, Casimiro, sagte seine Schwester.

Casimiro zwinkerte Mirella zu. Die Geister haben ihr den Verlobten entführt, sagte er. Die Ärmste braucht Trost.

Als sie nach hinten ins Atelier gingen, wobei Casimiro seinen Abstand beibehielt, wandte sich Giuseppe an Agata Giovanna. Sie hatte das Tablett und das Glas ergriffen und hielt beides vor ihren Bauch.

Und was ist mit Lucio passiert?, fragte Giuseppe. Ist der auch verschwunden?

Er dichtet, sagte sie.

Jetzt?

Sie warf ihm einen spöttischen Blick zu. Er dichtet doch immer, sagte sie.

Am ersten Abend aßen sie spät, eine üppige Lasagne, Vol-au-vents mit Hummer, panierte Koteletts mit Kartoffeln, Erbsen und Schinken sowie mit Sahne und kandierten Kirschen gefüllte Blätterteigpastete. Gedeckt war im Esszimmer, und Giuseppe sah zu, wie Casimiro vorsichtig die Füße um die Tischbeine schlang, um sich samt Stuhl an seinen Platz zu ziehen, ohne irgendwelche Flächen zu berühren. Er sorgte sich um seinen Cousin, dessen Phobie sich offenbar nicht gebessert hatte, und bedauerte ihn wegen der zweifellos damit einhergehenden Einsamkeit. Der Kerzenkronleuchter, unter dem sie aßen, war seit dem Tod seiner Tante nicht mehr angezündet worden, soweit sich Giuseppe entsann, und daraus schloss er, dass Agata Giovanna doch Eindruck auf Mirella machen wollte. Als alle satt waren, schmatzte Gio laut mit den Lippen, lachte über den Gesichtsausdruck seiner Verlobten und erbot sich, beim Abwasch zu helfen. Das Personal hatte schon Feierabend, und Agata nickte dem Jungen nur zu, doch Giuseppe sah ihr an, dass sie sich freute. An Mirellas Seite folgte er seinen Verwandten ins Wohnzimmer.

Es war ein kleiner eleganter Raum mit Casimiros Aquarellen an den Wänden, marmorgefliestem Fußboden und einem Eckregal voller Gedichtbände und esoterischer Texte zum Übersinnlichen. Giuseppe ging von einer Lampe zur anderen und schaltete sie an, als wäre er einer der Gastgeber. Casimiros Ecke auf der anderen Zimmerseite sparte er aus, denn sie war samt Sessel und Zeitschriften seinem Cousin vorbehalten, der sich auch selbst Licht machte.

Lucio setzte sich jedoch nicht zu Mirella auf das kleine Sofa, sondern zu Giuseppes Bestürzung auf die Klavierbank, schlug die Beine übereinander und stülpte die Hände übers Knie. Seine Schuhspitze berührte so gerade den Boden. Er wirkte auf Giuseppe angespannt und eindeutig verkrampft.

Du willst uns doch wohl nichts vorspielen, sagte Giuseppe.

Mirella wandte sich dem untersetzten Dichter zu. Sie sind auch Pianist?, fragte sie. Pianist und Dichter.

Lucio zuckte bescheiden die Achseln.

Er spielt den ganzen Parzival auswendig, rief Agata vom Esszimmer herüber. Das geht einem wirklich nahe. Wir müssen es uns Ende der Woche mal anhören.

Ganz am Ende, meinte Giuseppe.

Ganz, ganz am Ende, stimmte Casimiro bei.

Doch Mirella nickte begeistert. Das fände ich wunderbar, sagte sie.

Lucio blickte mit verschränkten Fingern und zuckendem Oberlippenbärtchen von einem Gesicht zum anderen, als nähme es ihn wunder, dass einer wie er solches Interesse hervorrief.

Allerdings ist er Autodidakt, rief Casimiro von seinem Sessel auf der anderen Seite herüber. Gar so viel dürfen Sie von meinem kleinen Bruder nicht erwarten, Kindchen.

Lucio komponiert auch, sagte Giuseppe. Wusstest du das?

Mirella sah ihn verwirrt an. Warum schmunzelst du?

Er schmunzelt, sagte Lucio mit seiner hohen Stimme, weil er das albern findet.

Unsinn, widersprach Giuseppe vergnügt. Mein geschätzter Cousin hat ein Magnifikat im Stil Malipieros so gut wie fertig. Und es ist hervorragend. Er hielt eine Hand hoch. Woher ich weiß, dass es hervorragend ist? Das weiß ich, weil er seit fünfundzwanzig Jahren daran schreibt.

Pardon, sagte Mirella. Ist das lange?

Casimiro lachte. Das kommt auf das Magnifikat an.

Lucio schreibt eine Sechzehntelnote im Jahr, sagte Giuseppe.

Kunst zu erschaffen braucht Zeit, schnaubte Lucio, die kleinen Augen fest auf das Mädchen gerichtet, als gingen sein Cousin und sein Bruder ihn nichts an. Aber bedenken Sie, meine Liebe, das Geschaffene währt ewig.

Ewig!, rief Casimiro aus.

Das wäre wirklich ein langes Magnifikat, sagte Giuseppe.

Ich würde gerne hören, was Sie bis jetzt haben, meinte Mirella.

Ach, das kriegen Sie schon zu hören, rief Casimiro. Keine Sorge.

Lucio wurde rot. Es wäre mir eine Ehre, sagte er. Nur ist es nicht fertig. Ich kann nun mal innerhalb eines Jahres keinen Roman schreiben wie mein Cousin. Aber ich finde nicht –

Einen Roman! Innerhalb eines Jahres!, rief Giuseppe aus. Du könntest dich glücklich schätzen, wenn du einen Satz im Jahr hinbekämst, Cousin.

Jetzt kam Gio vorsichtig mit einer angelaufenen Servierplatte voller Gebäck ins Wohnzimmer, die er direkt vor Giuseppe klappernd auf den niedrigen Tisch stellte. Ihm folgte Agata Giovanna mit einem kleinen Teller Gebäck für Casimiro, das sie zu ihm hinbrachte und neben ihm abstellte. Auf Gios Hemdbrust war ein kleiner Soßenfleck.

Der junge Mann setzte sich auf das kleine weinrote Sofa, legte den langen, dünnen Arm um Mirellas Schultern, und Giuseppe freute sich, sie so zu sehen, so jung und verliebt. Als Gio die Fußgelenke übereinanderschlug, erspähte Giuseppe leuchtend gelbe, schienbeinhohe Socken.

Hat man dir gesagt, dass es in der Villa spukt?, fragte Gio jetzt.

Mirella warf ihm einen bösen Blick zu. Das sagst du doch nur, weil du hier nicht schläfst.

Es stimmt aber, widersprach er. Frag Lucio.

Es stimmt, sagte Lucio.

Aber nicht so, wie man sich das vorstellt, warf Agata Giovanna rasch ein. Sie goss gerade englischen Tee in kleine Porzellantassen. Die Geister wollen uns nicht behelligen, Herzchen. Sie wandeln ganz in sich versunken unter uns. Wir sind es, die sie bedrängen.

Mirella blickte unbehaglich zu Giuseppe.

Hör nicht auf sie, flüsterte er theatralisch. Du bist in einem Irrenhaus. Mit denen kann man nicht vernünftig reden. Sie sind unverbesserlich.

Auch der Zweifel ist ein Glaube, Vetter, rief Casimiro von seinem Polstersessel aus durchs Wohnzimmer. Wir haben die Verstorbenen mit eigenen Augen gesehen, Kind.

Das stimmt, sagte Agata Giovanna.

Das stimmt, sagte Lucio.

Giuseppe öffnete hilflos die Hände. Da hast du's. Er lächelte Mirella an. Meine Verwandten wissen so viel über die Geisterwelt, dass ich ihnen nahegelegt habe, einen Baedeker darüber zu schreiben.

Mirella kuschelte sich in Gios Arm. Hatten Sie denn keine Angst?, fragte sie Agata Giovanna. Bei ihrem Anblick, meine ich.

Ein bisschen, erwiderte sie.

Wie haben sie ausgesehen?

Ja, sagte Giuseppe, erzähl mal. Wie sehen sie aus?

Die machen keine Angst, sagte Lucio. Sie sind wie wir, nicht ganz so deutlich, etwas unscharf in den Konturen. Man sieht sie nur von weitem. Hinten in einem langgezogenen Raum, am Ende eines Gangs oder auf der anderen Seite des Gartens. Sie möchten uns nicht stören. Sie stehen einfach im kommenden Leben, in der Welt jenseits der unseren. Das ist alles vollkommen natürlich.

Mirella erschauerte sichtlich.

Wenn man schon ans Jenseits glauben muss, meinte Giuseppe trocken, dann scheint mir die katholische Kirche eine überzeugendere Version zu haben.

Nur dass die Kirche an sich Unsinn ist, sagte Gio.

Fröhlich lächelnd nahm sich Giuseppe ein Gebäck.

Früher im Sommer, als eine staubige Hitze draußen auf die Markise von Renatos Restaurant knallte und die weich gewordenen Tischkerzen in Schieflage gerieten, kam Licy auf eine verrückte Idee.

Du findest das bestimmt verrückt, sagte sie.

Er lächelte. Freud war kein Freund von dem Wort.

Scht, sagte sie. Und erläuterte ihre Idee wie folgt: Sie und Giuseppe sollten Gioacchino offiziell als ihren rechtmäßigen Sohn und Erben adoptieren. Der Junge war unerträglich, unverbesserlich und ihnen beiden eine Freude. Durch die Adoption würde der alte Familientitel Herzog von Palma erhalten bleiben. Der größere Titel, Fürst von Lampedusa, ließ sich zwar nicht übertragen, doch Giuseppe bedeuteten das Herzogtum und die Asketen und Heiligen seiner Geschichte am meisten. Schweigend dachte er darüber nach. Außer ihrer Zuneigung hatten sie keinen echten Anreiz zu bieten. Das Vermögen der Lampedusa war längst vertan; dafür hatten sein ohne Testament gestorbener Urgroßvater Fürst Giulio und dessen neun habgierige Kinder gesorgt. Das wenige, was außer dem zerstörten Palast von dem großen Besitz übrigblieb, war schließlich ins Eigentum seiner Großtante Concetta übergegangen, und bei ihrem Tod im Jahre 1930 hatte sie es lieber ihrer verwitweten und kinderlosen Schwägerin vermacht, als zuzulassen, dass irgendetwas davon in die Hände ihres Neffen gelangte, Giuseppes Vater, den sie verabscheute. Jetzt war nichts mehr da. Giuseppe dachte über diese Toten und ihre erbitterten Streitereien nach, die das Gros seiner Erbschaft ausmachten. Andererseits wusste er, dass der schon jetzt vermögende, adlige Gio, dessen Eltern einen Teil des Jahres im Palazzo Mazzarino verbrachten, ohnehin ausgesorgt hatte; Geld spielte da keine Rolle. Er drehte sich auf dem knarrenden Stuhl und blickte auf die leeren Tische ringsum.

Er ist ja schon wie ein Sohn für uns, sagte seine Frau.

Giuseppe tippte kurz mit einem Finger an den Tisch. Du meinst, er isst ohne Einladung bei uns in der Küche.

Du weißt, was ich meine. Er ist genauso alt, wie unser Sohn jetzt wäre.

Wenn wir einen bekommen hätten.

Sie sah ihm ins Gesicht. Wenn wir einen bekommen hätten, ja.

Als er es sich in den Tagen darauf durch den Kopf gehen ließ, gefiel ihm die Idee sehr gut. Er hatte sich über Licy und seine versagende Gesundheit Gedanken gemacht, und die Vorstellung von einem Sohn und einer Schwiegertochter, die sie lieben könnte und die ihre Liebe erwiderten, gefiel ihm. Aber etwas an der Idee seiner Frau freute ihn auf einer Ebene jenseits der Vernunft. Gio war der jüngste Sohn seines Großcousins Fabrizio Lanza Branciforte, Fürst von Trabia und Butera, Herzog von Camastra, und damit wären auch die Titel dieser Familie gesichert. Gio und Mirella waren erst in den letzten paar Jahren in ihr Leben getreten, doch seitdem hatten sie das junge Paar fast jeden Abend gesehen, und das war für ihren zuvor so langweiligen, müden Alltag eine Wohltat wie das Öffnen aller Fenster in einem beheizten Raum. Die Welt war klarer, schärfer, lebendiger geworden.

Als sie Gio den Vorschlag unterbreiteten, hatte der junge Mann listig gegrinst und gesagt: Dann werdet ihr mich aber überhaupt nicht mehr los.

Und gelacht.

Es ist uns ernst damit, sagte Licy.

Der Junge nickte mit einem glücklichen Funkeln in den Augen. Mir auch, sagte er.

Das ging Giuseppe wunderbar ins Ohr, wie er da rauchend am Fenster stand. Sie waren zu dritt noch in dem stickigen Ballsaal in der Via Butera, auf dem Sprung zum Abendessen im Restaurant, wo sie sich mit Mirella und einer Freundin treffen wollten. Giuseppe wandte gerührt den Kopf zur Seite, schaute hinaus ins Abendlicht und drehte sich erst wieder um, als er sich gefasst hatte.

Was werden denn deine Eltern dazu sagen?, fragte Licy. Darauf kommt's an, Gioitto. Meinst du, sie sind einverstanden?

Die finden das bestimmt komisch, einen Erwachsenen zu adoptieren, sagte Giuseppe.

Und auch noch einen mit quicklebendigen Eltern, fügte Licy hinzu.

Gio strich nur mit einer Hand seine Hose glatt und verzog den Mund zu einem schiefen Lächeln. Es ist ja auch komisch, sagte er.

Auch Giuseppe lächelte. Ja.

Wir schreiben ihnen einen Brief, schlug Licy vor. Wir legen unsere Gründe dar.

Gio nickte. Und ihr werdet euch mit ihnen treffen müssen.

Ich habe deinen Vater seit fünfzehn Jahren nicht gesehen, sagte Giuseppe. Er war mir immer sympathisch. Für ihn gab es im Gegensatz zu vielen anderen nicht nur den Bellini Club. Er ist ein Mann von Intelligenz und Geschmack.

Schreib das mit in den Brief, sagte Gio grinsend.

Licy legte eine Hand auf das Sofakissen neben sich, als wäre der Platz für jemanden reserviert. Was wird Mirella davon halten?, fragte sie leise.

Gio lachte. Ach, die ist damit einverstanden. Vielleicht

überzeugt es sie sogar davon, dass ich nicht ganz wertlos bin.

Wenn du von uns adoptiert wirst, sagte Giuseppe, kommst du aber nah dran.

Zwei Tage später setzte sich Giuseppe hin und schrieb den Brief. Er war erstaunt, dass er das Vorhaben unverändert gut fand und ihm ohne Mühe die richtigen Worte einfielen. Vorab entschuldigte er sich für das merkwürdige Ansinnen, das hoffentlich kein Befremden auslöste. Es sei ihnen sicher bewusst, wie gern ihr Sohn ihn und seine Frau hätte, und er möchte sie darauf hinweisen, wie ähnlich Gioacchino ihm selbst sei, was seinen Humor und seine Freude am Lesen angehe. Er wisse nicht, ob eine solche Adoption gerichtlich anerkannt werde. Wenn aber der Fürst und die Fürstin einverstanden seien, wären Giuseppe und Alessandra bereit, den mühsamen und komplizierten Schriftverkehr auf sich zu nehmen. Ein amtlicher Bescheid, ob die Adoption gestattet sei – definitiv, ob ja oder nein –, könne noch vor Ablauf des Jahres eingehen.

Sie wurden gebeten, im Palazzo Mazzarino in der Via Maqueda zum Tee mit dem Fürsten und der Fürstin zu erscheinen. An einem sonnendurchfluteten Nachmittag empfing sie ein ehrwürdiger Diener, nahm ihnen Hut und Mantel ab, führte sie eine große Steintreppe hinauf, einen breiten Gang mit vergoldeten Spiegeln und armlehnenlosen Samtstühlen entlang und durch eine hohe Flügeltür in einen hellen Empfangsraum. Dort kam auch schon Gio in Hemdsärmeln auf sie zu, ein Grinsen im Gesicht, die Strubbelhaare in den Augen.

Sie warten in Vaters Arbeitszimmer auf euch, sagte Gio verschwörerisch. Guckt nicht so verängstigt. Ich glaub, die Idee gefällt ihnen.

Sehr schön, sagte Alessandra.

Giuseppe ließ die antike Einrichtung auf sich wirken, die elegante Stuckarbeit aus dem achtzehnten Jahrhundert und die nach Vergangenheit duftende kühle Luft, und dachte wehmütig an seinen eigenen geliebten Palast.

Gio führte sie durch eine zweite Tür, durch einen dunklen Ballsaal mit weiß verhangenen Möbeln, zur nächsten Tür hinaus und die nächste Treppe hinauf. Oben legte er die Hand auf den Messingknauf einer Tür und hielt inne.

Sie sind neugierig auf euch, sagte er.

Zu Recht, erwiderte Licy.

Vater erinnert sich an dich, sagte er zu Giuseppe.

Giuseppe lächelte trocken. Woran erinnert er sich?

An dein Schweigen, glaub ich.

Das ändern wir schon, sagte Licy. Lass uns reingehen, Gio.

Das Arbeitszimmer dominierte zu Giuseppes Überraschung ein riesengroßes weißes Ammonitfossil, das auf einem Tisch in der Raummitte stand. Vor den dunklen Bücherregalen und dem großen Nussbaumschreibtisch wirkte es fast wie ein aus sich selbst leuchtendes, intelligenzbegabtes Wesen.

Er sah Gios Mutter Conchita zuerst. Sie war so groß wie Licy, aber dünn, ihr langes, glattes schwarzes Haar straff zu einem Dutt zurückgebunden wie bei einer Flamencotänzerin. In ihrem knielangen, hinten geschlitzten weißen Bleistiftrock und der weißen Bolerojacke hätte sie die Frau eines Industriellen sein können, die zum Wochenende aus Rom gekommen war. Sie hatte etwas Grelles und Aggressives an sich. Als Spanierin führte sie seit zwanzig Jahren ein Außenseiterdasein in Palermo, und das machte sie Giuseppe auf Anhieb sympathisch.

Fabrizio stand hinter ihr, einen Kopf kleiner, löwenhaft, mit einem Backenbart. Auch wenn er Giuseppes Großcousin war, hatte er wenig mit ihm gemein – ein Mann, der den Einfluss seines ererbten Namens bewahrt hatte und seine Macht wie eine dicke goldene Armbanduhr trug, aber nicht als Blickfang, sondern halb vom Ärmel verdeckt. Sein kräftiger Händedruck tat weh. Drei Sessel standen vor dem Schreibtisch, und nachdem sie Platz genommen hatten, ging Conchita um den Schreibtisch herum und stellte sich mit undurchdringlicher Miene neben ihren Mann.

Gioitto hat erzählt, Sie möchten ihn uns wegnehmen, sagte sie. Meinen allerliebsten Jungen.

Ja, sagte Licy ohne die Spur eines Lächelns. Bekommen wir ihn?

Da war es erst einmal still. Giuseppe blickte hilflos zu Gio. Der Junge hatte doch gesagt, seine Eltern seien der Idee nicht abgeneigt, oder? Doch dann bemerkte er den Anflug eines Lächelns um Conchitas Lippen.

Ach, mein armer Junge, sagte sie. Ist er ein Waisenkind, dass Sie ihn bei sich aufnehmen möchten? Hat er keine liebenden Eltern?

Giuseppe sah Gioacchino grinsen.

Jetzt räusperte sich Fabrizio und verschränkte die dicken Finger vor sich auf dem Schreibtisch. Conchita legte ihm zur Unterstützung eine Hand auf die Schulter.

Als Erstes, sagte Fabrizio, stellt sich die Frage, ob solch ein Vorschlag für die Beteiligten überhaupt wünschenswert ist. Allem Anschein nach ist sich unser launischer Sohn sicher, dass er uns verlassen und sich Ihrer Familie anschließen möchte. Welchen Kummer er damit seinen armen Eltern bereitet, bedenkt er dabei kaum.

Arm bist du nie gewesen, Vater, flüsterte Gio vernehmlich.

Als Zweites, fuhr Fabrizio sachlich fort, wäre zu schauen, ob eine solche Adoption überhaupt zulässig ist. Ich bin mir nicht sicher, an wen man sich in derlei Fragen zu wenden hat. An das Appellationsgericht Neapel, nehme ich an.

Ja, sagte Giuseppe.

Fabrizio zögerte. Er strich den vor ihm auf dem Schreibtisch liegenden Brief glatt. Solch ein Beschluss kann Monate, wenn nicht Jahre dauern, sagte er. Es könnte unerhört kompliziert werden, und wir müssen uns fragen, ob das die Mühe wert ist.

Giuseppe nickte. Licy saß entspannt da und hörte mit stiller, kluger Aufmerksamkeit zu.

Die dritte Überlegung wäre, ob sich eine solche Adoption, so sie zulässig ist, positiv oder negativ auf die Zukunft unseres Sohnes auswirken würde.

Dann schwieg Fabrizio. Es war nicht direkt eine Frage, und Giuseppe wollte den Gedankengang des Fürsten nicht unterbrechen. Doch er war offenbar fertig.

Gioacchino würde einen Titel erlangen, sagte Giuseppe leise. Wie auch Ihre Nachkommen.

Noch einen Titel, meinen Sie.

Die Tomasi sind ein altes Geschlecht.

Ich weiß, was die Tomasi sind, Cousin.

Giuseppe nickte mit wohlbedachtem Ernst.

Wenn kein Erbe da ist, sagte Fabrizio, wird das Vermögen üblicherweise einem bevorzugten Verwandten hinterlassen. Adoption ist ziemlich extrem, oder?

Giuseppe, der so gut wie kein Vermögen zu vermachen hatte und dessen wichtigster Besitz ein unrettbar zerstörter Palast hinter einem verriegelten Tor in der Via di Lampedusa war, sagte nichts.

Sie wollen nicht das Vermögen bewahren, Fabrizio, warf Conchita behutsam ein. Es geht ihnen wohl um den Titel.

Für uns gehören Gioacchino und Mirella schon zur Familie, sagte Giuseppe. Sie waren uns in den letzten Jahren ein großer Trost.

Wir sind Gioacchinos Familie, sagte Fabrizio.

In der darauffolgenden Stille wurde Giuseppe rot. Verlegen blickte er zu Licy und hoffte auf ein Wort von ihr.

Aber Gio ergriff das Wort. Dabei sah er ernst und konzentriert aus, wie Giuseppe es nicht von ihm kannte. Er sagte: Nichts ändert sich, Vater. Ich füge nur Tomasi meinem Namen hinzu. Selbstverständlich seid ihr meine Familie. Wenn ich Mirella heirate, seid ihr immer noch meine Familie, nur gewinne ich dann ihre Familie hinzu. Und wenn ich Kinder bekomme, entsteht eine dritte Familie. Das ist bei jedem so, Vater. Die Adoption bringt nur eine Familie mehr in mein Leben.

Giuseppe empfand eine starke Bewunderung für den Jungen. Er wollte aufstehen, setzte sich jedoch abrupt wieder hin, als er sah, dass sich sonst niemand gerührt hatte. In der Ecke des Arbeitszimmers durchwanderten die Zeiger einer englischen Uhr tickend ihren Kreis. Das Licht verschob sich. Licy lächelte traurig.

Ihr Sohn ist auch dann noch Ihr Sohn, sagte sie. Nicht unserer. Nicht wirklich.

Gios Mutter sprach zuerst. Ist das dein Wunsch, Gioitto?

Ja.

Fürst Fabrizio, herrschaftlich und imposant hinter seinem Schreibtisch, fuhr sich mit der offenen Hand über den Backenbart, wobei seine Ringe das Licht einfingen. Dann stellen wir uns nicht dagegen, sagte er.

All das verstärkte Giuseppes Gefühl, dass sein Leben im Umbruch war, dass sich bedeutsame Ereignisse abspielten. Er hatte lange Zeit versucht, Veränderungen zu vermeiden, sich möglichst wenig von seinem Ausgangspunkt wegzubewegen. Und jetzt, mit der Fertigstellung seines Romans und der möglichen Adoption eines Sohnes, sah er sich in einen Spiegel schauen und erkannte das Gesicht, das ihm daraus entgegenblickte, nicht so ganz. Das beunruhigte ihn; zu seiner Überraschung merkte er aber auch, dass es ihm gefiel. So lebt einer wie Gioacchino immer, dachte er – im Augenblick, offen für das Mögliche, unvorbereitet.

Noch immer rang er beim Aufwachen manchmal nach Atem, als hätte in der Nacht ein Alp auf ihm gehockt, und dann saß er schwer auf die Knie gestützt in seinem Bett und keuchte im Schein der Nachttischlampe, und die Stapel halbgelesener Bücher um ihn herum warfen irre Schatten aufs Bettzeug. Diese Anfälle waren im letzten Monat schlimmer geworden. In Capo d'Orlando aber ließen sie nach, und er schaute den jungen Leuten zu, wie sie am

Frühstückstisch miteinander flirteten und sich neckten oder beim Stadtbummel den Blick nicht voneinander lassen konnten, so herzlich, so intensiv war das und doch noch keine Liebe, sondern erst die Faszination, die dahin führen konnte, und er hätte zu gern verstanden, was zwei Menschen zusammenbrachte. Doch es gelang ihm nicht. Das Herz war ein verschlossener Raum. Er konnte darüber nur staunen und es den Piccolos gegenüber, die kaum etwas mitbekamen, unerwähnt lassen. Es spielte keine Rolle. Er war glücklich. Er beobachtete Gio und Mirella und dachte über seine neuen Romanseiten nach, über die jungverliebten Tancredi und Angelica und ihr zum Scheitern verurteiltes Versteckspiel in den verlassenen Räumen von Donnafugata. Ihm wurde klar, dass es für seine Liebenden kein Happy End geben konnte und dass ihr Schicksal vielleicht noch näher erkundet werden sollte. Vielleicht war sein Roman doch immer noch nicht fertig.

Die Vorstellung machte ihm keine Angst und trübte nicht sein Glück. Das wunderte ihn. Er hatte gehofft, sein Roman sei vollständig, gehofft, jetzt bliebe nur noch abzuwarten. Und doch fand er die ganze Woche in Capo d'Orlando hindurch jeden Morgen neuen Stoff, den er im Kopf zu Sätzen formte, Sätzen, die er nicht aufschrieb, sondern in der Schwebe ließ, wenn er die Geschichte ans Licht hielt und sie gegen den Strich untersuchte. Er wusste nicht, warum er sie nicht in Ruhe lassen konnte. Casimiro lachte über seine Zerstreutheit, Lucio hänselte ihn beim Essen, und er wurde rot und lachte, hörte aber nicht auf.

Er hoffte immer noch, mit Lucio unter vier Augen über seinen Roman sprechen zu können. Aber immer, wenn er davon anfangen oder sich erkundigen wollte, wie sich die neuen Seiten lasen, stand sein Cousin gerade auf oder ging gerade aus dem Zimmer, und Giuseppe wusste nicht weiter.

Am Mittwochabend trug Lucio mit seiner Zitterstimme ein Gedicht von Browning vor. Mirella applaudierte; Gio stand auf und klatschte trocken.

Giuseppe bewunderte Browning zwar auch, erzählte Lucio aber seit Jahren, dass er Brownings Frau vorzog.

Ohne die Verse von Sappho und die Sonette von Elizabeth Barrett hätten wir keine Ahnung, worüber eine Frau im Bett nachdenkt. Dein guter Browning verdankt jegliche Einsicht seiner Gattin, Cousin.

Lucio errötete. Er sah zu Mirella hinüber, räusperte sich, scharrte mit den Füßen, beschäftigte sich mit dem Glas Wein in seiner Hand.

Als Lucio am nächsten Morgen nicht mit seinen Gästen frühstückte, weil er schrieb, stand Giuseppe von seinem Omelett auf und ging zu ihm. Die Tür des kleinen Schreibzimmers war geschlossen. Giuseppe klopfte zweimal leise an, dann öffnete er gereizt die Tür, denn er wollte am frühen Samstagmorgen abreisen und war mittlerweile nervös. Aber Lucio reagierte nicht. Die bestrumpften Füße auf einem Bücherstapel, die Augen mit einem Tuch bedeckt, lag er auf seinem rosa Sofa.

Ja, ich habe deine neuen Seiten, murmelte er, bevor Giuseppe seine Frage stellen konnte. Casimiro hat sie mir auf den Schreibtisch gelegt. Ich bin aber noch nicht dazu gekommen, sie mir anzusehen.

Darum ging es Giuseppe auch nicht. Er wollte wissen, wann sie mit einer Antwort von Mondadori rechnen könnten und wie die neuen Seiten am besten weiterzuleiten wären.

Cousin, sagte Lucio, indem er das Tuch von den Augen nahm und sich halb auf einen Ellbogen aufstützte. Ich arbeite gerade. Überlass mich meinem Gedicht. Wir können uns morgen noch unterhalten.

Mit einem Wink seiner hässlichen kleinen Hand entließ ihn Lucio, breitete das Tuch über die Augen und legte sich wieder hin. Und Giuseppe, besorgt, plötzlich verunsichert, entschuldigte sich und schloss die Tür hinter sich.

* * *

Danach wollte er niemanden mehr um sich haben. Er ging durch die Walderdbeeren unterhalb der Villa, wo das hohe, hellgrüne Gras ihm um die Schienbeine wischte, die Bienen in der Stille laut summten, und er löste die kleinen Beeren von den Blättern, drehte sie mit den Fingerkuppen ins Sonnenlicht, spürte ihre feine Festigkeit und erinnerte sich. Dann weckte der süße Geschmack seine Zunge, und er zog die Stirne kraus und ging weiter. Er versuchte, weder an den Roman noch an die Unhöflichkeit seines Cousins zu denken, und sagte sich, das eine habe sicher nichts mit dem anderen zu tun.

Da fiel ihm etwas ein, ein Nachmittag, an den er seit vielen Jahren nicht gedacht hatte, und dass die Walderdbeeren von Licys Anwesen in Stomersee, in den Wäldern des Nordens um Riga, auf ihren Lippen nach Sizilien schmeckten. Das war ihr erster Kuss gewesen. Ein Hauch der Insel seiner Herkunft. Da waren sie noch beinah jung gewesen und hatten sich zaudernd zu einer merkwürdigen, ernsten Liebe vorgetastet.

Das war im Spätsommer 1930, als die alte Welt Europas gerade erst Feuer fing, aber noch nicht brannte. Er war fünfunddreißig Jahre alt. Es war sein erster Besuch im Norden, in Lettland. Jetzt sah er wieder das bernsteinfarbene Licht im Raucherwaggon vor sich, wie es über die Backenbärte der alten Russen kroch. Und er erinnerte sich an die Durchfahrt durch den tiefen, stummgeschneiten Kiefernwald nahe der Sowjetgrenze, die er im Speisewagen bei Pasta mit Prosciutto erlebte. Das. Und die schneidende Augustluft im Getöse zwischen den Wagen, und die unwirsche Verständigung der polnischen Gepäckträger auf den Bahnsteigen von Kaunas, als sie am Abend vorbeiratterten. Auf der ganzen langen Reise war er sich vorgekommen wie jemand, der sich aus dem eigenen Leben stiehlt, und hatte den Gedanken genossen, dass niemand im Zug wusste, wie er hieß, wo er herkam und wer er war. Ein Tag, eine Nacht und ein zweiter Tag vergingen, ohne dass er mit einem anderen Menschen gesprochen hätte, es gab nur Blickkontakte und höfliches Nicken, und auch das gefiel ihm.

Die Gleise liefen weiter nordwärts, immer nordwärts, als suchten sie den kommenden Winter.

Alessandra holte ihn nicht am Bahnhof Riga ab. Große, trübe Pfützen reichten bis an die Holzbauten heran. Trotz der späten Stunde erfüllte ein vom Horizont heraufscheinendes metallisches Licht die Straßen, ein heller Zinkglanz, den Giuseppe unbeschreiblich schön fand. Im Dampf und Qualm des Zuges stand er auf dem langen Bahnsteig, während die Reisenden mit ihren Kleiderbündeln, ihren Hühnerkäfigen an ihm vorbeiströmten, und blickte mit herabhängenden behandschuhten Händen unterm Hutrand hervor in den Abendschein wie ein von der Welt Überwältigter.

Er war trotz der vielen Menschen allein.

Zuerst wusste er nicht, was tun. Er kam sich hilflos und dumm vor, fragte sich, ob er sich vertan hatte, am falschen Bahnhof ausgestiegen oder im falschen Monat nach Riga gekommen war. Er hatte Licy seit drei Jahren nicht gesehen – seit sein Onkel Pietro von den Faschisten nach Rom zurückgerufen worden war –, und obwohl sie sich zunehmend vertrauliche Briefe geschrieben hatten, befürchtete er plötzlich, ihre wiederholten Einladungen, sie in Lettland zu besuchen, seien zuletzt weniger leidenschaftlich, weniger ernst gemeint gewesen. Hatte er sie vielleicht missverstanden? Steif blieb er neben seinem kleinen Gepäckstapel stehen, während sich der Bahnsteig leerte, während der Zug davonfuhr, während der Bahnbeamte mit seinem klirrenden Schlüsselring die Gleise entlanglief und den Boden absuchte, als hätte er Kleingeld verloren, und allmählich fragte sich Giuseppe, ob er nicht an Ort und Stelle ein Ticket kaufen und noch am selben Abend zurück nach Berlin fahren sollte.

Doch als er im zunehmenden Dunkel auf die andere Seite schaute, sah er jemand anderen dort stehen, einen betagten, krummrückigen Letten in schlabbernder Jacke. Giuseppe wusste sofort, dass es ein Diener war.

Der Mann näherte sich nervös, tippte an seine Mütze und grüßte in einer kehligen Sprache, die Giuseppe nicht verstand.

Ich bin Giuseppe Tomasi, sagte er ruhig. Sind Sie aus Stomersee?

Stomersee, wiederholte der Alte.

Sollen Sie mich nach Stomersee bringen?

Stomersee, ja, Stomersee.

Als Erstes fiel Giuseppe auf, wie die Hände des Mannes in den Ärmelaufschlägen der Jacke versanken, als hätte er die Montur geborgt, und dann, wie vorsichtig er mit den schweren Stiefeln durch die Pfützen stieg, als wollte er sie schonen.

Er war ohne Begleitung gekommen. Natürlich konnte ein so alter Diener, falls es denn einer war, Giuseppes Koffer nicht alleine schleppen; der Gedanke war ihm seltsam unangenehm, hatte er doch sein ganzes Leben im Milieu von Herrn und Dienern zugebracht, und zu seiner eigenen Überraschung eilte er dem Mann zu Hilfe und verstaute mit ihm zusammen das Gepäck im Kofferraum eines langen, silberfarbenen britischen Automobils.

Dann kurbelte der Alte den Motor an, schaltete die Scheinwerfer ein, setzte sich ans Steuer und fuhr auf der gewundenen Straße zwischen den dunkler werdenden Bäumen ganz langsam aus Riga hinaus.

Die großen Zimmer im Gutshaus des Barons in Stomersee erstrahlten im neuen elektrischen Licht. Alessandra kam in einem blauen Kleid, mit hochgebundenen Haaren die große Flügeltreppe hinab, ließ die bloße Hand elegant an der Holztäfelung entlanggleiten und lächelte ihn mit unverhohlener Freude an. Er bemerkte an ihr eine Ruhe und ein feines inneres Licht, die in London nicht präsent gewesen waren.

·

Er hatte vergessen, wie attraktiv sie war. Da ihn das alles überraschte, konnte er sie erst einmal nur scheu anlächeln und wusste nichts zu sagen.

Ich hätte nicht gedacht, dass Sie kommen, sagte sie sanft und schwebte auf ihn zu. Jetzt sind Sie nicht mehr in Sizilien.

Nein, sagte er. Nun ja.

Giuseppe Tomasi, sagte sie.

Er lächelte, schluckte. Er wollte ihr sagen, die Förmlichkeiten seien unnötig, ließ es aber sein.

Sind Sie müde von der langen Reise? Sie schaute ihm mit der Intensität einer Schauspielerin in die Augen, als sie das sagte, und auf einmal spürte er die Stille des Schlosses um sie herum, spürte ihre Nähe und errötete.

Giuseppe, sagte er schließlich. Für Sie bin ich einfach Giuseppe.

Giuseppe, sagte sie, als koste sie den Namen auf ihren Lippen.

Da fiel es ihm ein, und er blickte nach oben, doch ihr Mann war nicht zu sehen.

André ist heute Abend nicht hier, sagte sie mit einem kleinen Lächeln, aus dem Giuseppe nicht ganz klug wurde. Natürlich lässt er Sie grüßen. Er möchte uns die Gelegenheit geben, unsere Bekanntschaft unter vier Augen zu erneuern.

Giuseppe brummelte verwirrt und erfreut irgendeine Höflichkeit.

Aber schauen Sie doch nicht so verängstigt!, sagte sie und lachte. Morgen früh werden Sie ihn sehen. André ist vieles, doch zuallererst und jederzeit ein Gentleman.

Damit hakte sie ihn unter und führte ihn in ein hell erleuchtetes Wohnzimmer, an schönen antiken Möbeln vorbei und hellen Eichenregalen mit Büchern auf Deutsch und Französisch, durch ein rundes Arbeitszimmer im Erdgeschoss eines Turms und von dort in den eleganten Speisesaal des Schlosses mit vier hohen Fenstern, die auf den Park im Dämmerlicht blickten und in dessen zarten Empirestuck das Lampenlicht Schatten grub. Im Gehen sagte sie: Aber heute Abend sind wir nur zu zweit. Haben Sie schon gegessen?

Hm. Nur eine Kleinigkeit im Zug.

Mit dem Zug bin ich schon gefahren. Das ist kein Essen.

Dann habe ich noch nicht gegessen, nein.

Alessandra strahlte ihn an. Sehr gut. Dann speisen wir erst mal. Und danach erzählen Sie mir alles über das Leben mit Ihrer Mutter im warmen Süden.

Mit meiner Mutter? Das ist kein Leben, Alessandra.

Und sie lachte schurkisch.

So ging es die ganzen zwei Wochen, erinnerte er sich. Als wäre etwas von Licys Kühnheit auf ihn übergegangen, ihm zu eigen geworden und hätte sein Wesen verändert, so dass er sich offener mit ihr unterhielt und auch laut über das Absurde an seiner Situation lachen konnte. Sie standen früh auf, trafen sich, gingen jeden Morgen auf den weiten Rasenflächen spazieren, picknickten am Uferhang des Sees, redeten von früh bis spät. Giuseppe hatte erst eine Frau im Leben kennengelernt, deren Denken ihn so in allem faszinierte, und das war seine Mutter. Doch Licy, die Sprachwissenschaftlerin, kannte sich in der gesamten europäischen Literatur aus, und mit ihr konnte er sich zwanglos über Stendhal, Dickens, Balzac und Yeats unterhalten. Am zweiten Morgen erzählte sie ihm von einem deutschen Leutnant, der sie auf langen Spaziergängen mit einer neuen wissenschaftlichen Disziplin namens Psychoanalyse bekanntgemacht hatte. Sie hatte diesen Offizier geliebt, gestand sie, und dass er bei Kriegsende zu seiner Frau nach Berlin zurückgekehrt war, hatte ihr junges Herz gebrochen. Damals war sie dreiundzwanzig und hatte noch nicht gewusst, dass sie leben konnte, wie sie wollte, statt leben zu müssen, wie sie sollte. Sie hatte Freud persönlich gekannt und in Wien Psychoanalyse studiert und sich dort einem Lesekreis von lyrikinteressierten Frauen angeschlossen, deren jede behauptete, vor dem Krieg Rilkes Geliebte gewesen zu sein. Das schockierte sie; dann schockierte es sie nicht mehr; dann schockierte sie anscheinend nichts mehr. Sie hatte die überraschende und reizende Angewohnheit, eine lose Haarsträhne vom Nacken um ihren Finger zu drehen, wenn sie von früher erzählte, so dass Giuseppe in der Frau, die sie war, einen Blick auf das Mädchen, das sie gewesen war, zu erhaschen meinte. Ihr Vater war Baron gewesen, und sie hatte sich dem zusammengebrochenen russischen System zutiefst verbunden gefühlt. Ihr Mann André war einer der wenigen zaristischen Offiziere, die den deutschen Sieg in der Schlacht an den Masurischen Seen überlebt hatten, und vielleicht hatte sie sich in diesen Umstand verliebt, doch ihre Ehe war keine glückliche gewesen, auch wenn er noch eine große Zärtlichkeit zwischen ihnen bemerkte. Sie schliefen getrennt, erzählte Licy eines Morgens dem heftig errötenden Giuseppe.

Und fügte zu seiner Zerknirschung leise hinzu: Ich brauche nicht mal nachts meine Tür abzuschließen. Sie liebte ihr freiherrliches Schloss in Stomersee, seine Türmchen, seine Freitreppe, die märchenhaften Giebel seiner Dächer. Ihr Vater hatte es nach einem verheerenden Brand in den ersten Jahren des zwanzigsten Jahrhunderts von einheimischen Arbeitern getreu der alten lettischen Handwerkskunst wiederaufbauen lassen. Von diesen Lettländern sprach sie verächtlich, insbesondere von dem alten Diener, der Giuseppe am ersten Abend vom Bahnhof abgeholt hatte. Dieser Mann hatte Alessandras Familie siebzig Jahre lang gedient, hatte ihren Urgroßvater gekannt.

Und ob er faul ist, und waschen tut er sich auch nicht, sagte sie empört. Ich weiß nicht, was ich mit ihm machen soll.

Aber später, als sie dachte, sie sei allein, sah er, wie sie sich über den Alten beugte, der an einem Waschbecken eingeschlafen war, und ihm sanft die Bürste aus der runzligen Hand nahm und ihm ein kleines Kissen unter den Kopf schob.

André selbst, Licys Mann, war reine estländische Eleganz und Höflichkeit. Morgens setzte er sich mit ihnen in den sonnigen Hof, trank seinen Kaffee und rauchte seine russischen Zigaretten mit den zarten Fingern eines Herrn, der gerade von der Kur in Baden-Baden zurück war. Giuseppe hätte nicht gedacht, dass er seine Gesellschaft so genoss. Zu dritt fuhren sie nach Marienburg, und im weichen Gras der berühmten Insel im See aßen sie eine goldbraun gebackene, mit Butter und Kräutern verfeinerte Kulebjaka mit Ente und Sellerie. Am nächsten Nachmittag fuhren sie erneut hinunter in den Ort Stomersee, und Giuseppe verschlugen die scheinbar endlosen, herrlich duftenden Wälder die Sprache. In der zweiten Woche seines Aufenthalts wollten sie nach Petschory in Estland fahren, um dort das russische Kloster zu besuchen, doch André konnte seine Fahrzeugpapiere nicht vorweisen, und die Russen schickten sie an der Grenze zurück.

Abends aber fuhr der Baron oft alleine mit dem Wagen los, und Licy sprach seine nächtlichen Ausflüge nicht an, und Giuseppe fragte nicht danach.

Er hatte Verständnis für ihre Verschwiegenheit, wenn er auch den Grund nicht kannte, und war seit jeher der Meinung, dass solches Fürsichbehalten zu respektieren sei. Er selbst war auch nicht über Geheimnisse erhaben: Den Grund für seine Lettlandreise hatte er seiner Mutter nicht genannt, und das wiederum hatte er Licy nicht gesagt, wenngleich er annahm, dass sie es wusste. Seiner Mutter hatte er erzählt, er wolle sich mit einem alten Gefährten aus der Kriegsgefangenschaft in Szombathely treffen und mit der Bahn die neuen sowjetischen Grenzgebiete bereisen, um zu sehen, was die Bolschewiken von der alten Ordnung bewahrt und für die neue zerstört hatten. Wenn sie ihm nicht glaubte, behielt sie es für sich.

Licy hatte ihn in dieser ersten Woche zwischen den Walderdbeeren geküsst. Das wusste er, konnte sich aber nicht genau erinnern, wie es dazu gekommen war, wo sie hingegangen waren, was er gerade gedacht hatte. Stattdessen fiel ihm der sonnige Pflastersteinhof ein, der kleine schmiedeeiserne Tisch, an dem sie frühstückten und der aussah, als stammte er aus einem Café am Südufer der Seine, und wie Licy in einem weißen Kleid am letzten Morgen mitten im Satz innegehalten und, um eine Aussage zu unterstreichen, seine Fingerknöchel berührt hatte.

Ein Schock durchfuhr ihn in dem Augenblick, der Schock einer ungeahnten plötzlichen Intimität. Er hatte sie verblüfft angeschaut, ohne etwas zu hören.

Monate später, wieder in Palermo, ertappte er sich dabei, wie er verträumt und leer im Kopf auf die von ihr berührte Hand sah, seine andere Hand darauflegte, leicht zudrückte und die Wärme ihrer Finger in den eigenen spürte.

Eines Tages, als das Mädchen die Post ins Frühstückszimmer auf Stomersee brachte und er aus einem Brief seines Onkels Pietro erfuhr, wie verstimmt seine Mutter wegen des ärgerlichen Russlandausflugs war, warb er unwillkürlich um Licys Verständnis für sie.

Bis dahin hatte er wenig von seiner Mutter erzählt. Ihm war klar, dass Licy durch ihre eigene Mutter schon vom schwierigen Charakter der seinen gehört hatte, denn Beatrice war unermüdlich über sie hergezogen, nachdem Onkel Pietro seine Verlobung mit ihr bekanntgegeben hatte.

Sie hat eben Furchtbares durchgemacht, sagte er. Wegen ihres Kummers ist sie so schwierig.

Kummer erleben wir alle, sagte Alessandra.

Solchen nicht, erwiderte er.

Vielleicht liegt es daran, dass sie ihn nicht direkt angeht, sagte sie.

Hm.

Trauer und Kummer sind Prozesse. Sie laufen ganz natürlich ab. Man kann sie nicht einfach ignorieren.

Er war erst einmal still, dann sagte er: Sie hat innerhalb

weniger Jahre drei ihrer vier Schwestern verloren. Sie standen sich sehr nahe. Und zur gleichen Zeit, als ich geboren wurde, starb meine einzige Schwester an einem Fieber. Sie können sich nicht vorstellen, wie sie gelitten hat.

Da haben Sie recht.

Sie will nicht so hart sein. Aber mein Gott, sie kann einen schon zum Wahnsinn treiben.

Licy räusperte sich und trank einen Schluck aus der kleinen Tasse mit ihrem starken Morgenkaffee. Sie war zu intelligent, um seinem letzten Satz beizupflichten und damit eine Position einzunehmen, in der er sie gar nicht haben wollte. Er bereute seine Worte sofort.

Ihre Mutter hat ein großes Herz, sagte Licy einfach. Sie muss viel Liebe in sich tragen.

Wieso sagen Sie das?

Weil sie so überwältigt ist.

Ja, sagte er und sah sie mit einem Gefühl unerhörter Dankbarkeit an. Ich glaube, das stimmt. Auch wenn sie Ihnen wahrscheinlich nicht recht geben würde. Ich glaube, sie fände die Bemerkung lächerlich.

Weil sie von mir kommt, meinen Sie.

Er lächelte verwirrt. Das verstehe ich nicht.

Nein?

Warum sollte es eine Rolle spielen, dass Sie es gesagt haben?

Ach, Giuseppe, Ihre Mutter hat so viele geliebte Menschen verloren. Es wird ihr nicht gefallen, Sie auch noch zu verlieren.

Lucy hätte ebenso gut aufstehen und ihn ins Gesicht schlagen können, so überrascht war er. Er begegnete ihrer

Unverblümtheit, indem er durch die sonnenhellen Fenster auf die Bäume gegenüber dem Rasen schaute, während ihm das Blut zu Kopf stieg. Nichts in der palermitanischen Gesellschaft hatte ihn auf solches Klartextreden vorbereitet. Licy schnappte sich das, was sonst unausgesprochen blieb, und schüttelte es aus wie ein verknittertes Hemd. Eingeschüchtert, befürchtete er plötzlich, seine Hand könnte auffällig zittern, wenn er die Kaffeetasse zum Mund hob, und so blieb er mit auf dem Schoß verschränkten Fingern und übereinandergeschlagenen Beinen sitzen und wusste nichts zu sagen.

Licy rührte unterdessen mit dem kleinen Löffel ihren Kaffee um, trank entspannt ein Schlückchen und wechselte das Thema, als hätte sich nicht gerade eine leuchtende Tür zu einer möglichen Zukunft aufgetan.

Stomersee fühlte sich in jenem ersten Winter merkwürdig nah an. Er war noch keine vierzehn Tage wieder in Palermo, als Licys erster Brief eintraf. Seine Mutter hatte ihm den Umschlag wortlos eines Morgens beim Frühstück gereicht, und er hatte sich die blaue Tinte angesehen, den eleganten Schwung der Schrift, und das Kuvert hatte in seinen Fingern zu zittern angefangen. Ihm war heiß im Gesicht geworden. Als er den Blick hob, sah er, dass seine Mutter ihn mit angewiderter Genugtuung anschaute, doch sie rügte ihn nicht und verlor nie ein Wort darüber, und das fand er jetzt im Nachhinein am schlimmsten. Schweigen und Beschämung waren immer schon ihre Waffen gewesen.

Er könne ohne weiteres im Frühjahr wieder in den Norden kommen, teilte ihm Licy in diesem ersten Brief mit. Ich möchte Sie gerne bald wiedersehen, schrieb sie auf Französisch. Ich für mein Teil denke ohne Unterlass an Ihr Stomersee und seine Schönheit, antwortete er auf Deutsch. Sie schreiben wie Kleist, zog sie ihn auf. Ach, die Tage vergehen dennoch wieder wie gehabt, einer nach dem anderen, grau und stumpf und bummelig wie Schafe, schrieb er ermutigt auf Deutsch. Sie müssen noch einmal zu mir kommen, erwiderte sie in ihrer gebieterischen Handschrift. Meine liebe Licy, seit fast zwei Tagen habe ich nichts von Ihnen gehört, ich hoffe, es ist alles gut, schrieb er ihr im darauffolgenden Frühling. Giuseppe! Gestern gleich zwei Briefe von Ihnen!, schrieb sie zurück; mir scheint, wir beide allein bewahren das europäische Postwesen vor dem Bankrott. O Licy, hier in Palermo kann ich leben, wie es mir gefällt, zumindest nachmittags, schrieb er ihr auf Englisch, da er sich nicht traute, seine Mutter direkt zu kritisieren. Mein lieber Sizilianer, Sie sind zwar übermorgen schon in Riga, und ich weiß, dass Sie das hier erst lesen können, wenn Sie mich wieder verlassen haben, aber ich konnte nicht warten, ich musste Ihnen schreiben, schrieb sie später in jenem Sommer aufgeregt. Und nach dem ekstatischen zweiten Besuch, nach seiner Rückkehr nach Italien, war nichts an seinen Briefen mehr dasselbe: O mein Leben, meine Schönheit, mein Engel, meine süße Geliebte; Du Gute, Du Schöne, Du Angebetete, Deine Gedanken sind so süß wie Deine Küsse und die Schönheit Deines Körpers im Regen.

Und so ging es weiter, die Monate, die Jahre hindurch, Brief für Brief.

Auch nachdem sie geheiratet hatten.

Das war in Riga, im August 1932. Er hatte Angst gehabt,

das seiner Mutter in Palermo zu sagen, und hatte es ihr am Tag der Hochzeit schriftlich mitgeteilt. Sie schrieb nicht zurück. Sie hatten spät und aus Liebe geheiratet, doch weil er es letztlich nicht ertragen konnte, fern von seiner Mutter zu leben, und weil Licy es nicht ertrug, bei ihnen zu leben, lebten sie bis zu den finsteren Jahren des Zweiten Weltkriegs getrennt. Seine Angetraute durchwanderte die Räume ihres Geistes in Stomersee, führte das Studium der Psychoanalyse fort, schrieb Giuseppe täglich von ihren Entdeckungen. Und Giuseppe lebte mit seiner Mutter in dem Palast in Palermo, verschlang Bücher, dachte nach, schrieb Briefe. Allmählich kühlte sein Verlangen ab, verwandelte sich in etwas Stilleres, eine Art Kontrapunkt, auswerfen, warten, einholen, bis es für ihn nichts Kostbareres gab als die Gewissheit, dass irgendwo in den kühlen grünen Wäldern des Nordens wie einem Märchen entsprungen ein empfindsames und verständiges schönes Wesen lebte, mit dem sein Schicksal verknüpft war. Er war nicht allein auf der Welt.

Der Freitag brachte eine drückende Spätsommerhitze.

Casimiro hatte einen Ausflug auf einer privaten Motorjacht organisiert. Sie war in Frankreich von einem der Malerei zugeneigten adligen Industriellen in Auftrag gegeben worden, einem Herrn mit Grundbesitz auf Sizilien, und Giuseppe bewunderte die blitzenden Mahagoniplanken, die Messingbeschläge und den französischen Matrosen in geplättetem Weiß, der ihnen über die Gangway an Bord half. Der Eigentümer sei im Monat zuvor von Rom nach Paris geflogen, erklärte Casimiro, und das sei schade, denn Giuseppe hätte ihn sicher amüsant gefunden.

Er hat ein Holzbein, sagte er trocken lächelnd, als er sich auf der Polsterbank hinten im Boot niederließ.

Giuseppe, ein Buch unterm Arm, einen kleinen Esskorb in der Hand, blieb kurz auf der Rampe stehen. Vom Krieg, nehme ich an?

Agata tauchte hinter ihm auf und glitt behende an ihm vorbei. Über ihre Schulter hinweg sagte sie: Don Franzetta war '38 in Arabien, bevor der Krieg anfing. Sein Jeep überschlug sich und ging in Flammen auf. Er war darunter eingeklemmt.

Der Ärmste, sagte Mirella.

Agata Giovanna schüttelte entschieden den Kopf. Arm? Der hätte verbrennen sollen.

Giuseppe folgte ihr die Rampe hinauf und taumelte ungelenk über die Reling an Bord.

Casimiro, der abseits von den anderen stand, lächelte zu Mirella hinüber. Sie trug zur pinkfarbenen Caprihose ein über dem glatten Bauch verknotetes weißes Hemd, und Giuseppe fand, mit ihrer Sonnenbrille sah sie wie ein Filmstar aus.

Franzetta schwimmt schneller als Lucio, sagte Casimiro zu ihr, und ich wette, Ihnen könnte er noch davonlaufen, Kind. Außerdem hat ihn das Bein vor dem Krieg bewahrt. Den Mann braucht man nicht zu bemitleiden.

Giuseppe hatte sich über die Pläne für den Tag gefreut. Er wollte gern mit Lucio über die neuen Seiten sprechen und bereden, wie es mit seinem Roman weitergehen sollte. Hier auf der kleinen Jacht konnte sich Lucio schlecht verstecken. Er war enttäuscht, Lucio nicht schon an Bord zu sehen.

Lucio?, sagte Agata Giovanna auf seine Frage hin. Der ist doch wegen seiner Kopfschmerzen in der Villa geblieben.

Besser, er hat Schmerzen als wir, schmunzelte Casimiro.

Ich nehme an, er will bloß arbeiten. Kennt man ja.

Das alles verdaute Giuseppe schweigend.

Er schreibt immer, sagte Mirella.

Und sorgt dafür, dass wir's erfahren. Gio schwang sich in Shorts und offenem Hemd aus der Kabine und lachte.

Agata ging unter Deck, um den Essenskorb zu verstauen und die Wasserflaschen abzustellen, und Mirella, die ihr folgte, drängte sich unnötig dicht an Gio vorbei. Auf der Trittleiter hielt sie sich gut am Geländer fest und schob sich mit der freien Hand die Haare aus den Augen. Die Männer setzten sich hinten ins Boot, und Giuseppe rückte in der grellen Sonne seinen Hut zurecht und sah dem Matrosen zu, der die Maschinen anließ, die Leinen prüfte und langsam und vorsichtig die Jacht rückwärts vom Jachthafen ins Hafenbecken steuerte. Heiße Sonne auf dem Wasser, kühle Brise. Dick und zäh glitt die schwarze See im Bootsschatten dahin, das Toppsegel knatterte im Wind. Während der Rumpf im leichten Wellengang abhob, aufschlug und wieder abhob und die Jacht Fahrt aufnahm, schloss Giuseppe die Augen. Irgendwie hatte er das Meer immer gemocht, und er nahm an, diese Vorliebe gehörte zu seinem älteren, eigentlichen Ich, das von der Vaterseite auf ihn gekommen war.

Später, als die Hitze auf sie niederprallte und Gio gelenkig wie eine Katze im vorderen Teil der Jacht ein Handtuch ausbreitete, krempelte Giuseppe die Ärmel hoch, streckte die Arme von sich, legte den Kopf zurück und schloss die Augen. Was hat denn dieser Franzetta in Arabien gemacht?, fragte er seinen Cousin, als wäre keine Zeit vergangen.

Franzetta? Casimiro blickte aus halb zusammengekniffenen Augen herüber.

Dein Freund. Dem die Jacht gehört.

Geforscht hat er, sagte sein Cousin. Franzetta sieht sich als Amateurarchäologen. Er hatte die Vorstellung, da läge eine Stadt unterm Sand, und die wollte er finden.

Hat er sie gefunden?

Bitte?

Seine Stadt. Ob er sie gefunden hat.

Die nicht, sagte Casimiro. Er nahm eine Sonnenbrille aus der Tasche und setzte sie auf, erklärte aber nichts weiter.

Der Himmel war wolkenlos blau, und in der Ferne trug das Meer die Schemen felsiger Inseln. Auf den Schifffahrtswegen weit draußen im Westen war ein schweres Frachtschiff unterwegs.

Eine Stadt unterm Sand, sagte Giuseppe leise.

Er schlief ein, und als er aufwachte, stand die Sonne hoch, und das Licht hatte sich verändert. Sie waren in eine Gruppe namenloser kleiner Felseninseln hineingefahren, die schartig und unergründlich aus dem Meer ragten. Auch Casimiro schlief auf seiner Bank. Dort zwischen den Klippen erschien die Menschenwelt uralt und unnahbar, und am höchsten Punkt einer Insel erblickte Giuseppe eine einzelne steinerne Fischerhütte, die vielleicht seit Jahrtausenden da stand, sonst aber keine Spur von Leben. Die Luft war still. Nirgends Vögel. Gio lag goldbraun ausgestreckt auf seinem Handtuch am Bug. Giuseppe stand benommen auf und ging nach unten. In der kleinen Kabine war es kühler. Mirella und Agata Giovanna spielten Karten am Tisch, und Giuseppe quetschte sich in seine Koje und schaute eine Zeitlang still zu, bis Agata Giovanna plötzlich sagte: Erinnerst du dich an den Wissenschaftler, der vor dem Krieg verschwand?

Er schüttelte den Kopf. Wen meinst du?

Marjorana. Der von der Fähre gesprungen ist. Mirella hat nie davon gehört, und ich wusste nichts Genaues mehr.

Hm.

Ist er nicht hier in der Nähe verschwunden?

Giuseppe wischte sich die Stirn. Er versuchte, sich zu erinnern. Das war ein Arzt, glaub ich, sagte er.

Genau.

Mit Geheimsachen der Regierung befasst.

Agata Giovanna runzelte die Stirn. Das glaub ich nicht, Giuseppe. Die wollten das vielleicht.

Und deshalb hat er sich umgebracht?, fragte Mirella.

Falls er sich umgebracht hat, sagte Giuseppe. Eine Leiche wurde nie gefunden. Er verschwand einfach.

Stimmt. Da gab es Unklarheiten.

Sie haben nach ihm gefahndet. Auf Sichtungen war eine Belohnung ausgesetzt.

Ja.

Giuseppe hob das Gesicht und sah durch die kleinen Fenster auf das schimmernde Meer, die vorbeiziehenden Inseln. Hier in der Nähe ist er verschwunden? Ich dachte, es war näher an Neapel.

Agata Giovanna zuckte die Achseln, legte eine Karte auf

den Tisch und lächelte Mirella an. Noch mal?, fragte sie. Die jüngere Frau nahm die Karten und fing an zu mischen. Da ihn beide nicht zum Mitspielen einluden, ging Giuseppe bald wieder nach oben und kehrte zu seinem Platz im Heck der Jacht zurück. Casimiro war wach.

Du hast gehofft, Lucio wäre hier, damit du ihn nach deinen neuen Seiten fragen kannst, sagte sein Cousin. Du hast ihn immer noch nicht zu fassen gekriegt. Er strich sich mit der Hand über die Kehle. Mich hast du nicht gefragt, was ich davon halte.

Wovon?

Von den neuen Seiten.

Die ich Lucio mitgebracht habe? Hat er sie gelesen?

Casimiro rückte seine Sonnenbrille zurecht und drehte träge das Gesicht in der Hitze. Das kann ich dir nicht sagen, antwortete er. Interessiert dich meine Meinung nicht?

Giuseppe schloss plötzlich reizbar die Augen. Die blauen Schatten seiner Lider schienen im Takt mit der Jacht zu schaukeln. Deine Meinung, sagte er. Du hast doch behauptet, du hast keine Meinung.

Das hört sich nicht nach mir an.

Du seist nur ein armer Farbarbeiter, hast du gesagt –

Sein Cousin schnaubte.

– und kein Literaturkritiker.

Ich glaube nicht, dass ich das so gesagt habe.

Giuseppe schlug die Augen auf und setzte sich gerade. Er sah auf das blaue Meer, den schneeweißen Schaum des Kielwassers hinter der Jacht. Sie näherten sich jetzt kleinen Felseninseln, und der Matrose stellte die Maschinen ab, so dass sie seitwärts im warmen Meer trieben. Hier kann man gut schwimmen, rief ihnen der Matrose zu. Gio und Mirella erhoben sich steif am Bug und zogen sich bis auf ihre Badesachen aus.

Wie fandest du sie denn?, fragte er schließlich.

Casimiros Spiegelgläser drehten sich zu ihm hin. Sie sind interessant, weil sie ausführen, was vorher nur angedeutet war. Schade, dass sie nicht schon fertig waren, als Lucio den Roman verschickt hat. Dein Donnafugata ist das Haus unserer Mutter, oder? Egal. Aber dann das Gespräch deines Fürsten mit dem Politiker aus Turin, diesem Chevalley. Dass er dessen Angebot eines Amts im Senat ablehnt, scheint mir sehr gewagt, ich glaube, das bringt dich in Schwierigkeiten. Du wirst dir Feinde machen, Vetter.

Feinde!

Ja, Feinde. Lach nicht, Giuseppe. Das übrige Italien interessiert sich bestimmt dafür. Da ist man neugierig auf uns. Aber hier in Sizilien kannst du so nicht über die alte und neue Ordnung schreiben. Du siehst wie ein Reaktionär aus. Das lassen sich die Sizilianer nicht bieten. Die Verzweiflung, die darin zum Ausdruck kommt, kränkt sie. Nicht bloß der Gedanke, dass das neue Sizilien bankrott und korrupt ist. Sondern der Gedanke, dass es nicht anders sein kann, dass wir wegen etwas in uns Liegendem daran schuld sind.

Der Fürst spricht das aus, nicht ich. Es ist ein Roman, Cousin.

Aber der Fürst bist du.

Unsinn.

Er ist von deinem Stand. Man wird ihn mit dir gleichsetzen.

Die Dummen vielleicht.

Sind seine Ansichten nicht auch deine?

Giuseppe schwieg.

Dass ich deiner Meinung bin, dürfte dir klar sein, fuhr Casimiro fort. Ja, Sizilien schläft, ja, es würde gern weiterschlafen, ja, sein Schlaf ist seine Sehnsucht nach dem Tod. Das sehe ich auch, das spüre ich auch. Und die Szene als solche ist hervorragend. Aber das spielt keine Rolle. Ich empfehle dir dringend, den Abschnitt umzuschreiben. Er trägt dir nur Kritik ein.

In dem Moment sprang Mirella vom Boot und tauchte rückenschwimmend wieder auf, und Gio stieß einen Schrei aus, schlug sich auf die Brust und hechtete hinter ihr her. Das Wasser war so blau, dass es schwarz erschien, der Schaum umso weißer, und im grellen Meereslicht wirkte alles unglaublich schön und lebendig. Giuseppe sah zu, wie die jungen Leute lachend in einem langen, weiten Bogen durch die Stille schwammen, wobei sich Mirellas rote Badekappe im Sonnenlicht hin- und herdrehte und Gios Hände wie Schwerter auf und nieder gingen. Er hatte viele Stunden an dem Gespräch zwischen seinem Fürsten und Chevalley gearbeitet, den Dialog mehrfach umgeschrieben, bis er ihm insgesamt stimmig erschien, klar und eindringlich. Sein zugleich zynischer und mit Bedauern erfüllter Fürst war für ihn so kompliziert und unauslotbar geworden wie ein lebender Mensch. Als er im Licht von Casimiros Bedenken daran dachte, kam eine merkwürdige Schwere über ihn, die sein Glück trübte. Er fasste sich ans Herz und holte Luft.

Giuseppe?, sagte Casimiro. Alles in Ordnung?

Ich kann das nicht ändern, sagte er leise. Ich wüsste nicht, wie.

Die Schwierigkeit lag sicherlich darin, dass ihn Politik nie so in Anspruch genommen hatte wie andere Männer.

Als die Jacht am Abend leise in den Hafen einfuhr und sie alle müde, alle mit den eigenen Gedanken beschäftigt waren, und später am Abend im Park von Capo d'Orlando, als die Sonne hinter den Bergen verglühte, dachte er noch einmal an sein Gespräch mit Casimiro und fragte sich, ob die Sorgen seines Cousins berechtigt waren. Er hatte klarstellen wollen, wie wenig es an der alten wie der neuen Ordnung zu bewundern gab, einfach, weil die Menschen Menschen waren, heute nicht anders als gestern, und aus keinem anderen Grund.

Seine Haltung zur Monarchie und ihrer Abschaffung nach dem Krieg war gespalten; im Gegensatz zu seinen Cousins bedauerte er ihre Aufhebung nicht. Auch wenn er im Referendum von 1946 für die Monarchie gestimmt hatte und über Umbertos Ausweisung unglücklich war. Seine Stimme hatte der Aufrechterhaltung einer alten Ordnung gegolten, die er kannte, und nicht dem in Ungnade gefallenen König selbst.

Im trauten Kreis hatte Umberto angeblich die Frauen und die Kommunisten für das Ergebnis verantwortlich gemacht. Es war die erste Wahl, bei der Frauen mitstimmen durften. Dank des Einflusses der Amerikaner. Doch Giuseppe wusste sehr wohl, dass Umbertos Vater Vittorio Emanuele III. die Machtübernahme Mussolinis und der Faschisten geduldet hatte – nicht nur geduldet, sondern aktiv unterstützt –, und er verstand den Zorn im Land. Diesen Zorn hatte er auch selbst empfunden.

Selbstverständlich war das von den amerikanischen Befreiern eingeleitete neue Zeitalter, die Zeit des Wirtschaftswunders, des industriellen Nordens, nicht weniger korrodiert, brutal und verschwenderisch als die vergehende Feudalzeit seines Romans. Konnte es sein, dass sein Roman, wie Casimiro durchblicken ließ, gar nicht von der Vergangenheit handelte? Zweifellos hatte er genau wie der Fürst in seinem Roman den Untergang einer Gesellschaftsordnung miterlebt, zweifellos auch den Aufgang einer neuen Republik, und er hatte die schöne Welt der Belle Époque verschwinden sehen, auch wenn die alten Familien dafür blind waren.

Es war wirklich vorbei, denn alles hatte sich geändert, vollkommen verändert, so dass seine Kindheit nicht mehr bewundernswert oder auch nur rettenswert erschien, so eine Rettung möglich gewesen wäre.

Die ganze Woche hindurch hatte er denkenden Auges seine Verwandten beobachtet und seine Gedanken schweifen lassen. Er fragte sich, was für Erinnerungen sie hatten, wie stark die Vergangenheit auf sie einwirkte, wo sie jetzt in ihrem Leben standen. Er dachte bereits über eine neue Erzählung nach, eine Geschichte, in der die Vergangenheit einer Figur ihr gegenwärtiges Glück zerstört hat. Diese Vergangenheit würde die Vergangenheit seiner Insel sein, eines klassischen Siziliens, etwas Homerisches und dem Geist der modernen Welt Fremdes. Sein Protagonist würde ein alternder Künstler sein, vielleicht ein Schriftsteller, vielleicht ein Gelehrter, ein Mann, der die griechische Überlieferung in seiner Jugend kennengelernt hatte und dem ihre Resonanz, ihre Lebendigkeit unter die Haut gegangen war, so dass alles andere dagegen verblasste und ihn bitter und enttäuscht werden ließ. Welche Form diese enttäuschte Bitterkeit annehmen würde, wusste er nicht gleich. Beim Betrachten der Bilder Casimiros mit ihren Nachtgeschöpfen, den Elfen und Hutzelzwergen seiner Gartenvisionen, fand Giuseppe, was er suchte. Die Vergangenheit würde körperlich dargestellt werden: Sein Protagonist, sein alter Mann, hatte in jungen Jahren eine Sirene geliebt.

Er wusste, während er im Park spazieren ging, während er friedlich mit den anderen aß, während die Woche verging und der November nahte, dass es ihm nicht genügte, den einen Roman geschrieben zu haben. Die zweite Arbeit würde sich als Härtetest erweisen, erst das zweite Buch würde zeigen, ob er sich einen Schriftsteller nennen durfte. Zuversichtlich ließ er die neue Geschichte in sich aufgehen. Er dachte an das geheimnisvolle Verschwinden des Arztes aus Neapel und spielte diese Episode im Gedanken an seine Sirene durch, bis sich eine Verbindung einstellte. Und wovon er die ganze Zeit träumte, worüber er nachdachte und grübelte, sagte er Lucio und Casimiro nicht. Er freute sich von Herzen an der Geschichte, die es noch nicht gab. Sie barg große Möglichkeiten, und er hatte das Gefühl, an etwas Ursprünglichem und Wahrhaftigem beteiligt zu sein, und das wollte er unausgesprochen bewahren, solange es ging.

Am letzten Tag ihres Besuchs ging er im Dunkeln hinaus in den Garten, setzte sich neben den Brunnen und schaute auf das hell erleuchtete Haus, aus dem, begleitet von Mirellas Lachen, Klaviermusik klang. Es war Vollmond, die Luft duftig und warm, doch im silbernen Mondlicht sahen Gras und Laub bereift aus. Er hörte Absätze über die Steinplatten scharren und sah mit Unbehagen Agatas Schatten unter dem Rankgerüst hervortreten. Er hatte Lucio erwartet, aber sie war es, die jetzt übers Gras kam und sich zu ihm auf die Steinbank setzte, und er bot ihr eine Zigarette an. Sie war ihm immer ein Rätsel gewesen. Ihre grauen Augen konnten leer und kalt sein, sie hatte knochige Finger, und mit einer Kopfdrehung brachte sie ihre Brüder zum Schweigen. Sie hatte in der Villa das Sagen. Alle hatten Angst vor ihr.

Er wusste nicht, warum sie jetzt zu ihm gekommen war. Sie rauchten schweigend. Agata Giovanna saß mit geschlossenen Knien da, einen Schal eng um die Schultern gelegt, und unverhofft sah er, wie einen Vorwurf, das Profil seiner Mutter in ihr.

Du brauchst dir wegen deines Romans keine Sorgen zu machen, Giuseppe, sagte sie leise. Lucio meint, in Mailand geht der August bis Oktober, und im August arbeiten sie nicht. Er ist zuversichtlich, dass er jetzt bald von ihnen hört.

Ich mache mir keine Sorgen, sagte Giuseppe.

Aber er sagte es zu schnell und schlug die Beine übereinander und klopfte umständlich die Asche von seiner Zigarette, um nicht noch mehr zu sagen. Es war ihm peinlich, dass sie zu ihm gekommen war. Er fragte sich, was die Piccolos über ihn redeten, wenn er nicht dabei war.

Vielleicht trifft sich das ganz gut, fuhr sie mit ihrer harschen Stimme fort. So lassen sich deine neuen Seiten problemlos einfügen.

Mit einem Mal wurde ihm klar, dass er Lucio bei diesem Besuch nicht allein zu sprechen bekäme, dass Agata Giovanna als eine Art Botin fungierte. Er schluckte unsicher. Lucio reicht sie also weiter?

Denke ich doch.

Aber gesagt hat er's nicht?

Sie räusperte sich und zögerte.

Giovanna? Was hat Lucio gesagt?

Manchmal lässt man seinen Verleger am besten in Ruhe. Geht ihm nicht auf die Nerven.

So wie ich?

Sie wandte sich ihm im Mondlicht zu, und er bemerkte den Anflug eines Lächelns. Lucio und ich unterhalten uns über vieles, Giuseppe. Nicht nur über deinen Roman.

Natürlich.

Sie rauchte ihre Zigarette zu Ende, warf sie auf den Boden, ein kleines Stückchen Glut, und zertrat sie mit dem Schuh. Lucio fährt nächsten Monat nach Mailand, sagte sie. Ich werde vorschlagen, dass er sich dann mit Federici trifft und ihn nach dem Roman fragt, falls er bis dahin nichts gehört hat. Die neuen Kapitel kann er als Vorwand für die Reise benutzen.

Wenn du das für das Beste hältst, sagte er.

Ja.

Giovanna –?

Hm?

Muss ich mir Gedanken machen? Weil ich noch nichts gehört habe?

Sie war einen Moment still. Dann holte sie Luft und hob ihr Gesicht ins Mondlicht. Drinnen hörten sie Gio auf dem

Klavier klimpern und Lucio laut protestieren. Gläserklirren. Gelächter.

Nein, sagte sie.

Was ihn aber nicht beruhigte.

Ihr reist morgen ab, sagte sie gleich darauf.

Zeitig, ja.

Dann sind wir auf einmal wieder allein.

Ja.

Sie sah ihm ins Gesicht. Das ist schön, sagte sie. Es ist schön, allein zu sein.

Er lächelte sie an. Ein anderer Gast wäre vielleicht beleidigt.

Du aber nicht.

Ich nicht.

Weil du uns verstehst, sagte sie. Dann stand sie auf, stellte sich vor ihn hin und strich ihren Rock glatt. Meine Mutter sagte immer, wir haben alles verloren, aber wir holen uns alles zurück. Sie griff an ihre Stirn und schob sich die Haare aus dem Gesicht. Ihr Blick ging in den Garten, als wäre da noch jemand.

Und? Habt ihr euch alles zurückgeholt?

Nichts lässt sich zurückholen, Giuseppe. Es gibt kein Zurück. So ist das Leben.

Und das heißt?

Schwund.

Auch Giuseppe stand auf. Meine Mutter sagte immer, für jedes Problem gibt es eine Lösung. Er runzelte die Stirn. Sie hatte so viele Freunde, meine Mutter. Aber sie war immer traurig, immer allein. Für das Problem des Alleinseins hat sie wohl nie eine Lösung gefunden.

Du warst ihre Lösung, sagte Agata Giovanna leise. So wie Gioacchino deine ist.

Er sah sie an und wollte etwas sagen, schwieg dann aber.

Wie fremd uns doch unsere Eltern sind, was? Wir können unser ganzes Leben mit ihnen verbringen, und doch bleiben sie uns verschlossen.

Nicht nur die Eltern.

Mhm.

Er fühlte eine Traurigkeit in sich aufsteigen. Das ist eine düstere Einstellung, Cousine.

Nicht düster. Einsam vielleicht.

Na gut.

Er stand reglos in der Stille des Gartens, rauchte seine Zigarette zu Ende und trat sie aus, dann schwiegen sie beide, jeder für sich, kleinlaut, während die warme Stille auf sie eindrang und die nächtlichen Laute des Gartens sich daraus erhoben. Der Himmel ließ das Licht der Sterne in ihrem Galaxienschleier durch. Vom Haus her hörte man mehr Gelächter, das Zerbrechen eines Glases.

Hör dir die an, sagte er. Die sind wie Kinder.

Das seid ihr alle, sagte Agata Giovanna und ging davon.

Am nächsten Morgen erwachte er spät und fand das Haus verlassen. Schon lange hatte er nicht mehr so tief geschlafen. Die Piccolos und Gio und Mirella hatten bereits gefrühstückt und waren zu Fuß in den Ort gegangen, nicht ohne neben der Obstschale auf dem Tisch eine handgeschriebene Notiz mit gezeichneten Gespenstern zu hinterlassen, die den schlafenden Giuseppe am Schnurrbart zupften. Er las sie im Stehen am geöffneten Fenster der kleinen Küche, wo er entspannt sein Gesicht in die Sonne reckte. Auf dem wässrig eierschalenblauen Meer tief unter ihm blitzte und drehte sich das weiße Licht wie Millionen Klingen.

Er war ruhig. Er setzte Wasser auf, schüttete Kaffeebohnen in die Mühle und klemmte sie sich zum Mahlen unter den Arm. Hunger hatte er nicht.

Als der Kaffee so weit war, nahm er ihn mit in das Gästezimmer, in dem er geschlafen hatte, stopfte seine paar Kleider, seine Notizhefte und den blauen Füllfederhalter in seinen alten Koffer und stellte ihn in den Flur. Er spülte die kleine Kaffeetasse aus, drehte sie auf den Kopf und hielt mit dem Geschirrtuch in der Hand plötzlich überwältigt inne.

Eine Episode aus seiner Kindheit war ihm eingefallen. Nach dem schrecklichen Erdbeben von Messina. Sie waren nach Capo d'Orlando gekommen, wo sein lebendig begrabener und aus den Trümmern geborgener kleiner Cousin Filippo inzwischen wohnte. Ein Winternachmittag, erinnerte er sich, regnerisch, das Licht in der Villa schattig blau. Filippo hatte unter einem Fenster gesessen, Schlachtschiffe und Panzerkreuzer gezeichnet und munter von Schiffsgeschützen geplappert. Er entsann sich an die weiße Haut des Jungen, die Hände fast durchscheinend, als wäre er jahrelang nicht im Freien gewesen. Der Junge hatte schöne lange Wimpern und kleine eckige Zähne. Er lispelte. Casimiro hatte nur gelangweilt die Schulter gehoben, als ihm Giuseppe einen Blick zuwarf. Lucio hatte sich verzogen. Filippo sagte nichts von seinem Kummer, brachte keine Traurigkeit zum Ausdruck, obwohl seine Eltern noch keinen Monat tot waren.

Als sie aufbrachen, flüsterte Tante Teresa seiner Mutter

zu, der Junge stünde noch unter Schock. Den Kummer spürt der arme Kerl noch früh genug, sagte sie.

Jetzt aber kam ihm eine zweite Erinnerung. Er hatte Filippo noch kurz am Ende des Flurs gesehen, eine einsame kleine Gestalt, die sich gegen das Winterlicht in den hinteren Fenstern abhob. Mit seiner weißen Haut und den tiefschwarzen Augen sah der Junge tot aus. Und Giuseppe hatte sich schnell abgewandt.

Ein Erlebnis, das andere sicher nicht sonderlich interessierte. Wenn er Casimiro oder Lucio danach fragte, würden sie sich kaum an damals erinnern. Was hatte noch der Fürst seines Romans zu seinem Niedergang gesagt? Er sei einer der Letzten, die ungewöhnliche Erinnerungen hätten. Giuseppe zog sein Jackett aus und rollte bedächtig die Hemdsärmel hoch, dann trat er wie ein viele Jahre jüngerer Mann barfuß hinaus in Agata Giovannas Laube.

Alles, woran er sich jetzt erinnerte, war längst aus der Welt verschwunden. Und im Garten von Capo d'Orlando war es jetzt still, kein Vogelsang, kein plätschernder Brunnen. Nur wie ein trockenes Rascheln im grünen Laub der Klang seiner Einsamkeit und seines Blutes, das ihn lebhaft und hoffnungsvoll durchströmte, während die konkrete Möglichkeit seines Romans in der warmen Luft auf ihn zuhielt und er ihr zum Gruß sein Gesicht in die strahlende Sonne hob.

Lucio Piccolo
stattet einen Besuch ab

November 1956

Lucios Handgelenk bereitete ihm Schmerzen. Das hatte in Capo d'Orlando angefangen, als er seinen Koffer zum Auto hinunterschleppte, und sich auf der Fähre nach Neapel verschärft und war in dem ratternden Zugabteil nördlich von Rom nochmals schlimmer geworden. Er hatte seine Schuhe ordentlich unter den Sitz gestellt und mit einem Finger als Lesezeichen in seiner Fahrtlektüre dem an die Fenster klatschenden Regen gelauscht, während er trübsinnig auf die vorbeiziehende Landschaft schaute. Als er dann in Mailand müden Auges durch den kalten Bahnhof lief und sich das Handgelenk rieb, dachte er angewidert: Du hast nicht genug Poesie in dir, Lucio, um hieraus etwas Schönes zu machen.

Seine Schwester hatte seinem Cousin von der Reise erzählt. Wenn schon. Er dachte kurz daran, direkt zu seinem Freund Federici bei Mondadori zu gehen, überlegte es sich aber anders. Der Tag ging zur Neige, Lucio war müde, die Angelegenheit seines Cousins konnte warten. Er stellte sich für das Taxi an, stieg ein und durchforstete seine Taschen, bis er die Hoteladresse fand.

Ihm war klar, dass sein Erscheinen in Mailand als stillschweigende Anerkennung des Manuskripts seines Cousins ausgelegt werden würde. Auf keinen Fall wollte er den eigenen Ruf aufs Spiel setzen; sprich, er wollte durchaus, dass der Roman seines Cousins ein Erfolg wurde.

Aber kein zu großer Erfolg. Was hatte ihm Casimiro am

Morgen noch mit auf den Weg gegeben? Wenn du das Monster fütterst, Lucio, wird es nur noch hungriger.

Wie hatten sie darüber gelacht mit der roten Sonne in den Augen, dem Tosen der Brandung tief unter sich.

* * *

Im Hotel setzte er sich ans kalte Fenster und blätterte unkonzentriert in seinem Buch. Obwohl es noch Nachmittag war, brauchte er das Lampenlicht zum Lesen. In Sizilien ist das Meer unsere Lampe, dachte er. Schließlich stand er auf. Am Waschbecken rasierte er sich mit einem der englischen Rasierer seines Cousins, strich sich die Haare glatt, tupfte ein wenig Parfüm auf Hals und Handgelenke. Als Letztes wechselte er den Anzug, nahm Schirm und Regenmantel über den Arm und betrachtete sich im Spiegel. Ein kleiner Homunkulus, engstehende schwarze Augen, lange Banditennase. Was wohl Casimiro sagen würde, wenn er ihn so sähe? Der Anzug war im Jahr zuvor in Rom gefertigt worden, moderner Schnitt, doch statt ihn zu tragen, hatte ihn Lucio vorsichtshalber in seinem Kleiderschrank in Capo d'Orlando versteckt. Aber Casimiro wusste im Gegensatz zu Lucio nicht, wie sich die Moden der Welt änderten und wonach man im Norden beurteilt wurde. Qualität spielte keine Rolle, nur neu musste es sein.

Er ging nach unten. Unter der tropfenden Markise des Hotels steckte er sich eine Zigarette an und überblickte die Straße, dann spannte er den Schirm auf und ging los. Der Rauch kräuselte sich eine Weile unterm Schirmdach. Er kam an einem Café vorbei, aus dem lautes Musikboxgedudel drang, und bog links in eine Uraltgasse ein, die irgendwie den Krieg überlebt hatte. Jungs in durchnässten Hemden umlagerten ein Motorrad und bewunderten seine Kurven. Ein Tätowierter im Unterhemd stand vor einem Eingang und wischte sich mit einem Tuch über den Hals, während von drinnen jemand rief. Lucio wechselte die Straßenseite, kam an einem geschlossenen Kino vorbei und ging weiter.

Er bog nach links auf die Via Bagutta, Richtung Trattoria. Dort aßen und diskutierten die Literaten der Stadt oder blieben gleich über Nacht, und dort, fand Lucio, sollte er als gastierender Dichter sich blicken lassen. Aber sein schulterenger modischer Anzug zwickte und zwackte, so dass er sich nicht wohl fühlte, und da ihm in Mailand kaum Schriftsteller bekannt waren, stand obendrein zu befürchten, dass ihn überhaupt keiner wahrnahm.

Er blieb vor der Trattoria stehen, schüttelte seinen Schirm aus, putzte ohne Eile seine Schuhe ab und trat ein. Irgendwo aus dem Qualm tönte Jazz. Zwei Männer, die ihm entfernt bekannt vorkamen, schoben sich laut streitend an Lucio vorbei. Flüchtig erblickte er ein langes, pferdeartiges Gesicht, das ihn interessiert ansah. Eine Schauspielerin? Der Eingang war halb dunkel, verqualmt, eine Wand aus Lärm und scharfer Würze vor der Küche. Er drängte sich durch, stellte sich vor und wurde zu seiner Reservierung geführt. Die anderen Tische waren vollbesetzt, das Restaurant brummte. Nur Lucio saß für sich. Bei solchen Gelegenheiten spürte er akut, wie isoliert er war, wie fern er der literarischen Welt stand. Er hatte einen kleinen Tisch ganz hinten bekommen, saß mit dem Rücken zur Wand, zündete

275

sich eine Zigarette an, studierte die Weinkarte und schob die Tischutensilien herum.

Bewunderte er den Roman seines Cousins? Giuseppe, leise, ironisch, verbittert, verstand es, seine Lektüre synthetisch zu verarbeiten, Autoren, Sprachen und Kulturen nebeneinanderzustellen. Aber war er ein Künstler? Lucio verzog das Gesicht. Er hatte mitbekommen, wie müde sein Cousin neuerdings aussah, wie krank, er hatte ihn bei seinem Aufenthalt in Capo d'Orlando morgens husten gehört, und er begriff jetzt, wie sehr ihn das Schreiben erschöpft hatte. Der Roman an sich war schockierend, amüsant, eine herrliche Verulkung ihrer gemeinsamen Ahnen und ihres Standes, aber Lucio konnte sich nicht vorstellen, dass das Buch auch Leser außerhalb Siziliens ansprach. Zumal er wusste, dass Giuseppe erst nach Lucios Erfolg als Lyriker angefangen hatte, es zu schreiben. Eins weiß ich sicher, hatte Giuseppe ihm trocken erklärt, verrückter als du bin ich mal nicht. Neid und Konkurrenzdenken, fand Lucio, waren ein hässlicher Nährboden für Poesie.

Jetzt war er ungnädig. In dem beschlagenen Spiegel neben der Tür erhaschte er einen Blick auf sich, krumm, hager, verwackelt. Es lag an seiner Mission, es lag am Norden; bloß weil er hier in der Trattoria war, kamen ihm solche Gedanken.

Er dachte an Casimiro beim Abschied, das schräge Sonnenlicht auf den Fliesen der Villa. Sein Bruder und seine Schwester, das wusste er, nahmen seinen Ruf als Dichter nicht ernst. Sie sahen das von weitem, von ganz hoch oben, ironisch und distanziert; sie belächelten ihren jüngeren Bruder. Er nahm an, sie hielten ihn für affektiert, seine

Verse für unaufrichtig. Dabei rief ihn Capo d'Orlando auch jetzt wieder, das leise Zischen des Gartens am Abend, und er begriff, wie sehr seine Lyrik von diesem Ort abhing. Er war kein Verga; er würde Sizilien nicht verlassen können, ohne der Lyrik verlustig zu gehen. Sie würde langsam, aber unausweichlich schwinden, wie Wasser in einer Schüssel in der Sonne. Sie würde nicht bestehen.

Ich sollte nicht hier sein, dachte er unglücklich; ich sollte zu Hause in meinem Garten sein, schreiben. Der Anblick der lachenden Gäste an den Tischen ringsum war ihm jetzt fast zuwider. Hatte auch nur einer von ihnen seine Canti Barocchi gelesen? Aber er wusste, es spielte keine Rolle. Er würde an solchen Orten immer nur zu Besuch sein, ein Fremder, der um Duldung bat; und darum bitten würde er, denn er hatte keinen Stolz, dachte er beschämt, und was er wollte, konnte ihm niemand geben.

* * *

Ein Schatten fiel über den Tisch, unterbrach ihn in seinen Gedanken, und er sah erschrocken auf. Der Dichter Montale stand vor ihm, die Hände in den Taschen, das schwarze Haar glatt nach hinten gekämmt, Hängebacken, herabgezogene Mundwinkel. Sehr helle Augen.

Don Lucio, sagte er mit einer Verbeugung. Sie sind weit weg von zu Hause, mein Freund.

Und Lucio schaute ihn mit einem plötzlichen Gefühl der Dankbarkeit an; er fühlte sich geschmeichelt und schämte sich bereits seiner Verzagtheit. Signor Montale, sagte er höflich lächelnd. Ich hoffe, Sie setzen sich zu mir.

Sie sind der Einzige, Don Lucio, dessen Gesellschaft ich heute Abend ertragen könnte.

Es ist doch hoffentlich nichts passiert?

Montale setzte sich und verzog das Gesicht. Nein. Ich bin nur erschöpft. Zu viele Poeten, zu wenig Poesie.

Lucio lächelte. Er schob seine Zigarette in den Mundwinkel und bedeutete dem Kellner mit erhobener Hand, noch ein Gedeck zu bringen. Was führt Sie nach Mailand, Signor?, fragte er.

Geschäfte mit Mondadori. Und Sie?

Geschäfte mit Mondadori.

Jetzt lächelte auch der Dichter.

Sie sind also nicht wegen des Premio Bagutta hier.

Montales kühle Augen betrachteten den Raum, die spiegelnden Bilderreihen an den Wänden, die Damen in den schlanken schwarzen Kleidern, die ihre Weingläser wie Schnittblumen in den Händen drehten. Leiser schwofender Jazz drang durch die Zwischenwand. Nein, sagte er. Mondadori möchte meine neue Gedichtsammlung mit mir besprechen. Ich ertrage Mailand genau wie Sie nur meiner Kunst zuliebe. Sobald es geht, haue ich ab.

Lucio lächelte gequält. Ich wusste nicht, dass Sie wieder ein Buch haben.

Hab ich auch nicht. Zumindest noch kein druckreifes.

Hat's einen Titel?

Montale musterte ihn. Er legte den Kopf schräg, strich sich mit der verwitterten Hand behutsam über die Haare. *La bufera e altro*, sagte er zögernd.

Ja. Gefällt mir.

Montale gab ein Brummen von sich, doch Lucio sah,

dass er sich freute. Kellner schwebten durch den Qualm wie Schatten der versammelten Toten, und Lucio musste an Dantes Höllenwind denken, *la bufera infernal, che mai non resta,* und wunderte sich insgeheim über die Kühnheit des Mannes.

Pozza hat vor ein paar Monaten einen Durchlauf gedruckt. Privat, versteht sich. Mondadori möchte es aber auf den Markt bringen. Ich weiß nicht, ob die Gedichte so weit sind. Er wedelte gereizt mit der Hand. Aber Sie, Sie dichten doch hoffentlich weiter? Sie ahnen ja nicht, was für eine merkwürdige Figur Sie mit Ihren sonnengebräunten Händen hier abgeben, Don Lucio. Sie erinnern an unseren Hochsommer. Wie geht's denn Ihrem Cousin, den Sie in San Pellegrino dabeihatten?

Giuseppe? Lucios Mund umschloss die Zigarette. Na, der schriftstellert immer noch, wenn er meint, es sieht keiner. Dass das so abfällig herauskam, überraschte ihn. Er merkte, wie er rot wurde, als hätte er eine unschöne Seite von sich preisgegeben, und er nahm die Beine auseinander, beugte sich vor und zerknickte seine Zigarette elegant im Aschenbecher. Ich wollte mich nicht lustig machen, sagte er plötzlich ernst. Giuseppe ist ein begabter Schreiber.

War er nicht Kritiker?

Romancier.

Montale rauchte schweigend, während er das in sich aufnahm. Lucio beobachtete ihn. Der Lampenschatten fiel schräg auf sein Gesicht, so dass seine Augen glitzerten. Schließlich sagte er: Der Adel Siziliens muss vorsichtig sein, mein lieber Lucio. Nicht, dass ganz Italien erfährt, wozu er imstande ist.

Lucio lächelte und hob eine zerknitterte Schulter. Bloß nicht, sagte er.

Später, im Schatten seines Hotelzimmers, stand er am Fenster, schüttelte sein schmerzendes Handgelenk aus und wunderte sich, dass er gar nichts vom Manuskript seines Cousins gesagt hatte. Montale war ein Mann von Geschmack und ein einflussreicher Kritiker. Unten auf der Straße fuhr mit schnittigen roten Bremslichtern ein Auto vorbei. Lucio schüttelte den Kopf und zog die Vorhänge zu. Nein, sagte er sich, der Roman stand ja schon zur Begutachtung; wenn man ihn jetzt hintenrum verteilte, tat man Giuseppe keinen Gefallen. Und wenn Montale ihn dürftig oder schwach fand? Nachdenklich fuhr sich Lucio zu dieser späten Stunde mit dem Daumen über den Schnurrbart. Ein solches Urteil könnte seinen Cousin am Boden zerstören.

Und für dich wäre es peinlich, dachte er unwillkürlich. Er trat vom Fenster weg und blieb geknickt am Fußende des kleinen Betts stehen. Ob sein Cousin zu schätzen wusste, was er hier alles auf sich nahm?

Am nächsten Nachmittag traf er sich mit seinem Freund. Graf Federici war großgewachsen, angehend kahl, ein tadellos gekleideter Mann im blauen Anzug und gelber Krawatte. Sein zerfurchtes Gesicht wurde jedes Jahr markanter, melancholischer, als hege er ein Geheimnis, die Stimme rauher und leiser, all das in scharfem Gegensatz zur Wärme und Freundlichkeit seines Auftretens. Für Lucio hatte er damit fast etwas Russisches. In Palermo gab es solche Männer nicht.

Mein lieber Freund, sagte Federici jetzt mit seiner heiseren Flüsterstimme. Er brachte Knie und Ellbogen in die Senkrechte, zwei Meter kultivierte Lebensart, streckte die langen Arme aus und drückte den Sizilianer ohne Umstände an sich. Einen Moment lang klebte Lucios Wange an den Rippen des Grafen, so dass er einen Duft von Schweiß und Eau de Cologne mitbekam, dann sah er sich wieder auf Armlänge gehalten. Gut sehen Sie aus, schnarrte Federici, ganz großartig. Kommen Sie, setzen wir uns. Ich habe uns eine Flasche von dem Regaleali bestellt –

Lucio, schon ganz aufgeregt, merkte, wie es in seinem Gesicht zuckte. Dann vergesse ich noch, dass ich im Norden bin, Don Federici, sagte er.

– und dabei können wir die Gedichte besprechen. Mit einem breiten, großherzigen Lächeln quittierte der Graf Lucios Bemerkung, dann wurde er wieder ernst. Geht's Ihnen gut? Aber natürlich. Sagen Sie mir, woran Sie schreiben. Das interessiert mich brennend. An einer neuen Sammlung, nehme ich an?

Ja –

Sie sind sicher gespannt, wie sich die Canti verkaufen. Da sind wir hochzufrieden, mein Freund. Zu dem Band gibt es mehrere gute Besprechungen. Soll ich Ihnen die schicken? Überlegen Sie's sich. Muss ich jetzt nicht wissen. Geben Sie mir Bescheid.

Sie setzten sich an ein Fenster, auf dem in Goldbuchstaben der Name des Restaurants stand, und sahen den Regen in wechselnden Strömen durch die Straßen fegen. Das Licht draußen war kalt und schwach. Der Tisch war für drei gedeckt, wie Lucio mit Unbehagen bemerkte, während sein

Freund sprach, der aber von einem weiteren Gast nichts sagte, und Lucio fragte aus Höflichkeit nicht nach. Sein Blick fiel auf einen kleinen blauroten Fleck neben seinem Wasserglas, und er wunderte sich, dass das Tischtuch nicht gewechselt worden war.

Da der Ofen auf der anderen Seite des Gastraums brannte, fand Lucio das Restaurant gerade bei dem Wetter einladend und gemütlich.

Der Wein kam, gekühlt, goldgelb. Federici hob sein Glas. Haben Sie über die Anthologie nachgedacht?

Verwirrt schaute Lucio seinen Freund an. Er wusste nichts von einer Anthologie.

Hab ich das nicht erzählt? Der Sizilienband? Ach so. Federici fuhr ein Lächeln auf und stellte es wieder ab. Wegen des aktuellen Interesses am Mezzogiorno scheint uns die Zeit reif für eine Sammlung von Texten zum Süden. Insbesondere Sizilien. Drum dachte ich, Sie hätten vielleicht einen Essay oder ein Gedicht –?

Das freute ihn sehr, aber er war darauf bedacht, seine Freude nicht zu zeigen. Da lässt sich vermutlich was finden, sagte er. Ja.

Wunderbar.

Ein Gedicht vielleicht.

Sehr gut.

Er schlug die Beine übereinander, sortierte seine Gedanken. Möchten Sie etwas Unveröffentlichtes, Neues?

Ach, darauf kommt es gar nicht an.

Sie schwiegen einträchtig ein Weilchen.

Don Federico, sagte Lucio und räusperte sich.

Ja?

Gibt's was Neues zum Roman meines Cousins? Ich hab Ihnen vorigen Monat noch zwei Kapitel geschickt, aber nichts gehört.

Der Roman Ihres Cousins.

Il Gattopardo, ja. Lucio fragte sich mit plötzlicher Bestürzung, ob sein Freund den Verlag gar nicht darauf aufmerksam gemacht oder das Thema für sich schon abgehakt hatte. Doch dann hob Federici das Kinn und nickte.

Die Geschichte ist interessant, sagte er. Was möchte Ihr Cousin damit erreichen?

Erreichen?

Was meint er, wer das lesen soll?

Die unverblümte Frage traf Lucio sehr, da sie seiner eigenen ungnädigen Einschätzung so nahe kam. Er merkte, wie er rot wurde, und rieb sich das Kinn. Wie meinen Sie das, Federici? Es ist ein Roman, er ist für Romanleser geschrieben.

Ich habe ihn noch nicht fertig gelesen, müssen Sie wissen.

Sollten Sie aber.

Ich fürchte, er ist etwas altmodisch.

Er ist von Joyce inspiriert.

Federici zog die Brauen hoch. Er lehnte sich auf dem Rohrstuhl zurück. Bei dem Teil des Manuskripts bin ich vielleicht noch nicht, sagte er freundlich. Sie wissen ohnehin, dass die Entscheidung nicht bei mir liegt. Ich schreibe nur einen Lesebericht. Vittorini liest das Manuskript auch.

Es dürfte nicht nach seinem Geschmack sein.

Federici runzelte ein wenig die Stirn. Letztlich entscheidet Mondadori selbst, sagte er.

Lucio nickte.

Mal ehrlich, Lucio, sagte Federici. Was halten Sie davon?

Lucio zögerte. Er nahm die Zitronenscheibe vom Rand seines Eiswassers und drückte sie ins Glas. Dann blickte er auf. Es ist ein Meisterwerk, sagte er.

Eine Audienz in den Bergen

Dezember 1956

Die Ablehnung kam in der zweiten Dezemberwoche. Mondadori bedauerte, den Roman nicht veröffentlichen zu können.

Lucio übergab Giuseppe den Brief eines Abends im Stadtpalast eines Bekannten, und Giuseppe schluckte trocken, setzte seine Lesebrille auf und las ihn mit gebührender Sorgfalt durch. Er war sich der Aufmerksamkeit seines Cousins bewusst, zog leicht belustigt die Brauen hoch, als er ihn gelesen hatte, und gab den Brief wortlos mit einem Lächeln zurück. Starker Regen klatschte gegen die Fenster.

Das Buch hat uns sehr interessiert, hatte Mondadori geschrieben, und ist mehr als einmal gelesen worden. Dennoch war die Meinung unserer Berater zwar positiv, aber nicht ohne Vorbehalte, weshalb wir zu dem Schluss gekommen sind, dass es uns nicht möglich ist, das Buch herauszubringen.

Zu Hause in der Via Butera ließ Licy den Brief sinken und sah Giuseppe finster an. Noch nie habe ich einen solchen Schwachsinn gelesen, sagte sie. Dein Buch ist genial. Das wird denen leidtun.

Allerdings, meine Liebe, sagte er. Bitter wird's enden.

Doch irgendetwas hatte sich in ihm verschoben, und manchmal ertappte er sich jetzt dabei, dass er aus einem Fenster auf den Regen schaute und leer im Kopf war. Seine Arbeit lief auf nichts hinaus. Punkt.

Die Zeit wackelte, zog sich in die Länge, glitt vorbei.

Er hatte jetzt immer mehr von dem Monster an sich.

Es lag an der Krankheit in seiner Lunge, es lag an der Winterkälte, es lag an seinem Alter. Genau wusste er es nicht. Aber seine Tränensäcke wurden schlimmer, die Augen saßen tief in blaurot verfärbten Hautfalten. Seine Hände waren hässlich wie bei allen alten Männern, aber neuerdings schimmerte die Haut in einem merkwürdig durchscheinenden Blauweiß und die Finger in allen Farben des Spektrums, wo sie nicht vom Tabak seiner englischen Zigaretten vergilbt waren. Erschöpfungsanfälle überkamen ihn. Seine schwachen Schultern waren schmaler, seine Taille breiter geworden, als hätte er, so sein Scherz, ein Kind am Stück verschluckt. Seine Augen traten noch mehr hervor. Schwer atmend, den Stock gepackt wie eine Geisterkeule, stapfte er durch die Gegend. Wenn er sein Spiegelbild sah, machte er sich eine Zeitlang einen Spaß daraus, ihm furchterregende Grimassen zu schneiden, aber dann machte das keinen Spaß mehr, und er sah nur noch weg. Jeden Morgen kämmte er sich das schüttere Haar aus der Stirn, stutzte den kleinen Oberlippenbart nach Art der Herrn seiner Jugendzeit, als wollte er sich unsichtbar machen, damit ihn niemand beachtete. In den Straßen fiel unaufhörlich der dunkle Regen Siziliens.

Er hatte den ganzen Herbst hindurch weitergeschrieben: ein kurzes Kapitel über den Priester seines Fürsten, Pater Pirrone, wie er ein Dorf im Inselinneren besucht; ein Kapitel über einen Ball, bei dem die Lebhaftigkeit der um den Fürsten herum Tanzenden unterstreicht, dass es mit ihm zu Ende geht. Und er hatte mit einem unvollendeten Kapitel gerungen, seiner *Canzoniere*, wo sein Fürst im Hotel des

Palmes Angelica und ihren Liebhaber abpasst, auf die ein Hinterhalt wartet, und damit Tancredi eine Peinlichkeit erspart, wenngleich ihm zu früh aufging, wie viel von der Tragödie seiner ermordeten Tante Giulia und ihrem Treffen in dem schäbigen Bahnhofshotel in Rom in dieser Handlung steckte, so dass ihn Erinnerungen an seine Mutter und ihren Kummer und an die Monate bei Ferri im Languedoc und an den grausamen Baron Paternò del Cugno überwältigten und er nicht weitermachen konnte.

Nach dem Brief von Mondadori ließ er den Roman schweren Herzens links liegen und versuchte, sich stattdessen auf die anstehende Adoption des jungen Gioacchino Lanza zu konzentrieren. Das Appellationsgericht hatte der Adoption stattgegeben; der Titel Herzog von Palma durfte weitergegeben werden, wenn auch nicht der Fürstentitel Lampedusa, und die rechtlichen Details wurden endgültig geregelt. Die leibliche Mutter des Jungen, Fürstin Conchita, bereitete aus dem Anlass eine Feier in einer Villa in den Bergen vor. Alessandra kleidete sich an diesem Morgen glücklich und still in das von ihrer Schneiderin in Rom gefertigte feine weiße Kostüm, wie eine Braut. Und so fiel es ihm leichter, als er gedacht hätte, seine begründete Traurigkeit beiseitezuschieben, als wäre es eine halb eingetopfte Pflanze oder ein geöffneter, aber noch ungelesener Brief, und sich auf das erfreulichere Ereignis einzustellen.

Gio, Alessandra und er trafen sich an einem Regennachmittag in der dritten Dezemberwoche bei einem Notar in der Altstadt von Palermo. Die Kanzlei befand sich im dritten Stock eines in Apartments aufgeteilten ehemaligen Stadtpalasts, und sie stellten ihre tropfenden Schirme in den alten Ständer, legten ihre feuchten Mäntel über die Knie und setzten sich – Giuseppe und Alessandra mit der steifen Würde des Alters, Gio ganz Knie und Ellbogen und tropfnasse schwarze Haare.

Der Notar drehte nervös einen goldenen Füllfederhalter in den Fingern.

Es ist mir eine Freude, Sie heute hier zu empfangen, sagte er etwas unbeholfen in seinem Amtsitalienisch. Er war klein, hatte trotz seines schütteren Haars einen dichten Bart und sah mit seinem schweren Unterbiss für Giuseppe wie ein Psychoanalytiker von Licys Konferenzen aus. Mit tiefer, krächzender Stimme erläuterte er die Komplikationen in der Nachfolgeregelung und wie die Weitergabe des Tomasi-Titels ablaufen würde, wobei er oftmals blinzelte. Giuseppe musste plötzlich an den niedrig geborenen Don Calogero in seinem Roman denken, an dessen aalglatte Art, dann fiel ihm das Schreiben von Mondadori ein, und er seufzte.

Dauert das hier lange?, warf Alessandra ein, als spürte sie seine Unzufriedenheit.

Der Notar zögerte und sah ihr in die Augen. Aber nein, Fürstin. Gar nicht.

Danke.

Er räusperte sich und warf Giuseppe einen Blick zu, als bäte er um Erlaubnis, weitersprechen zu dürfen. Heftiger Regen prasselte gegen die Fenster. Die Deckenlampe war nicht an, und in dem kleinen Raum verstärkte sich das winterliche Halbdunkel. Wenn Sie gestatten, erkläre ich nun also, was die Adoption für Sie beide bedeutet –

Er spürte den Unwillen seiner Frau. Gioacchino wird unser rechtmäßiger Sohn?, fragte sie.

Wieder ein Zögern.

Ja, Fürstin.

Ist das nicht der Sinn der Adoption?

Ach so. Doch, Fürstin, wobei …

Dann lassen Sie uns damit weitermachen.

Auf einem kleinen Tisch unter dem Fenster sah Giuseppe die Papiere in sechs erstaunlich kleinen Stapeln liegen. Das mussten die Reinschriften sein. Ein schmales Dokument für die Tragweite seines Inhalts, dachte er.

Der Notar stand auf, bat Giuseppe, sich mit dem Rücken zum Raum an den Tisch zu setzen, übergab ihm mit drei feuchten Fingern den goldenen Füllhalter und sagte beim Umblättern der Seiten: Unterschreiben Sie bitte hier, Exzellenz. Und hier. Und hier.

Giuseppe unterschrieb.

Niemand sagte etwas. Der Regen auf dem Glas warf wandernde Schatten auf die Papiere und auf seine Finger. Die Feder kratzte leise bei den Unterschriften. Die alte Wanduhr tickte, tackte. So auf Tuchfühlung, roch er das Aftershave des Notars und sah die dünnen gelben Streifen an seinem Hemdkragen. Als er fertig war, lehnte er sich schwer auf dem Stuhl zurück und blickte auf. Er kam sich ein wenig lächerlich vor, nachdem der Notar so über ihm gegluckt hatte, während er dasaß wie ein Kind vor seinem Lehrer.

Das war's?, fragte er trocken. Jetzt gehört uns der Junge?

Der Notar sah ihn bestürzt an, schluckte. Gehören, Exzellenz, wäre nicht ganz –

Er zieht Sie nur auf, rief Gio.

Ach so. Ja.

Jetzt erhob sich Alessandra in voller Größe. Und was brauchen Sie von mir?, fragte sie.

Nur eine Unterschrift, Fürstin. Hier und hier und noch einmal hier.

Und als auch Gio unterschrieben hatte, schien sich der Notar endlich zu entspannen. Noch keine zwanzig Minuten waren vergangen. Draußen auf der Straße regnete es immer noch kräftig. Giuseppe wusste, dass hinter diesen Fenstern die Dächer der Altstadt von Palermo glänzten. Hätte er in dem violetten Licht nach Westen geschaut, hätte er den strömenden Verkehr gesehen, der sich auf der Via Roma durch den Regen schob, und dann das in alter Größe wiederhergestellte Gebäude des Palazzo delle Poste. Und im Osten, die halbdunkle Via Valverde entlang, hätte er den imposanten Eckbau des Oratorio di Santa Cita gesehen, das mit seinen Rokokoengeln den Sieg über die Türken feierte. Dieses Gebetshaus hatte irgendwie die Bombenangriffe der Amerikaner überlebt. Dennoch wäre sein Blick zuerst auf die Einmündung einer anderen Straße gefallen, die er nur zu gut kannte, und hier verlor das Viertel seine Schönheit für ihn und wurde zu mehr als nur dem altehrwürdigen Teil einer antiken Stadt an der ruhigen Küste Siziliens. Denn die Via Valverde mündete in die Via Lampedusa, wo die Trümmer seines geliebten Palazzos lagen und wo seine Mutter eines Morgens tot in einem kaputten Sessel in der zerbombten Bibliothek aufgefunden wurde, unter freiem Himmel, auch sie Opfer eines Krieges, der zwei Jahre zuvor beendet worden war und doch nie enden würde, nachdem er die Vergangenheit und die Zukunft zerstört und der Gegenwart nichts als Trauer und Verwüstung beschert hatte.

Der Notar war aufgestanden und rieb die kleinen Hände aneinander.

Ich darf Ihnen gratulieren, sagte er. Er gab Gio die Hand. Von Stund an sind Sie Gioacchino Lanza Tomasi. Darf ich vorstellen, Exzellenz: Ihr Sohn.

Mein Sohn, wiederholte er leise.

Hallo, Vater, sagte Gio und umfasste Giuseppes Schulter. Aber seine Stimme stockte dabei, und er sah den Jungen schlucken.

Stumm folgte er seiner Frau und seinem Sohn hinunter in die verregneten Straßen Palermos, alle drei irgendwie verändert, unerhört bewegt vom gemeinsamen Glück, und in der plötzlichen Kälte sprangen ihre Schirme auf und drängten sich fein raschelnd aneinander, eine Familie.

Wenn er über Abstammung und Titel nachdachte, konnte er immer noch darüber staunen, dass sein Name Tomasi nicht ihm gehörte, sondern nur von den ihm Vorausgegangenen geborgt war, um für die Nachfahren treuhänderisch verwaltet zu werden wie die großen Häuser selbst, die allesamt verschwunden waren. Was das zu bedeuten hatte, wie es sein Leben geprägt hatte, überstieg sein Begriffsvermögen.

Seine Mutter hatte solche Sachverhalte verstanden. In der Vorwoche war er an ihrem Grab gewesen, und der Besuch hatte an seine schmerzlichen Erinnerungen gerührt wie eine in langsamer Strömung dahingleitende Hand. Licy war mitgekommen, unerschütterlich, grimmig und, wie der Zug um ihren Mund verriet, tief in Gedanken. Ein starker Wind wehte, doch der Himmel war hellgrau, beinah blau, und das durch die Wolken dringende Licht hieß, es würde nicht regnen. Sie gingen zwischen den alten Grabsteinen, den Marmorengeln und den Eisengittern hindurch, hinter denen schmutzig gelbe Blumen in ihren Gläsern welkten. Er hätte Friedhöfe mögen müssen, dachte er. Aber er hatte sie nie gemocht. Sie kamen am Grab seiner Tante Giulia vorbei, einst Licht, Esprit und Anmut in Person, an die sich jetzt niemand mehr erinnerte. Seine Mutter war in der alten Familienparzelle begraben, neben ihrem Mann, wenngleich er wusste, dass sie das nicht gewollt hätte. Eines Tages würde auch er dort liegen, vielleicht schon bald. Alessandra ebenso. Der Wind zerrte an seinem Hut. Ihm wurde nicht warm.

Er öffnete das Tor mit einem kleinen Eisenschlüssel und viel Mühe. Das wuchernde Gras hatte sich in den Angeln verfangen. An ihrem Grab nahm er die Hand aus der Tasche, stützte sich keuchend mit beiden Händen auf den Gehstock und versuchte, zu Atem zu kommen. Neuerdings setzte ihm ein Husten zu, der ihm seine kleine Klauen in die Brust geschlagen hatte, und er musste an Coniglios Warnung vor Bronchitis und bakteriellen Infektionen denken und wollte nicht, dass seine Frau das mitbekam. Im Wanken bemerkte er aber Alessandras wachsamen Blick.

Er kam sich ein wenig lächerlich vor. Mirella hatte angeregt, jetzt könnte er seinem Vater und seiner Mutter doch sagen, dass der Familienname weiterbestehen würde. Und diese liebenswerte Geste hatte ihn ebenso berührt wie seine Frau, obwohl sie beide nicht glaubten, dass irgendein Teil eines Menschen nach dem Tod weiterlebte.

Ich gehe zu ihr, hatte er gesagt. Ich erzähle Mama von dir und Gio.

Und doch wusste er hier am Grab nicht weiter, fand er keine Worte. Es lag nicht nur daran, dass Licy bei ihm war, obwohl das zu seiner Verlegenheit beitrug. Die Erinnerung an die letzten Jahre seiner Mutter kam dazu – dass sie allein in der verfallenen Casa Lampedusa gestorben war wie eine verrückte alte Einsiedlerin. Im Winter 1946 war das, als die Insel längst für befreit erklärt worden war, Berlin bei Kriegsende gebrannt hatte und die armseligen Palermitaner unglücklich in ihre zerstörten Straßen zurückgekehrt waren. Er und seine Frau und seine Mutter hatten vor dem Nichts gestanden.

Ja, sie war allein gestorben. Ihr Arzt Coniglio hatte sie gefunden. Das hätte ihr nicht gepasst. Einen Tag später? Zwei Tage? Er kniff vor Bitterkeit die Augen zusammen, wollte es sich nicht vorstellen. Nicht lange, das stand fest. Der Verfall hatte noch nicht eingesetzt. Er hatte sie an dem Morgen besuchen wollen, hatte es aber auf den Nachmittag verschoben, und dann hatte Alessandra ihn in seiner kleinen Wohnung erwartet und ihm bei einer Tasse Tee gesagt, dass seine Mutter gestorben war. Als er in den Palazzo kam, lag sie schon aufgebahrt auf dem zurechtgemachten Bett, die kalten Hände auf der Brust gefaltet, die Augenlider geschlossen. Ihre Lippen standen ein wenig offen, die Haut über den Wangenknochen und um die Augenhöhlen war straff gespannt. Sein erster Gedanke war gewesen, das sei nicht seine Mutter, es liege ein Irrtum vor.

Sie war sechsundsiebzig Jahre alt. Sie hatte das Ende des Krieges erlebt, den Aufstieg und Fall des neuen Italien. An ihr Europa, das Europa der Belle Époque, erinnerte man sich nicht mal mehr. Autos, Flugzeuge, Kino, die entsetzlichen neuen amerikanischen Bomben, die Städte auslöschen konnten, all das stand für eine sonderbare Anderswelt, die sie nicht begriff. Sie hatte viel zu klagen, übertrieb es aber nicht, äußerte ihr Missfallen an den kleinen Unterschieden, der Qualität des Weins, der Damenmode, den Reisekosten. Jahrzehntelang hatte sie den endgültigen Niedergang ihrer Familie miterlebt, bis nichts mehr übrig war, kein Erbe, kein Vermögen, keine großen Häuser. Sie hatte sich selbst überlebt.

Er rief sich die Frau in Erinnerung, die sie einmal gewesen war, zum Fürchten modern, schockierend in ihren Ansichten, eine Frau, die das anbrechende neue Jahrhundert verblüffte und beunruhigte. Aber das war ein Wesen aus seiner Kindheit und keine vertrauenswürdige Perspektive, hatte er sie doch in seiner Anbetung zu etwas Unfassbarem und Großartigem erhoben. Während des Krieges war er mit ihr in ein kleines Haus im Vinaviertel von Capo d'Orlando geflüchtet, und als dann selbst die Küstenorte unsicher wurden, waren sie den Piccolos landeinwärts ans Ufer des Naso gefolgt. Ein abgerissener, dicklicher Privilegierter und seine alte Mutter, die Fürstinwitwe. Was für ein Bild mussten sie abgegeben haben. In Naso mieteten sie ein kleines Häuschen in den Feldern unterm Haus seiner Cousins und lebten kärglich in der Stille von Wind und Vogelgesang. Im Spätherbst 1942 musste Alessandra dann aus Lettland fliehen, reiste mit ihrem italienischen Ausweis per Bahn durch die Achsenmächte und traf krank und erschüttert in der Villa ihrer Mutter in Rom ein. Zu Weihnachten besuchte Giuseppe sie dort. Er hatte sie sechs Jahre nicht gesehen und nicht berührt. Als er in Onkel Pietros Garten neben ihr saß und ihre Hand in seiner hielt, war sie wie eine Fremde für ihn.

Im neuen Jahr kehrte er allein nach Sizilien zurück. Das war eine seltsame Zeit, das ganze Land in Panik. Überall sah er die Tötungsmaschinerie. Die Angriffe auf Palermo verschärften sich. Vielleicht einmal im Monat schaute Giuseppe nach seiner geliebten Casa Lampedusa und überzeugte sich, dass sie nicht geplündert oder von Obdachlosen in Besitz genommen worden war. Wenn er seine Mutter allein ließ, wusste er nicht, was er bei seiner Rückkehr vorfinden würde. Im März flog im Hafen von Palermo ein Schiff in die Luft, und die Explosion riss Türen und Fenster aus dem Palazzo und deckte das Dach über der Bibliothek und zwei anderen Räumen ab. Im April wurde die Freitreppe direkt getroffen und zerstört, so dass Giuseppe nicht mehr ins Haus kam, auch durch den Lieferanteneingang nicht, den ein zwei Etagen hoher Trümmerberg versperrte. Im Mai wurde der Palazzo dann erneut getroffen, und da die Wände einstürzten, war er endgültig zerstört. Da war nichts mehr zu retten, selbst wenn er Geld zum Bauen gehabt hätte. Weinend lief er allein durch die Trümmer, bis die Sonne unterging und die Luft abkühlte, dann setzte er sich auf die Steine und schloss die Augen.

Er brachte es nicht über sich, zu seiner Mutter zurückzukehren. Wenn er jetzt erzählte, was er gesehen hatte, würde es ein für alle Mal unumstößlich wahr sein, und dem wollte er sich noch nicht gleich stellen. Er ging in die Berge außerhalb Palermos, zur Villa eines Verwandten, und dort blieb er, ein eigenartiger, tieftrauriger Mensch mit wirren Augen, unfähig zu sprechen oder gar zu erklären, was ihm Schlimmes widerfahren war. Er rasierte sich nicht. Er schlief nicht. Erst nach zwei Tagen stummer Trauer schleppte er sich mittellos, ohne Hut, im staubbedeckten Anzug durch ein kriegsgeschütteltes Sizilien nach Hause.

Als er in Capo d'Orlando ankam, stand seine Mutter vor der Haustür, lief den Fußweg hinunter zu ihrem zitternden Sohn und schloss ihn in die Arme, wie immer ohne jeden Vorwurf, und es war, als wüsste sie schon Bescheid.

Ist ja gut, mein Kleiner, mein Vögelchen, sagte sie. Ach, mein lieber, lieber Junge, ist doch schon gut.

Die durch die Auslöschung seines Palazzos ausgelöste Veränderung ging allmählich und gleitend vor sich wie beim Durchkneten von Teig. Als hätte er sich damals dem Schicksal und seinen Verheerungen ergeben. Er wusste nichts mit sich anzufangen. Im Juni jenes Jahres reiste Licy endlich südwärts nach Sizilien. In der Woche vor ihrer Ankunft landeten die Amerikaner an der Südküste, und wenige Tage später wurde das Häuschen im Vinaviertel von einer Bombe getroffen und zerstört. Giuseppe stand auf der Straße, während Rauch und Staub sich in den Himmel fädelten, und zitterte nur noch. Sie konnten nichts retten, und nur mit den Kleidern an ihrem Körper fanden er, seine Frau und seine Mutter weiter inland Zuflucht in Ficarra, in einem Ein-Zimmer-Häuschen. Die beiden eigensinnigen Frauen waren sich zuvor erst zweimal begegnet, und beide Male war es eine Katastrophe. In der Enge und Anspannung der kleinen Hütte hatte Licy wenig Geduld mit der herrischen Art seiner Mutter, und seine Mutter stieß sich an ihrer baltischen Direktheit und ihrem zu liebevollen Umgang mit dem Sohn. Ihr missfiel, dass Licy schon mal verheiratet gewesen war, ihr missfiel, dass Licy zu alt war, um Kinder zu gebären, ihr missfiel, dass Licy keine Sizilianerin war. Sie ist meine Frau, hatte Giuseppe zornig erwidert. Noch nie hatte er ihr so die Stirn geboten.

Im Oktober desselben Jahres kehrte Giuseppe mit Alessandra nach Palermo zurück. Seine Mutter war zu ihrer Schwester Teresa nach Capo d'Orlando gezogen, wo der Ton ihrer Briefe an den Sohn schärfer wurde.

Er stemmte sich gegen den Gedanken, der ihm dann an ihrem Grab kam, mit Alessandra in Schwarz an seiner Seite und dem kalten Wind in den Mantelschößen. Die krummen Steine und Totendenkmäler ringsum drangen auf sie ein. Er behielt seine Mutter lieber als starke und engagierte Frau in Erinnerung, die in selbstgewollter Isolation lebte, nicht einsam, sondern allein. Ihr Leben lang war sie in ihren Forderungen klar und direkt gewesen, sagte er sich. Jetzt aber kamen ihm Zweifel, ob das so stimmte. Nach den Angriffen der Amerikaner auf Palermo habe sie sich dafür entschieden, in den Trümmern der zerbombten Casa Lampedusa zu leben, weil es ihr Zuhause sei, sagte sie, und weil sie eine Filangeri und eine Cutò sei, und weil verfallene Familien in verfallene Häuser gehörten.

Schau mich doch nicht so an, Giuseppe, hatte sie ihn spöttisch zurechtgewiesen. Mich kriegt nichts klein.

Er hatte kaum widersprochen. Das hatte sie sicher überrascht. Nach dreijährigem Hin- und Hergezerrtsein zwischen ihrem Temperament und Alessandras zornigem Schweigen war er müde. Im Vollgefühl ihrer Kräfte hatte sie sich offenbar eingebildet, ihren Sohn stärker im Griff zu haben, als es der Fall war. Er glaubte nicht, dass sie ihn noch für ein Kind hielt, nur für jemanden, der sie nicht ihrer eigenen Mutwilligkeit überlassen würde, und so war er, um sich und ihr das Gegenteil zu beweisen, mit seiner Frau in die Piazza Castelnuovo am anderen Ende der Altstadt gezogen, nicht weit von der Stacheldrahtsperre, in eine erbärmliche Einzimmerwohnung ohne Wasser und Heizung. Licy versetzte ihre Pelze für Dosen mit abgelaufenen amerikanischen Lebensmitteln, er übernahm den Posten eines Bezirksleiters beim Roten Kreuz. In den kalten Monaten nach der Ankunft seiner Mutter besuchte er die Casa Lampedusa selten. Wobei nicht Licys Herz ihn fernhielt. Er war der Meinung, seine elend, unterkühlt und zunehmend ungepflegt vor dem tragbaren Herd im alten Stall ausharrende Mutter habe es an Verständnis für seine Traurigkeit fehlen lassen.

Den Hof des Hauses seiner Kindheit zu betreten warf ihn jedes Mal aufs Neue um. Zwischen den klimpernden, losen Mauersteinen fing er an zu zittern, verstummte und brachte, wenn er schließlich seine Mutter fand, manchmal kein Wort heraus. Das erschien ihm regelrecht albern bei all dem Leid in der Welt um sie herum, und doch konnte er nicht darüber sprechen, nicht einmal mit ihr, die ebenfalls alles verloren hatte, aber weiterhin durch den Palazzo streifte – nicht wie ein Gespenst, sondern wie eine illegal Wohnende. Sie begriff nicht, dass ein Haus nicht nur die eigene Vergangenheit, sondern auch die Gegenwart und die Zukunft sein konnte; was sie betrauerte, war schon nicht mehr. Er konnte in die Ferne schauen und sehen, dass seine Trauer erst noch kam. Ihm wurde klar, dass nur Licy, die ihr

Schloss in Stomersee an die einfallenden Sowjets verloren hatte, das nachvollziehen konnte. Hätte er darauf bestanden, zu seiner Mutter in die Casa Lampedusa zu ziehen, hätte sie den Winter vielleicht überlebt. Könnte sie noch am Leben sein. Aber das hätte ihm etwas abverlangt, das er nicht geben konnte, und ihn verzweifeln lassen. Hätte sie es gefordert und er es verweigert, wären seine Gefühle jetzt einfacher gewesen. So aber blieb nur der vage Eindruck, dass er sie im Stich gelassen hatte, dass er anders hätte handeln können.

Zehn Jahre waren jetzt vergangen; mehr. An ihrem Grab wuchs gelbes Gras hoch. Er ging nicht oft zu diesem Friedhof, weil er ungern daran dachte, dass dort ihr Leichnam lag. Sie hatte sich dafür entschieden, im eiskalten Gemäuer eines verfallenen Palazzos zu sterben, ohne frisches Wasser, ohne Heizung, in einem Winter voll Hunger und Tod. Er schrieb alten Freunden, die sie gekannt hatten, Corrado delle Fratta, Guido Lajolo, seinem Onkel Pietro, und hob hervor, dass seine Mutter auf eigenen Wunsch ruhig und zufrieden in der Via Lampedusa gestorben war. Über seine Gefühle sprach er selbst mit Alessandra nicht. Er mied den zerstörten Palazzo, konnte sich nicht dazu überwinden, ihre verstreuten Habseligkeiten durchzugehen, da ihr Geist, ihr Gedächtnis, ihre Gegenwart den Ort noch immer durchdrangen und sich nicht verscheuchen ließen. Er musste die Worte nicht laut aussprechen, sie stimmten auch so: Sie hatte gewollt, dass ihr Sohn sich für sie entscheidet. Anderenfalls war sie bereit gewesen zu sterben.

Und er hatte das zugelassen. Eines Morgens stand er mit hochgestelltem Kragen allein auf der Terrasse in der Via

Butera, schaute aufs flache graue Meer hinaus und konnte sich nicht mehr belügen. Es hatte ihn geärgert, dass sie ihn in eine solche Position gebracht hatte, und er hatte die Entscheidung verweigert. Er hatte gewusst, wie brutal der Winter sein konnte, wie hinfällig sie war, wie oft man Erfrorene in den Hauseingängen und Gassen der Altstadt fand. Er hatte sie im Stich gelassen. Er hätte sie retten können, bewahren, ihr zeigen können, dass sie geliebt wurde und im Leben stand.

Sie hatte offensichtlich gewollt, dass ihr Sohn zu ihr kam, sie in seine Arme schloss, ihr bestätigte, dass sie noch zählte. Der Tod hatte nichts damit zu tun. Sie hatte den Zauber ihres jüngeren Selbst bewahren wollen. Die Auslöschung war ihr lieber gewesen, als zu veralten.

Damals hatte er das nicht begriffen. Es war ihm wie ein Wahn vorgekommen. Aber sie hatte die Verwicklungen in ihrem Leben angeordnet, wie ein Romancier sein Buch einrichtet, hatte sie geformt und strukturiert und keine Lösungen gesucht, sondern Konflikt und Dichte. So war es dann seiner eigenen Logik gefolgt bis zum Ende. Sie hatte ein turbulentes und schönes Innenleben gehabt, glaubte er, und eine wie sie würde es vielleicht nie wieder geben. Die Lungenentzündung in ihrem letzten Winter, die von Coniglio verschriebenen Medizincocktails, die dunkelbraunen Ringe um ihre Augen, das alles hatte zu der Geschichte gehört, an der sie schrieb, und dazu fiel ihm das harte, nervöse Lachen ein, zu dem sie fähig war, aber auch ihre Neugier, ihre großherzige Liebe, ihre Zerbrechlichkeit und wie schnell sie verletzt war. Das alles war jetzt weg, von ihren Knochen abgefallen, zu Staub geworden.

Jetzt dachte er doch an ihren toten Körper, an den unbeschädigten sonnigen Palazzo, durch den sie einst mit den gleitenden Schritten einer Göttin gegangen war, an die Intelligenz in ihren klaren Augen. Sie war Teil des von ihm Verlorenen geworden, ein zweites großes Haus, das er bewohnen konnte, das ihm und ihm allein gehörte und ihm nicht noch einmal genommen werden konnte, da es nicht mehr in dieser Welt stand. Sie war zur Erinnerung geworden, und die konnte er nicht zurückweisen, denn sie war nicht von seinem Ich getrennt, und so hatte sie schließlich doch erreicht, was sie sich gewünscht hatte.

Er hatte sich nie einen Sohn vorzustellen gewagt.

Das war das Wunderbare daran. Jetzt ging er langsam durch den Regen heimwärts, eine Hand auf der Schulter seines Sohnes, die andere an seinem Gehstock, während sich die Notarskanzlei hinter ihnen im Grau verlor. In der Via Butera erwartete sie Mirella im weißen Ballsaal mit den Terriern auf dem Schoß, und Giuseppe schenkte Cocktails ein, und zu viert tranken sie auf ihre neue Familie. Es war ein merkwürdiges und schönes Gefühl, ein Moment ganz ohne Trauer und Bedauern, und gerade deshalb wusste er nichts damit anzufangen. Gios Eltern hatten für den Abend einen Empfang in der Villa eines Bekannten in den Bergen außerhalb der Stadt vorbereitet, und so verabschiedete sich das junge Paar, und er und Alessandra blieben erst noch mit ihren Cocktails im weißen Ballsaal und lächelten sich vage an. Gegen Abend zogen sie sich um und fuhren los.

Das Haus in den Bergen war ein moderner, eckiger Betonbau, wie die Villen der Unternehmer in Mailand. Blendendes Licht in den großen Fenstern. Alessandra fuhr langsam die lange Einfahrt hoch und parkte auf dem noch nassen Gras bei den anderen Autos, und Giuseppe stieg aus, rückte seine Krawatte zurecht und wartete auf seine Frau.

Wie still es ist, sagte sie.

Er nickte.

Sollen wir einfach reingehn?, fragte sie.

Sie stiegen die Betontreppe hinauf, wischten sich sorgfältig die Schuhe mit seinem Taschentuch ab und traten durch die Glastür ins Haus. Andere Gäste sahen sie nicht. Das Haus stand hell erleuchtet in der kalten Dunkelheit, der ebenso lange wie breite Salon nahm sich seltsam aus mit seinen niedrigen Sofas und minimalistischen Couchtischen. Alessandra warf ihm einen Blick zu, und Giuseppe zog zustimmend die Brauen hoch.

Jetzt hörten sie Stimmen und gingen durch einen hellen Flur, eine kurze Treppe hinauf und kamen in eine Art Zwischengeschoss mit einer offenen Glaswand und einem von zahlreichen Laternen beleuchteten Park dahinter, in dem sich die Gäste neben einen leeren Swimmingpool versammelt hatten. Ein Musikerquartett in Wintermänteln saß in Stühlen auf dem Rasen, die Instrumente im Anschlag, und wartete.

Gios Vater, Fürst Fabrizio, stand auf einem kleinen Klappstuhl und hielt eine Rede.

Sie blieben am Kopf der Treppe nach unten stehen, und Giuseppe spürte den kalten Dezemberabend im Gesicht. Genau in dem Moment löste sich eine große Gestalt aus der Gästeschar und kam auf sie zu, und Giuseppe erkannte die dunklen spanischen Züge der Fürstin Conchita.

Kommen Sie, kommen Sie, sagte sie und schüttelte kurz die Armreife. Ich stelle Sie vor.

Ist Gio nicht hier?, fragte Giuseppe.

Sie werden sehen. Er ist aufgeregt und ungeduldig. Mirella ist noch nicht da.

Er wusste, dass Gio ein banger Abend bevorstand, denn es gab nicht nur die Adoption zu feiern, sondern zugleich sollte Mirella in den Freundeskreis von Gios Eltern – Gios anderen Eltern, verbesserte er sich mit einem ziemlich komischen Gefühl – eingeführt werden. Es sollte also ihr Einstieg in die Gesellschaft werden. Er sah Gio wach und aufmerksam in einer Gruppe junger Männer stehen, dünn wie eine Natter in seinem engen schwarzen Anzug. Dauernd drehte er das Gesicht mit den spitzen Wangenknochen und äugte zum Haus hinüber, ob sie endlich kam.

Giuseppe?, sprach ihn leise jemand von der Seite an. Dachte ich mir doch, dass Sie es sind. Wie lange ist das her?

Er sah den Mann an – groß, mager, kahl bis auf einen Kranz grauer Haare um den Schädel wie bei einem mittelalterlichen Mönch. In der linken Hand hielt der Mann eine Zigarette, während seine rechte wie aus eigenem Antrieb seine Jacke auf- und zuknöpfte.

Giuseppe schüttelte den Kopf.

Sie erinnern sich nicht an mich, sagte der Mann.

Er lächelte scheu. Wenn es doch lange her ist?

Ihr kennt euch, Alfredo?, warf Conchita jetzt ein.

Der Mann lächelte, ohne den Blick von Giuseppe zu wenden. Wir haben als Kinder zusammen gespielt. Das wissen Sie nicht mehr? Sie haben sich in Santa Margherita mal vor mir versteckt, und ich hab Sie in der Bibliothek gefunden, wo Sie gelesen haben. Ich glaub, ich hab vor Wut das Buch entzweigerissen.

Eine vage Erinnerung an einen Jungen, einen sonnigen Nachmittag, ein Gefühl der Angst. Er neigte den Kopf. Alfredo, sagte er, ja, natürlich. Das ist meine Frau Alessandra.

Alfredo barg die Zigarette in der halbgeschlossenen Hand und verneigte sich. Fürstin, sagte er.

Die ich Ihnen beiden hiermit entführe, erklärte Conchita. Alessandra. Ich möchte Sie mit einem Arzt bekannt machen, Dr. Moreno. Er ist auch Psychiater. Ich glaube, er wird Sie sehr interessieren.

Licy warf ihm einen neugierigen Blick zu, den er nicht verstand. Eine Welle des Unbehagens schwappte über ihn hinweg.

Ich habe diesen Tag immer bedauert, sagte Alfredo.

Welchen Tag?

An dem ich Ihr Buch zerrissen habe. Ich war so wütend.

Na ja. Wir waren Kinder.

Ich lebe in Marokko, sagte Alfredo. Vor dem Leben hier bin ich geflüchtet, sobald ich alt genug war.

Und wie verbringen Sie Ihre Zeit in Marokko?

Beifall brandete auf, Gelächter. Fabrizio war mit seiner Rede fertig und stieg behende vom Stuhl. Die Gesellschaft löste sich auf und strebte dem warmen Haus zu. Giuseppe ließ sich von einem vorbeikommenden Kellner ein Glas Champagner geben, trank aber nicht.

Alfredo lachte. Ich verlege Bücher, sagte er. Kunstbücher. Ich habe einen Verlag in Marokko. Kleine Auflagen, aber schöne Reproduktionen. Hauptsächlich Architektur. Auch Skulptur.

Giuseppe betrachtete den Mann interessiert. Sie verdienen sich also Ihren Lebensunterhalt.

Wenn man es so nennen kann.

Sie nennen es nicht so?

Meine Frau nicht. Sie sieht es als Hobby an.

Mhm.

Und Sie, waren Sie schon mal in Nordafrika? Das ist eine andere Welt. Man lebt dort intensiver, vollständiger. Wir sind hier so gehemmt, so unfrei. Das habe ich gleich nach meiner Rückkehr gemerkt.

Und wann war das?

Im Juli. Um den Nachlass meines Vaters zu regeln.

Ah. Tut mir leid.

Ein Nicken. Er war alt, und er hat gut gelebt. Er ist im Schlaf gestorben. Da braucht einem nichts leidzutun. Und Ihre Mutter?

Nach dem Krieg. Im Schlaf.

Alfredo bekundete sein Beileid so elegant mit einem beiläufigen Nicken, dass Giuseppe unwillkürlich nach etwas Gezwungenem, Unaufrichtigem darin suchte. Doch er fand nichts. Er überlegte, ob sein Fürst und Astronom, wäre er real gewesen, so umgänglich hätte sein können.

Aber sein Fürst war voll müder Höflichkeit und Ablenkungsmanöver, und darin lag der Unterschied: Sein Fürst hatte zu viel von ihm selbst.

Hören Sie, sagte Alfredo gerade, wie ist es Ihnen ergangen? Der Krieg hat Sie offenbar nicht ruiniert.

Giuseppe lächelte traurig. Um ein Haar, sagte er. Aber nicht ganz.

Auf der anderen Seite des Rasens spielten die Musiker.

Vor ihnen tanzte eine junge Frau im roten Kleid allein, begleitet von ihrem langen Schatten im Gras, ihrem in der Kälte sichtbaren Atem.

Meine Familie hat der Krieg zugrunde gerichtet, sagte Alfredo. Wir können nicht wiederaufbauen. Mein Vater hat sich davon nicht erholt. Mir selbst macht es nichts, ich habe kein Interesse an den alten Besitztümern. Ich verlasse Palermo, sobald seine Angelegenheiten geregelt sind.

In Sizilien wird nichts jemals geregelt.

Alfredo zwinkerte. Er nahm einen langen Zug von seiner Zigarette, schnickte sie weg und sagte: Wenn man die Vergangenheit nicht bewahren will, kann man allem ohne weiteres entkommen.

Giuseppe entsann sich wirklich nicht an diesen Mann als Kind. Er hätte gern eine Erinnerung an sein Gesicht, an den bewussten Nachmittag im Palast seiner Mutter heraufgeholt, aber es kam nichts. Als sein Blick in die mittlere Entfernung schweifte, bemerkte er, dass Alfredo und er von einer jungen Frau mit einem schwarzen Schal beobachtet wurden, die allein draußen neben dem Betonbecken des Pools stand. Sie drehte den Stiel eines Weinglases in den Fingern. Er nahm an, sie sei eine Bekannte Alfredos. Und doch überkam ihn bald das Gefühl, dass er selbst es war, den sie so eingehend musterte. Die Frau hatte lange weiße Haare, fast silbern in der Dunkelheit, und wirkte dennoch sehr jung. Sie trug nur eine dünne Kette, keinen schweren Schmuck, woraus er schloss, dass sie vermögend sein musste, vielleicht die Tochter eines Industriellen aus dem Norden. Sie hätte eine gute Freundin von Gio und Mirella sein können, die ihn beglückwünschen wollte. Aber intuitiv wusste er, dass das nicht stimmte. Sie hatte nichts von dem entspannten Charme und der Lachlust, die die Freunde seines Sohnes und die anderen jungen Leute auf der Party an den Tag legten. Vielmehr strahlte sie eine in ihrer Intensität fast zornige Einsamkeit und nüchterne Distanz aus, die andere davon abhielt, sich ihr zu nähern. Ihr Gesicht war zerfurcht, als hätte sie lange in widrigem Klima gelebt, und ihre schmalen, länglichen Gesichtszüge waren nicht schön. Als sich Giuseppe schließlich zwang, ihren Blick zu erwidern, schaute sie ihm unverwandt ins Gesicht, ohne zu lächeln oder grüßend ihr Glas zu erheben. Sie hatte nichts Feindseliges an sich, nur eine ihm unangenehme Direktheit, so als könnte sie nach seinem Roman, seiner Gesundheit oder seinem Unglücklichsein fragen und wüsste schon, bevor er den Mund aufmachte, ob er ehrlich Antwort gab. Er entschloss sich, ihr aus dem Weg zu gehen. Doch als er wieder hinschaute, hatte sie sich umgedreht und strebte mit den anderen dem Haus zu, und weg war sie.

Was ich fragen wollte, wandte sich Giuseppe an Alfredo, wem gehört das Haus hier?

Alfredo lachte. Es hat meinem Vater gehört. Er und Fabrizio waren Geschäftspartner. Anlagegeschäfte. Sie haben eine Fabrik in Neapel gekauft, glaube ich, und sie in Wohnungen umgewandelt. Alfredo zuckte die Achseln. Genau weiß ich da nicht Bescheid, ehrlich gesagt. Aber gratulieren darf man?

Danke.

Gioacchino ist ein wunderbarer Kerl.

Mhm.

Doch Giuseppe fühlte sich jetzt entschieden unwohl. Er

hatte keine Ahnung, was sein Gastgeber von seinen Umständen wusste, nahm aber stark an, dass Gios Vater ihm einiges erzählt hatte. Das Quartett spielte irgendwo im Haus wieder auf, ein Stück von Mozart, und Giuseppe hörte die Gäste lachen und das stete Klirren von Gläsern und von Besteck auf Tellern. Sie wanderten jetzt auf der Terrasse an langen Tischen mit Speisen und Wein vorbei, und Alfredo bot ihm eine Erfrischung an, doch Giuseppe, der noch immer den unangerührten Champagner in der Hand hielt, schüttelte den Kopf.

Und dann verschwand sein Gastgeber geschmeidig zwischen den anderen Gästen, ein Lächeln hier, eine Schulterberührung dort, und alles mit einer Leichtigkeit, über die Giuseppe nur staunen konnte. In der blitzhellen Etage über ihm bewegten sich die Leute zu zweien und dreien. Ein Gartenhang mit ländlichen Pflanzen führte neben den Betonstufen zum Rasen hinunter, und an den Zweigen der kleinen Bäume hingen Laternen.

Er entdeckte Alessandra allein und nachdenklich in der unteren Bibliothek. Zwei junge Frauen balancierten lachend auf dem Geländer des dahinterliegenden Balkons.

Du scheinst nicht gern hier zu sein, bemerkte er trocken.

Sie schüttelte den Kopf. Hat Gio dich gefunden?

Er sucht mich? Ist Mirella jetzt da?

Ja.

Bestimmt mögen sie alle. Sie werden genauso bezaubert sein, wie wir es waren.

Mag sein.

Ich bin mir sicher.

Im großen Saal fand Gios Vater ihn, drückte ihm ein Glas Wein in die ungeschickten Finger, ließ ihn stehen. Er zog seinen Mantel wieder an, ging draußen die Gartenwege entlang und gab sich beschäftigt, als hätte er etwas vor. Gio und Mirella fanden ihn an einem Brunnen und zupften ihn zum Spaß am Ärmel. Er sah Licy bei den Esstischen auf der Terrasse in ein Gespräch mit einem kleinen Mann vertieft, wandte sich ab und schaute in die entgegengesetzte Richtung. Die Party ging weiter. Die Musiker legten ihre Instrumente weg, aßen von kleinen Tellern. Er schlüpfte wieder ins Haus und ging nach oben, und als er leises Lachen hinter einer Tür hörte, die er gerade öffnen wollte, machte er schnell kehrt und ging durch eine Terrassentür wieder nach draußen. Eine Weile beobachtete er von einem Balkon aus die Gäste unten auf dem Rasen, wie sie singend zwischen den Lichtern umherzogen. Im Haus stimmten die Musiker einen Walzer an, und er sah Gio und Mirella über das Gras wirbeln, elegant, jugendlich, geliebt.

Hinten im Garten erblickte er einen abgeschiedenen Winkel mit einer kleinen Bank an einem von Laub erstickten Brunnen und machte sich auf den Weg nach unten, doch als er hinkam, sah er, dass er nicht allein war.

Verzeihung, sagte er, verneigte sich und wandte sich ab.

Gehen Sie nicht. Bitte.

Die Gestalt saß auf einer kleinen Schaukel, die an einem Zwergbirnbaum hing, und als sie sich rührte und nach vorn beugte, sah er, dass es – wer sonst? – die weißhaarige Frau mit dem schwarzen Schal war.

Hier ist es still, sagte sie. Ein kleines Lachen. Ich mag nicht so viele Leute um mich.

Er stand erst einmal unschlüssig vor ihr, wurde rot, als ihm aufging, wie unhöflich das war, und setzte sich. Die Bank war eiskalt. Eine Mazurka klang von fern zu ihnen herüber wie ein vergehender Traum.

Sie sind nicht von hier, sagte er schließlich.

Ist das so offensichtlich?

Hm. Ihr Akzent.

Er sah die Frau unverwandt im Winterdunkel an, und die ferne Gartenbeleuchtung rahmte ihren Kopf mit dem schimmernden weißen Haar wie ein Heiligenschein. In seinem Nacken prickelte es.

Wo ich herkomme, kann man sich das hier nicht mal vorstellen, sagte sie.

Woher kommen Sie denn?, fragte er in der Gewissheit, dass sie das wollte.

Von einer anderen Insel.

Nicht Sizilien?

Ähnlich wie Sizilien, aber viel älter. Und viel kleiner. Auf meiner Insel ist es flach, heiß und trocken.

Palermo muss Ihnen seltsam vorkommen.

Ich lebe jetzt in Rom. Palermo ist nicht seltsam.

Ach so.

Ich bin Schauspielerin, sagte sie. Ich bin zu Filmaufnahmen hier.

Schweigend musterte er sie und überlegte, ob er sie schon mal irgendwo gesehen hatte. Es schien ihm nicht so. In der Filmwelt kannte er sich nicht besonders aus.

Sie fragen sich, ob Sie mich kennen, sagte sie.

Gesehen habe ich Sie bestimmt schon mal auf der Leinwand, erwiderte er höflich. Wovon handelt der Film?

Sie müssen mir versprechen, dass Sie nicht lachen.

Warum sollte ich lachen?

Es ist ein Kunstfilm.

Ach so.

Er hörte die Schaukel knarren, als sie im Dunkeln ihr Gewicht verlagerte. Ich sage Ihnen, wie Paolo ihn mir beschrieben hat. Das ist der Regisseur. Er meinte: Stellen Sie sich eine Insel vor. Seit Tausenden von Jahren schlummert sie in verlassener See. Lange war sie von Menschen unbewohnt, da sie kein Frischwasser bot und die Seeleute ihre Klippen fürchteten. Angeblich lebte ein Monster in ihren Gewässern. An ihrer Küste zerschellten Schiffe.

Was für ein Monster?

Sie winkte ungeduldig ab. Auf das Monster kommt's nicht an.

Kenne ich die Insel?

Nein. Sie existiert nicht. Es ist nur ein Film.

Giuseppe sah ein Pärchen die Gartenwege entlangschlendern und in der Schwärze verschwinden. Bitte, sagte er. Weiter.

Ich bin nicht die Hauptdarstellerin, versteht sich.

Verstehe.

Das ist eine Französin. Die Sie sicher kennen, sie ist berühmt. Ihre Figur ist zu der Insel im Süden gekommen, um allein zu sein. Ihr Mann hat sie betrogen, und sie möchte sich darüber klarwerden, wie es weitergeht.

Dazu wusste Giuseppe nichts zu sagen. Als Geste der Ratlosigkeit kehrte er die Handflächen nach oben.

Ich habe ihren Part gelesen, aber dafür war ich nicht die Richtige. Hat Paolo gesagt. Die Produzenten wollten einen

Namen, wenn Sie verstehn. Kein Gesicht. So ist das in der Branche.

Aber für eine andere Figur waren Sie die Richtige, sagte er.

Sie sah ihn an, bevor sie weitersprach. Die dem Untergang geweihte Freundin, sagte sie. Die spiele ich. Ich lebe mit meinem Vater in einem kleinen Dammuso aus Stein und Erde. Er ist sehr alt. Mein Bruder ist tot, meine Mutter ist tot. Es gibt eine Ortschaft auf der Insel, aber damit haben wir wenig zu tun. Manchmal kommt es mir und meinem Vater vor, als wären nur wir beide auf der Welt. Jeden Abend, wenn mein Vater fischen geht, bringe ich ihm Brot ans Boot. Eines Abends zieht dann die Französin in unsere Nähe, und alles ändert sich. Inzwischen herrscht Krieg. Nachts sehen wir die Kriegsschiffe vorbeifahren, und das Meer leuchtet, als ob es in Flammen steht. Wie im richtigen Leben.

Da können Sie aber noch nicht alt gewesen sein. Im Leben, meine ich.

Ich erinnere mich an den Krieg. Ich weiß, wie er war.

Ja.

Aber der Film handelt nicht vom Krieg.

Nein.

Der Vater meiner Figur, der langsam erblindet, fährt nicht mehr mit seinem Boot raus. Die Französin wacht an seinem Bett. Wir werden alle sehr hungrig. Manchmal laufe ich durch die Myrte und die Kakteen über die Insel, klettere an der Baia della Madonnina die Klippen runter, schwimme ins seichte Wasser und tauche mit einer Holzkiste nach den Seeigeln und Austern. In den Spalten lauern Zackenbarsche. Die sind gefährlich. Sie müssen sich vorstellen, wie das auf der Leinwand wirkt, wenn das Sonnenlicht durchdringt und den Tang und die Steine beleuchtet. Das wird alles sehr schön, sagt Paolo. Und dort unter Wasser sieht meine Figur eines Morgens die Höhle.

Giuseppe zündete sich eine Zigarette an und rauchte beim Zuhören. In der Laube hinter ihnen erlosch eine Laterne, und die Nacht wurde kälter. Er konnte die Musiker und auch die Gäste nicht mehr hören.

Paolo hat mit mir über die Höhle gesprochen, sagte die Schauspielerin. Er hätte eine im Studio bauen können, aber er will, dass sie echt ist. Im fertigen Film wird sie sehr, sehr dunkel sein. Wie ein geschlossenes Augenlid, sagt er. Meine Figur wundert sich, dass sie ihr noch nie aufgefallen ist. Da sie nicht tief unter der Oberfläche liegt, kann ich hinschwimmen und lange genug die Luft anhalten, um reinzutauchen und sie zu erkunden. Meine Figur weiß, dass das gefährlich ist. Sie weiß, wenn etwas schiefläuft, geht ihr die Luft aus, und sie ertrinkt. Aber sie hat Hunger, und wer Hunger hat, ist nicht immer klug.

Niemand ist immer klug.

Das ist ihr Ansporn.

Der Hunger.

Ja. In jeder Hinsicht.

Giuseppe nickte. Was passiert in der Höhle?

Schließen Sie die Augen. Sie müssen sich das auf der Leinwand vorstellen. Die Fischerstochter schwebt am Eingang der Höhle und späht hinein. Ihre Haare treiben um sie herum. Die Kamera ist in der Höhle, so als ob die Höhle sie beobachtet. Sie schwebt in grünem, sonnenhellen Wasser, umgeben von Wärme, von Licht. Dann wechselt die Einstellung. Die Kamera ist neben ihr. Man sieht, dass direkt vor ihrem Gesicht nur Kälte ist, nur eine unglaubliche, absolute Schwärze. Es ist, als ob sie den Eingang zu einem anderen Meer gefunden hat. Die Höhle selbst ist vollkommen rund und glatt. Sie streckt eine Hand in die Kälte, sieht sie vor sich verschwinden und zieht sie wieder raus, als hätte sie sich verbrannt. Sie hat ein kleines Messer dabei, um Schalentiere von den Steinen zu hebeln, und das nimmt sie zur Sicherheit in die Hand. Und da sieht sie auf einmal, wie die Dunkelheit sich bewegt. Sie entrollt sich praktisch von innen, gleitet zur Seite. Natürlich hat die Frau Angst und stößt die Luft aus, so dass sie durch die Luftblasen nach oben schwimmen und auftauchen muss.

Was war das denn? Was hat sie gesehen?

Ihr Verstand sagt ihr, es war ein Krake. Aber das war kein Krake. Es war durch die Dunkelheit geströmt wie eine andere Art von Wasser. Das hat sie bei einem Kraken noch nie gesehen. Sie will nach Hause und vergisst in ihrer Panik die Kiste mit den Schalentieren. Und als sie zu ihrem Häuschen kommt, stellt sie fest, dass ihr Vater gestorben ist und dass die Französin ihren einzigen Schatz mitgenommen hat.

Ihren Schatz?

Ein Bild. Von ihrer toten Mutter. Ein berühmter Maler hatte es lange vor der Geburt der Tochter auf einer Reise zu ihrer Insel gemalt.

Giuseppe konnte in der Dunkelheit das Gesicht der Schauspielerin nicht sehen. Er hörte das wiederkehrende Knarren ihrer Schaukel an den Ketten, das zischende Geräusch ihrer Füße im Gras. Er kam sich sehr alt vor.

Es ist ein merkwürdiger Film, sagte sie. Aber ich wollte unbedingt mitspielen. Mein eigener Großvater ist eines Abends allein mit einem Boot und einer Blendlaterne rausgefahren. Er kam nicht wieder. Am nächsten Morgen war die Sonne auf dem Meer rot. Da wusste ich Bescheid. Die Insel im Film hat weder Anfang noch Ende, und die Überfahrt dahin ist alles. Sagt Paolo. Das ist wie meine Kindheit, habe ich zu ihm gesagt, wie da, wo ich herkomme. Wo wir drehen, kommt man nur schwer hin. Nur mit der Fähre, und es gibt nur eine. Mit kaum Passagieren. Wir müssen weit übers Meer.

Sie fahren nach Lampedusa, sagte er sanft.

Ein Rascheln von Stoff, wie sich entfernender Wind.

Da war ich glücklich, sagte sie leise.

Wer war das?, fragte Alessandra später, im nachtkalten Dunkel ihres Palazzos. Ein Klicken, und die Glühbirnen im Empfangsraum gingen an und verbreiteten gleichmäßige Helligkeit. Seine Frau klackte zu dem kleinen Spiegel hinüber und glitt aus ihrem Pelzmantel.

Er wusste sofort, wen sie meinte. Eine Fischerstochter, sagte er.

Licys Hände hielten auf dem Weg zum ersten Ohrring inne. Giuseppe stand mit der Hand am Geländer auf der zweiten Treppenstufe und hatte ihr Spiegelbild genau im Blick.

Sie war von der Insel, ergänzte er. Aus Lampedusa.

Verstehe, sagte sie.

Bitte?

Sie gehört also zu deinen Themen.

Mein einziges Thema bin ich.

Mhm.

Du bist ja wohl nicht eifersüchtig. Du doch nicht.

Mhm.

Licy kam zu ihm, schlang ihren kräftigen Arm um seine Taille, und schwerfällig gingen sie zusammen die Treppe hinauf. Oben machten sie kein Licht an.

Sie war so voll Traurigkeit, mein Schatz, sagte er schwer atmend nach dem Aufstieg. Ich hab ihr angesehen, dass sie nicht von hier war. Er dachte daran, seiner Frau die Geschichte von der Höhle zu erzählen, von dem am Rand der Dunkelheit schwebenden Mädchen, aber irgendwie wollte er das nicht weitergeben, wollte er es erst einmal bewahren und für sich behalten.

Mirella war heute Abend perfekt, sagte er stattdessen.

Perfekt. Ja.

Für seine Frau war es noch nicht spät, er selbst aber spürte die Erschöpfung seiner Jahre, und als sie das Licht im Ballsaal anmachten und sich hinsetzten, sah Giuseppe zu seinem Missfallen den Brief von Mondadori auf dem Beistelltisch. Da, sagte er. Der liegt da immer noch.

Ich werfe ihn für dich weg, sagte Licy leise.

Er nahm den Brief vom Tisch und betrachtete ihn, als wollte er sich die Adresse einprägen.

Wir bieten den Roman noch mal an, fuhr sie fort. Wir versuchen es mit Einaudi. Das ist ein angesehener Verlag. Du hast mir gesagt, Flaccovio ist mit deren Vittorini befreundet. Flaccovio kann ihnen den Roman schicken.

Er schwieg. So direkt an seinen Roman zu denken war ihm unangenehm, deshalb vermied er es nach Möglichkeit.

Ein einziger Verlag muss ja sagen, schob sie nach. Nur einer.

Er wies nicht darauf hin, dass es keinen Grund gab anzunehmen, Einaudi fände das Buch eher zur Veröffentlichung geeignet als Mondadori.

Giuseppe?

Du stellst dir immer vor, dass alles besser wird, sagte er jetzt.

Sie sah ihn überrascht an. Wird es ja auch, erwiderte sie.

Du bist eine Optimistin. Hätte ich das gewusst, hätte ich dich nie geheiratet.

Auch du bist voller Hoffnung, mein Schatz, sagte sie. Deshalb bist du traurig.

Crab kratzte an der Terrassentür. Licy drehte sich halb in ihrem Sessel um und hob das Gesicht, aber sie ging nicht hin. Und in der winterlichen Dunkelheit ihres weißen Ballsaals, allein mit ihr, nahm er ihre Hand in seine. Ihre Finger waren kalt. Er strich mit dem Daumen über ihren Handrücken, um ihn zu wärmen, und merkte dabei, wie die Jahre von ihm abfielen; bald fühlte er sich wie beim Halten ihrer Hand mit dreißig, als sie Bedauern, Ermüdung und das alles noch nicht gekannt hatten. So blieben sie lange sitzen, ohne etwas zu sagen, und für einen kurzen Augenblick schien ihm der Tod wieder etwas zu sein, das nur anderen zustieß.

Am nächsten Morgen ging er zu Fuß in die Altstadt und blieb vor den Ruinen der Casa Lampedusa stehen. Die Party in den Bergen verblasste in ihm wie ein sonderbarer Traum. Jetzt bist du Vater, dachte er.

Er fühlte sich kein bisschen anders. Es regnete nicht, aber

die Kälte steckte ihm in den Knochen. Zehn Jahre war er nicht mehr in dieser Straße gewesen, und vielleicht hatte der Besuch beim Notar in der Via Valverde da etwas in Gang gesetzt. Er kniff die Augen zu und dachte an seine Mutter damals, am ersten Nachmittag, wie sie durch den Schutt zu ihm hinuntergekommen war, die weißen Fingerknöchel auf der flachen Ledertasche in ihrer Hand. Giuseppe hatte geweint. Sie nicht.

In dem Jahr war sie schon dem Tod nah, und er begriff jetzt, dass sie das gewusst hatte. Daran dachte er, als er langsam um die rissigen, fünf Meter hohen Steinmauern herumging, die da bleich und verlassen noch in kaltem Schatten aufragten. Etwas in ihm fühlte sich nicht gut an, doch es war nicht das Emphysem, jedenfalls nicht nur. Mit übers Pflaster kratzendem Stock ging er auf die andere Seite der Via Lampedusa, blieb stehen und betrachtete die Straße in ihrer bedrückenden Stille. Es hätte eine verlassene Welt sein können. Er ging wieder zurück. An der Ecke Via Bara all'Olivella fand er die kleine verschlossene Tür, die einmal der Pförtnereingang gewesen war und die er aus seiner Kindheit kannte.

Der Himmel war grau, bedrohlich. Giuseppe war es nicht gewöhnt, ohne seine kleine Schultertasche, ohne die vertrauten Bücher durch die Stadt zu gehen. Er stützte sich schwer auf seinen Stock, zog mit den Zähnen einen Handschuh aus und kramte tief in seiner Tasche nach dem Schlüssel.

Diesen Schlüssel verwahrte er sonst auf seinem Schreibtisch, unter dem porösen Stein von der Insel Lampedusa, und jetzt hielt er ihn einen Moment lang in das matte weiße

Licht des Wintermorgens. Was hatte die Frau von der Villa in den Bergen noch gesagt, die Fischerstochter, die sich an Lampedusa erinnerte?

Er trat vor und schloss die Tür auf, und als sich die Tür nicht öffnen wollte, stemmte er sich gegen die ächzenden Angeln und zwängte sich durch.

Sein Atem wölkte vor ihm her. Kleine Bäume, Harthölzer und Palmen, wuchsen krumm aus dem Schutt, noch jung, aber merkwürdig. Es gab Sträucher mit noch grünen Blättern und gelbes Gras, das einem Kind bis zur Hüfte gereicht hätte, und Pfützen vom Regen in der Nacht.

Er hatte dieses Haus geliebt, wie er nichts anderes in seinem Leben geliebt hatte. Er erinnerte sich an das Zimmer, in dem er noch zwei Monate, bevor die alliierte Bombe den Palazzo auslöschte, geschlafen hatte. Er war auf einem fünf Meter von diesem Bett entfernten Tisch geboren worden und hatte sein Leben lang geglaubt, er würde mit diesem Deckenstuck vor Augen sterben. Kein anderes Haus war ihm ein Zuhause gewesen. Nur hier hatte er Zeit, Raum und Zugehörigkeit als eins empfunden, nur hier das Leben als etwas gespürt, das an einem Ort voll Schmerz und Liebe in die Welt eintritt. Fast sein Lebtag hatte er die Hallen dieser Liebe durchwandert.

Der Flügel, den seine Großeltern bewohnt hatten, war weggebombt worden, die lange weiße Steinfassade und die schwefelgelben Fenster restlos verschwunden. Der Ostflügel, der seiner eigenen Familie gehörte, war aufgerissen worden wie ein Karton, die Deckenfresken und Kamine Wind und Wetter ausgesetzt. Von dem feinen Anklcidezimmer seiner Mutter sah man nur noch den jetzt unerreichba-

ren halben Fußboden und die einst so zart dekorierten, ab-
blätternden Wände. Das Fenster und der Balkon mit Blick
auf den schmalen Garten des Oratorio di Santa Cita waren
auch weg. Seine früheste Erinnerung verband sich mit diesem Raum – wie seine Mutter eine Haarbürste fallen ließ, als
sein Vater ihr im Eingang stehend die Nachricht vom Tod
des Königs vorlas. Alles war Sonnenschein, Silber und Zart-
heit gewesen, die Decke überzogen mit farbigem Stuckge-
zweig und Blüten in pastellnen Rosa- und Blautönen. Mit
ernster Miene wanderte er durch den Schutt. In der Bibliothek sah er Briefe und Fotos liegen, konnte sich aber nicht
überwinden, sie an sich zu nehmen. Vor einer schnell hinge-
pflanzten rostigen Blechdachhütte im Außenhof, die längst
nicht mehr zur Ziegelherstellung benutzt wurde, blieb er
stehen. Hier hatte er gesehen, wie sein Großvater dem Himmel mit der Faust gedroht und vor der aus den Fenstern
schauenden Dienerschaft seinen Vater verflucht hatte, und
zwei Wochen später war sein Großvater tot gewesen. Das
war praktisch seine letzte Erinnerung an den alten Patriarchen. Mit einer behandschuhten Hand wischte er über die
Blätter einer Palme, die sich aus dem Schutt hochschraubte.
Ein Schwall lichtdurchzittertes Regenwasser löste sich. Er
senkte den Kopf. Wie müde er war. Wie lang sich die Winter
jetzt hinzogen.

Da fiel ihm ungebeten etwas ein. Es war eine Erinnerung
an die dumpfen Jahre während des Krieges. Er war aus
Capo d'Orlando gekommen, um nach seinem Haus zu sehen, und stapfte gerade unter der heißen, trockenen End-
septembersonne mitten auf der Via di Lampedusa entlang,
als sich ein steinalter Mann aus den Schatten des Palazzo-

tors löste und auf ihn zukam. Wie lange hatte er gewartet? Giuseppe kannte den Mann nicht. Es hätte ein Bettler sein können oder ein Kriegsversehrter. Langsam und unheildrohend schlurfte er heran, eine gebeugte Gestalt ganz in Schwarz, so dass sich der helle Straßenstaub deutlich auf seiner zu großen Kleidung, seinem verbeulten Hut abhob. Er war sehr dünn, die Lippen blutleer, die Haut ausgebleicht und grau. Das linke Augenlid hing ihm wie von einer alten Verletzung herunter. Er nahm den Hut ab und drehte ihn in zitternden Fingern. Seine Haare waren schneeweiß.

Er sprach Giuseppe mit dem Namen seines toten Vaters an und sagte, er sei im Frühjahr aus dem Gefängnis entlassen worden. Er hätte die schwierige Reise in den Süden nach Sizilien auf sich genommen, um Wiedergutmachung zu leisten.

Irgendetwas war mit seiner Zunge, er konnte nicht deutlich sprechen.

Sie müssen verstehen, dass ich sie wirklich immer geliebt habe, Don Giulio, sagte er. Ich weiß, es lässt sich nicht ungeschehen machen. Das weiß ich. Aber ich träume seit dreißig Jahren von ihr. Geliebt habe ich sie, geliebt, ich hätte mit ihr in Rom sterben sollen –

Da endlich begriff Giuseppe verblüfft.

Das war der Baron, der seine Tante ermordet hatte.

Die Sonne stand in Paternò del Cugnos Augen und brachte ihr sonderbar helles Blau zum Leuchten. Giuseppe sagte nichts, ihm fiel nichts ein, er konnte nur dem Baron ins Gesicht starren. Er fühlte Entsetzen in sich aufsteigen, wusste aber nicht, wohin mit dem Gefühl. Die sonnenhelle Straße war leer.

Cugno zitterte, hatte feuchte Augen. Er bewegte die Lippen, als ob er etwas sagen wollte, wischte sich dann aber nur schweigend die Stirn und setzte seinen Hut wieder auf, lebendig und frei. Er streckte die Hand aus.

Don Giulio, sagte der Baron. Bitte.

Einen Moment lang sah Giuseppe auf die ausgestreckte Hand, altersfleckig, blass, wie etwas, das zu lange im Wasser gelegen hat. Verwirrt schaute er dem Mann ins Gesicht.

Don Giulio, wiederholte Cugno.

Und Giuseppe hörte auf ihn, obwohl er nicht hätte sagen können, warum, und nahm die Hand des Mannes in seine.

Seiner Mutter erzählte er das nicht. Lange Zeit wusste er, dass er sie damit verraten hatte, und das bedrückte ihn. Auch Licy sagte er nichts davon aus Angst, ihr schlechtes Verhältnis zu seiner Mutter könnte dazu benutzt werden, seine Schuldgefühle zu lindern, sein Tun zu entschuldigen und ihm damit zu helfen, den Schmerz loszulassen, den er sich bewahren wollte. Doch als er jetzt durch die Trümmer seines Palazzos wanderte, sah er gar keinen so entsetzlichen Verrat mehr, sondern etwas vielleicht sogar Verzeihliches in der Höflichkeit, die er dem Mörder seiner Tante erwiesen hatte.

Die Ruinen des Hauses zogen sich jetzt scheinbar endlos hin. Alles war Düsternis und Stille. Er blickte nach oben, dann stieg er einen klirrenden Berg zerbrochener Mauersteine hinauf, ging unter einem Steinbogen hindurch, der einmal zu einer Terrasse geführt hatte, und wagte sich tiefer ins Innere hinein.

Hier kam das Licht in durchbrochenen Garben. Er sah eine noch halb intakte Eingangshalle mit einer nach oben führenden Treppe, die mitten in der Luft endete. Aber er war verwirrt, als hätte er die Orientierung verloren, denn auf einer Seite der Eingangshalle meinte er die Stallungen und die Sattelkammer zu sehen, und er wusste, das konnte nicht sein.

Er schüttelte den Kopf. Unbehaglich stützte er sich auf den Gehstock, um das Gleichgewicht zu halten, und schlurfte suchend weiter, wobei seine Schuhe auf dem Stuck knirschten, als ginge er durch welkes Laub. Die kalte Luft dunkelte.

Tod eines Fürsten
Juli 1957

In dem Traum war er wieder dünn und jugendlich. Er hatte ein Telegramm bekommen, zur Hinrichtung durch ein Erschießungskommando in einer Kaserne zu erscheinen. Die Holzfensterläden in den langen Räumen der Kaserne standen halb offen, warfen Rechtecke aus Sonnenlicht auf den Fischgrätboden, weit weg hörte man eine Schreibmaschine klappern. Doch er fand die Anmeldung nicht, und da war niemand, den er fragen konnte.

Wieso wachte er davon nicht auf? In dem Traum war er nervös, besorgt. Manchmal sah er flüchtig eine Gestalt, die weiter vorn um eine Ecke bog, doch wenn er hinlief, war er immer noch und wieder nur allein. Schließlich setzte er sich auf die Bank vor einem Büro und wischte sich mit dem Handrücken über Stirn und Oberlippe. Ein kleines Fenster ging auf einen Hof, und von dort hörte er das Blaffen eines Soldaten, Kettengerassel und ein leises Stöhnen. Allmählich ging ihm auf – immer wie zum ersten Mal –, dass er einfach aufstehen und diese Büroflucht verlassen und seiner Hinrichtung entgehen konnte; und so stand er auf, ging durch den breiten Flur, eine gewundene Treppe hinunter und trat hinaus in die Sommerhitze eines Palermos, das es seit fünfzig Jahren nicht mehr gab. Niemand hielt ihn auf. An der Ecke einer kleinen Piazza ging er in eine Konditorei, wo er seinen Vater mit einem Glas Eiswasser in den Händen fand, und er beugte sich vor und flüsterte dem alten Mann ins Ohr: Sag Mama, ich bin davongekommen.

Was hatte seine Mutter damit zu tun? In dem Traum war die Aussage offenbar nicht merkwürdig. Denn sein Vater drückte ihm wie zum Lob eine kühle Hand an die Wange, und er spürte ihren Druck und sah seinen Vater erstaunt an.

Dann ging er durch die verlassenen Straßen, bis er zum Tor der Villa Giulia kam, dem großen Stadtpark am Jachthafen, wo er als Kind gespielt hatte, und da blieb er mit dem Hut in den Händen stehen und schaute am Tor hoch, denn es war ihm versperrt, und obwohl er rief und an den Gitterstäben rüttelte, kam niemand öffnen.

Da erst wachte er auf in dem Gefühl, dicht an eine grundlegende Wahrheit, eine Erkenntnis herangekommen zu sein, und er schob im Dunkeln einen feuchten Ellbogen über die Augen und schöpfte Atem.

An diesen Traum dachte er, als er wach in der reglosen Hitze lag und dem Lärm des römischen Nachmittagsverkehrs tief unter ihm lauschte. Die rote Sonne stand im Westen. Sein Körper war von Krankheit durchsetzt, verfaulte von innen. Er begriff, dass er todkrank war, wunderte sich aber, wie weit weg ihm das alles vorkam, als geschähe es einem anderen Körper, einem anderen Organismus. Ihm fehlte Palermo, das langsame Zischen der Wellen in der trägen Frühsommerstille. Selbst das Sonnenlicht war hier anders, kühler in seinen Weißstufen, nicht so unangenehm erdrückend wie in Sizilien. Er befeuchtete seine trockenen Lippen. Durch die Wand hörte er Licys Stimme und eine scharfe Erwiderung ihrer Schwester Lolette. Er schloss die Augen.

Manchmal kam es ihm vor, als ob die Welt auf Mustern

beruhte, als ob er Botschaften erhielt, wenn er sie nur deutlich hätte hören und verstehen können. Er nahm an, manche könnten dieses Gefühl mit einer Art Glauben verwechseln. Wie etwa den Traum vom Erschießungskommando. Der kehrte zu unerwarteten Zeiten wieder, in Nächten etwa, wenn er unruhig schlief, und dann versuchte er, daraus schlau zu werden, als wäre es ein Roman von geheimnisvoller Tragweite.

Als er da im Bett lag, kam eine Empfindung in ihm hoch, die er seit Jahren kannte. Es war der Eindruck zerreißenden Papiers irgendwo tief in seiner Lunge. Licy dachte, er sei erst in den letzten Jahren erkrankt, und sein plötzlicher Verfall habe im April begonnen, aber das stimmte so nicht. Seit mittlerweile vielen Jahren, schon vor dem Tod seiner Mutter, litt er an einem Schwindelgefühl, so als stünde er am Rand eines Abgrunds, nichts als Luft unter sich, und als könnte es ihn jeden Augenblick in die Tiefe reißen. Das war eine Art Ichverkleinerung, aber gerade dieses Gefühl hatte ihm erst bewusst gemacht, dass er lebte, dass er mit dem Leben noch nicht fertig war, dass er noch etwas wollte. All das war jetzt lange her. Er dachte an seinen Roman, an seinen vergehenden Sternguckerfürsten, der an nichts geglaubt, sich aber verzweifelt nach etwas über ihm Stehenden gesehnt hatte. Er kniff die Augen zusammen. An nichts glauben. Den Fehler hatte er nie gemacht. Die Literatur war von Kindheit an seine treue und trostreiche Wegweiserin gewesen, und er hatte zeitlebens auf sie gehört, ohne allerdings, jetzt wusste er es, ihre letzte Wahrheit umzusetzen: zu leben. Er hatte seinen Roman nach Norden ins Krankenhaus mitgenommen, um sich zu beschäftigen, und hatte ein spätes Kapitel über Don Fabrizio und den verblassenden Glanz eines Balls überarbeitet, die Seiten dann aber weggelegt, weil er nicht mit dem Herzen dabei war, und sie nicht wieder angerührt. Der Gedanke, dass sein Roman vielleicht nicht veröffentlicht wurde, stimmte ihn traurig, und der Kummer darüber war so gewaltig, dass er nicht direkt auf das Manuskript schauen konnte, sondern nur aus dem Augenwinkel, von der Seite, wie man einen Brief beäugt, den man nicht öffnen möchte. Und genau so, begriff er, hatte er fast sein ganzes Erdendasein hindurch das Leben betrachtet. Hätte er anders leben können? Jetzt spielte es keine Rolle mehr. Er wartete schon lange auf das, was bald kommen würde, und er hatte in den Räumen seines Denkens einen Platz dafür freigeräumt, hatte so gut wie alles andere an die Wände gerückt, als wäre sein Tod ein zur Lieferung ausstehendes neues Möbelstück.

Vielleicht hatte nur Gio das für einen Augenblick begriffen, als er in Capo d'Orlando leise sagte: Vater, du richtest dich auf den Tod ein.

Aber sein neuer Sohn hatte nicht dabei gelächelt, und in seinem Blick hatte eine solche Bitterkeit gelegen, dass Giuseppe wusste, der junge Mann hatte das Wesentliche doch nicht verstanden: wie friedenbringend und tröstlich eine tiefe Melancholie sein konnte.

An einem windigen, sonnenhellen Morgen Ende April in Capo d'Orlando zeigte sich die Krankheit. Die zinkweißen, lasierten Wolken trieben hoch und schnell am Himmel. Er war mit Gio und Lucio im Garten der Piccolos spazieren und in Gedanken sonst wo, während sich Lucio über Lyrik ausließ, da spürte er ein Stechen in der Brust und fing an zu husten. Danach war sein Taschentuch voll Blut. Das kräftige Scharlachrot leuchtete dramatisch auf der weißen Seide, und er schaute es sich erst einmal fasziniert an. Es sah aus wie ein Klecks von Casimiros Ölfarbe. Da sein Cousin das Blut auch gesehen hatte, zog er leicht belustigt die Brauen hoch.

Ich erinnere mich an einen englischen Dichter, sagte er.

Doch später in Palermo hatte er sich einen Termin bei Professor Aldo Turchetti geben lassen, war die steile Treppe zur Praxis des alten Arztes hinaufgestiegen und hatte unbekleidet in dem altmodischen, mahagonigetäfelten Sprechzimmer gesessen, während die Vorhänge in der Hitze wehten und ein moderner Ventilator sich in seinem Gehäuse drehte. Das Ganze wirkte ein wenig lächerlich. Turchetti war ein blasser Mann mit eingefallener Brust, der schnaubte und sich räusperte und schweigend lange, missbilligende Kommentare in sein Fallbuch schrieb. Das Ergebnis der Untersuchung holte Giuseppe Ende Mai nicht selbst ab, sondern schickte Gio an seiner Stelle, und so kam es, dass sein Adoptivsohn am frühen Nachmittag mit verlegen vorm Bauch gefalteten Händen in der historischen Bibliothek in der Via Butera stand und ihm und seiner Frau die Diagnose des Professors mittcilte. Turchetti empfahl, einen Facharzt für Thoraxchirurgie in Rom zu konsultieren, doch Giuseppe, der nach dem leisen Wort Krebs nichts mehr gehört hatte, saß nur da und starrte in plötzlicher Verblüffung auf seine großen, weichen Hände, denn er spürte sie nicht, sie kamen ihm wie Gespensterhände vor.

Zwei Tage lang sprach er nicht von dem Untersuchungsergebnis. Sein Husten wurde schlimmer. Er mied Licys für ihn schmerzliche Gesellschaft, ging am windigen, sonnigen Hafen spazieren, besuchte keine Freunde. Am dritten Tag spürte er beim Aufwachen die Last, die sich auf sein Herz gelegt hatte, und begriff, dass er sterben würde. Es war der 28. Mai. Am selben Nachmittag ging er ins Arbeitszimmer und setzte sein Testament auf. Er wünschte keine Todesanzeige. Die Beerdigung sollte zu einer ungewöhnlichen Zeit stattfinden und einfach gehalten sein, ohne Blumen, Grabrede und Gesang. Vor allem sollte niemand den Sarg begleiten außer Licy, Gio und Mirella. Er hoffte, dass sich ein Verlag für seinen Roman fand und dass einer Reihe von Freunden und Bekannten signierte Exemplare zugehen konnten, doch unter keinen Umständen sollte die Veröffentlichung aus seinem Nachlass finanziert werden. Lange saß er mit erhobenem Füllhalter da und ließ den Blick zum Fenster hinausschweifen, ehe er wieder zu sich kam und weiterschrieb. Er bat alle um Vergebung, denen er unrecht getan hatte. Als Letztes erklärte er, dass Licy, Gio und Mirella die einzigen Menschen waren, die er in seiner Zeit auf Erden geliebt hatte, und dass alles, was er besaß, einschließlich seines Namens, auf seinen Wunsch in ihre Hände übergehen sollte.

Am selben Abend packten er und Alessandra ihre Taschen und alten Überseekoffer und gaben den schwarzen Spaniel Crab ihrem alten Freund Flaccovio zur Aufbewahrung, und am nächsten Morgen brachen sie nach Rom auf. Seine Depression hatte sich innerlich verlagert, war in Passivität umgeschlagen. Auch nachdem sie aus dem Zug gestiegen waren, konnte er das Gefühl, im Sitzen die Felder und neuen Betonwohnblöcke vorüberziehen zu sehen, nicht abschütteln, das Vorüberziehen ging unaufhörlich und endlos weiter. Genauso kam ihm sein Leben vor, und er wusste, dass die Gelassenheit in ihm ein Zeichen seiner tiefen Resignation war. Als er aber in das abgehärmte und graue Gesicht seiner Frau schaute, in ihre gealterten Augen, sah er ihren Kummer überdeutlich und wusste, dass sie bereits trauerte. Wir zählen alle zu den Toten, dachte er mit einem leisen Anflug seiner alten Ironie. Manche nur etwas mehr.

In Rom war es heiß, die Luft dick und von Dämpfen durchzogen. Er konnte nur schwer atmen. Angewidert betrachtete er den Autoverkehr auf den alten Straßen, die Motorroller, die sich im Schatten steinerner Viadukte aggressiv zwischen Kühlern und Stoßstangen durchschlängelten. Das war nicht mehr seine Welt, falls sie es je gewesen war. Die Klinik in der Via di Trasone war modern und hässlich, und die weißen Wände, die stählernen Krankenliegen und blanken Fliesenböden kamen ihm steril und schnelllebig vor, wie die effiziente Einrichtung von Leichenhallen. Eine Nonne begrüßte ihn am Empfang, und er füllte eine Menge Formulare aus, die er jeweils müde unterschrieb, dann wurde er einer Krankenschwester in steifer grauer Tracht übergeben, die ihn stumm durch die Gänge zu seiner Station brachte. Zu seiner Erleichterung bekam er ein Einzelzimmer, und er packte seinen Handkoffer aus und setzte sich still auf die vordere Bettkante, wo das Geländer heruntergeklappt war. Krankenhausgeräte mit Schläuchen und Kabelrollen standen zusammengerückt in einer Ecke, als würden sie nicht gebraucht, und er versuchte, nicht an sie zu denken. Alessandra sollte bei ihrer Schwester Lolette wohnen, und Giuseppe hatte darauf bestanden, dass sie erst zu ihm kommen sollte, wenn sie sich dort eingerichtet hatte und für ihn bereit war. Die Angst, die ihr anzusehen war, hatte ihm Sorgen gemacht, und er wollte, dass sie sich ausruhte. Dass ihre Gesellschaft ihn bedrückte und dass er sich der Klinik erst einmal allein stellen wollte, ohne seine Traurigkeit verbergen zu müssen, gestand er sich nicht ein.

Am nächsten Nachmittag wurde die erste Röntgenaufnahme von ihm gemacht und dann gleich noch eine kleine Serie, und gegen Abend kam ein Spezialist zu ihm, der Professor Turchettis Diagnose bestätigte. Sein Husten rührte von einer Bronchitis, und die musste mit Antibiotika behandelt werden, damit man den rechten Lungenflügel deutlich sehen und die Beschaffenheit des Tumors bestimmen konnte.

Und wie lange dauert das?, hatte er gefragt, als hätte er noch einen anderen Termin.

Er glaubte nicht, dass sie operieren würden. Wahrscheinlicher war, dass die Ärzte es mit einer Kobaltkur versuchten, die sich über viele Wochen hinziehen und ihm die Luft nehmen würde. Ende Juni wurde er in eine kleinere Klinik verlegt, die Villa Angela am Ufer des Tiber. Er durfte nicht mehr rauchen und hatte wenig Appetit. Licy kam zweimal am Tag mit ihrer Schwester Lolette Biancheri, und sein alter Onkel Pietro besuchte ihn mit einer Kreissäge auf dem Kopf und einem Knotenstock in der Hand wie ein Bühnenkomiker aus seiner Jugendzeit.

Gio kam mit dem Sonnenlicht in der Haut und seinem entspannten Schweigen für drei Tage aus Palermo, und heiter und einträchtig wanderten sie zu zweit durch die Gänge der Klinik. Abends schob er die Arme in einen blauroten Morgenmantel aus Seide, ein Geschenk von Licy, und machte sich langsam auf den Weg zur Kobaltbestrahlung. Er schrieb und tüftelte und korrigierte ein paar Seiten seines Romans. Er dachte an Capo d'Orlando und die Monate seiner Erholung. Über die Entwicklung seines Tumors wurde wenig gesprochen, und obwohl er Gewicht verloren hatte, war er irgendwie überzeugt, eine Zukunft vor sich zu haben. Anfang Juni zog er in Lolettes Wohnung an der Piazza dell'Indipendenza mit ihren weißen und roten Kissen, ihren schlanken modernen Möbeln.

Am Morgen des 8. Juni erhielt er dann die neue Ablehnung, diesmal von Einaudi. Obwohl das Buch schöne Passagen enthalte, würden sie den Roman nicht herausbringen, da sie für eine so altmodische Geschichte keinen Markt sahen. Das las er am Esstisch auf dem Balkon ohne Auslassung laut vor, mit ruhiger, gleichmäßiger Stimme, so enttäuscht er auch war, dann legte er den Brief lächelnd neben seinen Teller und sah in Licys zorniges Gesicht. Lolette griff nach dem Brief.

Als Besprechung ist es ja nicht schlecht, meinte er trocken in die Stille hinein. Aber veröffentlichen, nein.

Vier Tage später wurde die Kobaltbehandlung wegen plötzlicher Schwindelgefühle und zunehmendem Druck auf sein Herz ausgesetzt, und der Krebs in seiner Lunge breitete sich aus und verzehrte ihn wie ein Feuer.

Da änderte sich etwas in ihm. Er hatte seit einiger Zeit nachgelassen, das wusste er, und hatte ganz aufgehört zu schreiben, aber jetzt war ihm sogar das Verlangen danach abhandengekommen. Morgens schlurfte er hinaus auf den Balkon, setzte sich mit einer Decke auf den Knien hin und betrachtete den Himmel über den roten Dächern von Rom. Die Sonne lag heiß und still auf den Tondachziegeln. Die Wohnung der Biancheris, langgezogen, hell, mit hohen Plafonds, ging auf die Piazza, und das Licht ergoss sich durch die hohen Fenster auf den Parkettboden.

Lolette war die schmächtigere, sanftmütigere Schwester. Ihr Gesicht war eckig und slawisch, und er fand auch die Züge seiner Frau darin wieder. Licy blieb bei ihm, das Haar zurückgesteckt, die Augen faltenumkränzt. An manchen Tagen verirrten sich seine Gedanken, und wenn er dann von der Wohnzimmercouch, auf der er lag, aufschaute, sah er zu seiner Überraschung Licy und Lolette vor sich und hörte sie reden, als wären sie schon länger da. Worauf er müde die Augen wieder schloss, zunehmend unsicher, was Traum, was wach Erlebtes war. Er bekam Schmerzmittel, doch der Krebs war nicht aufzuhalten. Seine Mutter an ihren letzten Tagen fiel ihm ein, und es erstaunte ihn, wie fern sie ihm jetzt war. Er empfand nichts von ihrem Trotz. Als er mit ihr nach Rom gefahren war, in dem schrecklichen Jahr der Ermordung seiner Tante, war er fünfzehn gewesen. Er erinnerte sich an die lastende Stille in den Salons, die noch das Porträt des verstorbenen Königs schmückte, er erinnerte sich an seine Mutter mit dem dreimal um den Kopf gewundenen, geflochtenen weichen Haar, wie sie leise vor dem Spiegel weinte. Er hatte es nicht für möglich gehalten, dass jemals eine andere Frau so schön sein könnte. Er erinnerte sich auch, wie sie die kühle, weiche Hand um seinen Nacken legte und ihn durch einen vergoldeten Türbogen in Räume geführt hatte, die mit gelber Seide ausgekleidet waren. Er verehrte sie jetzt anders, fürchtete sie anders, denn obgleich sie tot war, hatte er nun noch ein Jahrzehnt mit der Erinnerung an sie gelebt und sich selbst verändert. Solange man sich an uns erinnert, ändern wir uns, dachte er, ungetröstet.

Gio und Mirella würden ihre Erinnerungen an ihn mit in die zweite Hälfte des Jahrhunderts nehmen. Ein dicker alter Mann, exzentrisch, müde, erfüllt von Traurigkeit und Flausen. Daran würden sie sich erinnern, stellte er sich vor. Aber sie hatten Licht und Freude in seinen Lebensabend gebracht. Wenn er jetzt an seinen Adoptivsohn dachte, konnte er ihn nicht von der Figur in seinem Roman trennen, seinem Tancredi, obwohl er versucht hatte, nur Gioittos Freude, Witz und Energie zu übernehmen, nicht die innere Moral des Jungen. Vorsorglich hatte er in einem Brief dargelegt, dass Tancredis Opportunismus nichts mit Gio zu tun hatte, als könnte irgendein Leser sich das vielleicht mal fragen, und jetzt wunderte er sich über die Kühnheit der Behauptung, die Hoffnung, die darin lag. Du bist voller Hoffnung, hatte Licy gesagt, und deshalb bist du traurig. Er war sich da nicht so sicher. Sie sagte gern, dass es zwei Arten von Unglücklichsein gab, das Unglück derer, die darauf warten, dass die Sonne untergeht, und das Unglück derer, die darauf warten, dass die Sonne aufgeht. Gelebtes Leben, erklärte sie ihren Patienten, wird im Augenblick erlebt. Ob man Dunkelheit oder Licht erwartet, spielt keine Rolle.

Und was war mit seinem Unglücklichsein? Erwartete

er die Dunkelheit oder das Licht? Er wusste nicht, ob ein Leben immer in Bruchstücke zerlegt werden musste. Doch ihn überraschte nicht, wie wenig er gelebt hatte. Wenn er sein Leben in die Waagschale warf, schien es kaum mehr zu sein als ein paar intensive Erfahrungen, ein paar Schicksalsschläge, vielleicht zwei oder drei überwältigende Augenblicke der Freude. Dass das Geschlecht der Lampedusa so restlos ausgelöscht werden würde, betrübte ihn. Sein Urgroßvater hatte neun Kinder hervorgebracht. Und er war jetzt der Letzte. Mitten in der Verschwendung und Verwirrung eines untergehenden Zeitalters war er in ein ebenfalls vom Niedergang betroffenes Geschlecht hineingeboren, und bald würde eine neue Art von Aristokratie vorherrschen, ein Adel des Geldes und der Privilegien, der den Wert des Neuen im Blick hatte. Ein historisches Gedächtnis würde es nicht geben und daher auch kein ernsthaftes Verständnis. Was das historische Gedächtnis über Jahrhunderte am Leben gehalten hatte, würde keinen Wert mehr haben. Es gäbe nur noch die Zukunft, nur das Kommende. Vielleicht war das für niemanden außer ihm ein Verlust, dachte er traurig. Vielleicht war auch Nostalgie eine Krankheit. Er drehte das müde Gesicht zur Wand und schloss die Augen.

Am Dienstag kam Onkel Pietro zu Besuch. Er war von seinem Haus in der Via Brenta mit dem Bus gekommen und bei seiner Ankunft müde und verschwitzt. Er wollte bald nach Genf. Sie setzten sich in das Sonnenzimmer der Biancheris, zwei alte Männer, der eine hochbetagt, der andere todkrank, und sprachen über die Vergangenheit, die noch in ihnen lebte. Licy setzte sich nicht zu ihnen, und Giuseppe, der sie in der Küche den Kaffee mahlen hörte, wunderte sich darüber. Sein Onkel trug zum weißen Anzug einen weißen Hut wie ein amerikanischer Gangster, zum rosafarbenen Hemd ein übereck gefaltetes passendes Einstecktuch in der Brusttasche, und Giuseppe war dem Onkel ausgesprochen dankbar für seinen Aufwand. Auf solche Dinge zu achten hieß für ihn, dass man auf der Seite des Lebens, der Lebenden stand, auch wenn er selbst vor seiner Erkrankung nicht groß darüber nachgedacht hatte.

Du hast zugenommen, sagte sein Onkel beifällig.

Giuseppe rang sich ein Lächeln ab.

Die große Balkontür stand offen, ein schwacher Wind bewegte die Musselinvorhänge. Sie hörten den Verkehr unten auf der Straße, das Rattern der Dieselautobusse alle zehn Minuten. Giuseppe hatte sich rasiert und sorgfältig angekleidet – weißes Hemd und rote Weste. Zum ersten Mal seit Tagen war er aus seinem Morgenmantel herausgekommen, und Licy hatte zwar gehofft, das würde seiner Traurigkeit abhelfen, aber dem war nicht so.

Pietro nickte gerade langsam mit dem Kopf. Ich denke in letzter Zeit öfter an meine Jahre in London.

In ihren Erinnerungen zu leben ist das Los der Alten, sagte Giuseppe.

Pietro lächelte. Du bist nicht alt. Red mal nicht so.

An London denke ich auch manchmal, fuhr Giuseppe fort. Nach deiner Heirat mit Tante Alice. Ich erinnere mich, wie schön sie abends gesungen hat. Ich erinnere mich an die Spaziergänge entlang der Themse im Frühling, an die Brücken und die wunderbaren Taxis. Schirme im Regen.

Ja.

Im St James's haben wir *Hamlet* in modernen Kostümen gesehen. Der Geist mit Gasmaske.

Und der König im Schlafanzug, ergänzte Pietro lächelnd. Ich erinnere mich.

Tante Alice gefiel es allerdings nicht.

Alice hat immer gewusst, was sie will, sagte sein Onkel. Typisch baltisch. Deine Alessandra ist auch so. Als ich Alessandra kennenlernte, sagte sie mir, dass sie von einem italienischen Stiefvater nichts hält. Sie war der Meinung, unser Klima macht uns zu emotional, zu unberechenbar.

Und dann hat sie mich geheiratet.

Und dann hat sie dich geheiratet. Ja.

Licy erschien am Eingang, ein Tablett voll Kaffee und glänzenden Tassen und Untertassen auf die Hüfte gestützt.

Wir sprechen gerade von dir, rief Giuseppe ihr zu.

Sie nickte. Wovon denn sonst?

Sie setzte das Tablett vorsichtig auf dem langen Esstisch ab, rührte den Kaffee in den Tässchen um und brachte eins dem alten Pietro und eins Giuseppe. Pietro ergriff die Untertasse, und der kleine Silberlöffel klirrte leise, als er sie mit zitternden Händen vorsichtig auf seinem Schoß abstellte.

Hast du deine Medizin eingenommen?, fragte sie Giuseppe.

Er spürte einen beharrlichen Schmerz in der Brust, der in Wellen nachließ und wiederkam, und schüttelte den Kopf. Die Medizin linderte nur das Symptom.

Er ließ sich von seiner Frau die Tabletten und ein Glas Wasser geben und lächelte entschuldigend seinem Onkel zu, als wollte er sagen, was soll denn bloß der ganze Aufwand? Aber nachdem er getrunken hatte, saß er erst einmal mit geschlossenen Augen und auf der Brust gespreizter Hand da, atmete langsam und fühlte, wie der Schmerz zurückging.

Die Engländer, sagte er gepresst und schlug die Augen auf. Die Engländer haben mich immer entzückt. Sie waren so ernst, so verbissen, so paradoxverliebt. Ein Gentleman ist jemand, den es nicht kümmert, ob er einer ist. Sprach Sir Herbert. Sie haben so viel zurückgehalten, die Engländer. Als ich dich zum ersten Mal in der Botschaft besucht habe, dachte ich, das sei Disziplin, dann dachte ich, es sei Kälte, aber es ist weder noch. Das sind wunderbare Menschen, die allen Schwierigkeiten standhalten. Und wisst ihr, wieso? Weil sie hoffen. Das macht ihr Leben aus. Sie hoffen.

Licy strich ihren Rock glatt und schob sich eine Locke aus der Stirn. Giuseppe schaute von ihr zu seinem Onkel und ließ den Blick dann zu den in der Luft wehenden lichten Vorhängen schweifen.

Sie sind ein erstaunliches Volk, ja, sagte Pietro.

Wir waren um dich besorgt, meine Mutter und ich, sagte Licy zu ihrem Stiefvater. Vor all den Jahren. Du hättest dich nicht so gegen die Faschisten stellen sollen.

Giuseppe sah seinen Onkel an. Licy fand das immer ganz schön mutig, sagte er.

Pietro, alt, hinfällig und erfreut, wurde rot. Nein, sagte er. Ach was.

Die Engländer mochten Mussolini freilich nicht.

Keiner mochte Mussolini, sagte Licy. Außer Mussolini.

Das stimmt so nicht, sagte Pietro.

Giuseppe musste an seine Mutter und ihre Schwester denken, die beide auf ihre direkte Art den Diktator bewundert hatten. Er schwieg.

Aber die Engländer mochten Hitler nicht, sagte Licy. Das weiß ich noch.

Anfangs, sagte Pietro. Anfangs schon.

Mussolini hat dich lange nicht abberufen, sagte Giuseppe. Trotz deiner Ansichten. Ich weiß noch, dass mein Vater dachte, das würde er machen.

Dein Vater, sagte Pietro. Aber er führte den Gedanken nicht zu Ende. Er rührte seinen Kaffee um und sagte dann wie in Gedanken: Ich glaube, Mussolini kannte noch nicht mal meinen Namen. Ich war seinem Ministerium unterstellt.

Sie haben solche Zerstörung über uns gebracht, sagte Licy leise.

Das waren wir selbst, erwiderte Pietro.

Und so saßen die drei in dem sonnenbeschienenen Raum, die Stadt um sie herum friedlich, fremd und leise, als wären die Schrecken der jüngsten Vergangenheit weit weg, als wären die Toten seit Jahrzehnten tot.

Als es für Pietro Zeit wurde, stand er wacklig auf, ein kleiner Mann mit schlaffem, von Sehnensträngen durchzogenem grauen Hals. Giuseppe sah die Flecken auf seiner Stirn, an seinen Händen.

Wir sehen uns wieder, sagte sein Onkel mit eigenartiger Intensität. Nahm Giuseppes Hand in seine beiden, die zwei Klauen ähnelten, und beugte sich mit dem Geruch von Wurst und Würze in den Kleidern vor.

Licy schob ihm stützend eine Hand unter den Ellbogen.

Und etwas in Pietros Gesichtsausdruck, in der Blässe seiner Lippen, ein Zucken der alten Augenlider gab Giuseppe zu verstehen, sie würden sich nicht wiedersehen.

Er wurde kränker. Trostloser. Er hörte auf zu essen, trank nur wenig von dem Wasser, das ihm ans Bett gebracht wurde. Sagte kaum etwas. Die Stunden glitten vorbei, aus Tag wurde Nacht wurde Tag, und ganz allmählich, liederleicht, fühlte er sich aus dem geschundenen Leib gehoben.

Die Betttücher waren an seinen Füßen verheddert. Die Betttücher wurden sanft zu seinen Schultern hochgezogen. Seine Hände tasteten haltlos herum. Seine Hände wurden von Licys warmen, festen Händen ergriffen. Licy. Alessandra Wolff Stomersee, begriff er dunkel, würde das letzte Gesicht sein, das er sah, wenn er die Augen schloss. Er hatte sie mit kühler Leidenschaft fast dreißig Jahre lang geliebt. Dann kam sein Verstand wieder ins Schwimmen, ins Rutschen, fand keinen Halt. Er dachte nicht an die pflaumengefleckten Steinplatten in Stomersee, den grauen Himmel, der wie eine See in sich zusammenstürzte. Er dachte nicht an die kühlen Marsala-Fässer im Weinkeller, von denen sie bei Licys erstem Sizilienbesuch gekostet hatten, nicht an den Duft ihres Halses, als sie auf ihn zukam. Auch nicht an ihr Gewicht, an das langsame, heftige Verlangen, als sie in dem kleinen Bett in der Londoner Botschaft auf ihn stieg, und wie sie sich vorbeugte, mit beiden Händen sein Gesicht ergriff und ihn gierig küsste. Auch nicht an das Rattern und Schwanken des Eisenbahnwagens, als er allein von ihrem Schloss in Riga zurückfuhr. Das alles war in ihm, aber in Bewegung und hielt nicht still. Er erinnerte sich nicht an die knochigen Finger seiner Mutter zum Schluss und wie sie sein Kinn umfasst und sein Gesicht nach oben gedreht hatte, als wäre er noch ein Kind. Seine Gedanken hielten sich nicht bei dem Licht in den Salons seiner Kindheit auf, die in einer endlosen Folge von Räumen und Lichtwechseln ineinander übergingen. Er erinnerte sich nicht an die schon nachmittags halbdunklen alten Wiener Cafés, ihren Kaffee mit Schlagsahne. Er dachte nicht an Gio, seine lebhafte, wandelbare Mimik und den listigen Humor in seiner Stimme, er dachte nicht an Mirellas dunklen Blick, wenn sie Gio ansah. Er dachte nicht an die Aussicht von der Terrasse der Via Butera, den Hafen in seiner braunen Stille. Nicht eine Seite aus einem einzigen Buch fiel ihm ein, kein Satz von Stendhal oder Dickens, kein Echo aus den riesigen Kammern des Denkens und der menschlichen Verwicklungen, die jahrzehntelang sein Innenleben ausgemacht hatten. Auch an das Gemetzel, den Dreck und das Grauen der Isonzofront im Krieg dachte er nicht, an seine blutbefleckte Unschuld, den Hunger, die Verwahrlosung und die wundgescheuerten Füße, mit denen er wieder italienischen Boden betreten hatte.

Was sich stattdessen einstellte, war durchweg älter: eine Erinnerung an den schattigen grünen Garten in Santa Margherita di Belice, wo die Sonne in schweren Lichtsträngen durch die Palmblätter drang. Er war neun Jahre alt, seine weichen Knie steckten in Kniehosen aus Holland, die enge Matrosenjacke stammte aus Wien. Der Sonnenhut blühte, kein Lüftchen regte sich in der Hitze. Er hockte in einer Mulde aus hohem Straßengras, neben einem wasserlosen beschmutzten Brunnen mit ineinander verschlungenen Steinschwänen. In seinen Händen lag ein ledergebundenes Buch aus der Bibliothek seines Großvaters. Wieso diese Erinnerung, warum fiel ihm das jetzt ein? Er entsann sich, dass seine französische Gouvernante ihn gerufen hatte, entsann sich der schwelenden Schadenfreude, mit der er mucksmäuschenstill blieb und ihre Schuhe vorbeiknirschen hörte. Er hatte ein Buch mitgenommen, das zu lesen ihm verboten worden war, und er schlug es auf und ließ sich von den Worten fesseln. *Was war der bittre Augenblick, den sie das Leben nannten?*, las er. *Uns hier erscheint es als ein seltsames Erstaunen, so wie der unbekannte Tod den Lebenden ein Rätsel scheint.* Er hob den trägen Blick und blinzelte und sah vor sich in einem Blütenkelch eine Biene, pelzig und perfekt, die die stachligen Hinterbeine aneinanderrieb. Da merkte er, wie ihn etwas überkam, eine Art Rausch, ein stiller Einklang mit der Sprache selbst, er merkte, wie ihre Rhythmen sich in ihm bewegten. *Seltsames Erstaunen*, sagte er leise immer wieder, bis die Worte keinen Sinn mehr hatten und die Silben reiner Klang waren. *Seltsames Erstaunen, seltsames Erstaunen.*

Gestalten, Schemen standen an seinem Bett. Onkel Pietro war da, in seinem blendend weißen Anzug, eine rote Fliege am Hals wie ein Blutklumpen. Er sah Lolette, die mit äußerst grimmigem Gesicht und einem gequälten Zug um den Mund auf ihn runterschaute. Sie hielt ein Glas Wasser in beiden Händen wie ein Kleinod, ein Gefäß aus Licht. Dann spürte er, wie Licys Finger sich mit seinen verschränkten, wie sie den Druck verstärkte, und hörte sie etwas flüstern. Sie sagte es auf Deutsch, und er kannte die

Wörter, brachte sie aber nicht zusammen. Er hörte ihre Stimme gern. Er drehte das Gesicht zu ihr hin, fand sie aber nicht. Ein Schatten kroch über die Decke wie eine ungeheure Spinne.

Er musste geschlafen haben. Denn er schlug die Augen auf, bekam schlecht Luft, spürte ein Stechen in der Brust und stellte fest, dass er jetzt allein in der großen Stille war. Er betrachtete den rot schimmernden Horizont durchs offene Fenster, das bedrohlich, endzeitlich durchbrechende Licht über den Dächern. War es wieder Morgen? Er drehte den Kopf auf dem Kissen und sah seine Frau, die auf einem Sessel neben dem Fenster schlief. Es wunderte ihn, dass er sie nicht hatte atmen hören. Ihr Kinn lag auf der Brust, ihr Haar umfloss sie wie ein Wasserfall, ihre schönen, tiefschwarzen Augen waren geschlossen. Unversehens wünschte er sich, sie würde aufwachen und ihn anschauen, und er wartete, aber sie erwachte nicht. Er blinzelte und machte Kaubewegungen und wollte die Hand heben, doch sie gehorchte ihm nicht. Er sah ein umgedrehtes Buch auf ihrem Knie liegen, wusste aber nicht, was für eins es war. Schwarz mit weißen Lettern auf dem Rücken, die ihm jedoch nichts sagten, als wären es Wörter in einer unbekannten Schrift, aus einer Sprache, die er als Kind gekannt und seither vergessen hatte. Er schluckte schmerzhaft. Das Wasser in dem Glas an seinem Bett war trüb. Als er den Blick hob, war der rote Lichtstreifen über den Dächern der Stadt zurückgegangen, und er kniff die Augen zusammen und wollte etwas sagen, und das Licht sank wieder tiefer, als wollte ihn der Tag im Stich lassen. Ein dunkler, sehr schöner Morgen ging auf. Seine Augen tränten, und er versuchte, sie offenzuhalten, die Welt so lange zu sehen, wie er konnte. Er lauschte dem Atem seiner Frau. Das schwarze Buch auf dem Knie seiner Frau glänzte. Wie seltsam, dachte er, dass er das Buch nicht kannte, nicht wusste, was drinstand.

Relikte

August 2003

Ich hatte nichts von einem Brief gewusst, erklärte Gioacchino freundlich. Er fuhr sich mit der Hand durchs Haar.

Sein Gegenüber, eine Frau von einer New Yorker Filmgesellschaft, nickte. Sie kam ihm unwahrscheinlich jung vor, obwohl sie über dreißig sein musste, und die selbstbewusste Leichtigkeit ihrer Gesten hätte von einer anderen Welt sein können. Was sie natürlich auch war. Nicht nur von einer ein Meer entfernten Welt, sondern von einer durch das noch größere Meer der Zeit getrennten Welt. All das ging ihm durch den Kopf, ohne dass er es aussprach. Er dachte an seine erste Frau Mirella und ihr Zusammensein in jenen Jahren und daran, dass sie diese Welt nicht mehr erlebt hatte, eine Welt der geschrumpften Entfernungen und elektronischen Dateien und PCs auf jedem Schreibtisch. Sie hätte nicht mal davon träumen können.

Sie spazierten langsam durch einen Garten in der Nähe des Teatro di San Carlo in Neapel, das er leitete. Die Hitze lag grün im Laub, und er hob lauschend das Gesicht. Er war Komponist und Musikwissenschaftler geworden und hatte eine Zeitlang dem Italienischen Kulturinstitut an der Universität New York vorgestanden. Jahre hindurch hatte er öffentlich über seine Erinnerungen an Giuseppe di Lampedusa gesprochen, und im letzten Jahrzehnt hatte er Vorworte zu den englischen und französischen Neuauflagen des Romans verfasst, ebenso wie zu den kritischen Ausgaben, die an den italienischen Universitäten benutzt wurden. Er galt als einer der letzten Zeugen seiner Entstehung. Zu Mirellas Lebzeiten hatte er diese Rolle abgelehnt, da sie beide nicht Alessandras Erinnerungen widersprechen wollten, die mit seinen nicht übereinstimmten. Mittlerweile war längst niemand mehr übrig, dem er hätte widersprechen können. Jetzt sollte er sich zur Entstehung von Luchino Viscontis Monumentalfilm *Der Leopard* äußern, den die New Yorker Gesellschaft dieser Frau remastern und neu herausbringen wollte, obwohl er gar nichts dazu zu sagen wusste.

Ich war doch nur eine Art Übersetzer, sagte er.

Übersetzer?

Von Lampedusas Roman, seinem Text. Um was es ihm ging. Visconti war sehr daran interessiert, die richtigen Häuser, das richtige Licht für den Film zu finden. Es war 1961, und die Infrastruktur fehlte, aber er bestand trotzdem darauf, in Sizilien zu drehen.

Sie haben ihn bewundert.

Ich habe ihn bewundert, ja. Er war ein Künstler.

Sie zeigte ihm ein strahlendes Lächeln, direkt, amerikanisch, ohne Scheu, und fasste ihm an den Arm. Das alles frage ich Sie noch mal vor der Kamera, wenn Sie nichts dagegen haben.

Gioacchino senkte wenig überrascht den Kopf, zog ein Taschentuch hervor und wischte sich die Stirn. Er hatte nichts dagegen. Auch wenn er schon müde war, obwohl sie noch gar nicht angefangen hatten. Er deutete auf eine Steinbank, und als die junge Frau ihren Rock glattgestrichen und sich hingesetzt hatte, setzte er sich ebenfalls. Der Kameramann und der Beleuchter waren sicher bald so weit. Der Eifer der Amerikaner hatte ihn schon immer erstaunt. Auf der anderen Seite des drückend heißen Gartens stand ein kleiner Brunnen im Sonnenschein, und das fallende Wasser stockte, blitzte und verwirbelte sich, ganz Licht und Bewegung, wie die Zeit selbst.

Zeit ist die einzig wahre Klarheit, sagte er leise, wie zu sich selbst.

Die Frau hörte es nicht.

Erzählen Sie mir von dem Brief, sagte sie stattdessen. Vor drei Jahren wurde er gefunden, in seiner Bibliothek?

Vor drei Jahren, ja, sagte er.

Später, in seinem klimatisierten Büro, stützte Gioacchino den Ellbogen auf die Rückenlehne eines antiken grünen Sofas und musterte die neben der Kamera sitzende Frau.

Viele haben mich gefragt, ob Lampedusa von Visconti verraten worden ist. Eine in ihrer Böswilligkeit typische Frage. Warum sage ich das? Wenn Leute mir die Frage stellen, meinen sie, das freut mich, weil sie denken, ja klar, was kann Visconti schon über Lampedusa gewusst haben? So sehen sie das. Ich habe sie immer enttäuscht, indem ich – und das nehme ich für mich in Anspruch – eine Frage der Klasse daraus gemacht habe. Filme und andere Darstellungen des Risorgimento gehen weit auseinander. Lampedusa betrachtet das Risorgimento mit den Augen der Verlierer, Visconti betrachtet es mit den Augen der Sieger. Das ist die Wahrheit. Luchino gehörte im Herzen zu den Studenten, die bereit waren, in Curtatone und Montanara zu sterben, und Lampedusa gehörte nicht dazu.

Die junge Frau hielt ihr Notizbuch geschlossen auf dem Knie und nickte. Meinen Sie, die wären sich sympathisch gewesen?

Visconti und Lampedusa? Gioacchino schmunzelte. Davon geh ich mal aus. Sie entstammten beide einer untergehenden Welt, beide konnten sozusagen die Fehler im Glas sehen. Ihr Blick auf das, was sie hervorgebracht und sich schließlich selbst zerstört hatte, war kritisch.

Sie gingen beide in ihrer Kunst auf, meinte sie.

Gioacchino nickte, schlug die Beine übereinander, zupfte seine Hose zurecht. Das Besondere an Visconti war, wenn er bei Dreharbeiten oder einer Operninszenierung ans Set kam, wusste er genau, was er wollte. Er setzte um, was er sich im Detail vorgestellt hatte, und verbesserte nichts daran.

Die junge Frau ließ ihr Lächeln aufblitzen. Während Lampedusa eher zögernd vorging?

Ja.

Vielleicht ist das der Unterschied zwischen Schriftsteller und Regisseur?

Gioacchino dachte unschlüssig darüber nach. Dann sagte er vorsichtig: Luchinos Beitrag ist mit seiner Vorstellung verknüpft, dass er, wie wir heute sagen würden, ein virtueller Schüler Stanislawskis war. Sprich, der Ausgangspunkt war immer hundertprozentige Authentizität. Er nahm reale Gegenstände, reale Situationen, die dann uminterpretiert wurden. Entscheidend war das Authentische. Die Blumen mussten echt sein, auch wenn sie nur unscharf im Hintergrund standen. Sie hatten einen Freskomaler für die Barockdekorationen, kleine Landschaften, die typischen Deckenmalereien mit Perspektive. Die Stuckteile waren aus Gips, und die Majolika-Keramiken auf der Terrasse wurden von De Simone hergestellt und an den Drehort geliefert.

Was für ein Aufwand, sagte sie. Aber die Wirkung zeigt sich in jeder Einstellung.

Die Amerikaner sahen das nicht so.

Nein.

Ich erinnere mich, wie der Film dort herauskam. Er war kein Erfolg.

Sie krauste einen Moment mitfühlend die Stirn, als wollte sie sagen, ihre Gesellschaft habe vor, das zu ändern. Glauben Sie, Lampedusa hätte seinen Roman in dem Film wiedererkannt?

Darauf zögerte Gioacchino, da er meinte, etwas klären zu müssen, aber nicht genau wusste, was. Schließlich schüttelte er den Kopf und lächelte gereizt. Ich habe das Buch immer als Projektion der Wünsche des Autors betrachtet, sagte er. Der Mann hatte eine goldene Kindheit, danach ging es mit seinem Leben stetig abwärts, bis er, sagen wir, einen Zustand kurz vor dem Elend erreichte. Ich spreche von den Jahren unmittelbar nach dem Krieg, 1944–45. Ich kann nicht behaupten, dass ich ihn als junger Mann verstanden habe, aber später schon, denn aus den Lehren in *Der Leopard* geht das Anliegen des Autors klar hervor. Er sagt: *Mein Leben als Sizilianer ist nicht gut gelaufen. Ihr jungen Leute solltet meine Fehler nicht wiederholen.* Man muss die Welt als Ganzes kennenlernen, muss jede Spur von Provinzialismus abschütteln. Vor allem muss man sich klarmachen, dass die Welt ringsherum ganz anders ist, und wer weiß, wer sie jemals nach Sizilien bringt. Man möchte nicht wie eine Maus in ihrem Loch sterben – wobei es ihm ziemlich genau so ergangen ist.

Aber es ist doch kein autobiographischer Roman. Er handelt nicht von Lampedusas Leben.

Nein.

Mit anderen Worten, er war nicht der Leopard.

Richtig.

Und Tancredi war nicht Sie.

Darüber lächelte Gioacchino. Tancredi war ein Lebemann und Opportunist.

Mhm.

Er blickte zur Kamera und wandte sich ab. Lampedusa hat eine kurze Erklärung zu seiner Haltung gegenüber den Figuren hinterlassen, sagte er. Zu Tancredi sagt er ausdrücklich, dass dessen Eigenheiten, seine Erscheinung und eine bestimmte Art zu reden ihn an Gioitto erinnern, wie er mich genannt hat. Aber Tancredis moralischer Charakter?

Eine lange Pause, dann stieß Gioacchino ein spitzes ironisches Lachen aus.

Da, sagte er, waren ganz andere Leute Vorbild.

Lampedusas in den Vorsatz der *Reisen des Kapitän Cook* eingelegten Abschiedsbrief hatte drei Jahre zuvor ein Literaturwissenschaftler in der historischen Bibliothek des Palazzos in der Via Butera entdeckt, wo Gioacchino mit seiner zweiten Frau Nicoletta lebte. Vierzig Jahre lang war der Brief unbemerkt geblieben. Daran war nichts Ungewöhnliches. Die Bücher der Bibliothek wurden eher aufbewahrt als gelesen. Und sowohl Lampedusa wie auch Alessandra hatten oft Unterlagen in ihren Büchern versteckt. Der Brief war an ihn gerichtet. *Mein liebster Gioitto, mir liegt sehr daran, dass meine Stimme Dich auch noch erreicht, wenn der Vorhang gefallen ist.* Wie bewegend es war, diese Stimme noch einmal über die Schwelle hinweg zu hören. Gioitto saß jetzt an seinem Schreibtisch und wischte sich im dunkler werdenden Büro mit einem Taschentuch über die Lippen. Die Amerikanerin war fort, der Sommerhimmel über Neapel dunstig und nahezu braun. Er dachte an die Tage vor Giuseppe di Lampedusas Tod, wie der alte Mann gelitten hatte bei seinem langsamen, müden Abschied von der Welt. Der gelbe Kies auf dem Weg unten schimmerte, und eine tiefe Stille überkam ihn. *Mir liegt sehr daran, dass meine Stimme Dich erreicht, damit ich Dir sagen kann, wie dankbar ich für den Trost bin, den Deine Gesellschaft mir in den letzten zwei, drei Jahren gebracht hat.* Er faltete das Taschentuch zu einem klaren Karo, faltete es noch einmal, ein kleines weißes Lichtviereck, mit geduldigen Fingern. *Eine schmerzliche und düstere Zeit, die ohne Dich und die liebe Mirella jedoch gänzlich zur Tragödie geworden wäre.*

Der Roman war schließlich ein Erfolg geworden. Er hatte sich besser verkauft als jeder andere italienische Roman des zwanzigsten Jahrhunderts, war vierzig Jahre lang diskutiert, angegriffen und gefeiert worden. Gioacchino hatte sein Leben damit verbracht, war ein Teil von ihm gewesen. Er entsann sich, wie Bassani in den ersten Monaten nach Lampedusas Tod gekommen war und mit der trauernden Alessandra gesprochen hatte in dem Entschluss, die verlorenen Kapitel ausfindig zu machen. Wie schicksalhaft das jetzt anmutete. *Unser Leben, das von Licy und mir, war im Begriff, der Sorgen und des Alters wegen auf Sand auf-*

zulaufen, aber Deine Zuneigung, Dein Immerdasein, Deine liebenswerte Art zu leben hat ein wenig Licht in unsre Dunkelheit gebracht. Bassani wollte das Buch für seine Reihe bei Feltrinelli haben, und der Mann ließ nicht locker.

Nach Lampedusas Tod war Alessandra über Nacht gealtert. Er erinnerte sich, dass sie ungern von ihrem Sessel am Fenster aufgestanden war, an das kleine Kissen auf ihren Knien, an ihren krummen Rücken und wie sie sich die schmerzenden Handgelenke rieb. Ihre Trauer, die Intensität ihrer Trauer hatte Gioacchino überrascht, und manchmal, wenn er bei ihr saß, war es ihm vorgekommen, als stiegen sie im Kriechtempo eine unbeleuchtete, sehr steile Treppe hinunter und tasteten jede Stufe mit den Zehen ab. Ihre Psychoanalyse war zu nüchtern gewesen, um ihr Trost zu bringen, und er und Mirella hatten sie mit Furcht im Herzen beobachtet. Nach und nach wurde sie in ihrem Alleinsein bissiger, eine Frau, die zu intelligent war, um ihre Schwächen zu ertragen, und zu einsam, um Nachsicht mit den Schwächen anderer zu haben. Journalisten und Kritiker ging sie scharf an und beklagte sich dann darüber, wie sie sie darstellten. Er erinnerte sich noch, wie sie die roten Finger vor dem Bauch verflocht und mit auseinandergestellten Beinen und vorgerecktem Kopf dastand – ein Ringer, der seinen Gegner abschätzt. In jenen ersten Jahren hatte sie Lampedusas private Unterlagen durchgesehen, sämtliche Passagen entfernt, die als unfein hätten empfunden werden können, und die bearbeiteten Texte als vollständig herausgegeben. Gioacchino wusste, dass dahinter ihr Bemühen steckte, seinen Ruf zu wahren, doch jetzt, vierzig Jahre später, hielt er das Vorgehen für verfehlt.

Wie lange das alles her zu sein schien. Er hatte in den letzten Jahren nicht viel daran gedacht, außer wenn es unvermeidlich war. Fürs neue Jahr hatte er eine Einladung erhalten, auf einer Opernkonferenz in Island zu sprechen, aber er wusste nicht, ob er daran teilnehmen würde. Etliche unbeantwortete Briefe bedurften seiner Aufmerksamkeit. Einem Verleger in New York, den er schätzen gelernt hatte, schuldete er einen Anruf wegen eines Essays über Melodie und Sinn bei Puccini. Und Nicoletta erwartete ihn in vierzehn Tagen zurück in Palermo.

Er schob einen Arm durch den Jackenärmel, machte an der Tür kehrt und ging mit herunterhängendem Jackett wieder zum Schreibtisch und setzte sich. Eine nach der anderen zog er die Schubladen auf, bis er die Zigaretten fand, die er suchte, dann hielt er inne und ergriff einen verdrehten weißen Stein, einen Briefbeschwerer, den er in den Monaten nach Lampedusas Tod vom Schreibtisch des armen Mannes genommen hatte. Einen Moment lang hielt er ihn in der Hand, dann steckte er ihn in die Jackentasche.

Scheitern, dachte er in plötzlicher Erkenntnis. Dafür hatte sich die Amerikanerin interessiert. Er rückte die Papiere auf seinem Schreibtisch zurecht, schaltete das Licht aus, stand aber noch nicht gleich auf. Er hatte sein Leben der Musik geweiht, den fortwährend schwindenden Echos des Unendlichen. Was hat Scheitern damit zu tun? Aber im Herzen kannte er die Antwort. Im Fenster dunkelte der Nachmittag. Er war so jung gewesen, als er Giuseppe di Lampedusa kannte, zu jung. Er hatte so gut wie nichts von den Stimmungen des Älteren begriffen. Er dachte an Lampedusas traurige Augen, wie sein Knittergesicht sich manchmal zu einem ironischen Lächeln verzog, an die Schwere und Enttäuschung in seinen schmalen, trockenen Lippen. Jeder Ton, den wir erzeugen, reist, hatte er einmal gelesen, ist in ständiger Bewegung, lässt uns fortwährend hinter sich. Und kommt fortwährend an. Es gibt Millionen Jahre alte Töne, die uns gerade erst von den Rändern des Universums her erreichen, und auch das ist eine Art Musik. Zum letzten Mal hatte er Lampedusa in Rom gesehen, drei Wochen vor seinem Tod, und der alte Mann hatte dünn und besiegt ausgesehen. Wie hieß es noch in dem Brief? *Ich habe Dich unerhört gern, Gioitto. Ich hatte nie einen Sohn, aber ich bin überzeugt, ich hätte ihn nicht lieber haben können als Dich.*

Die Stille darin, diese Stille. Er hatte in Palermo am Ballsaalfenster gestanden, in einem vertrauten Lichteinfall zwischen den schweren Vorhängen und Möbeln, die Nicoletta behalten hatte, und immer wieder den Brief gelesen, dessen Musik ihn wie aus weiter Ferne erreichte.

Bei einem langen Spaziergang am Hafen dachte er über jene Zeit nach. Sein Leben war vergangen und wiedergekommen, und Lampedusa hatte nichts davon miterlebt. Wie seltsam, dachte er, dass unsere Leben sich überschneiden, dass manche von uns weiterbestehen, während andere nicht mehr da sind. Er betastete den verdrehten Stein von seinem Schreibtisch, fühlte seine rauhe Oberfläche und das Gewicht, mit dem er die Jacke einseitig nach unten zog. Jahre nach Giuseppes Tod hatte Alessandra einmal gesagt, der Stein stamme von den schroffen weißen Klippen Lampedusas, Giuseppe habe ihn als bitteres Erinnerungsstück aufbewahrt. Wenn etwas von einem Ort entfernt wird, nimmt es etwas von dem Ort mit, hatte sie gesagt.

Und sie hatte Gioacchino die Hand an die Wange gelegt und sie dort gelassen, trocken und leicht wie Papier.

Er wusste nicht, ob das zutraf. Jetzt sah das Meer schwarz und verkohlt aus, und der warme Himmel über dem Horizont zeigte ein tiefes, sattes Blau. Er stand mit den Händen in den Taschen seines Jacketts da und spürte das Abendsonnenlicht auf seinem Gesicht. Er war jetzt älter als Lampedusa bei seinem Tod. Ein Junge mit einem roten Ball riss sich von seiner Mutter los und lief auf den Hafendamm zu. Er fragte sich, was der Kleine wohl sah, wenn er zu ihm herschaute, Mensch oder Gespenst. Möwen kreisten weit über dem schwarzen Wasser, weiße Blitze, die scharf die Sommerluft durchschnitten. Er war müde und konnte nicht klar denken. In der Zeit liegt die einzig wahre Klarheit, Gioacchino. Das hatte Lampedusa ihm vor fünfzig Jahren in der Gartenlaube von Capo d'Orlando gesagt. Lampedusa hatte sich einer lang verschwundenen Welt verbunden gefühlt, weit weg von der, die ihn umgab. Hatte ihn die Zeit, die in ihm währte, lebendiger gemacht oder weniger lebendig? Er war alt geworden, ohne es zu merken. Der Junge mit dem roten Ball drehte sich vom Hafendamm weg und trat durch den Körper seines Selbst zu dem hin, der er werden sollte. Gioacchino Lanza Tomasi spürte die warme Luft auf seinem Gesicht wie eine verweilende Hand. Unsere Körper sind wie Türen, und ob sich gerade eine öffnet oder schließt, können wir nicht sagen.

Danksagung

Dank schulde ich zunächst einmal Gioacchino Lanza Tomasi und seiner Frau Nicoletta Polo für ihre Großzügigkeit und Freundlichkeit während meines Aufenthalts in Palermo.

Danken möchte ich auch Francesca Lombardo und Cataldo Failla, meinen geduldigen Reiseführern durch Sizilien; Francesca Gugliotta für ihre Hilfe zur Villa der Piccolos in Capo d'Orlando; und Salvatore Tannorella, dem stellvertretenden Bürgermeister von Palma di Montechiaro.

Den Roman gäbe es nicht ohne die unermüdlichen Bemühungen von Ellen Levine, meiner Agentin, leidenschaftlichen Unterstützerin und Freundin. Ich verdanke ihr alles. Jonathan Galassi war mir ein Vorbild bei der Konzeption des Buches, wie schon bei anderen; kein Dank wird dem gerecht. Der brillante Ravi Mirchandani bot mir an einem kritischen Punkt Anregungen und Zuspruch. Vor allem lenkte Martha Kanya-Forstner den Roman mit sanfter Hand und half ihm, das zu werden, was er sein wollte. Sie ist ein Wunder; sie gefunden zu haben ist für den Roman genauso ein Glück wie für mich.

Danken möchte ich auch: Jared Bland, Sharon Klein, Kelly Hill, Shaun Oakey, Joe Lee und allen bei M&S; Lottchen Shivers, Jeff Seroy, Alex Merto und allen bei FSG; Ami

Smithson und allen bei Picador UK; Claire Roberts, Martha Wydysh und allen bei Trident Media. Ebenso Ivan Strausz, der mir eines Abends an einer Dinnertafel in Toronto strahlend den Namen »Tancredi!« zuflüsterte, und seine Freude daran hat mich die ganze Niederschrift hindurch begleitet.

Bleiben die Menschen, die mir das Leben möglich und lebenswert machen: Jeff Mireau, der sanfte Riese, meine Eltern Bob und Peggy, meine Brüder, meine wunderschönen Kinder Cleo & Maddox.

Und, für immer und ewig, meine geliebte Esi. Wort für Wort gestalten wir dieses Leben.

»Der Diogenes Verlag will durch lesbare
Literatur unterhalten, durch Neues
vor den Kopf stoßen, aber auch Altes neu
entdecken; das ›Neue um des Neuen
willen‹ übersehen und so das Modische
vom Modernen unterscheiden. So viel
wirklich Neues kann es gar nicht geben.
Echte Avantgarde, sagt Karl Kraus, ist
nichts anderes als der mutige Rückschritt
zur Vernunft – und an das Neue, das
nur aussieht wie das Alte, muss man sich
erst gewöhnen.«

DANIEL KEEL